# 제9행성

Daniel Lee

제9행성

초판 1쇄 발행 2020년 5월 30일
지은이·Daniel Lee
발행인·안유석
편집장·박경화
책임편집·서정욱
표지 일러스트·이민하
지도 일러스트·황영아
디자인·오성민
펴낸곳·처음북스　　출판등록·2011년 1월 12일 제2011-000009호

주소·서울특별시 강남구 강남대로 364 미왕빌딩 14층
전화·070-7018-8812　　팩스·02-6280-3032
이메일·cheombooks@cheom.net
홈페이지·www.cheombooks.net
페이스북·www.facebook.com/cheombooks
ISBN·979-11-7022-204-0 04800
979-11-7022-203-3 (세트)

# 제9행성

# CONTENTS

*"이상주의자들이다. 그들은 진리와 정의의 세계, 도덕적 질서를 이루고 있는 세계에 대한 깊은 갈망에 따라 움직인다. 그들은 다른 사람들이, 특히 무엇보다 자기 자신이 불완전하다는 것을 받아들이기 어려워한다. 그들은 집중하고 있을 때와 쉬고 있을 때만 불완전한 현재의 삶을 받아들일 수 있으며 선이 점차 확대되리라고 믿을 수 있다."*

『내 안에 접힌 날개(리처드 로어, 안드레아스 에베르트)』 중에서

노웨어
헤말산맥
*바늘*
제 4거주구
(고대우주선)
제 2거주구
(효모농장)
제 13거주구
(광산)
동강
N
NW
NE
W
E
SW
SE
S
0
50
100

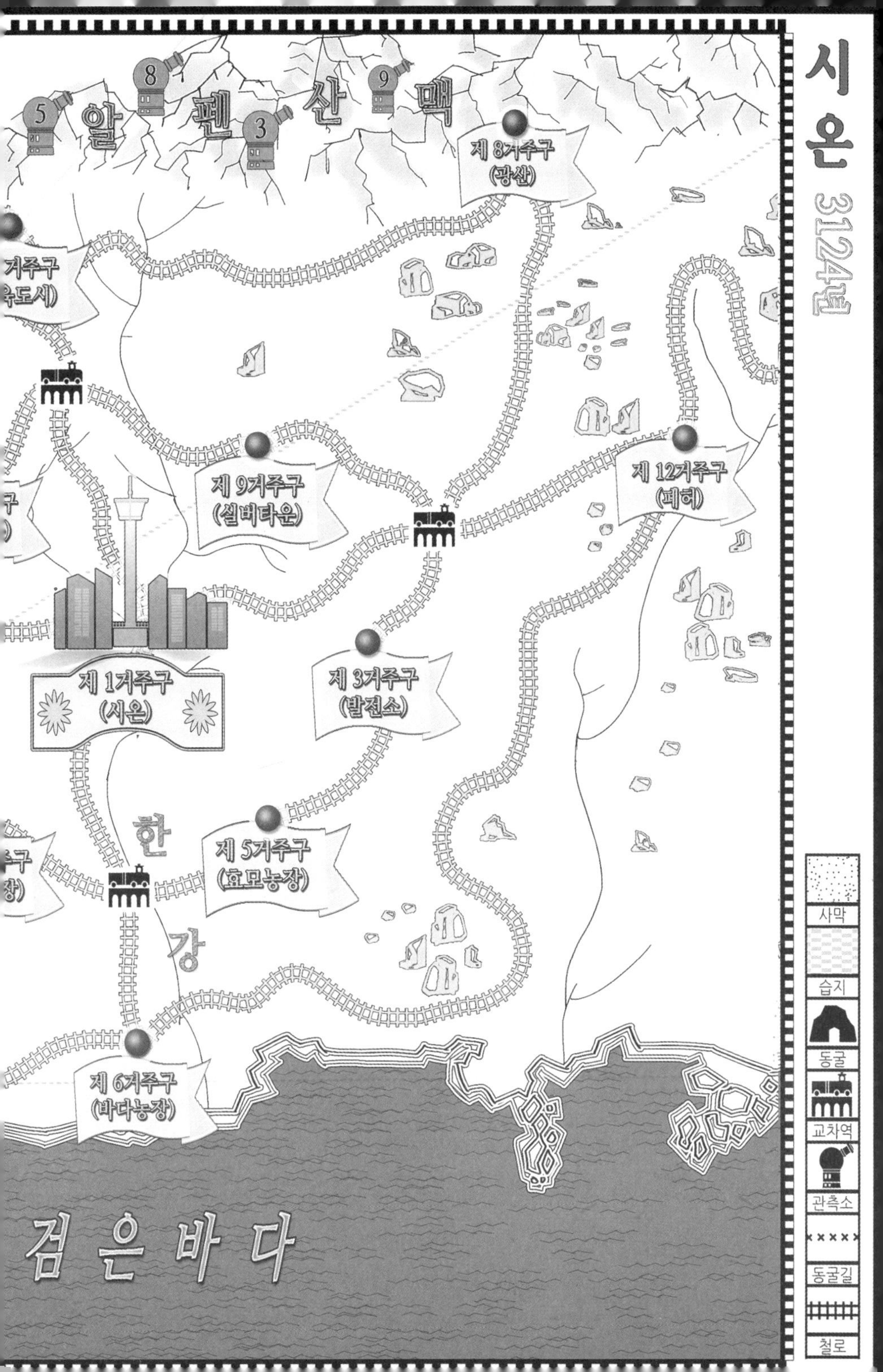
시온 3124년
알펜 산맥
5
8
3
9
제 8거주구
(광산)
제 9거주구
(실버타운)
제 12거주구
(폐허)
제 1거주구
(시온)
제 3거주구
(발전소)
제 5거주구
(효모농장)
한강
제 6거주구
(바다농장)
검은바다
사막
습지
동굴
교차역
관측소
동굴길
철로

# 프롤로그

은빛 행성이 관측 창을 가득 채웠다.

조종실의 모니터로는 파장의 종류별로 더 자세한 영상을 볼 수도 있었지만, 그녀는 이렇게 맨눈으로 보는 것을 좋아했다. 깜깜한 우주를 배경으로 빛나는 행성과 직접 대면하여 인사하는 느낌이었다. 손바닥만 한 크기의 창에 눈을 가까이 대고 보면, 행성에 구름과 땅과 구불구불한 강이 있는 것이 보였다.

이 행성은 자전축이 공전 궤도면에 거의 수직이어서 적도를 중심으로 아래위가 대칭적이었다. 한쪽 극지방에는 흰색의 얼음 산맥이 있었고, 아래로 내려가면서 얼음과 눈이 땅에 자리를 내주었다. 적도를 따라 이어지는 검은색의 긴 띠는 아마 바다일 것이었다. 산맥에서 흘러나오는 가느다란 강들이 바다로 연결되었다. 바다를 건너 반대쪽으로 가면 광활한 사막이 끝도 없이 펼쳐지다가 만년설로 이루어진 거대한 얼음 평원이 자리하고 있었다. 이렇게 표면의 대부분이 육지이고 대부분의 육지가 눈과 얼음으로 덮여있기 때문에, 멀리서 보면 이 행성은 은색으로 보였다. 그래서 그녀의 고향에서는 얼음의 행성이라고도 불렀다. 가까이서 보니 바다의 검은색과 땅의 갈색도 생각보다 많은 부분을 차지하는 것 같았다. 다만 녹색은 없었다. 이 행성에는 원래 생명체가 없었다. 그러나 이 행성의 또 다른 별명이 죽음의 행성인 것은 그 이유만은 아니었다.

리엔은 잡고 있던 관측 창 옆의 손잡이를 가볍게 밀어 '거실'의 반대편으로 이동했다. 그녀는 우주선 실라호의 공용 공간을 거실이라고 이름 지었다. 쌍둥이 언니도 곧 그렇게 따라 부르는 것으로 보아 별다른 이의는 없는 것 같았다. 두 사람은 식사와 운동과 독서 등 거의 모든 생활을 이 공간에서 했기 때문에 실제 거실이나 다름없었다.

83일 동안 우주선 안에서 같이 지내다 보면 아무리 쌍둥이라 하더라도 의견 차이로 마음이 상하는 일이 있게 마련이었다. 리엔은 가능한 언니와 부딪히는 일이 없도록 조심했다. 어쨌든 이 우주선에는 오직 두 사람뿐이니까.

언니는 냉장고에서 먹을 것을 꺼내고 있었다.

"오늘은 어떤 맛을 줄까?"

"아주아주 쓴 맛. 그러면 달콤한 맛이 얼마나 고마운지 알게 되지 않을까?"

리엔의 말에 언니는 웃으며 알약이 든 노란 캡슐과 음료 파우치를 건넸다.

"자, 달콤한 꿀 향이야. 먹으면 속이 좀 편안해질 거야."

리엔은 캡슐과 파우치를 양손으로 받고는 공중을 부유하였다. 그녀가 무중력 상태에서 음료를 마실 때의 버릇이었다. 그렇게 하면 마치 꿈꾸며 식사를 하는 느낌이었다.

그녀의 언니는 그런 리엔의 습관을 별로 좋아하지 않았다. 그녀는 리엔을 향해 고개를 가로저으며 마치 '거실'이 고향 집의 진짜 거실이라도 되는 양 우아하게 벨트에 몸을 묶고 앉아서 식사를 하였다.

리엔이 공중에서 캡슐을 깨물자 알약이 입안으로 들어왔다. 언니의 말대로 달콤한 향이 입안을 가득 채웠다. 그녀는 알약과 음료를 다 먹은 후 벽의 손잡이를 잡고 언니 옆으로 다가가며 말했다.

"이제 준비하자."

언니도 고개를 끄덕였고, 둘은 조종실로 갔다.

실라호의 항로는 원래 목표한 대로 변함이 없었다. 이제 약 6시간 뒤면 행성의 정지 궤도에 진입할 것이다. 문제는 그 이후부터다. 리엔은 착륙선인 실론호를 타고 어렵고 위험한 착륙을 도전해야 한다. 과연 내가 잘 해낼 수 있을까…? 리엔은 내심 걱정이 되었다. 처음에 두 사람은 누가 착륙선을 타고, 누가 실라호에 남을지를 두고 한참을 옥신각신하였었다. 서로 자신이 가겠다고 우기는 바람에 결국 간식으로 먹는 막대 과자로 제비뽑기를 하기로 결정했다. 리엔이 긴 막대 과자를 뽑았고, 언니는 입술을 꼭 다문 채 자신이 들고 있는 짧은 막대 과자만 노려보아야만 했다.

행성의 저궤도에는 킬러 위성들이 배치되어 있어 외부로부터의 접근을 막고 있었다. 예전에 이 행성에 가려 하다가 실제로 격추된 우주선의 기록도 몇 건 있었다. 이것이 바로 은빛 행성이 죽음의 행성이라 불리는 또 다른 이유였다. 처음 임무를 준비할 때부터 이미 위험에 대해 알고 있었기 때문에, 둘은 망설이거나 걱정하지는 않았다. 다만 오랫동안 준비했던 시간이 다가오자 긴장이 되는 것은 어쩔 수 없었다. 둘은 착륙에 성공한 이후의 할 일에 대해서도 논의하였었다. 그러나 그 부분은 처음이나 지금이나 이렇다 할 결론을 낼 수가 없었다. 은빛 행성 사람들하고는 거의 500여 년간 연락이 단절

되었기 때문에 어떤 상황인지 전혀 알 수가 없었기 때문이었다. 결국 창의력을 발휘하면서 운에 맡기는 수밖에 없었다. 그래서 리엔의 마음은 더욱 편치 않았다.

리엔은 다시 한번 수치를 확인하였다. 여기까지 오는 동안에 위성 자료를 분석해 최적의 진입 조건을 계산한 결과와 거의 동일하였다. 보통이라면 행성 대기권으로의 진입 각도를 딱 맞춰 연료 소모를 최소화하는 것이 이상적일 터였다. 그러나 고도 150km에서 300km까지 3중으로 배열된 킬러 위성들을 피하기 위해서는 중간에 낙하 궤도 천이가 반드시 필요했다. 그렇지 않으면, 첫째 열의 관문을 통과했더라도 아래에서 둘째, 셋째 열의 킬러 위성들이 대기하고 있을 것이 틀림없었다. 실론호가 나중에 다시 우주로 나오기 위한 연료까지 충분히 고려하여 궤도 천이를 가정했을 때, 가장 나은 성공 확률은 39%였다. 썩 마음에 들지는 않았지만 충분히 도전해볼 만한 숫자였다.

"우리가 쌍둥이로 태어났던 확률보다는 훨씬 높네. 그러니 이번에도 성공할 거야."

리엔이 자신 있게 말하였지만, 언니는 무슨 얼토당토않은 소리냐는 눈치였다.

실라호는 행성의 정지 궤도를 지나치며 크게 선회를 한 후에 태양을 반 바퀴 돌아 다시 행성과 만날 예정이었다. 실라호에 탑재된 연료만 가지고 고향 행성으로 돌아갈 수 있는 유일한 방법이었다. 행성의 공전 주기가 표준 시간으로 약 1.1년이므로, 4800시간 이내에 실론호는 임무를 마치고 다시 정지 궤도에서 대기하고 있어야 한다. 타이밍이 맞지 않으면 영원히 서로 만날 수가 없게 될 것이다.

"우리 어릴 때 술래잡기했던 일 기억나?"

리엔이 마지막으로 우주선의 진입 궤도를 점검하고 있는데 언니가 물었다.

"옆에 살던 아이들이랑 말이야."

리엔도 그 아이들 얼굴이 기억이 났다. 그런데 이름은 하나도 떠오르지 않았다.

"물론 기억하지. 주로 내가 그 아이들과 놀았고, 언니는 술래잡기 할 때만 가끔 꼈잖아."

추억이 생생히 밀려 들어왔다.

"그때는 언니가 지금보다 더 내성적이었던 것 같아. 아이들하고 노는 것도 별로 안 좋아했고."

"응, 옛날에는 다른 아이들이 이유도 없이 무서웠어. 너무 드세 보이기도 하고."

"그래, 한 번은 어떤 애가 언니를 놀리고 도망가니까 내가 걔를 동네 끝까지 따라가서 때려준 적이 있었어."

스스로 생각해도 엉뚱했던 자신의 모습에 리엔은 웃었다.

"맞아. 네가 또래 아이 중 왕초였지. 나는 그런 네가 있어서 한편으로는 안심이 되었지만, 또 한편으로는 걱정이 되기도 했었어. 넌 불안하거나 자신이 없으면 오히려 큰소리를 치고 거침없이 행동했어. 그러다가 상처라도 받지 않을까 난 두려웠었어."

리엔은 언니가 무슨 말을 하려 하는지 예감이 안 좋아지기 시작했다. 이제 떠날 사람을 두고 충고하려는 건가?

"그래서? 술래잡기는 왜?"

"내가 술래잡기를 같이했던 이유는 술래를 피해 집에 들어가 버리면 너무 쉽고 편했기 때문이었어. 그런데 한 번은 네가 술래였을 때 다른 아이들이 일부러 모두 다른 곳으로 도망가 버리고 너만 혼자 남아 있던 적이 있었지. 내가 밖에 나가 보니 너는 혼자서 펑펑 울고 있더구나. 기억 안 나?"

리엔은 정말로 기분이 나빠졌다.

"기억 안 나. 그런데 왜 옛날 얘기를 해?"

리엔의 가시 돋친 말에 언니는 잠깐 움츠러드는 것 같았다.

"아니 그냥 생각이 나서…"

"그럼 우리 이제 중요한 순간이 다가오니 일에 집중하자, 응?"

그러고는 두 사람은 침묵을 지켰다.

***

우주선에 입력된 항로를 바꿀 필요가 없었기 때문에 나머지 시간은 거의 모니터와 계기판을 확인하는 것으로 보냈다. 마침내 실라호가 행성의 정지 궤도에 진입하였다. 연료 소비를 최소화하기 위해 역분사를 몇 차례 수행하였고, 실론호의 분리를 위한 목표 고도에 도달하기를 기다렸다.

"정찰 드론 발사."

언니가 읊조리며 스위치 3개를 눌렀다. 드론 3기가 실라호에서 분리되어 날아갔다. 실라호가 크게 궤도를 돌고 오는 동안 이 드론들이 실론호의 눈이 되어 줄 것이다. 드론들은 크기가 작아 킬러 위성을 걱정할 필요가 없었다.

이제 준비가 다 되었다. 리엔은 크게 숨을 들이마시며 마음을 진정시켰다.

"리엔, 잠깐만. 나, 화장실 좀 다녀올게."

언니가 조종석의 안전띠를 풀며 말했다.

"이럴 때 용변이라니. 언니도 분위기 깨는데 선수구나. 그냥 여기서 해."

조종실에도 구석에 용변을 보기 위한 흡입구가 있었다. 따로 밀폐된 공간은 아니지만 조그만 가림막이 있어 큰 상관은 없었다. 그리고 어차피 언니와 리엔 두 사람밖에 없지 않은가.

그러나 언니는 여기서도 완고했다.

"아니, 내 캡슐에 가서 할게."

수면용 캡슐 옆에는 샤워 부스와 화장실이 있었다.

"그렇다면 빨리 와. 난 이제 곧 실론호에 타야 해."

"응."

언니는 벽의 손잡이를 잡고 거실로 연결되는 차폐문을 열고는 나갔다. 차폐문 닫히는 소리가 들렸고, 리엔은 모니터의 행성을 유심히 바라보았다.

우주선은 행성에서 일몰이 되는 지역의 상공에 있어서 행성이 반원 모양으로 빛나 보였다. 카메라의 배율을 확대해서 보면, 어두운

쪽의 중위도 지역에서는 도시로 보이는 몇 개의 빛의 군락도 희미하게 보였다.

저기에는 어떤 사람들이 살고 있을까 생각에 잠겨 있는데, 불현듯 이상한 예감이 들었다. 리엔은 착륙선 실론호의 상태 화면을 띄웠다. 아니나 다를까, 실론호는 분리 준비 상태에 있었다.

리엔은 급히 실론호와의 통신 라인을 활성화했다.

"언니, 뭐 하는 거야! 내가 가기로 했잖아!"

아무런 대답이 없었다. 리엔이 안전띠를 풀고 일어나려는데 실론호는 이미 도킹 상태를 풀고 실라호와 분리되었다.

"안 돼."

리엔의 외침에 통신 모니터가 밝아지더니 실론호의 조종석에 앉은 언니의 얼굴이 나타났다.

"리엔, 미안해."

"아니, 미안할 것 없어. 다시 도킹해. 내가 가는 것으로 결정했잖아. 왜 언니 마음대로 해."

리엔이 외쳤다.

"난 예전부터 이 일을 준비하고 있었어. 내가 예전에 잠깐 얘기했었지? 우리의 고향을 찾는 일 말이야. 진짜 고향을. 내가 이 임무에 지원하리라는 것을 알고 네가 먼저 지원 신청을 했다는 것도 알아. 그 이유가 뭔지는 잘 모르겠고, 알고 싶지도 않아. 다만 중요한 것은 나는 내 할 일을 해야 한다는 거야. 그러니 이해해주고, 잠시만 기다려 줘. 옛날 그때처럼 언니가 돌아올 테니까."

실론호는 이미 약 300여 미터 정도 떨어져 있었다. 통신 모니터가 꺼졌고, 외부 카메라로 잡은 실론호가 추진제를 내뿜으며 행성을 향해 점점 멀어져 가는 것이 보였다.

리엔은 잠시 멍하게 있었다.

한편으로는 화가 났지만, 마음 한구석에 안도감이 쌓이는 것은 어쩔 수 없었다.

내가 이렇게 겁쟁이였나? 그러나 리엔에게 처음부터 이 임무는 강요된 선택이었다. 언니가 이 임무를 자원하려 한다는 것을 알았을 때, 리엔이 처음 든 생각은 언니가 잠깐 머리가 돌았다는 것이었다.

얌전하기만 할 줄 알았던 언니에게 이런 대범함이 있을 줄은 상상도 못했었다. 어쨌든 언니만 보낸다는 것은 있을 수 없었기에, 리엔도 자원하였다. 언니의 목적 따위는 아무래도 좋았다. 리엔에게 중요한 것은 가족을 보호하는 것이었다.

그리고 그 마음속에는 뭐든지 언니보다 잘해야 한다는 일종의 경쟁심이 있던 것도 사실이었다. 우주인 양성 학교에서도 언니에게만은 지지 않으려고 기를 쓰고 노력하였던 리엔이었다.

하지만 이렇게 언니가 막상 실론호를 타고 떠나고 보니 그게 무슨 의미가 있었나 싶었다. 어떻게 보면 언니가 있었기에 자기가 항상 당당하고, 자신 있고, 열심히 살 수 있었는지도 몰랐다. 행성에 가는 것이 내심 두려웠던 이유는 결국 언니와 떨어져 있기 싫었기 때문이었을까?

리엔은 모니터를 뚫어지게 보았다.

카메라의 배율을 최대로 올려도 실론호는 벌써 한 점으로밖에 보이지 않을 만큼 가 있었다. 이제 잠시 후면 킬러 위성들이 반응하여 움직일 것이다. 일단 그 고비만 넘기면 착륙할 수 있을 것이고, 그 이후는 언니가 잘 알아서 할 것이라는 생각이 들었다. 언니는 사람 마음을 움직일 수 있는 묘한 힘이 있으니까.

갑자기 측면 모니터가 밝아졌다. 은빛 행성과 검은 우주를 배경으로 실론호의 날개 일부가 보였다. 언니가 실론호의 카메라 영상을 실시간 전송 모드로 바꾼 모양이었다. 상황을 궁금해하는 리엔을 위한 일종의 배려일 것이었다. 카메라에 비치는 행성이 점점 더 커져 모니터의 삼 분의 일쯤 채웠을 때, 그것들이 나타났다. 언니가 카메라를 조작하는지, 전후방 카메라 영상이 번갈아 가며 어지럽게 교차되었다.

킬러 위성은 3시 방향과 6시 방향에서 한 대씩 빠르게 다가왔다. 3시 방향 것이 먼저였다. 실론호에서 나온 섬광이 번쩍였다. 언니가 레이저포로 선제공격을 한 것이다. 리엔의 마음이 조마조마했다. 실론호의 레이저포는 멀리 있는 목표물을 격추할 수는 없지만, 그것의 관측 센서를 무력화할 정도는 되었다. 다행히도, 곧이어 발사된 킬러 위성의 레이저는 실론호를 크게 벗어났다.

뒤쪽에서 오는 킬러 위성을 상대하기에 똑같은 방식을 쓰기에는 시간이 없었다. 모니터의 영상이 덜컥 흔들리더니 행성과 우주가 급격하게 회전하기 시작했다. 그것이 무슨 의미인지 리엔은 알고 있었다. 언니와 함께 여러 번 모의 비행을 통해 경험한 장면이었다. 실론호에 장착된 모형을 분리시켜 기존의 궤도로 가게 하고, 실론호는 궤도 천이를 하고 있는 중이다. 뒤쪽의 킬러 위성뿐만 아니라 아래에서 대기하고 있을 킬러 위성을 회피하기 위한 수단이었다. 언니가 급격한 중력의 변화에도 정신을 차리고 있기를 바랐다.

리엔은 실론호의 고도를 나타내는 계기판 숫자를 노려보았다. 고도가 150km 아래로 내려가면 다시 진입 고각을 맞춰야 한다. 그렇지 않으면 동체 표면 가열과 연료 소모가 너무 커져서 위험했다. 리엔의 마음을 알아차린 듯 모니터의 영상이 다시 안정을 찾았다. 언니가 제때 추진체를 역분사하여 실론호의 균형을 잡은 것이다. 리엔은 크게 한숨을 쉬었다. 거의 9부 능선에 다가왔다고 생각했다. 성공할 것이라는 기대에 들떴다.

그러나 그때, 상당히 낮은 고도임에도 불구하고 운행 중인 킬러 위성이 있었다. 전방 카메라 영상의 한 귀퉁이에서 점점 커지는 그것을 보았을 때, 리엔은 심장이 멎는 줄 알았다. 언니도 그것을 발견했는지 아닌지는 알 수 없었다. 미처 어떤 대응을 하기도 전에 모니터가 갑자기 하얗게 되면서 신호가 끊어졌다. 순간 리엔의 머릿속도 새하얘졌다.

몇 초가 지났을까. 리엔은 급히 통신 마이크에 입을 대었다. 시간이 별로 없었다. 아까부터 실론호로부터의 송신 라인은 꺼져 있었기 때문에 언니가 자신의 말을 들을 수 있는지는 알 수 없었다. 그러나 어쨌든 할 말은 해야 했다.

"언니, 괜찮지? 그럴 것이라 믿어. 그리고, 꼭 돌아와야 해. 우리 어릴 적에 나 혼자 울고 있었던 것, 사실 기억하고 있어. 언니가 다가와서 꼭 안아 줬었잖아. 그때 난 더 이상 외롭거나 무섭지 않았어. 그러니 이번에도 꼭 와야 해. 그러지 않으면 절대로 용서하지 않을 거야.”

제1장

# 되풀이되는 악몽

댄은 또다시 하늘을 날고 있었다.

눈 덮인 알펜 산을 가로지르는데, 나지막한 봉우리를 지날 때에는 다리가 스칠 것 같았다. 계곡을 건너 능선을 넘으니 갈색 행성 라온과 다른 행성들, 그리고 수많은 별들이 펼쳐진 밤하늘 아래로 시온 제1거주구의 불빛이 반짝이고 있었다.

하늘을 나는 느낌은 언제나 신비로웠다. 계시록에 기록되어 있는 하늘을 나는 동물이나 기계를 탈 수 있다면 이런 느낌일까? 마치 몸의 무게가 없어져 바람에 흩날리는 눈송이가 된 듯한 느낌이었다.

꿈속에서 댄의 도착지는 항상 같은 곳이었다. 제1거주구 중앙 타워인 시온탑 맨 위의 전망대. 사뿐히 그곳에 내려앉은 그는 계속해서 계단을 내려가야 했다. 타워 안의 불은 모두 켜져 있지만, 사람은 아무도 없었다. 댄은 이미 그 사실을 알고 있었기에 두렵지는 않았으나, 마음이 썩 내키지는 않았다.

하지만 그가 찾는 것은 타워의 지하 저장소에 있었다. 33층이나 되는 계단을 내려가는 일은 꿈속에서도 힘들었다. 마침내 지하 저장소 입구에 다다랐을 때, 언제나 그랬듯이 그곳은 검은색의 물이 무릎까지 차 있었다. 그는 망설였다. 반대쪽으로 건너가야 했지만, 물에 들어가기가 너무 싫었다. 그래도 어느새 댄은 물을 가로지르며 걷고 있었다. 오직 이번에는 아무 일 없기만을 바랄 뿐이었다.

그러나 역시 마찬가지였다. 물속은 시체들로 가득했고, 시체들을 뒤덮고 있는 '그것'들이 있었다. 손톱만 한 크기의 '그것'들이 댄에게도 달라붙기 시작했다. 맨발이었던 댄은 발과 다리에 붙은 '그것'들을 손가락으로 집어 떼어내려고 애를 썼지만, 댄이 떼어내는 숫자보다 더 많은 '그것'들은 이미 발의 피부를 뚫고 안으로 들어가고 있었다. 형언할 수 없는 공포가 온몸을 감싸면서 댄은 잠에서 깨었다.

댄은 안도의 한숨을 내쉬었다. 시계를 보니 아직 기상 시간에 30분 모자랐다. 댄은 눈을 감은 채 다시 한번 꿈을 돌이켜 보았다. 모든 장면이 너무 생생해서 실제 같았다. 하늘을 나는 부분까지만이었더라면 정말 기분 좋은 꿈이었을 것이었다.

'그것'이 어떤 것인지는 도무지 알 수 없었다. 느낌상 효모와 비슷했지만, 효모는 훨씬 더 작은 균류였다. 차라리 계시록에서 에덴에 존재했다고 하는 벌레와 같은 생명체에 더 가까울 것 같았다. 그러나 시온에 존재하지도 않는 벌레가 자꾸 등장할 이유는 별로 없을 터였다.

댄은 자신의 꿈에 대해 상담 사제와 얘기 나누는 것을 잠시 고민하였다. 최근 들어 이런 비슷한 꿈을 자주 꾸게 되면서 상담 사제에게 나누었지만, 한 번도 이렇다 할만한 답을 얻지 못했기 때문이다.

"하늘을 나는 것은 신께 되돌아가고 싶은 열망의 표현이지, 댄. 하지만 조심해야 해. 예전 에덴의 사람들은 그 열망으로 신께 도달하였지만, 결국 멸망하고 말았으니까. 물론 계시록에 기록된 내용을 문자 그대로 해석하지는 말아야 하겠지만. 계시록은 은유로 가득 차 있고, 신께 다가가는 방법은 여러 가지니 말이야. 하하하."

처음으로 댄이 자신의 꿈을 이야기했을 때 상담 사제인 벤 사제는 특유의 너털웃음을 터뜨리며 이렇게 말했었다.

언제나 그렇듯이 벤 사제는 자신의 마음속에 떠오르는 여러 가지 생각을 정리하지 않고 대답하였기에 그때도 도무지 어떻게 이해해야 할지 종잡을 수 없었다. '아니, 아직은 아니야. 내 공포가 의미하는 바가 무엇인지 일단 스스로 알아야 해.' 댄은 마음속으로 중얼거리며 침대에서 일어나 방을 나와 세면실로 향하였다.

***

6시 정각이 되자 언제나처럼 기숙사 스피커에서 학생 합창단의 성가가 힘차게 울려 퍼져 나왔다. 또 다른 하루가 시작되었다. 오늘의 첫 과목은 베로니카 사제의 '신학과 가정'이었다. 신의 뜻에 맞는 남녀의 역할에 대해 토론하고, 어떻게 하면 시온을 좀 더 이상적인 사회로 만들 수 있는지에 대해 배웠다. 정말 지루하고 따분하여 댄이 제일 싫어하는 과목이었다. 댄이 보기에는 그저 쓸데없는 논쟁에 시간을 허비하는 것 같았다.

학기가 시작되어 처음으로 이 수업을 들었을 때였다. 작은 키에 나이가 지긋해 보이는 베로니카 사제는 전형적인 차림, 즉 효모로 만든 흰색 자루 옷에 흰색 띠를 매고, 머리에는 흰색 두건을 두르고 강의실에 들어왔었다. 사제들은 순결의 서약을 지켜 결혼하지 않는데, 여자 사제들은 신과 결혼했다는 의미로 기혼녀들과 마찬가지로 두건을 둘렀다. 자루 옷과 마찬가지로 일반인은 회색인 데 반해 흰색이라는 점만 달랐다.

가끔 여학생들 사이에서는 남녀 차별에 대한 불만이 제기되곤 했었다. 여러 가지가 있었지만, 두건이 그 대표적인 것 중 하나였다. 마침 베로니카 사제가 이 과목의 교육 목적 및 목표를 얘기하고 나자 당장 질문이 터져 나왔다.

"그런데 왜 기혼 여자들은 두건을 써야 하죠? 여자만 미혼과 기혼을 구별해야 하는 이유가 있나요?"

질문한 학생은 유나였다. 댄은 유나를 잘 알고 있었기에 별로 놀라지는 않았으나, 또 시작이구나 하며 혀를 찰 수밖에 없었다.

"그것은 전통이에요. 옛날에는 지금과는 달리 남녀 사이에 자유롭게 연애하며 사귈 수 있었어요. 그런데 결혼한 여성에 대한 구별이 없으면 여러 가지 난처한 상황이 발생할 수 있기 때문에 생긴 것이죠. 유부녀에게 사랑을 고백할 수는 없는 일이잖아요? 그것은 우리 여성 사제들에게도 마찬가지였습니다. 그 후로 시대가 바뀌어 지금은 그럴 일이 없어졌지만, 전통으로 계속 남아 있는 거예요."

"그렇다면 옛날에는 왜 남자만 구애했죠? 여자도 구애할 권리가 있는 것 아닌가요? 그리고 자유연애가 어차피 없어졌다면 이제는 두건으로부터 해방되어도 좋을 것 같아요."

유나의 계속된 주장에도 베로니카 사제는 차분히 대답했다.

"글쎄요, 왜 남자만 구애했는지는 오직 신께서 아시겠죠. 그게 그 분께서 사람을 창조하신 방식이니까요. 최근 들어 전통을 무시하는 경향이 있는데, 내 생각에 꼭 그럴 필요는 없다고 봐요. 두건을 쓴 여성이 얼마나 정숙하고 우아해 보이는데요. 요즘 젊은이들이 자루 옷을 짧게 올리거나 내려서 몸을 노출하는 유행도 있던데, 내가 보기에는 하나도 멋있지 않아요. 원래 감출수록 더 신비롭고 아름답게 보이는 법이랍니다. 유나 리오, 잘 이해가 되었나요?"

왈가닥 유나도 입만 삐죽거리고는 더 반박하지 않았다. 그날도 유나는 자루 옷을 짧게 올려 종아리를 드러내었는데, 그전에 몇 번이나 베로니카 사제에게 지적을 받곤 했었다.

"오늘은 시온의 남녀평등 역사에 대해 배우겠어요."

수업이 시작되고 베로니카 사제가 학생들을 둘러보며 말했다.

"거기 학생, 이름과 성을 말해 보세요."

새벽에 꾸었던 꿈 생각에 멍하니 창밖을 보고 있던 댄은 깜짝 놀랐다.

"예? 아, 제 이름은 댄… 댄 그리고 리킴입니다."

댄의 어수룩한 대답에 몇몇이 키득 웃었다.

"리킴이라는 성은 어떻게 받은 거죠?"

베로니카 사제가 다시 물었다. 이번에는 댄도 똑바로 대답할 수 있었다.

"부계로부터 리, 모계로부터 킴을 받았습니다."

"그래요, 여러분 모두 부계 성과 모계 성을 받았어요. 그런데 옛날에는 아이들에게 오직 아버지의 성만을 물려주었습니다. 어머니 쪽은 아예 알 수가 없었죠. 우리의 선조들이 시온을 건설할 때, 이렇게 남녀평등 사상을 실천했습니다. 신께서 인간을 평등하게 만드신 뜻을 따른 거죠."

성씨에 대한 그 이야기는 모두 다 아는 사실이었다. 그러나 댄은 아빠의 먼 조상이 리 씨이고, 마찬가지로 엄마의 엄마의 엄마가 킴 씨라는 것이 남녀평등과 무슨 상관이 있는지 이해할 수 없었다.

"평등에 대해 말씀하시지만, 실제 시온은 상위층에만 결혼할 권리가 주어지는 계급 사회 아닌가요?"

로사가 질문했다. 베로니카 사제의 수업 때면 보통 조용히 있는 편이었던 그녀가 질문을 하다니, 의외였다.

시온에서는 인구 관리를 위해 만 20세가 되는 남녀 중 각각 상위 50%에게만 5년 안에 결혼하여 가정을 꾸릴 수 있는 권리를 주었다. 그리고 오직 정상적인 결혼 가정에서 태어난 아이들만이 각 거주구에서 인정받고 교육의 혜택 및 직업 선택의 기회가 주어졌다. 50%, 절반이라는 숫자는 어떻게 보면 쉽게 느껴졌지만, 실상은 젊은이들에게 매우 큰 스트레스로 다가왔다. 같이 어울려 친하게 지내는 친구들 사이에서 벌어지는 경쟁이기 때문이었다.

베로니카 사제는 기다렸다는 듯이 대답했다.

"좋은 질문이에요. 그것을 이해하려면 우리의 역사에 대해 먼저 알아야 해요. 여러분도 알다시피 약 1000년 전에 우리의 조상인 첫 인류, 그러니까 고대 정착민이 신께 버림받아 천국에서 추방당하였을 때, 시온에 도착한 인구는 1만 2천 명이었어요. 당연히 처음에는 어려움이 있었지만, 산소가 풍부해지고 효모의 대량 증식이 가능해지자 인구가 빠른 속도로 증가했어요. 그 당시에는 인구 증가에 대한 염려나 제한 같은 것이 없었고, 여성 권리나 가정 윤리, 그리고 제일 중요한 신에 대한 경외심이 희박했습니다. 많은 사람이 방탕한 삶을 살았고, 한 남자가 여러 여자를 거느리는 것을 당연시했어요. 결국 500년 만에 인구가 거의 백 배 늘어났지요."

"효모죽 먹으며 애 만드느라고 엄청 바빴겠어요."

뒤에서 누군가 중얼거리는 말에 온 교실 안이 웃음바다가 되었다. 베로니카 사제는 아랑곳하지 않고 계속 설명했다.

"다 아는 역사라 지루할 수 있겠지만 다시 한번 설명할게요. 그래서 대재앙 직전에는 시온의 인구가 약 150만 명을 헤아렸습니다. 식량과 직업과 거주지의 공급이 인구 증가를 따를 수 없었기에 소수의 권력자는 호화로운 생활을 누렸던 반면, 많은 사람이 타락과 나태와 굶주림으로 부대끼며 비참한 삶을 살게 되었죠. 약 500년 전, 대재앙으로 말미암아 대부분의 사람이 죽었을 때, 살아남은 사람들이 그것을 신의 형벌이자 축복이라 불렀던 이유이기도 합니다. 시온을 처음부터 다시 재건한 이후, 선조들은 부끄러운 과거를 멀리하고 율법에 따른 엄격하고 도덕적이며 모두가 평등한 사회를 구축했어요. 이렇게 해서 지금의 시온이 탄생한 것입니다. 우리는 경제적 차별도,

남녀 차별도 없이 평등합니다. 아까 상위 절반만 결혼할 권리를 얻지 않느냐고 했는데, 사제의 길을 걷는 사람들이 자발적으로 독신의 서약을 맺기 때문에 실제로 그 권리를 받는 비율은 더 커져요. 그리고 지금까지의 연구와 조사를 통해 보면, 아이를 낳았다고 다 부모의 자격이 생기는 것은 아니에요. 어떤 사람들은 차라리 아이를 낳지 않는 편이 사회와 가정 모두를 위해 바람직한 경우도 있어요. 그런 측면에서 현재의 제도는 매우 성공적으로 안착했다고 볼 수 있습니다."

과연 그럴까? 댄은 동의하지 않았다. 벤 사제도 마찬가지였다. 그는 시온 사회가 빛 좋은 효모 케이크와 같다고 말했었다. 겉만 번지르르하지 막상 맛은 효모죽과 똑같기 때문이라는 뜻이었다.

베로니카 사제가 학생들을 조별로 묶어 수업 내용에 대해 토론하라고 했을 때, 댄은 로사와 같은 조가 되었다. 댄이 벤 사제님의 그 얘기를 마치 자기 생각인 양 꺼낸 것은 아마도 그 때문이었을 것이다.

같은 조의 다른 학생들은 재미있는 표현이라고 웃어넘겼지만 로사는 질문했다.

"시온의 어떤 부분이 겉으로는 좋아 보이지만 실제로는 문제가 있다고 생각하니?"

"어? 음... 일단 아까 네가 질문한 결혼할 수 있는 권리에 대한 부분도 있고…"

"물론 나는 그 제도에 전적으로 찬성하지는 않지만, 베로니카 사제님의 설명도 수긍이 가. 아무나 가정을 꾸리고 부모가 될 수는 없지 않겠니? 그것에 정확히 어떤 부분이 잘못되었는지 너의 의견을 듣고 싶어."

댄은 당황했다. 벤 사제와 있을 때는 주로 그의 주장을 들으며 동의하면 되었기에 스스로 자신의 주장을 다듬은 적이 거의 없었다. 댄은 로사의 질문에 대답하기 위해 시온의 문제점들을 생각나는 대로 이것저것 말하였지만, 자신이 생각해도 타당한 근거나 증거를 제시할 수는 없었다. 아마 다른 조원들도 다 그렇게 느낀 모양이었다.

결국 토론 주제는 다른 것으로 넘어갔고 댄은 얼굴이 상기된 채 남은 시간을 조용히 보낼 수밖에 없었다.

***

오전 수업 후 식당에 갔을 때 댄의 눈길은 로사를 찾았다.

다행히도 그녀는 항상 앉던 그 자리에 혼자 있었다. 댄은 유리 식판에 효모죽 - 학생들의 표현에 따르면 꿀죽 - 을 적당히 담아 로사의 앞으로 갔다.

"잠깐 앉아도 될까?"

그녀는 댄을 보더니 살짝 미소를 지었다.

"물론."

댄은 자리에 앉아 식사 전 기도를 드린 다음 천천히 죽을 먹기 시작했다.

로사가 제7거주구로 전학 온 지 6개월이 다 되어가지만, 댄이 그녀와 개인적으로 이야기를 나눈 적은 아직 없었다. 사실 계속 기회를 찾고 있었는데, 오전 토론 때 무안당한 것이 오히려 댄에게 용기를 주었다.

그러나 댄은 어떻게 말을 꺼내야 할지 몰라 간간이 그녀를 쳐다보기만 하였다. 로사는 검은 단발머리를 뒤로 올려 끈으로 묶어 가늘고 하얀 목이 두드러져 보였다.

그녀는 조심스럽게 숟가락을 내려놓고는 댄을 보며 말했다.

"나한테 무슨 할 말이 있니?"

"어, 음... 혹시 나와 학기 프로젝트를 같이 하지 않겠니?"

일단 말을 꺼내고 나니 마음이 좀 진정되었다. '정신 차려 댄, 넌 사제가 되려고 학교에 온 거야.' 마음속으로 중얼거리며 댄은 입을 열었다.

"아까는 내가 제대로 설명을 못했는데, 난 근본적으로 우리가 배운 시온의 역사에 여러 모순이 있다고 생각해. 계시록도 마찬가지야. 모두 대재앙 이후의 일들만 자세히 나와 있고, 그전에 대해서는 거의 아는 게 없어. 첫 인류가 시온에 추방당했을 때는 동물과 식물이 있었다는데, 왜 지금은 모두 사라졌을까? 대재앙은 무엇이었고 어떤 일이 벌어졌을까? 왜 시온 어디를 찾아봐도 그 흔적이 없을까? 이상하지 않니?"

흥분한 댄과 달리 로사는 침착했다.

"그것은 대재앙 때 모든 것이 파괴되었기 때문이잖아."

그랬다. 사람들은 그것으로 모든 것을 설명하였다. 댄으로서는 대재앙 자체가 실제 있었던 일인지 의심스러웠으나, 지금 로사와 그런 논쟁을 벌일 필요는 없다고 생각했다.

"네 프로젝트가 대재앙을 조사하는 거니?"

로사의 질문에 댄은 정신을 차렸다.

"응. 아니, 정확히 말하자면 약간 관계가 있어. 대재앙이 발생한 게 약 500년 전의 일이지. 고대 정착민이 천상의 우주선을 타고 시온에 도착한 '대탈출'은 그보다도 500년 전, 즉 지금으로부터 약 1000년 전에 이루어졌고. 내가 관측한 행성 궤도를 역으로 추산하면, 대재앙이 발생했을 때 우리 태양계 안의 모든 행성이 일렬로 정렬된 것으로 나와. 그런데 놀라운 것이 뭔지 알아? 고대 정착민이 시온에 도착한 때에도 행성들이 모두 일렬로 정렬되었다는 거야. 내 생각에 계시록에 나와 있는 에덴은 단순한 천국의 세계가 아니라, 실제로 존재하는 우리 태양계의 행성인 것 같아. 가장 중요한 점은 내가 최근에 망원경을 이용해 라온과 그 위성들을 관측했는데, 아무래도 몇 년 안에 다시 정렬이 만들어질 것 같아. 내 이론이 맞는다면 그때에 또 엄청난 일이 생길지도 몰라! "

폭풍같이 말을 쏟아 내고 나니 너무 두서가 없어 로사가 알아들었을지 자신이 없었다. 그녀의 표정은 아무런 변화가 없었다.

로사는 잠시 뒤에 물었다.

"망원경? 그런데 그게 뭐야?"

"아.. 그건 효모 배양 장치에 있는 렌즈로 내가 만든 건데 사물을 크게 볼 수 있어."

로사의 입꼬리가 살짝 내려갔다.

"너의 프로젝트가 정확히 뭔지는 모르겠지만 조금 마음에 걸리네. 첫째, 도구를 사용해 하늘을 관측하는 것은 최고 회의에서 엄격히 금지하고 있어. 그리고 효모 배양 장치 부속품을 개인적으로 쓰는 것은 규정에 어긋나는 것 아니니?"

로사의 엄숙한 표정에서 댄은 지금까지 수없이 겪었던 벽을 또 한 번 느낄 수밖에 없었다. 규칙, 질서, 윤리, 공정… 댄이 살고 있는, 이 세계는 이런 것들로 만들어진 커다란 시계의 부속품처럼 정확히 돌아가지 않으면 안 되는 것이다. 로사는 왠지 다를 것이라고 생각한 것은 댄의 착각이었을까? 댄은 더 이상의 의욕을 잃고 입을 다물었다. 다른 방법을 찾았어야 했나 보다.

로사는 댄이 대답이 없자 말을 계속했다.

"그렇지만 '대이주'를 연구한다는 너의 목적은 꽤 재미있어 보여. 좋아, 프로젝트에 참여할게. 내가 할 일이 뭐니?"

기대하지 않았던 반전에 댄은 어안이 벙벙했다. 그러나 곧 신이 나서 그들이 할 일에 관해 설명했다.

"그러니까 기록소에 있는 고대 천문 기록을 조사하여 너의 관측 자료와 비교한다는 것이구나. 내가 할 일은 자료를 찾아 정리하는 것이고?"

"응, 네가 굉장히 꼼꼼하고 야무지다고 알고 있어. 큰 도움이 될 거야."

사실 이 말은 댄이 즉흥적으로 생각해낸 것이었다. 사람들에게 듣기 좋은 이유를 대면 더 설득하기 쉬울 테니깐.

"어머, 날 바보로 아니? 다른 속셈이 있다고 네 얼굴에 다 쓰여 있다. 결국 너의 목적은 내가 아닌 나의 삼촌이잖아. 어쨌든 좋아. 기록소에 가 보는 것도 나의 바람 중 하나였어."

로사는 눈을 흘기며 말했다. 댄은 속셈을 들켜 얼굴이 불그스레해졌다. 기록소 안에는 신의 계시를 듣는 신탁의 방이 연결되어 있어 출입이 엄격히 제한되었다. 거기에 들어가기 위해서는 굉장히 타당한 이유와 높은 분의 협조가 필요할 터였다. 예를 들면 로사의 삼촌인 폴 최고 제사장 정도의 위치가 되는 분 말이다.

"하지만 내가 부탁한다고 해서 꼭 되리라는 기대는 말았으면 좋겠어."

로사의 말에 댄은 목소리를 다듬으며 대답했다.

"물론이야. 무엇보다 프로젝트의 당위성을 설득시킬 수 있어야겠지. 나는 사람들에게 구원의 때에 대한 준비를 시킬 수 있다고 주장할 계획이야. 그렇다면 최고 회의에서도 인정해 주지 않을까 싶어."

"좋아, 그럼 다음 수업 시간에 구체적인 역할을 논의하자."

로사는 식판을 들고일어나, 살짝 고개를 끄덕이고는 자리를 떠났다. 댄은 그런 로사의 뒷모습을 바라보았다. 그리고 속으로 쾌재를 부르며 남은 죽을 퍼먹기 시작했다.

제2장

# 첫 탐험

유나가 여자 기숙사 현관을 나서자, 기다리던 댄이 짜증을 냈다.

"왜 이렇게 오래 걸렸어? 약속 시간이 지났잖아."

댄은 챙이 좁은 모자를 썼고, 아래로는 회색의 자루 옷에 배낭만 메고 있었다. 그는 늘 머리를 짧게 잘랐는데, 어른스럽지도 세련되지도 않다는 유나의 충고를 늘 들은 척 만 척했다. 그나마 오늘은 모자를 쓰긴 했지만, 그의 얼굴이 더 크게 보여서 별로였다. 댄은 보통 키에 체격도 보통이지만, 잘 꾸며주면 그래도 데리고 다닐 만한데 도무지 말을 안 들었고, 그 점이 유나는 아쉬웠다.

"모자는 벗는 게 좋겠다. 그렇게 입고 안 춥겠어?"

유나의 말에 그는 어깨를 으쓱했다.

"외투는 배낭에 있어."

웬일인지 그는 착한 아이처럼 모자를 벗어 배낭 옆에 쑤셔 넣었다.

"그러는 너는 아주 가관이구나. 웃옷을 그렇게 껴입으면서 자루 옷 밑단은 왜 그렇게 짧아? 자칫하면 하의를 안 입은 줄 알겠다."

댄이 또 타박했다. 그는 유나가 요즘 유행하는 스타일로 입는 것을 그다지 좋아하지 않았다.

산 위는 춥다는 말에 언니는 효모 솜이 들어간 두꺼운 겉옷을 권했지만, 유나는 너무 뚱뚱해 보인다고 거절했다. 대신 그녀는 얇은 옷을 여러 장 겹쳐 입기를 택했다. 그러느라고 조금 늦어진 것이었다.

"넌 정말 패션을 모르는구나."

유나의 대답에 댄은 고개를 설레설레 흔들었다. 그러고는 뒤도 안 돌아보고 바로 출발했다.

"여어, 한 쌍의 강아지들 오셨구먼. 어려움은 없었고?"

유나와 댄이 제7거주구 북쪽 끝의 트램 정류소에 들어서자, 벤 박초이 사제가 그들을 맞이하였다. 벤 사제는 두툼한 덧옷을 입고 있었는데, 덧옷 밑에 보이는 사제복은 얼마나 오래 빨지 않았는지 누렇게 되어 마치 일반인들의 회색 자루 옷 같았다. 사람 좋아 보이는 둥근 얼굴이 불그스레한 것이 제사용 효모주를 이미 한잔한 모양이었다.

"제발 강아지란 말 좀 그만하세요."

유나에게 강아지란 계시록 속 동물 이상도 이하도 아니었지만, 왠지 기분이 좋지 않았다.

"그리고, 사제님. 술 드셨네요? 탐사 떠나는 길에 이래도 괜찮으신 건가요?"

유나의 반격에 벤 사제는 머리를 긁적였다.

"음. 무릎이 또 저려와서 한잔했다."

벤 사제가 뭐라고 더 말하려 했지만, 댄이 가로챘다.

"건국절을 며칠 앞두고 일정에 없던 점검을 하러 간다고 거스 사제님에게 일장 연설을 들었습니다. 뭐 그래도 벤 사제님의 일이니 허락해 주셨지만요."

댄이 화제를 돌리자 벤 사제는 한시름 놓은 표정이었다.

"거스 사제는 신경 쓰지 않아도 좋아. 제때에 돌아가기만 한다면. 하지만 나는 신경이 쓰여. 지난번에도 대단한 발견을 할 것이라고 했지만 결국 허탕을 쳐서 면목이 없었거든. 그리고 이번에는 왠지 예감이 좋지 않아. 내 무릎은 틀린 말을 한 적이 없어."

벤 사제의 우려 섞인 말에 댄이 변명했다.

"이번엔 확실해요. 망원경으로 진짜 봤어요. 지난번에 갔던 관측소보다 조금만 더 가면 돼요. 닷새 안에는 돌아올 수 있을 거예요."

"글쎄, 산은 항상 사람의 예측을 불허하지. 그게 산의 매력이기도 하지만. 유나 양도 마음의 준비를 단단히 하고 온 거겠지?"

벤 사제가 유나에게 시선을 돌리며 물었다. 유나는 벤 사제나 댄이 자신을 여자라고 무시하는 것이 싫었다. 지난번에도 자신을 따돌리고 둘만 탐사를 다녀왔었다. 하지만 이번에는 절대로 그렇게 내버려 두지 않을 것이다.

"걱정 마세요, 벤 사제님. 댄은 내가 잘 돌볼 테니까요."

유나는 두 사람의 대답을 기다리지 않고 배낭을 메고는 트램에 먼저 올라탔다.

북부 발전소로 가는 트램은 원래 물자만 나르는 화물차였으나 화물칸 안에 간이 의자가 있어 앉아서 갈 수 있었다. 잠시 후 출발 시간이 되자, 트램은 선로 위를 가볍게 달리기 시작했다. 얼음으로 덮인 알펜 산은 구름이 잔뜩 끼어 있었고, 외인의 접근을 막기 위한 철책 너머로 하늘과 땅이 모두 흰색이었다.

"여기에도 외인이 나타나나요?"

유나가 딱히 누구에게라고 할 것 없이 물었다. 거주구 주변은 경비병들이 순찰을 해서 안전하다고 알고 있었는데 의외였다.

"트램으로 파워셀을 운반하는 경우는 특별히 안전에 신경을 쓰겠지. 효모도 그렇고."

댄이 대답했다.

머리와 수염을 산발하고 주요 부분만 가린 옷을 입은 외인들이 트램에 몰려오는 상상을 하니 유나는 오싹했다. 외인들은 요리하지 않은 생효모를 먹고, 아이들과 여자들을 납치해간다고 유나의 언니는 말하곤 했다. 특히 유나가 말을 안 들을 때면 "외인들이 납치한 아이들을 어떻게 하는지 아니?" 하며 겁을 주기도 했다.

머리가 크면서 외인들에 대한 이야기가 대부분 거짓이거나 과장된 것임을 알게 되었지만, 실제 외인에 의한 절도와 납치 사건이 가끔 일어나는 것은 사실이었다. 납치된 아이들은 어떻게 되었을까?

"외인의 수가 많은가요? 그들은 무엇을 먹고살죠?"

외인이 효모 공장을 운영한다는 얘기는 들어본 적이 없었다.

"내가 알기로 그들은 자연 상태에서 효모를 증식하는 방법을 알고 있다는구나. 우리는 외인을 야만적이라고 무시하지만, 적어도 효모에 관해서는 배울 점이 많아."

벤 사제의 말에 유나는 기분이 나빠졌다.

"그들은 추악한 죄의 산물 아닌가요? 자연 효모고 뭐고 그들이 세상에서 다 없어져 버렸으면 좋겠어요."

"그들도 결국 사람이야. 왜 그렇게 자애심이 없니? 가끔 너를 보면 신의 사랑이 있는 것인지 의심이 든다."

댄이 혀를 찼다. 유나는 당연히 자신이 옳고 댄이 틀렸다고 생각했다. 적어도 학교에서는 늘 그렇게 배워왔었다. 그래서 벤 사제가 반론해 주기를 내심 기대했지만, 의외로 그는 아무 말도 하지 않았다.

***

트램은 어느새 산 중턱을 넘어 낮게 깔린 구름 속으로 들어갔다. 창밖은 아무것도 보이지 않았고 오로지 하얀 꿈을 꾸는 느낌이었다. 유나는 어린아이처럼 마냥 즐거워했다.

"아, 나는 이런 풍경이 너무 좋아. 내가 꿈꿔왔던 탐사가 바로 이런 것이었어요."

유나가 감탄하자 벤 사제가 쓴웃음을 지었다.

"얼음 폭풍을 한 번 맞으면 그런 생각이 사라질걸. 3년 전에 제8관측소에서 석 달 동안 폭풍에 고립되었을 때는 다시는 파란 하늘을 못 볼 줄 알았지."

"그때 파워셀 저장소를 발견한 거지요?"

유나가 질문했다.

초소형 핵융합 파워셀, 혹은 그냥 파워셀이라 불리는 에너지 동력원은 신의 선물로, 고대 정착민의 유산이자 시온의 유일한 에너지원이었다. 파워셀에 적당한 전기 충격을 가하면 막대한 열을 내게 되는데, 이를 이용하여 시온은 효모를 배양하는 열을 얻고, 전기를 생산하고, 제일 중요한 장치인 산소 발생기도 가동시킬 수 있었다.

파워셀은 대재앙 이후에도 천 년은 쓸 수 있을 정도로 충분하다고 장담했지만, 인구가 늘어나고 생활양식이 변하면서 파워셀의 재고도 빠른 속도로 줄고 있었다. 풍력이나 지열을 이용한 전기 발전 기술을 개발하고 있지만, 아직 파워셀을 대체할 수는 없었다. 당시에 고대인의 관측소에서 파워셀 저장소를 발견한 것은 커다란 성과였다.

"가지고 있던 식량이 다 떨어지는 바람에 어쩔 수 없이 관측소 내부를 샅샅이 뒤질 수밖에 없었지. 벽에 숨겨진 공간이 있었는데, 우연히 그곳을 열게 된 거야. 다행히도 고대인의 비상식량이 있더구먼. 아, 그 맛은 정말 영원히 잊지 못할 거야. 우리가 먹는 효모죽하고는 비교할 수가 없어."

벤 사제는 틈만 나면 고대인의 비상식량에 대해 얘기했다. 첫 인류가 천국에서 추방될 때, 그들은 파워셀뿐만 아니라 천국의 음식도 조금 가져왔다고 했다. 유나도 사실 천국의 음식 맛이 궁금했다. 어쩌면 그것이 벤 사제와 댄의 탐사 임무에 따라온 이유 중 하나였는지도 모르겠다. 물론 더 중요한 이유도 있지만…

조용히 트램의 창밖을 보던 댄이 벤 사제에게 물었다.

"그런데 왜 다른 관측소에서는 저장소를 발견하지 못했을까요?"

"글쎄, 내가 아나? 제8관측소가 특별했나 보지. 그래서 우리가 다른 관측소를 찾으러 탐사를 가는 것이 아니겠어? 눈 속에 파묻혀 잊혀진 고대인의 보물만 찾는다면 우리는 유명해지는 거야."

아직까지는 그런 보물은 찾지 못하였다. 벤 사제는 십수 년간 탐사 활동을 하였지만, 그가 유명해진 경우는 오직 그때 한 번뿐이었다. 댄은 유나에게 지난 1년간 벤 사제와 함께한 탐사에 대해 자세히 얘기해 주었다. 그들은 두 곳의 관측소 유적을 발견했는데, 한 곳은 불에 타서 녹은 건물의 검은 형체만 있었고, 다른 한 곳은 산사태에 파묻힌 채 부서진 안테나만 삐죽 나와 있었다고 했다. 몇 시간에 걸쳐 위에 쌓인 눈을 걷어냈지만, 흙과 눈이 얼어 단단하게 굳은 토사는 도저히 파낼 수가 없었다고 하였다.

이번 탐사는 북부 발전소에서 동쪽으로 15km 위치한 제5관측소로부터 시작한다. 제5관측소는 제일 변방에 위치하였기에 벤 사제도 그 너머로 무엇이 있는지는 모른다고 하였다. 아니, 댄은 무엇인가 알고 있을지 모른다. 어쨌든 이 탐사는 그의 계획이니까.

트램이 발전소에 도착하자 그들은 장비를 챙겨 내렸다. 발전소는 3개의 건물로 이루어져 있는데, 파워셀을 연소시켜 전기를 생산하는 발전동, 전기 에너지로 효모를 배양하는 효모동, 그리고 물을 전기 분해하여 산소를 만드는 에어동이 그것이었다.

트램 정류소를 빠져나가면 효모동의 부속 건물인 관리소로 길이 연결되었다. 그들은 로비를 지나 관리소장인 신구 사제의 방으로 들어갔다. 작은 창을 등지고 강화 유리로 된 책상이 놓여 있었고, 신구 사제는 책상 뒤의 의자에 앉아 유리컵에 담긴 주황색 음료를 마시고 있었다.

"신구 사제, 여전하구먼. 점점 젊어지는 것 같아."

벤 사제의 인사에 신구 사제는 자리에 앉은 채 대답했다.

"예, 오랜만이군요. 앉으시지요."

책상 앞의 손님용 철제 의자는 두 개밖에 없었다.

눈치 빠른 댄이 "저는 서 있는 게 좋습니다."라고 말하자, 벤 사제와 유나가 각각 의자에 앉았다.

"그런데 음료 색깔이 특이하군. 새로운 효모라도 배양하였나?"

벤 사제의 질문에 신구 사제는 컵을 들고 말했다.

"아니요, 효모는 다름이 없는데, 바다로 흘러가는 유스 강에서 건진 미네랄을 갈아서 넣은 겁니다. 짠맛과 단맛이 동시에 나는데 맛있습니다. 한 번 드셔보시지요."

신구 사제가 컵을 내밀자 벤 사제는 두 손으로 받아 조금 마시고는 다시 돌려주었다.

"흠… 뭐랄까, 굉장히 창의적인 맛이군. 이번에는 성공할 수 있을 것 같은데? 좋은 예감이 들어."

"그럴까요? 맛이 좋기는 한데, 미네랄을 구하려면 유스 강 하류에 사람을 보내야 합니다. 아시다시피 요즘 최고 회의에서는 거주구 밖으로 나가는 것에 대해 예민한 반응을 보이고 있어서요."

신구 사제는 댄과 유나를 한 번씩 쳐다보았다.

"이번 탐사만 하더라도 정식으로 승인된 사항이 아니라서 저로서는 허락하기 어렵습니다."

벤 사제는 대수롭지 않은 듯 대답했다.

"그런가? 5일 이내의 탐사는 자네 재량으로 허가할 수 있지 않나?"

"발전소 운영에 꼭 필요한 경우에 한하지요. 그런데, 이번 탐사가 그런 건가요?"

분위기가 냉랭했다. 신구 사제의 입은 엷은 미소를 띠었지만 그의 눈은 차가워 보였다. 유나가 예상치 못한 긴장감에 머리가 쭈뼛했을 때 댄이 불쑥 말하였다.

"저희는 허락 같은 것은 필요 없는 것으로 알고 있는데요."

"그런가? 그럼 여기는 뭣 하러 찾아왔나? 그냥 가면 되겠구먼."

신구 사제는 입가에 남아 있던 웃음기를 없애고 댄을 노려보았다.

"무슨 소리야, 댄. 우리는 당연히 이곳 북부 발전소 관리소장의 허락이 필요해. 신구 사제, 이 학생이 아직 잘 몰라서 그러니 이해하게. 실은 내가 서류를 두 개 준비해 왔는데, 한번 검토해 보게나."

벤 사제는 안쪽 주머니에서 두 장의 유리 노트를 꺼내 신구 사제에게 건넸다. 손바닥 두 개보다 조금 더 큰 얇은 강화 유리에는 무엇인가 글이 적혀 있었다.

"어떤 것을 상부에 제출할지는 자네가 결정하면 되네."

신구 사제는 두 유리 노트를 꼼꼼히 읽더니 책상 위에 올려놓고 말했다.

"벤 사제님과의 의리를 생각하여 이번만은 특별히 도와드리지요. 보급 창고에 들러 필요한 물건들을 챙겨 출발하세요. 연락해 놓겠습니다. 하지만 반드시 5일 안에 돌아와야 합니다. 혹시라도 수색대를 보내야 하는 일이 생기지 않도록 하기 바랍니다."

"고맙네. 내가 시온 거주구 총 회의에 참석하면 특별히 이번 탐사에서 자네의 역할을 강조하겠네. 그런데 그 미네랄을 어디서 구했다고? 기회가 되면 나도 한번 채취해야겠어."

벤 사제는 특유의 넉살 좋은 웃음을 지었고, 그렇게 발전소에서의 용건을 해결하였다.

***

벤 사제와 댄, 그리고 유나가 점심 식사를 한 곳은 북부 발전소에서 약 4km 정도 떨어진 능선의 한 언덕 위였다. 그들은 앉기에 적당한 큰 바위를 찾아 그 위에서 효모를 굳혀 익힌 빵과 물을 먹었다.

"신구 사제의 허가 따위는 필요 없었다고요. 벤 사제님은 제7거주구 부대표 사제이시고 신구 사제보다 서열이 높으니까, 명령할 수 있는 것 아닌가요?"

발전소에서 출발한 이후로 한마디도 하지 않았던 댄은 아직도 분이 풀리지 않은 것 같았다.

"기술적으로는 그렇지. 하지만 북부 변경에 일어나는 모든 일은 관리소장의 책임이고, 또 우리는 파워셀 없이는 관측소에서 하루도 버틸 수 없어. 감정을 앞세울 것이 아니라 실리를 챙기는 습관을 들여야지. 원하는 것을 얻기 위해서는 여러 가지 방법을 고려해야 해. 그건 그렇고, 네가 이렇게 감정적으로 반응하는 이유가 무엇인지 생각해 보았니, 댄?"

벤 사제는 댄의 지도 사제로서 그의 내적 성장에도 항상 주의를 기울였다.

“그건… 신구 사제가 비열하기 때문이에요. 지난번에 정규 탐사로 왔을 때도 별일도 아닌 트집을 잡아 우리를 괴롭혔잖아요.”

벤 사제는 허허 웃음을 터뜨렸다.

“신구 사제에게도 인간적인 약점이 없진 않지만, 비열함은 아니야. 그는 규정에 충실하고, 책임감을 무겁게 느낄 뿐이야.”

잠시의 침묵이 흐르자 유나가 대신 대답하였다.

“제 생각에는 벤 사제님이 신구 사제에게 저자세로 대하는 모습이 싫었나 봐요. 댄은 권력을 가진 사람들을 싫어하거든요.”

“나는 단지 자신의 지위를 이용해서 사람들을 괴롭히는 것이 싫을 뿐이야.”

댄이 스스로를 변호하자, 벤 사제가 댄의 어깨를 두드리며 말했다.

“유나가 너에 대해서 더 잘 알고 있구나. 신구 사제는 책임감도 있는 반면 성공하고 싶은 야심이 매우 커. 최고 회의 사제가 되는 것이 목표겠지. 그 목표를 위해 자기 자신과 주변 사람을 독촉하는 것이란다.”

벤 사제는 유나를 쳐다보며 물었다.

“내가 어떻게 그의 마음을 바꿀 수 있었을까?”

“이번 탐사에서 그가 원하는 무엇을 약속했나요?”

“그렇지, 역시 유나는 똑똑해. 내가 건넨 두 장의 유리 노트 하나에는 탐사의 모든 책임을 내가 지겠다고 서약한 내용이 적혀 있었고, 다른 하나에는 이번 탐사를 관리소장 감독 하에 진행하여 모든 성과를 공유하겠다는 내용이 적혀 있었단다. 어떤 결과가 나오든 신구 사제의 입장에서는 자신의 안전과 이익을 확보한 것이야. 그리고 우리는 그의 협조를 얻을 수 있었지. 이것이 윈윈 전략이라는 거야. 알겠니?"

벤 사제의 의기양양한 설명에도 댄은 그다지 기분이 나아진 것 같지는 않았다.

"어련하시겠어요, 사제님. 이제 그만 출발하시죠."

댄은 먼저 일어나 길을 가기 시작했다.

유나는 댄을 따라가며 생각에 잠겼다. 사실 유나가 아까 말하지 않은 부분이 있었다. 댄은 단순히 권력을 가진 사람에 대해 화가 난 것이 아니었다. 댄은 벤 사제를 어릴 적 돌아가신 아버지처럼 여겼다. 그래서 벤 사제가 모욕을 당한다고 느끼면 분노를 참지 못하곤 했다.

유나는 특유의 직감으로 오래전부터 그것을 느끼고 있었지만, 잘 이해되지는 않았다. 댄은 효자였다. 홀로 된 그의 어머니는 항상 댄에게 아버지같이 훌륭한 사람이 되어야 한다고 가르쳤었고, 그는 어머니를 실망시키지 않기 위해 최선을 다했었다. 그런 댄이 벤 사제와 같은 사람을 따르는 걸 안다면 그의 어머니는 매우 실망하게 될 것이기 때문이다.

'하지만 이제는 상관없겠지. 댄은 스스로 잘할 거야. 너나 신경 써, 유나야. 언니가 곧 결혼하잖아. 잘못하면 비혼 등급을 받는다고.' 유나는 마음속으로 다시 한번 다짐했다. 유나의 바람은 어릴 적이나 지금이나 다름이 없었다. 사랑은 쟁취하는 것이라고 그녀는 배웠다.

제3장
# 은빛 도시

시온탑은 해 질 무렵이 제일 예쁘다고 했고, 그것은 사실이었다.

제1거주구의 중앙에 우뚝 서 있는 시온탑은 33층인 데다가 작은 언덕 위에 세워졌기 때문에 그 위용이 더욱 장엄했다. 타워의 아래 5개 층을 이루는 넓은 원형 건물의 외벽은 흰색의 대리석으로 만들어졌고, 그 위에 강화 유리로 감싸인 날씬하고 긴 은색의 타워는 하늘로 치솟을 것 같았다.

로사는 남쪽 광장에서 시온탑의 정면을 바라보았다. 붉게 물든 하늘을 배경으로 타워의 그림자가 동쪽으로 길게 드리웠고, 유리 벽은 햇빛을 받아 반짝였다. 시온탑은 고층 건물이 많은 제1거주구에서도 돋보였다. 사실 각 거주구마다 중앙 타워가 있지만 오직 시온탑만이 고대인의 작품이라고 하였다. 그 디자인이나 내부 구조도 타의

추종을 불허했다.

해가 지면서 타워에 부착된 조명이 일제히 켜졌다. 서둘러야 했다. 그녀는 크게 심호흡을 하고 믿음의 계단에 발을 디뎠다. 자유의 광장에서 시온탑을 바로 이어주는 믿음의 계단은 50cm 높이의 대리석이 40개씩 3단으로 이루어져 있어 오르기 매우 힘들었다. 광장의 양쪽 끝에서 빙 돌아 언덕 위로 가는 길도 있었으나, 로사는 계단으로 가기로 마음먹었다. 시온 사람들에게는 믿음의 계단을 오르며 소원을 빌면, 신께서 그 소원을 들어주신다는 설이 있었다. 그것을 전적으로 믿지는 않았지만, 손해 볼 일도 없다고 생각했다.

마침내 계단을 다 올랐을 때, 그녀는 기진맥진하여 거의 쓰러질 지경이 되었다. 제1거주구 중앙역에서부터 약 한 시간을 걸어왔기에 더욱 힘들게 느껴졌다. 그러나 나름대로 좋은 점도 있었다. 믿음의 계단 위에서 바라본 제1거주구의 모습 또한 아름다웠다. 앞에는 자유의 광장이 시원하게 펼쳐져 있고, 그 끝에는 화합의 무대가 보였다. 광장의 양옆에 서 있는 건물들도 하나둘 불이 켜졌고, 멀리 보이는 고층 빌딩도 가세하여 곧 도시 전체가 밤하늘의 별빛같이 반짝였다. 광장 한가운데에 있는 분수대에도 조명이 들어와 위로 올랐다 떨어지는 물방울의 영롱한 모습을 보여주었다.

광장을 가로지르는 사람들의 발걸음이 빨라졌다. 로사는 이 광경을 모두 가슴에 담고 뒤로 돌았다. 믿음의 계단에서 시온탑 입구까지의 소광장에는 기도의 손이 있었다. 시온탑의 축소판처럼 생긴 이 조형물은 높이가 약 3m 정도 되었는데, 끝부분이 마치 두 손을 모은 것 같이 조각되어서 사람들이 기도의 손이라 불렀다. 그녀는 기도의 손 앞에서 손을 모으고 기도했다. 차마 믿음의 계단에 오를 때 불현듯 떠올랐던 상상을 다시 꺼내지는 못했다. 댄이 불어넣어 준 그 아이디어는 로사를 매혹시켰지만, 또한 죄책감을 심어 주었다. 로사는 그저 신께서 모든 것을 주관하실 테니 그 뜻을 잘 알고 따를 수 있게 해 달라고 기도했다. 그리고 시온탑으로 갔다.

***

로사가 폴 최고 회의 제사장을 만나는 것은 이번이 두 번째였다. 예전과 마찬가지로 그녀는 작은 접견실에서 그를 기다렸다. 접견실의 안쪽 벽에는 원형 모양의 큰 창이 나 있어 밖이 내다보였고, 작은 철제 테이블과 의자 3개가 놓여 있었다. 창밖을 보자 다시금 6개월 전의 느낌이 생생히 떠올랐다.

어릴 때 부모님과 제1거주구에 와본 적이 있다고는 했지만, 그녀가 기억나는 것은 부모님이 주신 예쁜 유리구슬 팔찌뿐이었다. 그렇기 때문에 성인이 되어 처음 본 제1거주구의 모습은 감동 그 자체였다. 시온의 첫 거주구로 1000년의 역사를 자랑하는 이곳은 강철과 대리석과 유리로 만들어진 도시였다. 끝없이 펼쳐진 고층 건물과 유리탑 아래 약 30만 명의 사람들이 살고 있다고 했다.

로사가 살았던 제13거주구는 남서쪽 변방의 작은 도시로, 바다에서 소금과 미네랄을 채취하던 파견소가 커져서 만들어진 거주구였다. 유리탑은 하나도 없고, 늘 작열하는 태양 아래서 이만여 명의 사람들이 옹기종기 사는 동네였다. 로사의 부모는 생산물의 회계 관리를 맡아 그나마 힘든 일은 하지 않았지만, 대부분의 거주구 사람들은 무뚝뚝한 노동자들이었다.

로사와 그녀 또래의 친구들의 꿈은 대개 비슷했는데, 고향을 벗어나 제1거주구에서 사는 것이었다. 그래서 로사는 폴 제사장이 찾는다는 연락을 받았을 때, 너무 기뻐 잠을 이룰 수가 없었었다. 부모님과 떨어지긴 하지만, 새로운 삶을 살게 될 거란 사실에 흥분되었다.. 그녀가 살 곳이 제1거주구가 아닌 북부의 제7거주구라는 점이 좀 당혹스러웠지만, 그것도 그리 나쁘지는 않았다. 교육의 도시, 젊은이의 도시라고 불리는 제7거주구는 로사에게 충분히 매력적이었고, 그녀는 최대한 이 생활을 즐겼다.

다만 폴 제사장이 로사에게 반대급부로 요구한 것은 이해하기 어려웠다. 어쩔 수 없이 지난 6개월간 주어진 일을 나름대로 수행하였으나 마음 한구석은 계속 찜찜했다. 남을 감시하는 일이라니. 폴 제사장은 그것이 모두 시온을 위한 일이라고 당부하였으나, 로사는 자신이 죄를 짓고 있다는 생각을 떨칠 수가 없었다. 폴 제사장이 자신을 부른 목적이 결국 이 임무를 위해 이용하기 위해서가 아닌가 하는 의구심도 들었다. '오늘 알 수 있을 거야. 현명히 대처해야 해.' 로사는 창밖의 거주구 풍경을 바라보며 마음속으로 중얼거렸다.

"더 예뻐졌구나."

폴 제사장이 접견실에 들어오며 말했다. 큰 키에 마른 타입인 폴 사제는 어느새 머리의 앞부분이 많이 드러나 있었다. 말끔히 면도한 그의 얼굴에도 주름이 늘어나 있었다.

"제사장님도 좋아 보이시네요."

외삼촌이라고 부르기에는 너무 오글거려서 로사는 그를 항상 제사장님이라 불렀다.

폴 제사장은 빙그레 웃음을 지었다.

"예의로 알아듣겠다. 지난 1년간 너무 정신이 없었는데, 오늘 아침에 거울을 보니 웬 노인이 서 있어서 깜짝 놀라고 말았단다."

폴 제사장은 자리에 앉으며 로사에게도 앉으라고 권유했다.

"앉아라. 그래, 학교에서의 생활은 어떠니?"

"예, 아주 재미있어요. 새로운 것도 많이 배웠고요."

로사는 학교생활과 친구들, 수업 내용에 대해 신중히 얘기하였다. 거짓은 없었으나 있었던 모든 것을 얘기하지는 않았다. 예를 들면 댄의 망원경은 알리지 않는 편이 좋겠다고 생각했다.

폴 제사장이 그런 로사의 의도를 알았을까? 그는 그녀의 말을 듣고 있다가 불쑥 끼어들었다.

"그렇구나. 잘 지내고 있다니 다행이다. 그런데 내가 부탁한 일은 진전이 있니?"

그는 로사가 야광봉 시위대에 가입하기를 원했었다. 그래서 누가 시위대를 주도하는지, 학교 교수 사제들 중에 가입한 사람이 있는지 등을 알아내기를 원했다. 그 밖에 학교에서 특이한 사건이 생기면 알리는 것도 그녀의 임무라고 했다.

"그게, 아무도 저에게 야광봉 시위대 조직에 가입하라고 권유하지 않았어요. 다른 학생들 따라 시위에 참가한 적은 있었어요. 제1거주구에서 론 한지라는 학생 대표가 여러 명과 함께 와서 시위를 이끌었는데, 그때 모인 학생들이 총 100여 명은 되었던 것 같아요."

사실 로사는 자신이 폴 최고 제사장의 조카임을 주변 학생에게 은연중에 말했다. 폴 제사장에게 거짓말을 하지 않으려면 야광봉 시위대에 대해 아예 모르는 것이 나았고, 그 전략은 성공적이었다. 비록 덕분에 스스로 왕따가 되긴 했지만.

로사의 견해로는 야광봉 시위대의 주장에 일견 타당한 점이 있었다. 그래서 폴 제사장이 야광봉 시위대에 관해 조사하기를 원했을 때 그다지 내키지 않았었다. 야광봉 시위는 제1거주구에서 처음 발생했다. 그들은 주로 밤에 모여 활동했는데, 여러 가지 색깔의 형광물질이 들어 있는 야광봉을 만들어 시위 참석자들에게 제공하였기 때문에 야광봉 시위대라 불렸다. 시위의 목적은 갈수록 엄격해지는 규율과 규제, 목적이 의심스러운 보안대의 규모 확장, 그리고 자원 배급의 불공평 등에 대한 명확한 규명과 이의 해소였다. 물론 가장 저변에는 최고 회의 사제들의 부패와 그것을 알고도 묵인하는 폴 최고 제사장의 독선이 빚은 결과이기도 했다. 로사는 시위대의 가장 큰 목표가 최고 회의의 해산과 재구성임을 폴 제사장도 아는지 궁금했다.

그녀가 넌지시 그 부분에 관해 물었을 때 폴 제사장은 음울히 대답했다.

"신의 뜻을 세상에 전파하는 것은 어려운 일이란다. 인간은 눈앞의 이익에 너무 쉽게 흔들리지."

"최고 회의에서 신탁을 하면 신이 응답하신다는데 그게 정말인가요?"

로사는 가장 궁금했던 것을 물어보았다. 학교에서는 신탁이 진실하다고 가르쳤지만, 그것을 하나의 상징으로 생각하는 학생들도 꽤 있었다.

폴 사제는 잠시 침묵을 지키다 말했다.

"최고 회의에 관한 일은 얘기해 줄 수 없구나. 혹시 다른 보고할 내용이 있니?"

로사는 살짝 실망했지만 아무렇지 않은 듯 대답했다.

"사흘 전에 역사를 가르치시는 벤 사제님이 학생 둘과 함께 북부 변경의 관측소로 탐사를 떠났어요. 원래 정기적으로 탐사를 가곤 했는데, 이번에는 갑자기 결정된 모양이에요."

로사는 이 사실을 유나로부터 알 수 있었다. 들떠서 열심히 짐을 꾸리는 유나에게 무심한 듯 물어보는 것은 매우 쉬운 일이었다. 벤 사제의 탐사는 어차피 폴 제사장도 알게 될 것이기에, 로사는 자신이 맡은 임무를 충실히 하고 있음을 보여줄 필요가 있었다.

역시 그는 이미 알고 있었다.

"나도 정보를 받았다. 지금 같은 시기에 탐사를 떠났다는 것이 마음에 걸리는군. 벤 사제는 항상 골칫거리야."

폴 제사장은 혼잣말처럼 중얼거렸다.

"이게 제가 말씀드릴 전부예요."

로사는 할 말을 다 하고 나자 속이 후련했다. 어서 빨리 이 시간이 끝나기를 바랐다.

"그렇구나."

폴 제사장은 일어서며 로사에게 손짓을 하였다.

"배고프지? 함께 저녁 식사를 하자."

로사는 그를 따라 접견실에서 나와 중앙 엘리베이터 옆 계단을 따라 위층으로 올라갔다. 폴 제사장이 거주하는 사제관은 30층에 자리 잡은 복층 구조의 아파트로써 아래층은 공적 업무용으로, 위층은 사적 용도로 쓰였다. 로사가 위층에 올라오기는 처음이었다.

"와!"

로사는 눈앞에 펼쳐진 광경에 놀라지 않을 수 없었다.

위층은 한 층 전체가 벽이 없이 개방된 형태로, 바깥쪽이 전면 유리로 되어있어 마치 전망대 같은 느낌을 주었다. 침실 등 부속 공간은 가운데 엘리베이터를 중심으로 안쪽에 위치하고 있어 유리창 벽을 따라 한 바퀴 돌면 제1거주구의 전경을 모두 볼 수 있었다. 이제 완전히 어두워진 밤하늘을 배경으로 도시의 불빛이 반짝였다. 혼자 빙 둘러보고 거실로 돌아온 로사는 두 손을 맞잡으며 말했다.

"너무 멋져요. 매일같이 이런 경관을 볼 수 있다면 최고 제사장이 되는 것도 나쁘지 않을 것 같아요."

말을 하고 보니 로사는 자신이 실수했음을 깨달았다.

"제 말은, 아름다운 것을 보면 저절로 신을 경외할 수밖에 없을 것 같아요. 물론 최고 제사장님은 항상 그렇겠지만요."

폴 제사장은 사람들의 이런 반응이 익숙한 듯했다.

"신이 인간과 만물을 창조하신 목적은 인간이 구원을 얻고 신을 찬미하기 위함이지. 누구나 그 틀에서 벗어날 수 없단다. 비록 인간이라는 존재는 끊임없이 신께 가까이 머무르려고 하지 않으면 추락해버리고 말지만. 심지어 최고 제사장이라 하더라도 말이야."

로사가 곰곰이 그 말의 뜻을 되새기는데, 그가 그녀의 뒤쪽을 보며 말했다.

"로사야, 마리 사제를 소개할게. 마리 사제는 최고 회의에서 가정 사목을 담당하고 있단다."

로사가 뒤를 돌아보니 키가 크고 마른 중년의 여사제가 계단 앞에서 있었다. 로사는 공손히 인사했다.

"안녕하세요, 로사라고 합니다. 폴 제사장님의 조카예요."

마리 사제는 다가와 로사의 손을 잡으며 말했다.

"얘기 들었어요, 로사. 만나서 반가워요. 앞으로 자주 보게 되기 바라요."

"일단 자리에 앉지."

폴 제사장의 권유로 세 사람은 거실의 창가에 놓인 테이블에 앉았다. 테이블에는 세 사람을 위한 유리 접시와 은수저 세트가 준비되어 있었다.

한 여자가 나타나 유리그릇에 담긴 음식을 나르기 시작했다. 그녀는 흰 사제복을 입었지만 회색 띠와 회색 두건을 두른 것으로 보아, 사제의 서원은 했으나 아직 서품을 받지는 않은 예비 사제인 모양이었다.

식사는 단출하면서도 품위가 있었다. 담백하면서도 달콤한 흰 효모 수프로 시작해서 갈색 효모 빵을 곁들인 효모찜 요리가 메인이었다. 그리고 새콤한 미네랄을 섞은 효모 발효주가 같이 서빙되었다.

"음… 이 효모찜은 정말 맛있네요. 부드러운 듯하면서 동그란 것이 씹히는데, 그 향이 정말… 음… 좋아요."

효모찜에 있는 동그란 것은 손톱보다도 작은 연두색이었는데, 로사가 처음 먹어보는 음식이었다. 아는 맛이라고는 효모와 미네랄밖에 없었기에 이것의 맛을 어떻게 표현해야 할지 몰랐다.

"그건 콩이에요. 천국의 음식이지요. 아주 귀한 것이랍니다."

마리 사제가 일러주었다.

"그렇군요, 저는 처음 먹어 봐요."

로사는 용기를 내어 폴 제사장에게 부탁했다.

"혹시, 가능하다면 아주 조금만 얻을 수 있을까요? 이번 건국절에 고향에 갈 때 부모님께 드리면 너무 좋아하실 것 같아요."

콩이 매우 귀하겠지만 폴 제사장이 자기 여동생의 가족을 위해 혹시라도 선심을 베풀 수도 있으리라 생각했다. 어쩌면 본인은 매일 먹는 음식일 수도 있으니까. 하지만 그는 냉담히 거절했다.

"천국의 음식은 시온탑 외부로 반출이 엄격히 금지되어 있다. 오직 지정된 제사에만 사용되는데, 며칠 전 제사 때 남은 것이 있어 특별히 오늘 준비하였으니, 이 정도로 만족해라."

로사의 얼굴이 뜨거워졌다. 괜한 부탁을 했다고 후회했다. 그녀는 되도록 고개를 숙이고 음식을 마저 먹는 데 집중했다. 후식으로 차가운 미네랄 음료가 나올 때까지 폴 제사장과 마리 사제는 가벼운 대화를 나눴으나 로사는 조용히 듣기만 하였다.

폴 제사장이 음료가 든 유리잔을 들고 맛을 본 다음 로사를 향해 입을 열었다.

"이번 건국절이 네 20번째 생일이지?"

그가 자신의 생일까지 아는 데에 로사는 내심 놀랐다.

건국절은 고대 정착민이 시온에 성공적으로 정착한 것을 기리기 위해 매년 열리는 명절이자 새로운 한 해의 시작을 알리는 날이다. 건국절과 생일이 같으니 절대 잊을 리는 없다곤 하지만, 거꾸로 피해를 보는 측면도 있었다. 건국절 행사 때문에 그냥저냥 묻혀 지나간 때도 많았기 때문이었다. 하지만 이번에는 로사가 성인이 되는 날이기도 하기 때문에, 그렇지 않을 거라고 내심 기대하고 있었다.

"예, 부모님과 함께 보내려고요."

로사의 대답에 폴 제사장은 손을 흔들었다.

"아니, 그렇지 않다. 이번 건국절에는 마리 사제와 함께 여기 제1거주구에서 지내도록 해라. 내일 학교에 돌아갔다가 건국절 전날에 다시 오면 된다. 필요한 준비는 해 놓겠다."

로사는 갑작스러운 그의 통보에 깜짝 놀랐다.

시온 사람은 보통 건국절에 고향 거주구로 돌아가 가족과 함께 제사를 지냈다. 로사는 태어나서 한 번도 건국절을 타지에서 보낸 적이 없었다.

"하지만 부모님께서 저를 기다리실 텐데요."

로사가 미약하게나마 반발하였다. 그러자 마리 사제가 한 손으로 로사의 팔을 토닥였다.

"걱정 마라, 아가야. 우리가 잘 얘기해 놓을 것이란다."

'나는 당신의 아가가 아니라고요!' 로사는 고함을 지르고 싶었다. 부모님을 만나지 못하는 것도 억울하지만, 다른 사람이 아무 상의도 없이 자신의 일을 결정하는 것이 너무 화가 났다. 다시 뭐라고 항변하려고 하다가 꾹 참았다. 분위기를 보니 이미 결정이 난 사항이라 말해봤자 소용이 없을 것 같았다.

6개월 전 일이 떠올랐다. 그때도 처음부터 뭔가 이상했다.

엄마는 폴 제사장에 대해서 한 번도 얘기한 적이 없었다. 그런데 어느 날 갑자기 그분이 외삼촌이라며, 로사를 찾으니 가라는 것이었다.

어떤 이유인지 얼마나 오래인지 궁금하기는 했으나 그 당시에는 대수롭지 않게 여겼다. 그저 새로운 경험을 한다는 기대감에 마음이 부풀었을 뿐이었다. 부모님은 필요하면 볼 수 있다고 생각했었다.

그래서 집을 떠나는 날 엄마가 너무 슬피 우는 모습을 보고는 화도 살짝 났었다. 자식이 집을 떠나면 부모는 원래 그런 거라는 아빠의 변명에도 기분이 풀리지 않았다. 하지만 그때부터 조금씩 이상한 기분이 들면서 걱정이 되었고, 결국 우려했던 대로 6개월이 지난 지금까지 한 번도 집에 갈 기회는 없었다.

그래도 건국절이 다가오기에 마음을 놓고 있었는데, 마른하늘에 날벼락 같은 통보였다. 혹시라도 다시는 부모님을 보지 못하는 것이 아닐까라는 두려움이 엄습했다.

로사는 폴 제사장을 유심히 보았다. 그의 외모는 엄마와 너무나 달랐다.

'폴 제사장은 내 외삼촌이 아니야.' 로사는 새삼스레 깨달았다. 어쩌면 처음 그를 보았을 때부터 짐작했는지도 모른다. 다만 그때는 그것에 별로 관심이 없었을 뿐이었다. 그녀의 팔에 소름이 돋았다.

"예, 그렇게 할게요."

로사는 순순히 승복했다.

폴 제사장이 로사에게 원하는 무엇인가가 있을 것이다. 그게 무엇인지 알아내야 한다. 그때까지는 착한 조카 역할을 해내야 한다.

제4장

# 역사의 흔적

크레이터는 거대했다.

알펜 산맥의 고갯마루에 다다르자 전방엔 야트막한 분지가 펼쳐져 있고, 그 가운데에 지름 10km 정도의 크레이터가 있었다. 크레이터의 가장자리를 따라 충격 때 생긴 얼음의 벽이 둘려져 있었는데, 깊이 패어 있는 안쪽은 짙은 어두움이 드리워져 잘 보이지 않았다.

"유나야, 크레이터가 어떻게 생겼는지는 알고 있지?"

고갯마루를 천천히 내려가며 벤이 물었다.

"고대 정착민이 여기에서 산소를 만들었다면서요. 우리가 발전소에서 산소를 발생시키듯이요. 이런 거대한 크레이터가 시온 전역에 수천 개나 있다니, 상상했던 것보다 훨씬 더 굉장하네요."

유나는 크레이터에서 눈을 떼지 못하며 대답했다.

"정확히 말하자면 고대 정착민이 만든 것은 아니야. 계시록을 자세히 분석해 보면 고대 정착민이 천국에서 12대의 우주선을 타고 시온에 도착했을 때, 시온은 이미 사람이 어느 정도 숨을 쉴 수 있을 정도로 산소가 존재하는 행성이었어. 그 산소는 어디서 났을까?"

벤은 얼음의 미끄러운 부분에 발을 디디지 않도록 조심했다. 유나로부터 아무 대답이 없자 그는 말을 이었다.

"최근에 내가 제8거주구의 광산에서 절단된 지층의 단면을 조사했었는데 아주 재미있는 사실을 발견했단다. 거기에는 500년 전 대재앙 때 온 시온에 덮인 재의 흔적, 그리고 1000년 전 고대 정착민이 왔음을 알리는 기록이 고스란히 남아 있었어. 철광석이 산소와 만나면 산화되어 색깔이 변하는데, 1000년 전부터 그 색깔이 급격히 짙어지는 게 보였지. 제일 놀라운 사실은 그보다도 더 500년 전에도 철광석의 색은 이미 변해 있었다는 거야. 즉 고대 정착민이 도착하기 500년 전부터 이미 시온에는 산소가 있었다는 거지. 계시록과도 일치하는 결과이고. 나의 결론을 말하자면, 이 크레이터는 고대 정착민보다 훨씬 이전에 만들어진 누군가의 작품이라는 것이다. 신께서 직접 준비했을 수도 있어. 대단하지 않니?"

벤은 말을 마치고 크게 숨을 내쉬었다. 걸으면서 말을 하려니 힘이 들었다. 자신의 이론에 대해 열변을 토했지만, 관중이 오직 두 명뿐이란 사실이 너무 아쉬웠다. 게다가 댄은 이미 아는 내용이었고, 유나의 반응은 영 신통치 않았다. 건국절 기간의 대표자 회의 때는 다르겠지. 벤은 거기서 자신의 연구를 발표할 계획이었다. 다시 발걸음을 옮기는데 왼발이 미끄러지며 순간 넘어질 뻔했다. 옆에서 댄이 손을 잡아 주었다.

"조심하세요, 벤 사제님. 앞으로 갈 길이 멀어요."

"그래 조심히 가야겠다. 이제 시작이니까."

그들은 평평한 바위에 앉아 쉬기로 결정했다.

***

공기는 차가웠지만, 한나절을 걸으니 몸에서 땀이 났다. 다행히 하늘에는 잔뜩 구름이 껴서 해를 가려주었다.

"그런데 지층에 있는 흔적을 보고 어떻게 그게 500년 전인지, 1000년 전인지 알 수 있죠? 거기에 쓰여있는 것도 아니잖아요."

유나가 물을 한 모금 마시고는 물었다.

"좋은 질문이야. 일단 가정이 필요하지. 예를 들면 처음에 말한 재의 흔적이 500년 전 사건이라고 말이야. 그것은 계시록에 나와 있으니 믿을 수 있겠지. 그다음에는 두 번째 가정이 필요해. 매년 지층이 거의 일정한 두께로 쌓인다고 말이야. 그렇게 가정을 세우고 기준을 두어 분석하면, 1000년 전 또는 1500년 전 사건임을 알 수 있단다."

유나가 이해가 된다는 듯 고개를 끄덕였다. 하지만 이때 댄이 초를 쳤다.

"그런데 꼭 그렇게 생각할 수만도 없지 않나요? 지층의 두께라는 것이 어디는 두껍고, 어디는 얇고, 또 어디는 아예 없으니까요. 연도를 유추하는 것도 귀에 걸면 귀걸이 코에 걸면 코걸이 식으로 계산할 수 있고요."

벤은 댄의 신랄한 지적에 상처받았다.

"하지만 댄, 산화철이 보이는 것은 분명한 사실이야. 너도 그것이 1500년 전이라고 동의했잖아."

"맞아요, 하지만 저는 다른 방식으로 연도를 계산했었어요. 행성의 위치를 관측해서요. 벤 사제님도 다른 데에 가서 이 결과를 발표하려면 세 개의 다른 방식, 즉 계시록, 지질학, 천문학을 이용하여 결론을 도출했다고 하는 편이 신빙성 있게 받아들여질 거예요."

댄은 벤이 가르쳤던 학생 가운데 가장 탁월했다. 무엇보다 호기심이 많았고, 그 호기심을 탐구할 열정을 가지고 있었다.

"그런가. 한번 고려해 보마."

하지만 실제로 반영하기는 쉽지 않을 것이라고 벤은 생각했다. 유나가 바로 핵심을 짚었다.

"공식적인 자리에서 천문학을 거론하면 안 되는 거 아닌가요?"

그녀의 질문에 댄이 한탄했다.

"맞아. 천문학은 금지되었지. 하늘에 계신 신을 공경하라면서 하늘에 있는 별과 행성을 보지 말라고 하는 것은 말도 안 돼."

댄은 벤을 향해 고개를 돌렸다.

"고대 정착민은 놀라운 기술과 문명을 가지고 있었어요. 우주선을 만들어서 별과 별 사이를 여행할 정도였으니까요. 하지만 현재의 시온을 봐요. 얼마 남지 않은 파워셀과 자원을 가지고 전전긍긍하며 살고 있잖아요. 인간이 쌓아 놓은 위대한 업적을 모두 잊은 채로 말이에요. 우리가 그 지혜를 찾아야 하는 게 아닐까요?"

그의 말에서 어떤 힘이 느껴졌다. 마치 30여 년 전의 자신을 보는 것 같았다. 벤은 자신의 경험과 지혜를 댄에게 모두 전해주고 싶은 마음이 들었다.

"물론 네 말이 맞다. 하지만 진실은 항상 우리의 상상을 초월한단다."

그는 자세를 고쳐 앉았다.

"계시록에 대해 잘 아니? 우리 시온 사람들에게 절대적인 위치를 차지하는 계시록은 우리의 율법을 규정하고, 시온의 역사와 영웅들을 묘사하고 있지. 하지만 실제로는 대재앙 이후에 쓰여진 것으로 원본은 따로 있었다."

"고대 성경을 말하는 거죠?"

댄은 그것을 아는 모양이었다.

"그래. 고대 정착민이 가져온 고대 성경은 실제 신의 말씀을 옮겨 적은 것이라고 했단다. 계시록에는 아주 부분적으로 언급되어 있지만, 대재앙의 화를 면한 고대 문서에서 여러 가지 내용을 볼 수 있었지. 물론 그 문서들은 모두 이단으로 분류되어 접근 자체가 금지된 것들이야. 어쨌든 그 고대 문서들에 따르면 인류는 에덴이라는 풍요로운 행성에서 온갖 종류의 식물, 동물과 함께 살았다고 해. 신께서 베푸신 지식과 기술로 고도의 문명을 누렸고, 별과 별 사이로도 다닐 수 있게 되었지. 하지만 그들의 교만이 극에 달해 우주의 중심에 있는 신의 권위를 넘보게 되자 신은 대홍수를 일으켜 에덴을 멸망시켰고, 일부 선택받은 사람들만이 이곳 시온으로 탈출했다는 거야."

"그 사람들이 우리의 고대 정착민이군요."

유나가 끼어들었다. 이 이야기가 아주 재미있는 눈치였다.

"그때가 언제인지, 그들이 정말 고대 정착민인지는 정확하지 않단다. 문서에는 '대탈출'이라고 나와 있지만, 우리가 알고 있는 그것과는 다른 것이 분명해. 거기에는 다양한 인종의 사람들과 식물, 동물이 함께 이주했다고 적혀 있었거든."

"다양한 인종의 사람이요?"

"머리카락과 눈동자가 검기만 한 것이 아니라, 노랗거나 푸른 사람들을 말하는 거야. 피부 색깔도 여러 가지고."

유나의 질문에 댄이 대신 대답했다.

"어머, 너무 예쁘겠다."

유나가 감탄했다. 유나의 호들갑을 무시하고 댄이 벤에게 물었다.

"무언가 앞뒤가 맞지 않는 거죠? 저도 늘 그렇게 생각하고 있었어요. 고대 정착민들이 방탕하고 나태한 생활을 해서 신의 신의를 잃었고, 결국 대재앙이 일어나서 동물도 식물도 모두 사라지고 오직 신을 경외하는 사람들만이 남게 되었다니… 너무 뻔한 술수 같았어요."

역시 댄이었다.

"무엇을 위한 술수라고 생각하니?"

"모르시겠어요? 그들의 후손인 우리를 위한 것이죠. 우리가 진실을 모르는 채 그저 계시록의 율법대로 살기만을 바라는 거잖아요."

"그럼 너는 진실이 무엇이라 생각하는데?"

댄은 이번 유나의 질문에는 한참을 생각했다.

"두 가지가 있지. 하나는 모든 것이 다 거짓이야. '대탈출'도, 대재앙도, 에덴도. 어떻게 해서인지는 모르겠지만 인류는 여기 시온에서 창조되었고, 앞으로도 지금처럼 계속 사는 것이지."

그 가설은 한편으로는 말도 안 되지만 또 한편으로는 설득력이 있었다. 주로 근본주의 신학자들 사이에서 오고 갔던 주장이었다.

"설마 그 말을 믿으라는 것은 아니겠지?"

유나의 말에 댄은 빙그레 미소 지었다.

"다른 하나는 시온 말고 또 다른 세계가 있는 거야. 거기에 고대 성경에 기록된 모든 것이 다 있는 거지. 시온은 그들 중 하나이고. 그런데 계시록을 신봉하는 사람들은 우리가 그 사실을 모르기를 바라. 그래서 천문 관측 또한 금지하고 있는 거야. 벤 사제님, 말씀하시려 했던 진실이 이것 맞지요?"

벤은 겸연쩍게 웃으며 말했다.

"그래. 네가 이미 결론을 다 말해버렸구나. 한 가지만 더 얘기해 주마. 고대 성경에서 내가 찾은 구절이 있단다. 내가 제일 좋아하는 구절이지. '진리가 너희를 자유롭게 하리라.' 너희가 항상 이 구절을 기억하면 좋겠다."

댄은 벤의 말에 쾌활히 대답했다.

"아직도 모르세요? 이번 탐사가 다 그것을 위한 것이에요. 제가 말씀드렸잖아요."

***

벤 일행은 얼음 크레이터의 가장자리에서 그날 밤을 묵기로 하였다. 원래는 해가 질 때쯤엔 관측소에 도착했어야 했지만, 잔뜩 낀 구름과 거센 바람 때문에 속도를 내기가 힘들었다. 다행히 솟아오른 크레이터의 벽이 최악의 폭풍은 막아줄 것 같았다.

그들은 개인용 삽을 이용해 얼음벽을 파기 시작했다. 얼음벽은 단단했지만, 완전히 어두워지기 전에 세 사람이 넉넉히 앉을 수 있는 동굴 정도는 만들 수 있었다. 동굴 안에 들어가 작은 구멍만 남기고 입구를 막은 후 휴대용 야광 랜턴을 켜니 제법 아늑하였다. 공기를 채워 깔고 앉을 수 있는 방수포가 있어 어느 정도 바닥의 찬 기운을 막을 수 있었다.

저녁으로 효모빵을 먹고 물을 마시고 나자, 댄이 난처한 표정으로 말했다.

"벤 사제님, 저, 오줌이 마려워요."

"이런, 볼일은 아까 봤어야지, 내가 물어봤었잖아."

벤이 딱딱거리며 말하자 댄은 작은 소리로 대답하였다.

"그게… 아까는 괜찮았는데, 갑자기 급해져서요."

"사실 저도 좀 그래요."

유나도 옆에서 거들자 벤은 더 이상 할 말이 없었다.

"그래, 뭐 큰일도 아니니."

벤은 동굴 입구를 막은 얼음을 다시 치워 주었다. 한 사람이 기어서 빠져나갈 만한 크기가 되자, 댄이 먼저 볼일을 보러 나갔다.

"너무 멀리 가지는 말아라. 이 근처에서 해결해."

벤의 말에 고개를 끄덕이며 나간 댄은 몇 분이 지나지 않아 금방 돌아왔다. 다음으로 유나가 동굴 밖으로 나갔다. 유나는 생각보다 오랫동안 돌아오지 않았다. 처음에는 큰일을 보나 싶었다가 도저히 참을 수 없어 벤이 밖으로 나가려는데, 입구로 유나의 머리가 불쑥 들어왔다.

유나의 머리에는 작은 얼음 알갱이들이 잔뜩 덮여 있었다. 그것들은 야광 랜턴의 빛을 받아 보석처럼 반짝였다. 유나가 들어와 앉아 머리와 몸에 붙은 얼음을 털자, 벤이 다시 입구를 막았다.

"왜 이렇게 늦었어? 오줌을 만들기라도 했냐?"

댄의 불평에 유나는 댄을 쏘아보았다.

"아까 너 소변보는 소리는 폭포 쏟아지는 것처럼 들리더라. 너는 오줌 공장이라도 차렸던 거니?"

유나는 벤을 향해 변명했다.

"그래서 입구에서 조금 멀리 갔는데, 어두워서 방향을 잃고 말았어요. 입구에서 나오는 불빛이 아니었으면 찾지 못했을 거예요."

유나는 머리에서 떼어낸 작은 얼음 알갱이를 손바닥에 올려놓았다. 얼음 알갱이는 곧 녹아 물로 변했다.

"그런데 얼음 비가 내려 정말 신기했어요. 얼음 비를 맞은 건 처음이에요."

랜턴의 빛에 비스듬히 비친 유나의 옆모습은 몽환적이면서 아름다웠다. 벤은 불현듯 옛날 그녀의 얼굴이 떠올랐다. 12년 전 그때 눈보라 속에서 그녀는 유나처럼 청초했었다.

벤은 그 모습을 떨쳐버리려는 듯 고개를 저으며 유나에게 말했다.

"시온에서는 원래 이 시기에는 비가 내리지 않지만, 이 부근은 북부 발전소의 산소 생산 공장에서 발생한 수증기가 북쪽으로 이동하다가 찬 공기를 만나서 이렇게 얼음 비가 내리곤 한단다. 12년 전에 유성이 떨어지고 나서 한동안은 얼음 비 대신 눈이 내리기도 했었고."

벤은 잠시 뒤에 말을 이었다.

"그때 눈은 차가웠지만, 부드러우면서 포근한 느낌이 있었어. 사람들은 유성에 죽은 사람들의 영혼이 얼음 알갱이를 눈으로 만들었다고 생각했었지."

"에이, 말도 안 돼요."

댄의 강한 부정에 벤은 묻지 않을 수 없었다.

"너는 영혼의 존재를 믿지 않니?"

댄은 잠시 망설이며 대답했다.

"영혼은 물론 있다고 믿어요. 하지만 영혼이 이 세상에 무엇인가 흔적을 남길 수 있다고는 생각하지 않아요. 완전히 다른 차원의 존재이니까요."

"천국이나 지옥에 있을 것들은 우리가 사는 이 세상에는 얼씬거리지 말아라, 이거구나."

"저는 천국이나 지옥 자체가 사람들이 죽음을 준비하게 위해 지어낸 것이라고 생각해요. 사람들의 삶에 윤리 도덕적인 동기를 제공하기 위해서나 아니면 비참한 삶을 견뎌내기 위한 자기 합리화를 위해서요."

댄의 단호한 말에 유나는 놀라워했다.

"넌 아무것도 모르는구나, 댄. 물론 천국이나 지옥이 하늘이나 땅속에 있는 특별한 장소는 아니지. 그것은 영혼이 머물러 있는 상태를 말하는 거야. 살아서나 죽어서나. 너는 지금 불신의 지옥에 빠져 있다고."

"그럼 너는 지금 천국의 상태에 있고?"

댄의 비아냥에 유나는 웃으며 대답했다.

"그럼, 계획에 없었지만 이렇게 얼음 동굴에서 아늑하게 쉴 수 있어서 감사하고, 얼음 비를 처음으로 맞아서 기쁘고, 또…"

유나는 벤의 왼팔을 껴안으며 말했다.

"이렇게 벤 사제님과 같이 있어서 행복해."

"그래. 너는 모든 것이 행복해서 참 좋겠다."

투덜거리는 댄을 달래며 벤이 말했다.

"너희들은 말끝마다 다투는구나. 이제 그만하고, 내일을 위해 자자."

좁은 공간이지만 세 사람은 어찌어찌해서 깔고 앉았던 각자의 침낭 안에 들어가 누울 수 있었다. 벤이 랜턴을 끄자 동굴 안은 깜깜해졌고, 작은 입구를 통해서만 희미한 빛이 보였다. 댄의 숨소리는 고르게 나고 있었고, 유나도 잠시 뒤척이는 듯하더니 어느새 잠이 들었는지 조용해졌다.

'유나는 댄을 사랑하는구나.' 사실 학교에서도 가끔 느끼긴 했었다. 처음에는 둘이 어릴 적부터 소꿉친구라 하여 그런가 했었다. 하지만 오늘 가까이에서 보니, 댄을 바라보는 유나의 눈빛과 표정은 영락없는 사랑에 빠진 소녀의 그것이었다. 그런데 댄도 과연 유나의 마음을 알고 있을지 궁금했다. 젊음이란 자신이 가지고 있는 것보다 가지지 못한 것에 대해 온 마음을 쏟게 마련이니깐 말이다.

벤 자신도 그랬다. 신학교의 후배이자 동료로 지냈던 안나는 늘 자신은 가정을 꾸리는 것보다 공부하고 연구하는 것이 더 좋다고 하였다. 그래서 결혼이 가능했던 20대에, 벤은 안나와 함께 시온의 각지를 탐사하며 시간을 보냈다. 주근깨가 있고 털털한 성격의 안나가 편했던 벤은 그녀를 친구이자 동료로서 대했기에, 안나가 병에 걸리기 전까진 그녀의 진심을 알지 못하였다.

사실 그동안 그녀의 마음을 알 수 있던 기회가 아주 없었던 것은 아니었다. 바로 오늘같이, 둘만의 밤을 지새운 적이 여러 차례 있었다. 그때 안나의 눈빛과 표정은 유나와 꼭 닮았었다. 그렇지만 오래전에 받은 상처로 인해 자신은 더 이상 누군가를 사랑하지 않겠다고 결심했기 때문에 벤은 마음의 문을 굳게 닫고 있었고, 의식적으로든 무의식적으로든 그것을 모른 척하였다. 그 결심이 얼마나 치졸하고 이기적이었는지는 나중에야 깨달을 수 있었다.

벤과 안나가 서로에게 솔직해진 것은 벤도 안나도 이미 30대 중반이 넘어섰을 때였다. 두 사람은 나란히 신학교의 교수로 부임해 학생들을 가르치며 연구하는 삶을 보내고 있었는데, 갑자기 안나가 원인 모를 병에 걸렸다. 음식을 소화하지 못해 쇠약해진 그녀는 학교를 쉬고 수개월 동안 집에서 요양 생활을 할 수밖에 없었다. 벤은 학교 일 때문에 자주 그녀를 방문하지는 못했지만, 휴일이면 항상 그녀 옆에서 보내려고 노력하였다.

어느 날, 자신의 죽음을 예감한 듯 안나는 그에게 고백했다.

"나 사실은 당신을 사랑했어요. 공부하고 연구하는 것을 좋아했지만, 당신이 원했다면 당신과 결혼했을 거예요. 하지만 당신 마음속에는 항상 다른 사람이 있었지요. 그것이 나를 슬프게 했지만 이젠 괜찮아요. 결국 당신과 함께 한 사람은 나였으니까요."

벤은 안나 옆에서 고개를 숙이고 눈물을 흘리며 말했다.

"알고 있었어. 당신 마음을 알고 있었지만 모른 척했어. 미안해. 내가 먼저 고백하지 못해 미안해."

그녀는 손을 들어 벤의 머리를 쓰다듬었다.

"당신은 언제나 자신이 먼저였으니까요. 그런데, 벤. 이번에는 나를 조금만 더 생각해 주면 안 될까요? 내 부탁 좀 들어주면 안 될까요?"

벤은 그녀의 부탁을 따라 둘만의 결혼식을 안나의 방에서 치렀다. 그는 최대한 정성을 들여 준비했고, 그녀의 죽기 전 마지막 시간이 행복하기를 진심으로 원했다.

인간은 참 어리석다. 젊었을 때는 무엇이 중요한지 깨닫지 못했고, 그것을 알았을 때는 가지고 있는 한 줌의 명예, 체면 때문에 용기를 내질 못하니 말이다. '넌 겁쟁이였어.' 벤은 안나의 추억을 떠올리지 않으려 애썼지만, 자꾸만 유나의 옆모습에 안나가 중첩되었다.

부디 댄은 자신과 같은 실수를 되풀이하지 않기를 바랐다. 언젠가 때가 되면 얘기를 해 주어야지. 물론 그것을 댄이 이해할 수 있을지는 모르지만 말이다. 댄은 너무 젊었다.

제5장
# 육면의 방

최고 회의가 열리는 육면의 방은 제1거주구 중앙 타워인 시온탑의 1층에 자리하고 있었다. 정육각형 구조의 넓은 방에는 여섯 면의 벽이 있었고, 각 벽에 한 쌍씩 총 12장의 색유리가 벽을 장식하고 있었다. 후면에서 인공조명으로 조영된 색유리에는 신의 천지창조와 에덴의 번성 그리고 멸망, 고대 정착민의 탈출 및 대이주, 마지막으로 시온의 번영이 묘사되어 있었다. 각 벽에 따라 색유리는 주제 색이 달랐는데, 빨강, 주황, 노랑, 초록, 파랑, 보라의 무지개 빛이었다.

원래 정착 후 30년, 중앙 타워가 세워진 때에는 시초 거주구 6개를 기념하기 위하여 색유리에 각 거주구의 색깔과 문양을 담았었다고 한다. 그 후 거주구가 늘어나면서 다른 거주구들의 요구에 의해 글라스의 묘사는 시온의 역사로 바뀌었는데, 색깔만은 시초 거주구들을 기념하여 그대로 두었다.

최고 회의도 시대의 흐름에 따라 변화되었다. 최고 회의는 고대 정착민의 자치위원회에서 비롯되었다. 처음에는 정착이 완료된 6개 거주구에서 추천 받은 남녀 각 한 명씩의 사제로 구성해 현재의 12명 체제를 정립하였다.

대재앙 이후에 6개 거주구 뿐만 아니라 다른 거주구 출신도 최고 회의 사제로 선출되는 것이 허용되었는데, 거주구에서 추천하는 방식이 아닌 각 담당 업무를 지정하여 최고 회의에서 지명하는 방식으로 바뀌었다. 이는 최고 회의가 거주구의 이익이 아니라, 시온 전체의 번영을 위해 존재해야 한다는 필요에 의한 것이었다.

대재앙 전후에 있었던 거주구들 사이의 아귀다툼을, 그 당시 최고 회의는 조정할 능력도 의지도 없었다. 그래도 주민이 많은 초기 6개 거주구 출신의 최고 회의 사제들이 많았고, 제사장도 제1거주구 출신이 압도적으로 많았다.

폴도 제1거주구 출신의 제사장으로서, 나름의 긍지를 지녔다. 전임 제사장은 제9거주구 출신으로, 화합과 인내의 측면에서는 모범을 보였으나 결단력과 치열함이 부족해 10년 임기 동안 시온의 잠재된 문제들의 덩치를 계속 키워가고 있었기 때문이었다.

육면의 방 천장은 가운데 태양을 중심으로 7개의 행성이 색유리로 부조되어 있었다. 지름이 50cm 정도 되는 노란색의 태양은 방 전체를 은은하게 비춰주고 있었고, 태양과 가장 가까운 주황색의 도온부터 태양을 사이에 두고 같은 공전 궤도를 도는 파란색 쌍둥이 행성 레온과 미온, 그리고 약간 더 바깥에 은색의 시온이 유리로 붙여져 있었다. 조금 떨어진 곳에는 태양계 내의 최대 행성인 갈색 라온이 4개의 위성과 함께 위치하였고, 그 너머 흰색의 솔온과 노란색 파온이 각각 부조되어 있었다. 방의 출입구는 파온 밑에 있었다.

시간이 되자 나머지 11명의 최고 회의 사제들이 하나둘 들어왔다.

"폴 제사장님, 일찍 와 계셨군요."

제6거주구 출신의 예레미 사제가 제일 먼저 인사를 건네었다.

"예, 이 방에 홀로 있으면 어지러웠던 마음이 정리가 됩니다. 신의 뜻을 더 잘 알게 되죠."

다른 사제들도 간단히 인사를 나누었다. 마지막으로 들어온 마리 사제가 출입구를 닫고 자리에 앉았다.

방의 중앙에는 벽과 같은 형태로 커다란 육각 테이블이 놓여 있었고, 한 변에 두 개의 의자가 있었다. 테이블과 의자는 하나의 통유리로 만들어져서 의자를 움직일 수는 없었지만, 노란 태양 빛을 반사해 따뜻한 느낌을 주는 의자는 매끈하고 편안했다.

각자 자신의 자리에 앉은 후 시작 기도를 드리고 나자, 폴은 사제들을 죽 돌아보았다. 폴의 오른쪽부터 부제사장 모니카 사제, 거주구 담당 피터 사제, 식량 담당 제니퍼 사제, 발전 담당 찰리 사제, 교육담당 제인 사제, 운송 담당 존 사제, 에너지 담당 수잔 사제, 치안담당 예레미 사제, 가정 담당 마리 사제, 자원담당 데이빗 사제, 그리고 산업 담당 유진 사제가 자리하였다. 이틀 전 수잔 사제의 최고 회의 위원 임명식 이후 처음으로 맞이하는 회의였다.

"수잔 사제님, 육면의 방에는 처음이죠? 긴장되겠지만 마음 편히 갖길 바랍니다."

"감사합니다, 폴 제사장님. 이곳은 제가 생각했던 것 이상으로 아름답네요. 앞으로 최선을 다하겠습니다."

수잔 사제의 인사가 끝나자 폴은 곧 관례대로 회의를 주재했다.

"건국절을 맞아 각 거주구마다 효모와 전력의 수요가 급증하고 있는데, 공급이 원활하지 않아 아우성입니다. 우선 파워셀 할당량을 20%씩 늘려야 하지 않을까 싶습니다."

전기의 생산을 담당하고 있는 찰리 사제가 조심스레 말했다. 그는 성실한 사람이었지만 맺고 끊을 줄을 몰랐다.

"요구하는 대로 모두 들어주다가는 한도 끝도 없습니다. 추가 공급은 없습니다."

폴이 딱 잘라 거절했지만, 찰리 사제는 끈질겼다.

"예년에도 건국절에는 파워셀 공급을 늘리지 않았나요?"

"거주구들에 추가 요청에 대한 구체적인 사용 계획을 제출하라고 하십시오. 그것을 검토한 뒤, 사안에 따라 제공 여부를 결정하겠습니다. 여러분도 아시다시피, 현재 시온은 중대한 국면이라는 점을 잊지 않으면 좋겠습니다."

폴의 옆자리에 앉은 모니카 사제가 엄숙하면서도 부드럽게 대답했다. 두건 아래 항상 무표정한 모니카 사제는 폴이 최고 회의 위원이 되기 전부터 최고 회의의 일원이었으며, 언제나 자신이 맡은 역할을 충실히 하였다. 무엇보다도 아무런 불평이나 불만이 없었다. 그것이 폴이 자신의 오른팔로 모니카 사제를 부제사장에 임명한 이유이기도 하였다.

"중대한 국면이라는 상황은 항상 있었던 것 아닌가요? 유성우의 증가, 외인의 도둑질, 파워셀의 고갈… 하지만 그럼에도 시온은 지금까지 잘 버텨온 것 같은데요. 지금이 특별히 중대한 이유라도 있나요?"

항상 웃고 있어서 웃음보 존이라 불리는 존 사제가 역시 미소 띤 얼굴로 물었다. 모니카 사제가 뭐라 대답하기 전에 폴은 손을 들어 말을 막았다.

"어젯밤에 신탁의 경고가 내려왔습니다. 또다시 세상은 우리의 통제에서 벗어나기 시작했습니다."

폴의 선언에 육각 테이블의 사제들은 그가 기대했던 반응을 보였다. 신탁의 경고를 받은 후에는 시온에 항상 나쁜 일이 생겼었다. 긴장감에 정적이 흘렀고, 피터 사제의 단발적인 기침 소리만이 간간이 적막을 깨고 있었다.

폴은 충분히 뜸을 들인 다음 말을 이었다.

"경고의 내용은 또다시 재앙의 시기가 닥쳐오리니 시온의 자녀들은 모두 환난에 대비하라는 것이었습니다."

사제들이 일제히 웅성거리기 시작했다. 아마 12년 전의 끔찍했던 사건이 떠올랐을 것이다.

"정확히 그런 내용이었나요? 폴 제사장님 말고 다른 분이 신탁을 재확인했나요?"

수잔 사제가 질문을 던졌다. 신탁의 방에는 제사장만이 들어갈 수 있었고, 그 해석 또한 제사장 고유의 권한이었다. 신은 의외로 까다로운 면이 있었고, 많은 사람에게 그 모습을 보이기를 원하지 않았기 때문이었다.

그래서 신을 직접 대면하지 않은 사람들은 신탁의 진실성에 의문을 품기도 하였다. 그 논쟁은 과연 신이 실존하느냐의 문제로까지 번지곤 하였다. 그래서 중요한 신탁의 경우에는 특별히 다른 사람, 보통 부제사장의 입회 하에 신탁을 재해석하곤 했었다.

폴은 지긋이 수잔 사제의 눈을 쳐다보았다. 수잔 사제는 눈을 돌리지 않고 마주 응대하였다. 그녀는 이제 사십 대 초반으로 여기 있는 열두 명 중에서 제일 젊었지만, 유일하게 폴에 대한 두려움이 없었다.

"물론 신탁 그 자체는 신의 언어인 여러 개의 숫자와 그래프로 표시되어 있었습니다. 하지만 그 뜻은 분명했고, 그 자리에 함께했던 모니카 부제사장이 동의했습니다."

폴은 태연한 목소리로 말했다. 옆에 있는 모니카 사제도 인정의 표시로 고개를 끄덕였다. 수잔 사제는 계속 불만스러운 표정이었으나 다른 사제들이 일제히 걱정을 표시하였다.

"그렇다면 우리는 어떡해야 한단 말인가요? 재앙이 정확히 무엇인지는 알 수 있습니까?"

존 사제가 물었다. 그의 얼굴에서 미소가 사라지자, 본래의 멍한 모습이 두드러졌다.

"아시다시피 신탁의 예언은,"

폴은 잠시 말을 멈추고 좌중을 둘러보았다. 사제들은 웅성거림을 멈추고 폴의 다음 말을 기다렸다.

"인간의 행동에 의해 바뀔 수 있습니다. 다만 그렇게 하기 위해서는 우리의 기도와 헌신이 필요합니다. 그때까지 최고 회의 사제 여러분과 각 거주구는 모두 한마음으로 혹시 모를 재난에 대비하시기 바랍니다. 일단 모니카 부제사장이 준비한 안건들을 처리하는 것이 급선무입니다."

그 이후의 논의는 일사천리로 진행되었다. 건국절 특별 효모 분배와 외인의 절도에 대비한 보안대의 증원, 건국절 행사 관련 준비 사항 등이었다. 찰리 사제는 예레미 사제가 테이블에 올려놓은 보안대 증원 및 소요 장비 물자 리스트를 보고는 끙 앓았지만, 현명하게도 아무런 반론을 제기하지는 않았다. 회의 내내 그랬던 것처럼 이 안건에서도 수잔 사제는 반대 의견을 냈다. 하지만 다수의 결정에는 어쩔 수가 없었다.

하지만 덕분에, 토의와 반박과 설명을 거쳐 회의는 평소보다 오랜 시간이 걸렸다. 마침내 안건이 모두 의결되자 사제들은 모두 지친 모습이었다. 그들은 회의 종료를 기쁘게 받아들이며 자리에서 일어섰다. 폴은 마리 사제에게 손짓하며 조용히 말했다.

"잠깐 남으시지요."

마리 사제 말고도 수잔 사제가 끝까지 자리를 지켰다. 그녀는 다른 사제들이 모두 방을 나가고 나서야 일어나며 폴에게 미소를 지었다.

"회의 첫날부터 제가 너무 좌충우돌한 것이 아닌가 싶습니다."

이목구비가 뚜렷해 젊었을 때 미인으로 소문났던 수잔 사제는 지금도 여전히 아름다웠다.

"수잔 사제의 열정 탓이겠지요. 신께서도 그 마음을 높이 평가하실 것입니다."

어쨌든 자신이 의도한 대로 모든 것이 결정되었기에 폴은 마음의 여유가 생겼다. 그래서 그녀에게 성심껏 대답했으나 별로 도움이 되지는 않은 것 같았다. 그녀는 미소 뒤에 숨겨진 가시를 드러냈다.

"오늘도 제사장님의 독단대로 일이 진행되어서 기쁘시지요? 새로 온 사제 하나 때문에 번거롭기는 했지만, 여전히 대다수의 사제들은 폴 제사장님의 꼭두각시이고 시온 거주민들은 아무 생각 없이 최고 회의의 결정을 따를 테니까요."

"허허, 수잔 사제는 최고 회의와 시온 주민들을 지나치게 폄하하는군요. 마치 내가 독재자라도 된다는 뜻인가요?"

폴은 여전히 여유 있는 태도를 보이면서, 나름 비수를 꺼냈다. 만약 수잔 사제가 덥석 이 미끼를 물면 그걸로 그녀의 최고 회의 사제직은 날아갈 터였다. 최고 회의 제사장을 독재자라고 선언하는 것은 엄연히 율법에 어긋나는 행위였다.

그러나 수잔 사제는 영리했다.

"시온 주민들이 알아서 판단하겠지요. 오늘은 저 한 사람의 목소리뿐이었지만, 언젠가는 온 주민의 목소리가 될 수도 있음을 조심하세요."

그녀는 경고를 남기고는 방을 나갔다.

폴은 입안이 씁쓸했다. 야광봉 시위대에 고위 공직자가 포함되어 있는 것 같다는 정보가 있었다. 야광봉 시위대는 점점 골칫거리가 되었다. 보안대의 증원 이유는 외인 때문이기도 하지만, 시위대에 대처하려는 목적도 있었다. 만약 수잔 사제가 시위대의 일원이라면 오히려 잘된 일일 수도 있었다. 그녀를 포함해 시위대를 뿌리 뽑을 수 있는 기회가 곧 생길 것이다. 그녀는 절망의 눈물을 통해 두려움이 무엇인지 알게 될 것이다.

마리 사제는 조용히 자리에 앉아 있었다. 다시 현실로 돌아온 폴은 그녀에게 말했다.

"이번에 각 거주구에서 거행되는 건국절 합동결혼식은 제1거주구에서 모두 치를 수 있도록 조치하세요. 모든 신랑 신부가 건국절 전날 제1거주구에 집결하여 필요한 예식 준비를 할 수 있도록 공지하시기 바랍니다."

마리 사제는 깜짝 놀랐다.

"하지만 각 거주구에서 이미 행사 준비를 해 왔을 텐데요? 그리고 피로연에 따르는 부대 비용을 감당하기가 힘듭니다."

마리 사제의 저항은 이미 예상했었다.

"합동결혼식은 시온의 가장 중요한 행사로 정착 초기부터 최고 회의 제사장의 주재 하에 성혼되었습니다. 지난 세대부터 편의상의 이유로 각 거주구에서 시행되었지만 이제부터 바로 잡겠습니다. 앞으로 모든 결혼은 내가 직접 축복할 것입니다. 이번에는 결혼 예식만 제1거주구에서 개최할 예정이니 결혼 당사자 외에는 예식 장소로 올 필요가 없다고 알리세요. 예식 후에 모든 부부는 본래의 거주구로 바로 귀향하여 원래 계획대로 피로연을 진행하면 될 것입니다. 이를 위한 각 거주구행 특별 트램 편은 내가 따로 지시하겠습니다.

괜찮겠습니까?"

마리 사제는 잠시 생각하더니 수긍했다.

"알겠습니다. 그럼 당 초 계획했던 대연회장은 아무래도 안 되겠고, 결국 자유의 광장에서 해야겠네요. 야외에서 식을 올리려면 번거롭기는 하겠지만, 가능할 것입니다."

폴은 미소를 지었다.

"난 항상 마리 사제님이 믿음직스럽습니다. 이번에도 잘 준비하리라 생각합니다."

마리 사제는 자리에서 일어나 인사를 하고는 밖으로 나갔다. 폴은 책상 위에 놓여 있는 유리 노트를 뒤적여 그중의 하나를 다시 한번 들여다보았다. 북부 발전소의 신구 사제가 보고한 내용으로, 관측소 탐사를 떠났던 벤 사제와 2명의 학생이 귀소 예정일로부터 3일이 지났지만 아무런 연락이 없다는 내용이었다.

폴은 답답했다. 재차 확인하였지만, 신구 사제는 그들이 어디로 갔는지 탐사 목적이 무엇인지조차 대답하지 못했다. 최고 회의를 비롯한 고위 관료들은 멍청이 아니면 아부꾼으로 가득한 집단이라는 것이 그의 지론이었다. 사실 수잔 사제의 말에 옳은 점도 있었다. 그것을 이제 바꾸어야 한다. 그가 할 일이 너무나 많았다.

폴은 몇 장의 노트를 들고 육면의 방에서 나왔다. 복도를 지나 시온 탑 로비로 향하는데, 거기에서 모니카 사제가 기다리고 있었다.

"모니카 사제, 아까는 정확히 잘 대응했습니다. 신탁의 내용을 재확인하는 것도 중요하지만, 지금은 그런 부수적인 일로 논란을 벌일 때가 아니니까요."

"저도 그렇게 생각하였습니다. 하지만 아무래도 제사장님의 해석에 대해 다시 한번 논의할 수 있다면 더욱 좋을 것 같습니다. 신탁의 내용에 대해 의뢰인에 따라 해석이 다를 수도 있으니까요. 12년 전에 전임 최고 제사장이었던 사울 사제님의 전철을 밟지 않기 위해서라도요. 저도 신탁을 확인해 보고 제사장님과 같은 결론에 도달한다면 모두를 위해 제일 좋은 결과가 아닐까 싶습니다."

모니카 사제의 말은 언제나처럼 차분하였으며 여전히 무표정한 얼굴이었다. 이 말을 하기 위해 용기가 필요하였다면 정말 잘 감추고 있다고 생각되었다. 폴은 전임 최고 제사장의 일까지 들먹거리는 것이 기분이 나빴으나, 아마 신탁에 참여하고 싶어서 그런 것일 거라는 생각이 들었다. 신탁에 참여한다는 것은 차기 제사장에 오르기 위한 필수 코스였다. 모니카 사제는 언젠가는 자신도 최고 제사장이 될 가능성이 있다고 보는 것일까? 폴은 그것에 부정적이었지만 지금 그녀를 실망시킬 필요는 없을 것이다. 그녀가 할 일이 앞으로 많이 있다.

"물론이지요. 내가 미처 그 생각을 못 했습니다. 다음 번 신탁은 오는 건국절로 계획하고 있습니다. 그때의 해석은 모니카 사제와 같이 논의하겠습니다."

이 대답이 마음에 들었는지는 모르지만, 모니카 사제는 감사하다는 인사와 함께 총총히 물러났다. 폴은 쓴웃음을 지었다. 다가오는 건국절에 예정된 신탁은 없었다. 하지만 모니카 사제는 그것을 신경 쓸 여력이 없을 것이다. 그 날은 많은 일들이 일어날 예정이었다.

# 제6장
# 고대 관측소

얼음 동굴 안에서의 하룻밤은 생각보다 쾌적했다. 댄은 다른 사람이 깨지 않도록 조심스레 얼음 문을 부수고 밖으로 나왔다. 하늘은 거짓말처럼 개어 있었다. 동이 트려는 듯 지평선 너머 은근한 기운이 감돌았지만, 아직 캄캄한 밤하늘에는 별들이 눈부시게 빛나며 해 뜨기 전의 마지막을 달리고 있었다. 댄이 고개를 높이 들어 하늘을 살피는데, 유나도 얼음 동굴을 나와 옆에 섰다. 유성이 길게 꼬리를 끌며 떨어졌다.

"저기 봐봐."

댄이 손가락으로 가리켰다.

"응, 나도 봤어. 정말 예쁘다."

유나는 감탄하며 댄의 팔짱을 꼈다.

"최근에 유성이 급격히 많아졌어."

댄이 우려 섞인 목소리로 말했다.

"그래? 별똥별은 우리의 죄를 일깨우기 위해 신이 보내시는 거잖아. 시온 사람들이 요즘 더 죄를 많이 짓나 보지. 그런데 별똥별을 보며 소원을 빌면 이루어진다는데, 그게 정말일까?"

유나는 대수롭지 않다는 듯 대답했다. 자신이 관심을 두고 있는 것이 아니면 뭐든지 대충 생각하고 넘어 가버리는, 그것이 그녀의 단점이자 매력이었다.

"유성이 신의 형벌이라고 생각하니까 그런 거야. 그래서 하늘에서 떨어지는 유성을 보면서 제발 아무 일도 벌어지지 말라고 기도하게 되었고, 실제 별일이 없으면 자신들의 소원이 이루어졌다고 기뻐하는 거지. 하지만 별똥별은 천문 현상일 뿐이야. 신과는 아무런 상관이 없어. 특히 인간의 죄와 결부시키는 건 그저 사람들을 겁주기 위한 당국의 선전이라고."

댄은 말하면서 자연스럽게 유나에게 붙들린 팔을 뺐다. 그녀는 입을 삐죽거렸다.

"어이구, 또 천문학자 나셨네. 그렇다면 12년 전 사건은 어떻게 설명할 건데?"

그렇다. 그들은 어릴 때부터 그렇게 배우며 자랐다. 인간의 죄가 극에 달하면 신의 분노로 별똥별이 떨어져 폭발한다고. 12년 전 제12거주구가 그러했다. 안타깝게도 그곳의 거주민 중 살아남은 사람은 하나도 없었다. 시온 최고 회의는 인간의 죄를 보속하기 위한 열흘간의 애도 기간을 선포하였고, 신의 진노를 잠재우기 위해 특별

전례를 집전하였다. 댄은 그때 8살이었는데, 스피커에서 들리는 장엄한 봉독과 하루에 한 끼밖에 먹지 못했던 배고픔이 지금도 기억에 남아 있었다.

“글쎄, 그 사건은 나도 몰라. 하지만 유성에 대해서는 많은 것을 알고 있어. 아직 아무에게도 나누지 않았지만. 너에게도 곧 알려 줄게.”

“그러든지 말든지. 어쨌든 난 별똥별을 보며 소원을 빌었으니까, 그걸로 됐다. 정말로 소원이 이루어질지는 두고 보면 알겠지.”

유나는 양팔을 들고 크게 기지개를 펴며 중얼거렸다.

***

댄 일행이 제5관측소에 도착한 것은 한낮이었다. 댄과 유나는 처음 와보는 곳이었고, 벤 사제는 수년 전에 한 번 들렀다고 하였다. 관측소는 알펜 산맥의 봉우리 중 하나의 정상에 위치한 좁은 평지에 건설되어 있었다. 돔 형태의 건물은 은빛의 금속 자재로 되어있었고, 돔의 중앙에 안테나가 높이 솟아 있었다. 창문은 없었고, 남쪽으로 출입문만 하나 있을 뿐이었다. 양쪽으로 열리는 출입문에는 붉은색의 커다란 금속 자물쇠가 달려있었는데, 가까이서 보니 불에 탄 듯한 자국과 함께 자물쇠가 부서져 있었다.

“원래부터 이랬나요?”

유나의 물음에 벤 사제는 고개를 저었다.

“아니, 이 자물쇠는 오래전에 설치한 거야. 열쇠는 항상 이곳에 두었고.”

그는 댄을 시켜 문틀 위에 있는 열쇠를 찾게 하였다. 댄은 곧 먼지를 잔뜩 뒤집어쓴 열쇠를 찾을 수 있었다.

"누군가가 먼저 왔다 간 모양이군. 잠시 기다려 봐."

벤 사제는 조심스레 문을 열고는 안으로 들어갔다. 한 30초쯤 지났을까, 벤 사제의 부르는 소리가 들렸다.

"아무도 없으니 들어와."

댄과 유나는 건물 안으로 들어갔다.

창문이 없어 건물 내부는 어두웠고, 열린 문으로 들어오는 빛이 내부를 비추고 있었다. 내부 공간의 중앙에는 지름 1미터 정도의 원기둥이 바닥에서 천정까지 이어져 있었다. 원기둥을 둘러싸는 형태로 6개의 테이블과 의자들이 있었는데, 테이블 위에는 직사각형 형태의 얇은 판들이 비스듬히 세워져 있는 것이 보였다. 벽을 따라서는 여러 개의 금속 캐비닛이 있었는데 대부분 문이 열려 있었고, 안에는 몇 개의 빈 상자들이 흩어져 있었다.

벤 사제가 한 쪽 테이블의 스위치를 누르자, 저음의 소리와 함께 건물 전체에 전기가 들어오면서 조명이 켜졌다. 그리고 테이블 위의 얇은 판 중 세 개가 빛을 발하기 시작했다. 댄이 가까이 가서 보니 파란색의 바탕 가운데에 네모난 창이 떠 있고 그 안에 다음과 같이 쓰여 있었다.

ID: sion0502

PW:

"이것들은 모니터군요. 박물관에서 보았던 것들과 형태가 조금 다르네요."

유나가 가까이 다가와 모니터의 창에 손을 대자, 모니터 아래에 알파벳과 숫자 및 기호들의 버튼이 표시되었다.

"와우, 이 모니터는 작동하나 봐요."

유나가 놀라서 쳐다보자 벤 사제는 별일 아니라는 듯 대답했다.

"그럴 수 있어. 단지 어떻게 사용하는지를 알 수가 없을 뿐이지. 아무리 해도 비밀번호를 알아낼 수가 없었어."

"다른 관측소는 어떤가요?"

댄이 물었다. 지난번에 탐사했던 관측소는 크기도 작았지만, 내부는 아무것도 남아 있지 않았었다.

"내가 가 본 바로는 이렇게 모니터가 반응하는 곳이 두 군데 더 있었어. 나머지는 아무것도 없거나 관측소 전원을 켜도 모니터는 자체가 작동하지 않았지. 사실 이 관측소들이 지어진 지 거의 1000년이 되었는데 이렇게 작동한다는 것 자체가 신기할 뿐이야."

"거기 두 군데에도 ID와 PW가 있었나요?"

"그래. ID는 관측소의 모니터 별로 할당이 되어있는 것 같아. 예를 들면 이 관측소의 모니터는 sion0502고, 저쪽 관측소의 모니터는 sion0503이지. 참고로 제8관측소의 모니터는 sion08로 시작한단다."

"그런데 처음에 여기가 제5관측소라는 것은 어떻게 알 수 있었죠?"

유나의 질문에 벤 사제는 손가락으로 출입문 쪽을 가리켰다. 댄과 유나가 뒤돌아보니 출입문 위에는 작은 전광판이 있었고, 거기에 '05' 숫자가 빛나고 있었다.

"PW는 모른다는 거지요…"

댄은 질문이라기보다는 혼잣말로 중얼거렸다. 정말이었다. 1000년이 지난 지금에도 동작하고 있다니 대단한 일이다. 만약 비밀번호만 알 수 있다면 고대의 정보를 알 수 있게 되는 것일까? 댄은 일말의 가능성에 기대를 걸고 조심스럽게 모니터 아래의 버튼을 눌러보았다.

sion0502

버튼을 누를 때마다 잠시 글자가 나타나더니 별표 모양으로 가려졌다. 댄이 마지막 2를 누르고 나서 잠시 어찌할 바를 모르고 있자 벤 사제가 도와주었다.

"가장자리에 있는 꺾인 화살표를 눌러 봐."

댄이 화살표를 누르자 별표들이 없어지며 밑에 붉은색의 글씨가 나타났는데, 낯선 고대문자로 전혀 읽을 수가 없었다.

벤 사제는 빙그레 웃으며 말했다.

"나도 여러 가지를 시도해 보았단다. 적어도 쉽게 생각할 수 있는 비밀번호는 아닌 것이 확실해."

벤 사제는 출입구 맞은편의 벽으로 가며 손짓했다.

"지하실에 한 번 가 보자. 침입자들이 무엇을 원했는지 알 수 있을지도 몰라."

유나와 댄은 벤 사제를 따라 지하실로 내려갔다. 지하실에는 복도를 따라 양 옆으로 6개의 방이 있었고, 복도의 끝에도 작은 문이 하나 있었다. 앞서가던 벤 사제가 작은 문을 열었다. 방 안은 한쪽 벽

전체가 금속판으로 되어있었는데, 몇 개의 작은 녹색과 흰색의 불빛들이 규칙적으로 반짝이고 있었다. 벤 사제가 벽 오른쪽 부분의 돌출된 손잡이를 돌리고 잡아당기자 길쭉한 서랍이 따라 나왔다. 그 안에는 예비 파워셀을 보관하는 단자들이 있었는데, 모두 비어 있었다.

"만일을 위해 예비 파워셀을 한두 개씩 두었는데… 아마 누가 가져간 것 같구나."

벤 사제의 말에 유나가 물었다.

"외인들의 짓일까요?"

"글쎄, 외인이 이렇게 북쪽까지 온 적은 없었는데… 그들은 주로 화물을 운반하는 트램을 노리지. 파워셀 두 개를 훔치려고 이 산 위까지 올라왔을까?"

세 사람은 다른 방들을 살펴보기 시작했다. 원래는 숙소나 창고로 사용했던 방들이었던 것 같은데, 지금은 부서진 유리 침대의 잔해들만 남아 있었다. 하나의 방을 제외하고는. 계단 가까운 곳에 있던 이 방에는 유리 파편들이 한쪽으로 치워져 있어 한 사람이 누울 수 있는 정도의 공간이 만들어져 있었다.

주위를 살피던 댄은 방구석에서 꼬깃꼬깃한 물건 하나를 발견했다. 조심스레 집어 들어보았다. 매우 가벼웠고 옷감처럼 얇았지만, 쉽게 부서지지는 않았다. 댄이 구겨져 있는 그것을 펴니 글자가 써 있는 것이 보였다. 숫자와 알파벳으로 되어있었는데 별다른 의미는 없어 보였다. 댄은 그것을 벤 사제에게 건네며 말했다.

"내 생각에 침입자는 한 사람인 것 같아요. 그리고 그가 종이를 두고 갔고요."

벤 사제는 종이를 받더니 킁킁 냄새를 맡아 보고는 여러 번 손으로 쓰다듬어 보았다.

"종이라고? 넌 무슨 오늘 점심거리 얘기하듯이 말하냐? 이게 종이라면 온 시온에서 유일한 것이야. 박물관에도 종이는 없다고!"

유나가 흥분하며 말했다. 박물관의 진공실에 보관되어 있었던 고대 정착민의 종이 책과 노트는 500년 전 대재앙 때 모두 소실되었었다.

벤 사제에게 조심스레 종이를 받은 유나는 떨리는 목소리로 말했다.

"아, 떨려. 우리 이거 박물관에 기증하는 대신 무엇을 달라고 할까? 시온탑의 아파트 로얄 층은 어때? 그 정도는 주지 않겠어? 그럼 대박일 텐데. 아, 우리가 세 사람이니까 아파트를 세 채 달라고 해야 하나? 아니면 한 채 밖에 안 된다면 셋이서 나눠 쓰는 것도 나쁘진 않지. 로얄 층은 방이 여러 개라고 하니까."

"쓸데없는 소리 말고 이리 줘. 이 종이를 박물관에 주지는 않을 거야."

댄은 유나에게서 종이를 받아 들고서는 방을 나왔다. 아까 1층 캐비닛에 금속으로 된 빈 상자들이 있던데, 거기에 보관할 수 있을 것 같았다.

"그럼 도대체 그 종이로 무엇을 할 건데?"

1층 원형 방의 의자에 털썩 주저앉으며 유나가 따졌다. 댄은 종이가 담긴 상자를 손에 쥔 채 잠시 고민하였다.

"일단 누가 이것을 가져왔는지 알아야겠지."

댄은 벤 사제에게 확인받고 싶었다. 종이를 발견한 이후 침묵을 지키던 벤 사제가 드디어 입을 열었다.

"그리고 어디에서 왔는지도 말이지."

벤 사제는 빙글빙글 작은 원을 그리며 걷기 시작했다.

"얘들아, 이번 일은 우리 시온의 역사에서 최대의 사건이 될 거야. 만일 내 생각이 맞는다면 우리는 고대 정착민 이후 최초로 우주인과 마주칠지도 몰라. 그가 에덴에서 왔다면 어떨지 상상해보렴. 댄, 네가 망원경으로 보았던 것을 다시 한번 얘기해 주겠니?"

댄은 그 이야기를 다섯 번은 넘게 한 것 같았지만 또다시 말하기 시작했다.

"그날도 라온과 그 위성들을 보고 있었어요. 가끔 별똥별이 나타났지만, 망원경으로 보기에는 너무 순식간에 지나가서 별로 신경 안 썼죠. 그런데 그날 지나가던 어떤 별똥별 하나가 갑자기 밝아지더니 그 자리에 멈춘 듯이 보이는 거예요. 신기해서 망원경으로 조준해 보려니까 그것이 다시 움직였는데, 그냥 하늘로 사라진 것이 아니라 바로 이 알펜 산으로 떨어졌어요. 그때에는 산 너머 쪽이라 충돌 자체를 보지는 못했지만, 충격 때문에 생긴 눈구름과 섬광은 똑똑히 보였거든요."

"맞아, 이제 명확히 알겠군. 자연의 물체는 하늘에서 스스로 멈출 수가 없지. 그것은 별똥별이 아니라 외계의 우주선이 분명해. 그것을 믿을 수 없었기 때문에 너무나도 당연한 사실을 지금까지 간과하고 있었어."

댄도 벤 사제의 말에 동감하였다. 자신도 스스로에 대해 확신을 가지고 있지 못했던 것이다.

"사실 지금까지 얘기 안 한 부분이 있어요. 망원경으로 별똥별을 조준했을 때 순식간이긴 하지만 그것을 보았어요. 둥그스레한 원반의 사방에 팔이 달려있었는데 그 팔의 끝부분에서 밝은 빛이 나오고 있었어요. 너무 순식간인 데다가, 제가 본 것을 믿을 수 없었기 때문에 이제껏 말할 수 없었어요."

"아냐, 댄. 넌 마음속으로 이미 믿고 있었어. 그렇지 않았다면 우리가 여기까지 올 리도 없었을 거야. 그렇죠, 벤 사제님?"

유나의 말에 벤 사제는 동의했다.

"유나 말이 맞다. 이제 우리의 임무는 별똥별 탐사가 아니라 우주선 탐사가 되었구나. 뭐 크게 달라질 것은 없겠지. 외계인을 만나야 하는 일이 있기는 하지만 말이야."

그들은 제5관측소에서 간단히 점심을 먹고 우주선이 떨어진 곳을 향해 출발했다. 알펜 산맥의 남쪽으로 이어지는 능선은 고도가 높아질수록 얼음이 줄어들어 군데군데 거친 바위와 흙이 드러나 있었다. 규소가 풍부한 시온의 바위는 햇빛을 반사해 수많은 보석을 박아놓은 것 같았다.

앞의 한 고개만 넘으면 댄이 망원경으로 관측한 충돌 지점이 보일 것이다. 거기에 무엇이 있을지 누군가가 우리를 기다리고 있을지 댄은 정말 궁금했다. 마음 같아서는 달려가서 빨리 고개까지 넘고 싶었지만, 계속된 오르막길과 배낭의 무게 때문에 다리가 천근만근 무거워 한 걸음 한 걸음 떼기도 힘들었다. 유나와 벤 사제도 다름이 없는지 댄보다 스무 걸음 이상 뒤처져 있었다.

댄은 커다란 바위 옆에서 걸음을 멈추고 그들을 기다렸다. 유나에 이어 벤 사제가 도착하였다. 그는 바위 밑 그늘에 철퍼덕 주저앉았다.

“아이고, 힘들어라. 이제 산에 오르는 나이도 지난 것 같구나.”

벤 사제의 넋두리에 댄이 말했다.

“파워셀은 제가 메고 갈 테니 주세요.”

“그럴까? 원래 규정상 파워셀은 허가받은 사람만 다뤄야 하지만… 이 산속에서 누가 그런 걸 신경 쓰겠나?”

벤 사제는 자신의 배낭 안에서 파워셀 두 개가 든 상자를 꺼내어 댄에게 주었다. 파워셀 자체는 무척 가벼웠지만, 안전을 위한 이동용 전용 캐리어는 이중의 금속으로 되어있어 제법 무거웠다. 댄은 파워셀 캐리어를 자신의 배낭 안에 넣으며 물었다.

“그 우주인이 파워셀 때문에 관측소를 침입했던 걸까요?”

“일단 예비 파워셀을 가져간 것은 분명해. 밤에 잘 곳을 찾으려고 한 것일 수도 있고. 아까도 말했지만 중요한 것은 그 우주인이 관측소의 컴퓨터 시스템에 접속하려 했다는 거야. 이미 그 컴퓨터 시스템에 대해 잘 알고 있었거나 익숙하단 얘기지. 네가 발견한 그 종이에 쓰여 있던 것은 비밀번호임에 틀림없어. 시스템에 접속하여 무얼 하려 했던 걸까?”

그들은 관측소를 떠나기 전에 모든 모니터로 시도해 보았다. 그러나 그 어떤 컴퓨터도 작동하지 않았다. 만일 이것이 정말 비밀번호라면 어딘가 다른 컴퓨터에 적용되는 것일 것이다.

“고향 별에 구조 신호를 보내려 했을까요? 만나면 물어보지요.”

댄은 시원스레 대답했지만, 유나의 생각은 다른 듯했다.

“나는 두 사람이 그 우주인에 대해 너무 쉽게 생각하는 것 같아요.

일단 대화가 될까요? 우리 말을 쓴다는 보장이 어디 있죠? 그리고 매우 적대적일 수도 있어요. 우리를 공격하여 파워셀을 뺏거나, 아니면 잡아먹을 수도 있잖아요."

유나의 마지막 말에 벤 사제는 박장대소를 터뜨렸다.

"이 늙은이를 먹으려면 이빨이 상당히 튼튼해야 할 텐데? 하하하."

그러나 유나가 여전히 심각한 표정을 하고 있자, 벤 사제는 웃음을 거두며 말했다.

"유나 말대로 조심을 할 필요는 있겠다. 앞으로 주위를 잘 살피며 걷고, 밤에는 불침번을 서도록 하자."

하지만 그것이 얼마나 효과가 있을지는 미지수였다. 만약 그 우주인이 적대적이라면? 댄은 태어나 한 번도 싸움을 해보거나 싸움의 기술을 배워본 적이 없었고, 벤 사제나 유나도 마찬가지일 터였다. 그들이 지닌 물건 중 무기라고 부를 수 있는 것은 효모 빵을 자르기 위한 작은 칼과 삽이 전부였다.

대재앙 이래 지켜온 시온의 평화는 절대적인 것이었다. 누군가 폭력을 행사하거나 또는 그런 의지만 보여도 그는 사회에서 즉각적으로 격리되었다. '결국 우리는 스스로 나약해진 것일까?' 댄은 마음속으로 물어보았다. 우주인을 만나게 된다면 묻고 싶은 또 하나의 질문이었다.

제7장

# 우주인과의 만남

멀리서도, 그 회색 형체가 우주선임은 분명히 알 수 있었다. 처음 충돌한 지점에서부터 미끄러져 생긴 땅의 흔적이 이어진 곳에 그것이 있었다. 가까이 다가갈수록 자세한 모습이 드러났는데, 댄의 설명을 들으며 상상했던 것보다 좀 작은 느낌이었다. 가운데 원반 모양에서 네 개의 원기둥이 사방으로 뻗어 있었고, 그 끝에는 화산 분출구를 닮은 구형 물체가 달려있어서 마치 거인의 팔이 주먹을 쥐고 있는 것 같았다. 회색의 원반 위쪽에는 빙 둘러서 폭이 좁은 창이 나 있는 것 같았지만, 날이 어두워 안이 보이지는 않았다.

처음 그것을 보았을 때 유나는 댄과 벤 사제에게 좀 더 신중히 확인하고 다가가는 것이 어떻겠냐고 제안했지만, 두 사람은 들은 척도 하지 않았다. 벤 사제마저 우주선을 발견하였다는 기쁨에 마치 보물을 찾은 어린아이처럼 들떠 있었다. 남자들은 나이를 먹어도 다 똑 같다더니, 사실이구나.

세 사람이 우주선에서 약 50여 미터 정도까지 다가갔을 때였다. 유나는 우측으로 경사지게 솟아오른 바위 위에서 무언가가 움직이는 것을 보았다. 댄도 “조심해!” 하고 외쳤지만, 그 말이 끝나기도 전에 쉭 하는 소리와 함께 머리 위에서 무엇인가 퍽 터졌다.

그 후에 찾아온 고통은 정말 생전 처음 느껴 본 것이었다. 머리끝부터 발끝까지 찌릿찌릿하며 온몸이 뜨거운 바늘로 무수히 찔리는 느낌이었다. 이렇게 죽는 건가 싶은 생각이 들었을 때쯤, 그 고통이 서서히 사라지기 시작했다.

힘겹게 눈을 떠 보니 댄도 옆에서 엎드린 채 몸부림치며 신음을 내고 있었다. 벤 사제는 충격과 함께 미끄러져 몇 미터 아래로 구른 것 같았다. 걱정이 된 유나는 엉금엉금 기어 벤 사제에게 다가갔다. 벤 사제는 옆으로 누워 배낭에 기대 있었는데, 얼굴을 잔뜩 찌푸린 모습이 매우 고통스러워 보였다.

“사제님, 괜찮으세요? 전 이제 찔리는 듯한 통증은 좀 없어진 것 같아요.”

“응. 그런데 내가 발을 접질린 것 같구나. 한 번 봐주겠니?”

유나가 보니 그의 오른쪽 발이 안쪽으로 거의 직각으로 꺾여 있었다.

“윽, 어떡하면 좋죠? 발목이 부러진 것 같아요.”

“음, 그렇구나. 아까 중심을 잃고 넘어질 때 왠지 그런 것 같다 예상은 했었다.”

“잠깐만 기다리세요. 소염제를 가지고 올게요.”

자신의 배낭을 가지러 가려고 몸을 돌리던 유나는 깜짝 놀랐다. 우주인이 거기에 서 있었다.

놀랍게도, 그 우주인은 여자였다.

"꼼짝하지 마."

그녀의 명령에 유나는 그 자리에 얼어붙고 말았다. 댄도 누운 채로 그 우주인을 보고 있었다. 그녀는 시온 사람들처럼 검은 머리에 검은 눈을 가졌지만 피부색이 살짝 더 진해 보였고, 아래위로 몸에 딱 달라붙어 그녀의 몸매를 그대로 드러내 보이는 하늘색 의상을 입고 있었다. 양손으로 무엇인가 들고는 유나 일행을 겨누고 있었는데, 아마 아까 전기 충격을 일으켰던 무기 같았다.

'저렇게 입고 거주구를 돌아다니면 난리가 날 텐데…' 유나는 순간적으로 그런 생각을 했다가, 문득 그 우주인이 공용어로 말했음을 깨달았다.

"벤 사제님의 발이 부러져서 빨리 조치해야 해요. 내 배낭을 가져와야 한다고요."

유나의 외침에 그 우주인은 조금 더 다가와 흘깃 벤 사제의 발을 쳐다보았다.

"거기, 너! 이리 와서 부러진 발을 고쳐. 그리고 너! 네 배낭에는 무엇이 들어 있지?"

우주인은 댄을 향해 오라는 손짓을 하고는 유나에게 물었다. 그녀의 목소리는 높고 가늘었으며 톤에 높낮이가 있어 마치 노래하는 듯했으나 알아듣기에는 문제가 없었다.

댄이 천천히 유나 쪽으로 걸어오자, 우주인은 두 손으로 무기를 쥐고 겨냥하며 몇 발자국 뒤로 물러났다.

“배낭에 구급상자가 있어요. 소염에 좋은 미네랄을 발라야 해요.”

유나는 우주인의 대답을 기다리지 않고 일어나 배낭을 향해 갔다. 우주인 옆을 지나며 보니 그녀는 생각보다 키가 작았다. 유나도 또래 평균보다 작았는데, 그녀는 유나보다 머리 하나는 작아 보였다.

배낭에서 구급상자를 꺼내어 벤 사제에게 돌아와 보니, 댄이 벤 사제의 발치에 앉아 어쩔 줄 모르고 있었다.

“어떻게 하지? 약을 바르려면 신발을 벗겨야 하는데, 도저히 벗길 수가 없겠어.”

그들이 입는 옷과 마찬가지로 신발도 효모의 찌꺼기를 굳힌 천으로 만들었다. 천으로 만든 신발은 가볍지만 질겼고, 발목 위까지 올라와 앞쪽에서 끈으로 묶게 되어있었다. 댄이 끈을 풀었지만 꺾인 발목 때문에 신발을 벗기는 것은 어려워 보였다.

“일단 부러진 뼈를 맞춰야겠어. 댄, 사제님 다리를 들고 꼭 붙잡아.”

“그래, 알았어.”

댄이 벤 사제의 허벅지 위로 걸터앉으며 다리를 붙들어 올리자, 유나는 부러진 발을 두 손으로 꼭 감아쥐었다.

“벤 사제님, 조금만 참으세요.”

“그래, 유나야. 너만 믿는다.”

벤 사제가 그렇게 말해줬지만, 유나는 잘 할 수 있을지 자신이 없었다. 학교에서 여러 가지 응급 처치 방법에 대해 이론상으로 배우기는 했지만, 실습해 본 적은 한 번도 없었기 때문이었다. 하지만 지금은 그것을 따질 때는 아니었다. 부러진 발을 빨리 맞춰놓지 않으면 벤 사제님이 영영 걷지 못할 수도 있었다.

유나는 크게 숨을 들이마시고, 양손에 힘을 주며 벤 사제의 발을 최대한 잡아당겼다. 다리를 잡고 있던 댄의 팔에 힘이 들어가는 것이 느껴졌다. 벤 사제의 괴로운 신음이 들렸다. 순간 팽팽하게 당겨지던 발 안에서 무엇인가 딸깍하는가 싶더니 발이 제자리로 돌아왔다.

"우와! 됐다. 됐어!"

유나는 쥐고 있던 벤 사제의 발을 조심히 내려놓고는 스스로 안도에 취해 앞에 있던 댄을 버럭 끌어안았다.

"어어, 그래. 잘했어. 그런데 벤 사제님이 많이 고통스러워하시는 것 같으니 빨리 약을 발라 드리는 게 좋을 것 같아."

어색해하는 댄의 표정에, 유나도 무안하여 포옹을 풀고는 벤 사제의 신발을 조심스레 벗겼다. 부러진 발목 부분이 벌써 검푸른 색으로 부풀어 올라 있었다. 유나는 머릿수건으로 쓰던 헝겊을 벗어 소염 미네랄을 골고루 바른 후 부러진 발목과 발을 완전히 덮으며 꽁꽁 묶었다.

"일단은 이대로 괜찮을 거야. 하지만 발목을 고정하려면 부목이 필요한데…"

유나는 예전에 배웠던 기억이 떠올라 말했다. 하지만 유나 일행에게는 부목으로 쓸만한 물건이 하나도 없었다. 유나는 어느새 근처로 다가와 지켜보고 있던 우주인에게 말했다.

"여보세요, 그 무기는 제발 좀 그만 겨누지 않을래요? 우리는 아무 짓도 안 할 거라고요. 그리고 혹시 부목으로 쓸 만한 물건이 있나요?"

우주인은 겨누고 있던 무기를 아래쪽으로 향했다. 그녀는 좌우를 둘러보았다.

"이 빌어먹을 행성에는 나무가 없구나."

숨이 찬 듯 그녀의 목소리가 조금 떨렸다.

그녀는 우주선으로 다가가 우주선 원반 아래쪽에 있는 무엇인가를 누르고 돌리기 시작했다. 그러고는 긴 막대 같은 것을 가지고 돌아왔다. 우주인은 그 막대를 유나 앞 약 2미터 정도의 거리에 내려놓고는 다시 무기를 겨누며 말했다.

"이거라면 사용할 수 있을 거야. 허튼짓은 할 생각도 마."

사실 유나는 그럴 생각은 전혀 하지도 않았지만, 막상 긴 막대를 들고 보니 묵직한 것이 잘만 휘두르면 충분히 무기로 사용할 수 있을 것 같았다. 그것은 검은색 금속으로 된 파이프 같았는데, 한쪽으로 갈수록 점점 더 가늘어지는 구조였다. 하지만 우주인이 들고 있는 무기를 보고 고통스러웠던 순간이 생각나자 유나는 얌전히 벤 사제에게 돌아서며 말했다.

"난 유나예요. 이쪽은 댄이고, 누워 있는 분은 벤 사제님이세요."

"내 이름은 메이야."

사실 메이는 모두의 이름을 알고 있었다. 그녀는 유나 일행이 관측소에서 나왔던 때부터 계속 그들을 미행하였다고 했다. 벤 사제가 경계를 강화한다며 댄과 교대로 앞뒤를 왔다 갔다 했던 생각이 나서 유나는 실소를 금할 수 없었다.

정황상으로 유나와 댄, 벤 사제는 모두 메이의 포로였지만, 네 사람 중 아무도 그렇게 행동하지는 않았다. 메이는 우주선을 고쳐야 한다며 자연스럽게 댄에게 이것저것을 시켰고, 댄은 별 대꾸 없이 시키는 대로 일을 했다. 조금 떨어진 곳에서 유나는 벤 사제를 돌보는 일을 맡았는데, 실제로 별로 할 일은 없고 가끔 벤 사제에게 물을 주거나 우주인에 대한 평을 하는 것이 전부였다. 벤 사제는 사실 메이와 몹시 이야기를 나누고 싶어 했지만 메이는 일에 바빠 도통 수다를 떨 상황이 아니었다.

메이는 댄의 배낭 안에 있던 파워셀을 요구했고, 그것을 우주선의 어딘가에 장착하였다. 우주선의 네 개의 분출구 중 하나가 부서져 있어서 메이와 댄은 특이하게 생긴 연장으로 그 분출구가 연결된 팔을 우주선에서 분리하고 있었다.

“조금 더 높이, 세게, 우측으로. 아니, 시계 방향으로 올리라고. 이 멍청아.”

메이가 댄에게 외치는 소리가 들렸다. ‘댄은 어딜 가나 동네북이구나.’ 유나는 문득 댄에게 측은한 마음이 들었다. 그러다가 문득 불길한 생각이 들어 벤 사제에게 물었다.

“저 우주선을 다 고치고 나면 어떻게 할까요? 저게 날아가기는 할까요?”

“그러니까 저렇게 애를 쓰는 거겠지? 하늘을 날아본다면 내 평생 여한이 없겠다.”

유나의 불안한 마음을 아는지 모르는지, 벤 사제는 계속 엉뚱한 말만 했다.

유나는 더 이상 말을 잇지 않았다. 사실 메이가 유나 일행을 어떻게 할지 유나는 계속 걱정이 되었다. '우주선을 다 고치고 나면 우리를 죽이려고 할까? 아니면 혼자 그냥 가버릴까?' 그냥 가버린다면 제일 마음이 놓이겠지만, 벤 사제님이 걱정되었다. 저 발로는 혼자 걸을 수 없어 누군가 부축해주거나 들것으로 날라야 할 터였다. 그러나 여기에는 들것을 만들만한 재료가 하나도 없었다.

유나는 마음속으로 여러 가지 궁리를 해 보았지만, 결론은 역시 하나였다. '우주선으로 이동해야 해. 메이에게 부탁하던지, 안되면 강제로라도…' 유나는 자신이 어떻게 메이를 힘으로 제압할 수 있을지 전혀 상상되지 않았지만 어쨌든 시도해 볼 마음을 먹었다. 적어도 그녀보다 키는 크니까. 다만 자신도 모르게 메이가 마음에 들었기 때문에 그녀를 크게 해치거나 하지는 않을 생각이었다.

댄과 메이는 우주선에 가려져 잘 보이지 않았지만, 여전히 무언가 작업을 하고 있었다. 메이는 생각보다 힘이 센 듯 분리된 분출구를 댄과 함께 양손으로 들어 옮기는 것이 보였다. 댄이 무슨 생각을 하며 그녀를 도와주고 있을까 궁금했다.

그들이 작업을 마친 것은 그로부터 두 시간 정도 더 지나서였다. 얼음 바위에 부딪혀 부서진 분출구와 팔을 떼어내었고 나머지 세 팔의 위치를 재조정하였다. 우주선의 팔은 메이가 들고 있는 리모컨으로 움직였는데, 우주선이 경사진 면에 비스듬히 놓여 있었기 때문에 팔이 자유롭게 움직일 수 있도록 얼음 바위들을 치우는데는 시간이 꽤 걸렸다.

마침내 작업이 끝난 듯, 댄이 손을 털며 가까이 왔다. 그는 유나에게서 물통을 받아 들고는 벌컥벌컥 물을 마시기 시작했다. 메이는 조금 떨어진 곳에 서 있었는데 무기는 허리띠에 꽂혀 있었다.

"목마르면 이거 마셔도 돼요."

유나가 다른 물통 하나를 꺼내어 흔들자, 메이는 다가오더니 물통을 들고 마시기 시작했다. 그녀도 목이 무척 말랐던 듯 연거푸 두세 모금 마시는 모습이 어린아이 같았다.

그때였다. 갑자기 유나는 알 수 없는 충동에 사로잡혀 그녀에게 돌진하였다. 무방비 상태인 지금이 아니면 두 번 다시 이런 기회는 없을 것 같았다. 학교에서 배운 유도의 누르기를 잘만 사용하면 메이 따윈 꼼짝 못 하게 할 수 있을 것 같았다.

유나는 메이를 넘어뜨리고 그 위에서 온몸으로 그녀를 누르기 시작했다. 유나의 얼굴에 메이의 옷 너머로 물컹한 그녀의 유방이 느껴졌다. 유나가 순간 당황하여 고개를 돌리려 하는데 메이가 무시무시한 힘으로 몸을 일으켰다.

어느새 유나가 땅에 누워 있었고, 메이가 그 위에 앉아 양 허벅지로 유나의 목을 조르고 있었다. 유나가 숨이 막혀 메이의 다리를 잡고 버둥대는데 댄의 목소리가 들렸다.

"그만해요, 제발."

메이는 살짝 다리의 힘을 풀며 말했다.

"가만히 있어! 안 그러면 이 애가 다칠 거야."

메이의 손에 들려 있던 무기가 유나의 눈 위로 다가왔다.

"도대체 무슨 짓이야? 왜 그랬어?"

유나는 너무 겁이 난 나머지, 눈물을 흘리고 더듬거리며 말했다.

“벤 사제님이… 다리가… 설마 우리를 죽이지는 않겠죠? 그래도… 우리도 우주선에 태워 주세요.”

메이의 무기가 유나의 이마를 가볍게 눌렀다. 아까 경험했던 전기 충격의 공포가 엄습해왔다. 그때, 메이가 일어나더니 옆으로 물러섰다. 댄이 달려와 유나를 안아 몸을 일으켜주며 물었다.

“괜찮아? 왜 바보 같은 짓을 해. 메이는 우리를 해치려는 게 아니야.”

“그래도… 난 벤 사제님이 걱정돼서…”

유나가 가쁜 숨을 내쉬고 있는데 메이가 물었다.

“넌 몇 살이야?”

뜬금없었지만 유나는 곧 대답하였다.

“스무 살이에요.”

“흠, 그러면 표준 시간으로는 스물두 살쯤 되었겠네. 아직 젊은 패기가 왕성해서 그랬다고 생각하고 봐주지.”

메이는 그렇게 말하고는 벤 사제 옆으로 가까이 가더니 그와 작은 소리로 대화하기 시작했다.

“표준 시간이 뭐야?”

유나가 댄에게 물었다. 댄은 어느새 자기 배낭을 가져다가 유나의 배낭에 있는 물건들을 옮기고 있었다.

“뭐 하는 거야?”

댄은 묵묵히 짐을 정리하고는 유나의 거의 빈 배낭을 돌려주었다.

“자, 너는 이거면 충분할 거야. 벤 사제님을 위한 소염 미네랄은 남겨 놓았어. 나머지는 혹시 모르니까 내가 가져갈게."

유나는 갑자기 걱정이 밀려들었다.

"무슨 소리야? 어디를 가져간다는 거지? 너 우리랑 따로 떨어져?"

"메이가 얘기해줬는데, 저 우주선에는 두 명만 탈 수 있대. 그래서 너와 벤 사제님이 저 우주선을 타고 북부 발전소까지 가게 될 거야. 벤 사제님은 거기서 치료를 받으시거나 거주구로 돌아가서 병원을 가면 괜찮을 거야. 네가 옆에서 잘 돌봐 드려."

유나는 머리가 혼란스러웠다.

"나와 벤 사제님만 우주선을 타고 간다고? 우리가 우주선을 어떻게 운전해? 그리고 넌 뭘 할 건데? 너도 발전소로 가면 되잖아."

"저 우주선은 원격으로 조종할 수 있고 자동 항법 장치도 있대. 잘은 모르겠지만 지도의 좌표를 찍어주면 알아서 그 장소로 간다는 거야. 어쨌든 안에서 뭘 건드리지만 않으면 잘 갈 테니까 걱정하지 말라고 하더군. 그리고 나는 말이야."

댄은 잠시 말을 쉬었다.

"나는 메이와 같이 갈 거야. 그녀가 길을 안내해 달라고 부탁했어. 외인을 만난다든지 하는 혹시 모를 상황에 대비해서 현지인인 나와 함께 있으면 여러모로 도움이 될 테니깐."

이것이 메이의 생각인지 댄의 생각인지 유나는 알기 어려웠다. 어쨌든 확실한 것은 그의 표정과 말투에서 댄의 마음이 이미 굳혀졌다는 것을 확연히 느낄 수 있었다.

어릴 적부터 함께하면서 유나가 알게 된 것은 댄이 한 번 마음먹으면 여간해서는 바꾸지 않는다는 것이었다. 유나는 문득 다른 종류의 걱정이 들기 시작했다. 댄과 메이가 단둘이서 길을 떠난다는 사실이 정말 마음에 들지 않았다. 유나조차도 댄과 단둘이 밤을 지새우거나 한 적은 없었었다. 설마 저 여시 같은 것이 댄에게 몹쓸 짓을 하지는 않을까?

“하지만 댄, 이제 며칠 후면 건국절인데, 제사는 어떻게 하려고? 그때까지 돌아올 수 있겠어?”

유나는 혹시나 하는 마음으로 물어보았다. 댄은 어머니에 대해서만은 열심인 효자였다. 이번 건국절은 그의 어머니가 돌아가신 후 첫 제사이기 때문에 혹시 그의 마음을 바꿀 수 있을지도 몰랐다.

“엄마도 이해하겠지. 결혼하는 네 언니한테도 축하 인사 전해주고.”

댄은 자신의 마음을 다잡듯이 한마디 한마디를 힘주어 말했다.

메이는 꽤 오랫동안 벤 사제와 이야기를 하였다. 가끔 벤 사제 특유의 웃음소리가 들려 오기도 했다. 마침내 메이가 말을 마친 듯 이쪽으로 다가오자 유나는 자신의 불편한 표정이 나타나지 않도록 최대한 조심하며 댄에게 물었다.

“그래서, 메이랑 어디를 갈 건데?”

“제1거주구. 먼저 다른 관측소를 몇 군데 들르고 나서 최종적으로는 그곳으로 갈 거야. 메이는 고대 기록소에 가서 할 일이 있대.”

댄이 대답했다.

제8장
# 비밀 여행

로사는 떨리는 마음을 진정시키며 조심히 여행 허가 유리판을 트램 차장에게 건넸다. 차장은 그것을 흘깃 보는가 싶더니 다시 되돌려 주며 다음 사람을 불렀다. 로사는 유리판을 가방에 넣고는 재빨리 트램에 올라탔다.

여행 허가 유리판은 이미 예전에 사용했던 것으로 학교 사무실에 보관되어 있었는데, 몰래 들고 나와 이름과 날짜를 지우고 다시 쓴 것이었다. 자세히 보면 지운 얼룩이 있어서 혹시나 꼬투리를 잡힐까 봐 긴장하지 않을 수 없었다. 학생들 사이에서 여행 허가 유리판을 무단으로 수정하여 몰래 타지나 고향에 다녀오는 것은 공공연한 비밀이었지만, 로사는 이번이 처음이었다.

사실 로사는 어릴 때 꾀병으로 학교를 두어 번 빠진 것 이외에는 규칙을 어긴 기억이 없었다. 그렇지만 이번은 선택의 여지가 없었다. 폴 제사장을 만나고 난 후, 제7거주구로 동행했다. 다른 용무가 있어서라고 했지만 자신을 감시하기 위함이 아닌가라는 느낌을 로사는 줄곧 떨칠 수가 없었다. 그래서 그녀는 마리 사제에게 혹시 제1거주구에 가기 전에 건국절 방학이 시작하자마자 고향에 잠깐만 다녀오면 안 되겠냐고 다시 한번 물어보았으나 돌아오는 대답은 절대 안 됨이었다.

그들이 왜 그렇게 까다롭게 하는지 이해가 되지 않았지만, 로사에게도 나름대로 꼭 가야만 하는 이유가 있었다. 부모님을 만나 자신의 의심이 사실인지 확인할 필요가 있었다. 이번 일로 혹시 나중에 문제가 생기더라도 감수할 수 있을 만큼 중요한 일이었다. '하룻밤만 묵고 내일 아침 일찍 돌아오면 돼.' 건국절은 이틀 뒤였고, 마리 사제는 건국절 전날 밤에 제1거주구로 갈 것이라고 얘기했었기 때문에 시간은 충분했다.

로사는 트램의 빈자리를 찾아 앉으며 죄의식을 떨쳐버리려 애썼다. 아직까지 방학 중에 무단으로 여행을 다녀왔다고 해서 학교에서 쫓겨났다거나 벌을 받은 학생은 없었다. 뭐, 누구 다른 사람들에게 해를 끼치는 것도 아니니까…

건국절을 앞두고 이미 귀향할 사람들은 모두 고향으로 돌아갔기에 트램 안은 오히려 한산하였다. 띄엄띄엄 몇 사람만 앉아 있을 뿐이었다. 로사는 창가 쪽에 앉아 정거장 풍경을 구경했다. 그러다가 문득 이상하단 생각이 들었다. 타고 내리던 사람들이 총총걸음으로 사라진 지도 꽤 됐고, 출발 시각도 이미 예전에 지난 것 같았는데 트램이 움직이질 않았다. 그리고 잠시 후, 역사 안에 보안대 조끼를 입은 네 사람이 다급히 뛰어 들어오더니 트램에 올라탔다.

로사는 너무 놀라 심장이 멎는 줄 알았다. 그들과 함께 마리 사제가 있었다! 로사는 황급히 일어나 그들의 반대쪽으로 갔다. 두 개의 열차 칸을 지나자 다른 종류의 칸이 나왔는데, 화물칸인 것 같았다. 화물칸은 안쪽으로 열리는 여닫이문이었는데, 눈높이 위치에 동그란 창이 있어 안을 볼 수 있었다.

로사는 마리 사제가 따라올까 봐 뒤를 돌아보며 혹시나 하는 마음으로 손잡이를 돌려보았다. 문은 굳게 닫혀 있었다. 창 안쪽을 들여다보려 하였지만, 화물칸 안이 너무 어두워서 아무것도 보이지 않았다.

로사가 낙담하여 뒤로 돌아서는데, 갑자기 화물칸의 문이 열리며 누군가가 로사의 입을 한 손으로 막으며 다른 손으로는 몸을 감싸고는 확 잡아당겼다. 그는 로사의 입을 계속 막은 채 문을 닫고 안에서 잠그고는, 로사와 함께 조금 뒤로 물러나 어둠 속에 몸을 숙여 앉았다. 로사가 겁에 질려 머리를 흔들었지만, 그의 억센 손은 힘을 풀지 않았다. 그는 그의 입을 로사의 귀 쪽에 가까이 대고 "쉿!" 하고 소리를 내었다.

로사는 그의 지시대로 가만히 있었다. 조금 뒤에 창밖에서 누군가가 안을 들여다보며 손잡이를 돌렸다. 문은 열리지 않았고, 창밖의 그는 잠시 안을 노려보더니 뭐라고 말하면서 화물칸 문 앞에서 사라졌다.

트램이 출발한 것은 그로부터도 한참 뒤였다. 로사의 입을 막고 있던 남자는 계속 그 자세를 유지하며 절대 손을 풀지 않았다. 중간중간 로사는 자신이 소리를 지르거나 할 의도가 없음을 전달하려 했지만 결국 포기하였고, 그의 뜻에 맡기기로 했다. 남자의 품에 안겨 있는 상황이었기 때문에 어쩔 수 없이 그의 체취를 계속 맡을 수밖에 없었는데, 약간의 땀 냄새와 효모 냄새, 그리고 바다 미네랄 냄새가 섞여서 나쁘지는 않았다. 로사는 아침에 머리를 감고 샤워를 하긴 했지만, 혹시라도 자신에게서 어떤 냄새가 날까 봐 살짝 걱정이 되었다. '아니, 내가 지금 무슨 생각을 하는 거지? 이 사람이 무슨 짓을 하려고 할지를 걱정해야 하는 거 아냐?' 로사는 최악의 상황까지도 대비해야 한다고 마음속으로 다짐했다.

마침내 트램이 덜컹거리며 움직이기 시작했고, 그 남자는 조금 더 기다린 뒤에 로사를 놓아주었다. 로사가 욱신거리는 입 주변을 어루만지고 있을 때 그가 나지막한 소리로 물었다.

"넌 누구지? 저들이 왜 너를 쫓아온 거야?"

그의 목소리는 생각보다 저음이었다.

화물칸은 어두웠지만 이제 눈이 익숙해져서 사물의 윤곽은 볼 수 있었다. 입구의 창으로 들어오는 희미한 빛을 받아 그의 얼굴도 대강 보였다. 짙은 눈썹에 수염을 기르고 있었는데, 나이가 아주 많은 것 같지는 않았다. 시온에서는 나이 많은 남자만 수염을 길렀고, 젊은 사람이 수염을 기르는 경우는 거의 없었다.

로사는 뭐라고 대답해야 할지 망설였다. 사실대로 다 이야기해야 하나? 어떻게 보면 보호자의 감독에서 몰래 도망 나온 철부지 아이 같다는 생각이 들어 좀 부끄러웠다.

"당신은 누구예요? 왜 여기 숨어 있죠?"

로사는 반대로 그에게 물었다.

'혹시 범죄자일까?'

범죄자라는 단어는 고대부터 있었지만, 최근 몇백 년 동안 시온에서는 거의 사용되지 않는 말이었다. 적어도 공식적으로는. 시온의 아이들이 학교에 다니기 시작하면 처음 5년 동안 집중적으로 신체적, 지적, 감성적 테스트를 받게 된다. 이때 어느 한계 이상 폭력적이거나, 거짓되거나, 사회의 규율을 지키지 않는 성향이 나타나면 그 아이는 부적격자로 분류되어 모든 사회적 권리를 - 결혼의 권리 및 직업 선택의 권리를 포함하여 - 박탈당하고 사실상 부모의 집에서 연금 상태로 살아야 한다. 효모 농장이나 광산 등 몇 안 되는 곳에서 일을 할 수 있다고 하지만, 사실 부적격자로 낙인이 찍힌 사람을 거주구나 일터에서 본 적은 거의 없었다.

어쨌든, 시온에서는 모두가 평화롭고 정의롭게 살고 있음을 자랑하였고, 모두가 그것을 믿었다. 가끔씩 뜬금없이 부적격자들은 과연 어떻게 지낼까 하는 의문이 로사의 머릿속을 스쳐 지나가곤 했지만. 사실 앞에 있는 이 남자가 부적격자라도 외모로 알 수 있을 것 같지는 않았다. 수염만 제외한다면 말이다.

"난 할 일을 하고 있지."

그는 갑자기 흥미를 잃은 듯 앉은 채 뒤로 몸을 기대고 양 무릎을 두 손으로 깍지 꼈다. 어둠 속에서 잘 보이지는 않았지만 눈도 감은 듯했다. 로사는 불안감이 다시 솟아올랐다. 그녀는 일어나 문으로 가서 손잡이를 돌렸지만, 문은 움직이지 않았다. 다시 한번 해 봐도 마찬가지였다.

"왜 이것이 안 열리죠? 나가고 싶어요."

"미안하지만 그럴 수 없어. 그 문은 트램이 움직이면 절대로 열리지 않게 되어있거든."

"그럼 다음 정거장까지 기다려야 하나요?"

"음, 그것도 안 돼. 일단 화물칸에 탄 이상 그냥 보내줄 수는 없어. 넌 나와 함께 갈 거야."

로사는 너무 놀라 다음 말을 하기까지 가슴을 진정시켜야 했다.

"무슨 소리예요? 난, 난 부모님을 만나러 가고 있다고요. 나한테 무슨 짓을 하려고 하면 사람들을 부를 거예요."

그는 웃음을 터뜨렸다.

"아까 그 사람들? 왜 얌전해 보이는 아가씨를 쫓아 왔을까? 무슨 큰 잘못이라도 저질렀나 보군. 그런데… 카멜레온은 아니겠지?"

"카멜레온이요?"

로사는 무슨 소리인지 잠시 어리둥절해졌다. 그리고 잠시 고민하다가 입을 열었다.

"내 외삼촌이 시온의 총 제사장인 폴 사제님이에요. 나한테 조금이라도 잘못된 일이 생기면 당신은 큰 대가를 치를 거에요."

"그런가? 오늘 아주 귀한 손님을 맞이하는군. 그런데 어쩌지? 난 이미 큰 대가를 치렀어."

그러고는 그는 입을 다물었다. 다시 자신만의 어둠 속으로 들어간 것 같았다. 로사도 더 이상 딱히 할 얘기가 없었기에 문 앞에 쭈그려 앉았다. 그리고 트램의 진동을 느끼며 앞으로 닥칠 일에 대한 생각에 빠졌다.

트램은 중간에 한 곳의 거주구를 더 들를 예정이었다. 혹시 모를 상황에 대비하는지, 수염 기른 남자는 그 전에 로사를 구석진 어두운 곳으로 데려가서 선반 다리에 그녀의 손을 묶고 헝겊으로 입을 틀어막았다. 로사도 특별히 저항하거나 하지는 않았다. '종착역인 제13거주구에 도착하기만 하면 무슨 수가 생길 거야.' 남자는 자기와 함께 갈 거라고는 했지만, 사람들이 많은 정거장에서 강제로 완력을 쓰기는 어려울 것이었다. 그때 도망갈 기회가 있을 것으로 생각했다.

트램이 두 번째 정차역에 멈추어 있을 때, 누군가 화물칸을 확인하듯이 창 안을 들여다보며 손잡이를 돌렸지만, 문이 열리지 않자 그대로 가버렸다. 그 사람이 사라진 것을 확인한 후 수염 기른 남자는 어둠 속에서 일어나 문 앞에 쪼그려 앉았다. 그리고 바닥의 덮개 하나를 들어 올려 옆으로 빼놓고는 그 안으로 상반신을 넣었다. 쇠와 쇠가 비벼지는 소리가 들리는 것을 보아 무언가 작업하는 것 같았다.

트램이 삐걱하며 움직이기 시작하자 남자는 몸을 일으켜 덮개를 다시 원위치에 놓았다. 그러고는 로사에게 와서 손과 입을 풀어주었다. 그의 표정에서 왠지 안도감이 느껴지는 것 같았다. 로사는 그가 무엇을 했는지 궁금했지만 물어보지는 않았다. 13구역에 도착할 때까지 침묵을 지킬 작정이었다. 거기에서 빠져나갈 방법을 강구할 계획이었다.

그러나 로사의 기대가 완전히 잘못된 것임이 곧 나타났다. 해가 졌는지 창밖에서 들어오는 빛이 사라지고 화물칸 안은 정말로 깜깜해졌다. 트램의 덜컹거리는 소리만 공간을 채우고 있었는데, 갑자기 트램의 속도가 줄어드는 것이 느껴졌다. 그러더니 트램이 멈추어 섰다. 수염 기른 남자가 일어서서 문 옆에 기대었다. 밖에서 희미하게 고함이 들렸다. 남자는 안에서 문을 열고 밖으로 나갔다. 놀랍게도, 열린 문밖으로는 텅빈 공간이었다. 별들이 반짝이는 밤하늘과 짙은 어둠에 싸인 땅이 어슴푸레 모습을 드러냈다.

로사는 열린 문으로 다가갔다. 화물칸 앞쪽의 트램이 사라지고 없었다. 길게 뻗은 철로가 어둠 속으로 사라지려 하는 그 끝에서 트램은 계속 멀어지고 있었다.

화물칸의 옆쪽 벽에서 무언가 둔탁한 소리가 나더니 한쪽 옆면이 좌우로 크게 열렸다. 수염 기른 남자가 그리로 올라와서는 다른 사람들을 - 어느샌가 4명의 사람이 거기에 있었다. - 하나씩 손을 뻗어 잡아 올렸다. 그들 중 한 명은 형광봉을 들고 있어 녹색 빛이 화물칸 안을 비추었다.

4명의 사람은 외인이었다. 로사는 한번도 외인을 본 적이 없었지만 한눈에도 그들의 외양이 일반 거주구 사람들과 전혀 다름을 알 수 있었다. 거주구 사람들이 입는 무채색의 자루옷에 반해 그들은 다양한 색깔로 물들여진 옷을 입었고, 그 형태도 매우 자유로웠다. 그중 한 명은 여자였는데, 윗옷은 깊게 파여 젖가슴의 윗부분이 노출되어 있었고, 긴 치마의 양옆도 길게 절개되어 걸을 때마다 허벅지가 보였다.

외인들은 머리 모양도 제각각이었다. 몸집이 매우 큰 남자가 대머리인 반면, 젊어 보이는 남자는 어깨까지 내려오는 머리를 한 데 묶었고, 다른 한 남자는 머리의 윗부분만 남겨 놓았다. 여자는 어떻게 했는지 모르지만, 머리카락을 가운데로 모아 뾰족하게 세우고 있었다. 귓불과 입술에 달려 있는 여러 개의 반짝이는 돌들 때문에 그녀는 더욱더 기이하게 보였다.

거주구에서 외인의 위협에 대해 이야기할 때 로사는 막연히 더럽고 옷도 제대로 입지 못하는 미개인을 상상하였었는데, 실제로는 일반 거주구 사람들보다 더 멋있어 보였다.

"쟤는 뭐야?"

남자들이 화물칸 안의 자루 포대를 밖으로 던지고 있을 때, 형광봉을 들고 화물칸을 살피던 여자가 로사를 보고 말했다.

"뜻하지 않은 선물이지. 오늘 우리랑 같이 갈 거야."

자루 포대를 네 개 더 던진 후, 다른 남자들과 금속 상자를 끌어당기던 수염 기른 남자가 대답했다.

머리를 뒤로 묶은 남자가 로사를 보고는 말했다.

"귀여운걸, 거주구에서 사귄 여자예요?"

대머리 남자도 한마디 거들었다.

"제임스, 집에서도 이미 너의 여자들끼리 전쟁이 날 판이야. 거주구민을 끌어들여 더 큰 문제 만들지 말라고."

수염 기른 남자의 이름은 제임스였다. 그는 잠시 손을 멈추고는 그들에게 말했다.

“어떤 사제와 보안대원들이 이 여자를 뒤쫓고 있었습니다. 저 여자 말로는 자기가 폴 제사장의 조카라는군요. 사실이건 아니건 일단 이멜다에게 데리고 갈 생각입니다.”

그것으로 상황은 종료된 것 같았다. 아무도 더 이상 이의를 제기하지 않았다. 제임스는 외인 여자에게 지시했다.

“릴리는 이 구민 여자를 맡아. 뭐 도망가지는 않겠지만.”

그는 남자들을 향해 말을 이었다.

“파워셀은 이 상자밖에 없어요.”

“흠, 예전보다 훨씬 적은데… 우리가 올 것을 알고 있었나?”

가장 연장자인 듯 보이는 대머리 남자가 물었다.

“아니, 그렇다면 이렇게 되도록 내버려 두지 않겠지요.”

“함정일지도 몰라요. 일단 빨리 돌아가죠.”

머리 묶은 남자의 불안 섞인 말에 동의한 듯 둘이 먼저 화물칸에서 내려 상자를 받아 들고는 어디론가 가기 시작했고, 나머지 둘도 바닥에 떨어져 있는 자루 포대를 바퀴가 두 개 달린 수레에 담기 시작했다.

“마음에 안 들어.”

릴리가 불리는 여자가 중얼거리며 로사에게 왔다.

“뭐해? 어서 내려.”

로사는 잠시 망설였지만 선택의 여지가 없었다. 로사가 화물칸에서 내리자 릴리도 따라 내렸다.

***

밖은 시원한 바람이 불었다. 완전히 어두워진 밤하늘에는 라온과 그 위성들이 빛나고 있었다. 제임스와 머리 묶은 남자가 수레를 끌고 밀며 앞장을 섰고, 릴리와 로사는 그 뒤를 따랐다. 릴리가 형광봉을 품 안에 감추었지만, 라온 덕분에 어둡지는 않았다.

한 30분쯤 걸어 바위산의 기슭에 도달하니 상자를 들고 먼저 가 있던 대머리 남자와 꽁지머리 남자가 그들을 기다리고 있었다. 그곳에는 우뚝 솟아오른 바위들이 겹겹이 겹쳐 있었고, 군데군데 바위틈 사이로 짙은 어둠이 드리워져 있었다.

"특별한 일은 없었지?"

대머리 남자가 물었다.

"전혀요. 저들은 아마 제13거주구에 도착해서야 화물칸이 사라진 것을 알아차릴 거예요."

머리 묶은 남자가 재미있는지 낄낄거리며 말했다.

"글쎄, 그들은 지난번 이후에 보안대원을 늘렸었어. 그런데 오늘은 보이지 않더군. 파워셀 숫자도 그렇고, 왠지 예감이 좋지 않아."

제임스가 무뚝뚝하게 말했다. 로사는 외인들이 자신을 보고 있음을 느끼며 자기도 모르게 입을 열고 말았다.

"난, 난 아무것도 몰라요. 나를 돌려보내 주면 당신들에 대해서도 아무 말도 안 할게요."

"흥, 과연 그럴까?"

대머리 남자가 코웃음 치며 가까운 바위벽의 틈 사이로 걸어 들어갔다. 그 틈은 멀리서 보기에는 좁아 보였지만, 막상 다가가자 사람이 수레를 끌고 들어가기에는 충분했다. 안쪽에는 더 넓은 공간이 있었다. 따라 들어온 릴리가 형광봉을 꺼내 들자, 미로처럼 여러 갈래의 통로가 보였다.

로사는 일행을 따라 그중의 하나에 꺾어 들어갔다. 놀랍게도 거기에는 철로가 깔려 있었고, 끝단에 수동식 화차가 놓여 있었다. 그들은 수레와 그 안에 있던 화물을 화차에 싣고는 모두 거기에 올라갔다. 화차는 크지 않아서 그들이 가져온 물건들과 5명이 타니 거의 자리가 남지 않았다. 로사는 마지막으로 올라 짐들 사이에 몸을 파묻었다.

화차의 한쪽에는 지렛대처럼 생긴 장치가 있었다. 머리 묶은 남자는 익숙한 몸짓으로 그것을 양손으로 잡고는 아래위로 움직였다. 화차가 끼익 소리를 내며 움직이더니 곧 천천히 달리기 시작했다. 로사는 바위산 안에 철로가 있을 것이라고는 상상을 하지 못하였기 때문에 모든 것이 신기할 따름이었다. 한참이 지나서야 로사는 정신이 들었다.

"우리가 어디로 간다고요?"

로사가 묻자 릴리가 대답했다.

"노웨어."

제9장

# 여정의 목적

기대가 높으면 실망도 크다고 했던가. 메이와 함께 지내는 시간에 대한 기대감은 곧 답답함으로 바뀌었다. 일단 그녀는 별로 말이 없었다. 그리고 매우 조심스러웠다. 어떨 때는 친근한 듯 대하면서도 또 다른 때에는 쌀쌀한 냉기가 돌 정도였다. 어느 장단에 맞춰야 할지 가늠하기 힘들었다.

우주선을 타는 것에 대한 염원도 잠시 보류해야 했다. 벤 사제님과 유나를 태우고 간 우주선은 몇 시간 뒤에 바로 돌아왔지만, 댄과 메이는 꼬박 이틀을 그 자리에서 더 지냈다. 메이의 말로는 드론과 교신을 해야 하는데 송신기가 고장이 났다는 것이었다.

그동안 둘만의 어색한 시간이 흘렀다. 메이는 주로 우주선 내에 있었고, 댄은 혹시라도 필요한 물품이 있는지 찾으려고 제5관측소를 세 번이나 왕복하였다. 실은 다른 이유도 있었는데, 메이가 댄이 우주선에 들어오는 것을 허락하지 않았고, 밤에는 5관측소의 숙소에서 자는 것이 편했기 때문이었다.

유일하게 길게 대화를 나눈 것은 댄이 메이에게 유나의 자루옷을 건넸을 때였다.

"시온에 왔으니 시온 사람처럼 입어요. 사람들이 지금의 당신을 본다면 큰 소동이 날 거예요."

메이는 별다른 이견 없이 옷을 받아 들고는, 바로 입고 있던 옷 위로 자루옷을 겹쳐 입었다. 메이가 유나보다 작았지만, 유나가 자루옷을 짧게 재단했기 때문에 적당히 딱 맞아 보였다.

"보기 좋네요. 누가 봐도 어디 사람인지 모를 거예요."

댄의 칭찬에 메이는 자루옷을 손으로 쓰다듬었다.

"결이 거칠어. 무엇으로 만든 거지?"

"식용 효모의 즙을 낸 찌꺼기로 만든 거예요. 특별히 섬유질이 많은 효모도 있는데 그것은 매우 부드러워 주로 속옷을 만들지요. 그런데, 아무래도 식용 효모의 생산이 우선이기 때문에 속옷은 귀해요. 배급양도 적고, 암시장에서 구하려고 하면 일주일 치 식권을 줘야 해요."

댄은 메이에게 시온의 좋은 점만 얘기하고 싶었는데 시작부터 단점을 말하는 것 같아 덧붙였다.

"어쨌든 우리 속옷은 정말 부드러워요. 나중에 내가 꼭 줄게요. 내 말은, 유나에게 주라고 할게요. 지금은 입던 것이 있으니 필요 없겠죠?"

댄이 말하다가 스스로 당황해서 얼굴을 붉히자, 메이는 옅은 웃음을 지었다.

"시온에는 다른 생명이 살지 않으니 없는 것이 너무 많구나. 나무도, 고무도, 플라스틱도, 다양한 먹을 것도. 시온 사람들이 어떻게 지금껏 살아왔는지 대단해."

"시온의 도시는 돌과 유리와 강철로 만들었다고들 하죠. 없는 것이 많아도 우리는 자부심을 갖고 있어요. 제1거주구만 하더라도 고층 빌딩에, 밤에는 불빛이 찬란하거든요. 특히 중앙 타워인 시온탑은 환상적이에요."

댄은 나름대로 자랑스럽게 말했다. 어서 그녀와 함께 제1거주구에 가고픈 마음이 들었다.

"그렇구나. 그런데 전기를 어떻게 다루지? 가공이 쉬운 전기 절연물질을 찾기 쉽지 않을 텐데. 그것도 효모로 만들어?"

"아, 그것에 대해서는 시온의 보물이 있어요. 나중에 알려 줄게요."

메이에게 비밀이 많다면 댄도 모든 것을 지금 다 터놓을 이유는 없을 것이다. 나중에 서로 더 자세한 이야기를 나눌 기회가 생겼을 때 써먹을 수 있겠다고 생각했다.

그러나 그런 기회는 잘 오지 않았다. 메이의 고향 행성에 대해 댄이 몇 번 질문했지만, 메이는 말을 아꼈다. 푸른색 쌍둥이 행성 중 하나에서 왔다고만 할 뿐 그곳은 어떤 세상인지, 왜 시온에 왔는지는 나중에 말해 주겠다고만 하였다. 다만 그 행성은 바다가 넓고 온

갖 종류의 생물이 살고 있다는 얘기 정도로만 만족해야 했다.

그래도 댄의 마음은 설레었다. 언젠가 그 바다에 풍덩 뛰어드는 상상을 했다.

마침내 3일째 되던 날 아침, 댄이 관측소에서 돌아오자, 우주선 옆에 서 있던 메이는 간밤에 드디어 드론과의 교신이 성공했다고 말하였다. 그리고 댄에게 우주선으로 들어가도 좋다고 하였다.

메이가 앞장을 서고 댄이 그 뒤를 따랐다. 우주선의 이름은 실론이라고 하였다. 실론은 원반 모양의 몸통과 거기서 나온 세 개의 팔로 이루어져 있었다. 팔의 끝부분에 마치 주먹처럼 생긴 분사구가 있었는데, 지상에 있을 때는 그 분사구들이 지지대 역할을 하여 원반 몸통은 사람 머리 높이만큼 떠 있었다. 키가 작은 메이는 그 밑을 편하게 걸어갈 수 있었지만, 댄은 머리가 부딪히지 않게 고개를 숙이고 가야만 했다. 원반의 중앙에는 열 수 있는 입구가 있었고, 그 안의 손잡이를 잡고 올라가면 바로 조종실이었다. 조종실은 서 있기가 불편할 정도로 낮았으며, 조종석 두 개가 앞을 향해 있었다.

메이가 왼쪽의 조종석에 앉았고, 댄은 옆자리에 앉아 메이가 하는 대로 좌석의 벨트를 고정했다. 주위를 둘러보니 조종석 앞 패널과 옆쪽 벽을 따라서 모니터들이 있었고, 그 위로 좁고 긴 창이 빙 둘러나 있었는데, 창을 통해 밖의 풍경을 볼 수 있었다.

메이가 손목에 있는 리모컨을 누르자 모니터들에 빛이 들어오면서 각종 영상들이 나타났다. 중앙에 있는 큰 모니터는 지도를 보여주었고, 좌우 가장자리에 몇 개의 명령어가 배열되었는데 메이는 거기에서 무엇인가를 찾고 있었다. 그녀가 명령어를 터치할 때마다 모니터의 지도 영상이 확대되거나 축소되었고 때로 몇 개의 지점에 붉은 점이 표시되었다.

"내가 뭐 도와줄까요?"

드디어 우주선에 탔다는 벅참으로 들뜬 댄이었지만, 돌아온 대답은 차가웠다.

"아무것도 만지지 마."

메이는 계속 모니터를 통해 무엇인가를 검색했다. 댄이 자세히 보니 지도의 붉은 점은 관측소의 위치를 나타내고 있었다. 표현 방식이 다르기는 했지만, 모니터의 지도는 댄이 학교 도서관에서 보았던 시온의 지도와 비슷함을 금방 알 수 있었다. 다만 도서관의 지도는 직사각형의 큰 평면 유리판 위에 그린 것이라서 극지방으로 갈수록 실제보다 크게 보이는 점이 달랐다.

그 지도판을 가지고 다닐 수 없었기 때문에 댄은 며칠 동안 도서관을 방문하여 머릿속에 지도를 모두 외웠었다.

"우리가 있는 곳은 여기지요? 그럼 이곳이 우리가 출발했던 제5관측소네요."

댄은 모니터의 파란 점 하나와 빨간 점 하나를 가리키며 말했다.

"지도를 볼 줄 아는구나."

메이가 놀란 표정을 지었다.

"그렇다면 이 빨간 점들 가운데 다음 목적지는 어디로 하면 좋을지 얘기해 줄 수 있을까?"

"음… 여기 제3관측소가 거리상으로 가까워 보이기는 하지만 알펜 산맥을 다시 넘어야 해요. 뭐 어차피 하늘을 날아서 가는 것이라면 상관없겠지만, 그래도 여기 제9관측소로 돌아서 가면 골짜기를 따라 움직일 수 있어요."

댄은 지도를 외울 때 관측소의 이름과 위치를 단단히 기억하고 있었다.

"좋아. 네 의견대로 하지. 우리는 되도록 노출을 피해야 하니까 말이야."

메이는 모니터를 터치하여 명령을 입력하였다. 그러자 웅 소리와 함께 우주선의 진동이 느껴졌다. 댄의 심장이 그 진동에 맞춰 쿵쾅거리고 있는데, 어느새 우주선은 공중에 뜨고 있었다. 창으로 보이는 밖의 풍경이 아래로 움직이기 시작했다. 댄이 잘 보기 위해 고개를 이곳저곳 돌리자 메이가 말했다.

"더 멋진 걸 보여 줄까?"

좁은 창 위쪽 전체가 투명해지더니 밖의 풍경이 천정까지 모두 시야에 들어왔다. 태양은 좌측 지평선 너머로 힘차게 떠오르고 있었고 머리 위로는 파란 하늘이 보였다.

"바로 이거예요. 나는 이런 꿈을 꾸었어요."

댄은 우주선이 낮게 날아갈 때 혼잣말처럼 중얼거렸다. 오랫동안 꿈꿔왔던 일이 이렇게 갑자기, 쉽게 이루어질 줄은 정말도 상상도 하지 못하였다.

실론호는 지표면에 가깝게 천천히 날았다. 명령어와 좌표를 지정해 주면 자동으로 그곳에 도착한다고 메이가 설명해 주었다. 그래서 특별히 우주선을 조종할 일도 없었다.

"시온과 미온 말고 다른 행성들에도 사람들이 있겠죠?"

댄이 침묵을 깨며 물었다. 댄은 전날 밤에 메이에게 시온 사람들이 부르는 태양계 행성의 이름들을 가르쳐주었었다. 메이의 눈치를 보아 그녀의 행성은 미온임이 분명하였다. 미온 말고 다른 행성에 관한 이야기라면 메이의 입을 열 수도 있지 않을까 기대했다. 그는 너무나 알고 싶은 것들이 많았다. 그러나 메이는 좀처럼 입을 열지 않았다.

"라온에 사는 사람들에게는 시온이 어떻게 보일지 궁금해요. 여기서 보는 라온은 정말 아름다운데요. 라온이 갈색으로 보이는 이유는 땅이 갈색이라 그런 건가요? 아니면 설마 바다가 갈색이지는 않겠죠?"

마침내 메이가 혀를 차며 대꾸했다.

"라온은 가스 행성이야. 땅도 바다도 사람도 없어."

댄은 속으로 쾌재를 불렀지만, 겉으로는 전혀 몰랐다는 듯이 멍한 표정을 지었다.

"그래요? 그런 얘기는 처음 들었어요."

"네가 공부를 못하는 거니, 아니면 여기서 과학 같은 것은 배우지 않는 거니?"

일단 말을 꺼내고 나니 그녀도 궁금한 모양이었다.

"우리는 실생활에 도움이 되는 것을 배워요. 효모 배양법이나 전기 공학, 기계 공학, 지질학, 건축학 등을요. 하지만 우주나 별 등 실용적이지 않은 것은 금하고 있어요."

그것이 댄은 항상 불만이었다. 그는 자신이 만든 망원경에 대해, 약간의 자부심을 곁들여, 말해 주었다. 그러나 메이는 그의 망원경에 그다지 흥미를 보이지는 않았다.

"그러면 인문 쪽은 어때? 역사나 철학 아니면 다른 언어에 대해서도 가르치니?"

"신학에서 계시록에 나와 있는 역사와 규정을 배워요. 하지만 계시록의 역사는 은유와 비유가 많이 섞여 있어 사실대로 믿어야 하는지 난감한 것들이 많아요. 개인적으로는 그저 우리의 선조들이 신의 계시를 받아 에덴에서 이곳 시온으로 이주했다는 사실 정도만 받아들이고 있어요."

"에덴?"

메이가 되물었다. 댄은 그녀가 에덴에 관심을 가질 줄 미리 예측하였었다.

"예, 최초의 인류가 살던 곳이라고 해요. 거기에 대해 자세히 나온 문서가 있었는데, 약 500년 전에 발생한 대재앙으로 모두 소실되었대요. 사실, 시온에서 가르치는 역사는 모두 대재앙 이후의 이야기예요. 그나마도 불완전하고요. 뭐 딱히 연구할만한 특별한 일도 없었지만요."

물론 따지고 보면 크고 작은 사건들이 많이 있었다. 하지만 지금 그 얘기를 하고 싶지는 않았다.

"하지만 이제 분명히 알게 되었어요. 미온이 바로 에덴이라는 사실을요. 결국 진실은 멀지 않은 데에 있었어요. 매일 밤 볼 수 있는 미온이 우리 선조의 고향이자 인류의 기원이라는 것이 믿기지를 않네요."

댄은 또다시 살짝 미끼를 흘렸지만, 이번에는 메이도 쉽게 응하지 않았다. 그래서 화제를 다시 바꿨다.

"메이의 고향에서도 공용어를 쓰나요? 우리 선조들은 원래 공용어 외에 다른 말도 썼다고 했어요. 그런데 어느 순간부터 그 말을 금지해서 지금은 아무도 몰라요. 자료도 남아 있지 않고요. 나는 항상 그것이 안타까웠어요.

공용어는 말 그대로 보편적이라는 의미인데, 거기에는 개성이 없잖아요. 우리 조상이 고유의 언어를 지켰으면 더 좋았을 것 같아요."

"그랬더라면 너와 내가 대화하기가 참 어려웠겠지."

메이가 무심히 대답했다.

"그러네요. 그래서 공용어가 필요한 것이네요."

메이는 댄을 힐끗 쳐다보았다.

"우리는 아직 고유의 말을 지키고 있어. 오직 가족 사이에서만 쓰기는 하지만."

그러고는 그녀는 자세를 바로잡았다.

"이제 거의 다 온 것 같다."

실론호가 땅에 내렸을 때는 해가 뉘엿뉘엿 기울고 있었다. 제9관측소는 바위 봉우리 정상에 있어 약간 떨어진 아래의 작은 분지에 내릴 수밖에 없었다. 봉우리에 오르려면 절벽처럼 가파른 바위 사이를 기어가야 했다. 완전히 어두워지기 전에 관측소에 도착할 수 있을 것으로 예상했으나 메이가 생각보다 힘들어하였다. 그녀의 말로는 시온의 중력이 고향보다 약해서 몸이 가볍기는 했으나 산소 농도가 많이 부족하다고 했다. 그녀는 숨을 헐떡거리며 몇 걸음 못 가서 쉬어야만 했다. 결국 금방 밤이 어두워졌고, 더 이상 오르기는 위험하였기 때문에 둘은 바위틈의 좁은 평지에서 야영하기로 결정하였다.

밤이 되자 산 위에는 차갑고 세찬 바람이 불었다. 다행히 댄이 미리 유나의 침낭과 바람막이 외투를 챙겨 놓았기에 각자 침낭 안으로 들어가 바람을 피할 수 있었으나, 메이는 여전히 추운 것 같았다. 댄은 자신의 것과 합쳐 바람막이 외투 두 개를 겹친 후에 그녀의 침낭 위로 꼭 덮어주었다.

잠시 후에 그녀가 말했다.

"아직도 추운데 옆으로 가도 괜찮겠지?"

그녀는 대답을 기다리지 않고 침낭 안에서 두세 번 굴러 댄의 옆에 딱 달라붙었다. 댄은 몸을 옆으로 누워 가능한 한 메이에게는 바람이 불지 않도록 했다. 옷과 침낭이 사이에 있기는 했지만 댄은 어쩔 수 없이 그녀의 몸을 느낄 수밖에 없었다. 게다가 약간 시큼한 듯한 그녀의 독특한 냄새 또한 마음을 어지럽혔다. 지금까지 댄에게 분명 경계심을 갖고 있던 것 같았는데, 갑자기 이렇게 친근하게 대하니 아리송할 따름이었다.

댄은 용기를 내어 그것에 대해 그녀에게 물어보았다.

"엄마가 늘 말하곤 했어. 사람은 사흘을 같이 지내보면 다 알 수 있다고. 너와 사흘을 지내보니 믿을 만한 사람 같아."

메이는 작은 목소리로 대답하고는 곧 잠이 들었다.

댄은 기뻤다. 오늘 하루는 정말 최고였다. 드디어 우주선을 탔고,

메이의 신임도 얻었다. 앞으로 또 어떤 일이 벌어날지 상상의 나래를 폈다. 계속 모로 누워 있어서 어깨가 아팠지만 상관없었다. 메이가 춥지만 않기를 바랄 뿐이었다. 앞에 있는 메이와 새로운 흥분 때문에 잠을 잘 못 이룰 것 같아 걱정하였지만, 댄은 거짓말처럼 금방 깊은 잠에 빠져들었다.

제10장

# 마법의 약

낮이라 하여도 관측소로 올라가는 절벽 길은 쉽지가 않았다. 바위 사이로 난 좁은 길은 군데군데 두 손 두 발을 다 써야 할 만큼 가팔랐고, 햇볕이 들지 않는 그늘은 얼음으로 미끄러웠다. 댄이 먼저 오르면서 때때로 메이의 손을 잡아 끌어 주었다. 그녀는 보기보다는 무거웠지만, 댄이 한 손으로 끌어올리는 데는 큰 무리가 없었다.

마침내 관측소가 있는 봉우리 정상의 야트막한 평지에 올라가자 메이는 큰 대자로 눕고는 크게 숨을 헐떡였다.

"괜찮아요?"

댄의 걱정에 메이는 손을 내저었다.

"응, 조금만 이러고 있으면 돼."

그러고는 십여 분을 더 누워 있었다. 댄은 옆의 바위에 앉아 물을 마시며 메이가 아침에 주었던 알약들 중 하나를 먹었다. 아침과는 다르게 매우 기분 좋은 맛이 났다. '꿀맛'이라는 표현을 이럴 때 쓰는 것일까? 시온의 효모나 미네랄 중에 이렇게 단맛이 나는 것은 별로 없었다.

메이도 일어서더니 가지고 있는 물통의 물을 마시고는 평지의 가장자리로 갔다. 바람이 좀 불긴 했지만, 낮게 드리운 햇볕이 따뜻했다.

"어떤가요?"

댄이 다가가며 물었다. 아래로는 알펜 산맥이 구불구불 이어져 내려가고 있었다. 고개를 돌려 북쪽을 보면 더 많은 산봉우리들이 쌓인 눈을 반짝이며 웅장하게 펼쳐져 있었다. 오직 바위와 흙과 얼음으로 만들어진 풍경이었다.

"아름다워. 물론 황량하기는 해. 울창하게 푸르른 나무도 거기에 깃들어 사는 동물들도 없으니. 하지만 모든 세상은 나름대로 아름다움을 품고 있어. 그것이 보이든 보이지 않든 말이야. 마치 사람과 비슷하지. 시온이 간직하고 있는 아름다움은 무엇일까?"

예전에 벤 사제는 이렇게 말했었다.

"사람이 외로우면 다른 사람을 찾게 돼. 하지만 정말 심연의 고독에 빠지면 신을 찾을 수밖에 없어. 그래서 여기 시온에 오직 사람만 있게 하신 것 아닐까? 우리가 신께 더 가까이 다가갈 수 있도록 말이야."

댄은 그 말을 어떻게 전달해야 할지 잘 생각이 나지 않았다. 메이가 신을 믿는지 확신할 수 없었다. 그래서 그냥 단순하게 말했다.

"미지에 대한 동경이요. 그게 시온의 아름다움인 것 같아요."

메이는 고개를 끄덕였다. 아마 댄의 말뜻을 이해한 것 같았다. 그녀는 잠시 더 풍경을 감상했다. 그리고 발걸음을 옮겨 관측소로 향하였다. 댄도 가방을 들고 그녀의 뒤를 따랐다. 관측소는 다른 곳과 마찬가지로 출입구가 자물쇠로 잠겨 있었다. 메이가 복대에서 조그마한 물건을 꺼내어 그것을 조심히 자물쇠에 붙이려 하였다.

"그게 뭐죠?"

"폭약이야. 펑 하면 문이 열리지."

"지난번에도 이걸 쓴 거군요. 그런데, 잠깐만요."

댄은 손을 뻗어 출입문 위의 작은 난간을 더듬어 보았다. 다행히도 열쇠가 거기에 있었다. 댄은 웃으며 열쇠를 메이에게 보여 주었다.

"벤 사제님이 알려주었어요. 많은 경우 열쇠를 이렇게 보관한다고 했어요."

댄이 열쇠로 자물쇠를 열고 문을 양쪽으로 밀자, 눅눅한 공기와 함께 내부가 보였다. 제5관측소와 마찬가지로 둥근 형태의 내부는 중앙의 기둥을 둘러 모니터들과 의자들이 있었고, 벽을 따라 선반들이 있었다.

메이는 안으로 들어가 익숙한 듯이 한쪽 벽의 패널을 열고 스위치를 올렸다. 그러나 실내는 아무 반응이 없었다. 메이가 스위치를 반복하여 올렸다 내렸다 했지만 역시 아무 일도 일어나지 않았다.

"파워셀이 다 된 모양이군. 혹시 파워셀 저장고가 있는지 찾아볼래?"

댄은 이미 실내를 한 바퀴 돌아본 뒤였다.

"여기는 지난번처럼 지하로 내려가는 입구가 없네요. 아마 지하실이 없는 것 같아요. 그리고 이 선반이 파워셀을 보관하던 것이에요."

메이가 댄에게로 다가왔다. 선반의 서랍 안은 비어 있었다. 메이의 얼굴에 실망하는 듯한 표정이 역력했다.

"그런데 도대체 무엇을 찾고 있는 거예요? 파워셀은 왜 그렇게 많이 필요한 거죠? 설명을 해 주면 내가 도울 수 있는 방법이 떠오를 수도 있잖아요."

댄의 요구에 메이는 마침내 입을 열었다.

"실론호가 다시 우주 공간으로 나가기 위해서는 파워셀이 좀 더 필요해. 원래 가지고 온 것들은 실론호가 불시착할 때 다 써버렸거든. 지난번에 너의 그 벤 아저씨와 잠깐 얘기를 나눈 바에 따르면 제1거주구 타워에 파워셀을 비축하고 있다고 들었어. 하지만 그는 지금 내가 시온에 모습을 드러내는 것은 현명하지 않다고 했어. 자기가 먼저 분위기를 확인해 보겠다는 거야. 나도 물론 동의했지. 사람들이 이방인을 어떻게 대하는지에 대해서는 이미 신물이 날 정도로 알고 있거든. 그래서 일단 이렇게 관측소들을 돌아다니며 남은 파워셀들이 있나 확인하고 있는 거야. 뭐 다른 관측소들도 다 이런 사정이라면 결국은 거주구에 갈 수밖에 없겠지."

"만약 파워셀들이 충분히 있다면요? 우주선을 타고 떠나면 되는 건가요? 시온에 왔던 목적은 다 달성했어요?"

댄의 말에 메이의 눈이 반짝였다.

"파워셀을 찾을 수 있는 방법을 아는 거야?"

"그럴 수도 있죠. 하지만 당신이 무엇을 찾는지 알아야겠어요."

댄은 메이를 내려다보았고 그녀도 마주 바라보았다.

"좋아, 말해 주지. 너의 선조들이 에덴에서 탈출했다고 했지? 에덴은 멸망했고 말이야. 그리고 너는 미온이 에덴이라고 믿고 있지."

"사실 그 말은 당신을 떠보기 위한 것이었어요. 그런데 당신 표정을 보니 아닌 것 같더군요."

댄은 자신이 바보로 보여지지는 않기를 바랐다.

"좋아. 내 고향에서는 그 천상의 장소를 이드라고 불러. 우리에게도 이드는 비밀에 싸인 존재야. 어쨌든 중요한 점은 그곳이 실제 존재하는 행성이라는 것이지. 나는 그렇게 믿어. 어디에 있는지, 어떻게 갈 수 있는지는 몰라. 그것을 밝혀내는 것이 나의 목적이야. 이제 알겠니?"

"예, 조금 알 것 같아요."

댄은 바로 대답했다.

정말이었다. 댄은 그녀의 말을 너무나도 자연스럽게 받아들이는 자신이 놀라울 정도였다. 아마 그녀를 처음 본 순간부터 이런 순간을 상상하고 있었는지도 몰랐다.

"에덴을 찾는 것은 나의 오랜 꿈이기도 했어요."

댄은 몸을 돌려 바로 뒤의 바닥에 쭈그려 앉았다. 그곳을 주먹으로 두드리니 안이 비어 있는 듯이 공명 소리가 났다.

"아까 지나가는데 여기가 좀 달랐어요."

메이는 댄에게 고개를 끄덕였다.

"데려온 보람이 있네. 빨리 열어 봐."

적당한 도구가 없었기에 실제로 바닥을 여는 데는 시간이 걸렸다. 그러나 충분히 수고할 만한 가치가 있었다. 모습을 드러낸 바닥의 조그마한 창고에는 파워셀 네 상자와 야광봉, 그리고 캔으로 된 비상식량 세트까지 있었다. 벤 사제님이 발견하였던 저장소와 같은 형태인 것 같았다. 그야말로 보물 상자를 발견한 듯 댄은 즐거웠다.

댄과 메이는 물건들을 실론호로 모두 옮긴 후에 휴식을 취하였다. 미끄럽고 가파른 길을 짐을 들고 내려가야 했기 때문에 올라갈 때보다 시간이 두 배는 들었다. 그리고 메이는 산소 부족으로 금방 탈진하였기 때문에 댄이 혼자 두 번을 더 왕복해야만 했다.

마침내 마지막 상자를 우주선에 실었을 때에는 댄도 기진맥진한 상태였다. 실론호 옆에 주저앉아 땀을 닦고 있는데 메이가 저장소에서 꺼낸 비상식량 캔을 몇 개 들고 왔다. 그녀는 그중 하나의 뚜껑을 뜯어 댄에게 주며 말했다.

"수고했어. 아무래도 오늘은 여기서 하루 더 지내야 할 것 같아. 내일 아침에 이동하자."

"듣던 중 반가운 얘기네요."

이미 해는 지평선 가까이에 다가가고 있었다. 밤에 움직이는 것은 좋은 생각이 아닐 것이다. 댄은 캔을 받아 냄새를 맡아 보았다. 생전 처음 맡아보는 향기와 달콤함이 느껴졌다. 댄은 서둘러 가지고 다니는 숟가락을 꺼내 캔의 내용물 한 수저를 펐다. 노란 색깔의 윤기가 흐르는 부드러운 물체는 보기에도 너무 탐스러웠다. 댄은 수저를 입에 넣어 그 음식을 맛보았다. 벤 사제님이 그토록 고대인의 비상식량에 대해 칭찬했던 이유를 알 것 같았다. 그 음식은 입안에서 사르르 녹았고, 달콤함과 향기만 남았다.

"너무 맛있네요… 이게 뭔지 아나요?"

메이는 자기 몫의 캔을 먹으면서 대답했다.

"황도라고 해. 사실 우리 고향에도 이것과 똑같은 과일은 없어. 물론 다른 맛을 가진 다른 과일은 많이 있지만."

"부럽네요. 식물과 동물이 사는 세상은 어떤 곳일까 항상 궁금했어요. 그 고향이란 곳에 나도 가보고 싶어요."

댄의 말에 메이는 잠시 생각하는 것 같았다. 그러고는 화제를 돌렸다.

"비상식량 상자 안에 이것도 있었어. 기분이 좋아지는 마법의 약이지. 한번 시도해 볼래?"

그녀는 작은 알약 두 개를 꺼내 댄에게 보여 주었다. 댄이 고개를 끄덕이자, 그녀는 그 알약을 댄과 자신의 물통 안에 하나씩 떨어뜨렸다. 물통 안에서 공기 방울 소리가 들렸다.

"자, 한번 마셔 봐. 조금씩 조심스럽게."

댄은 그녀의 말에 따라 물통을 들어 조금 맛보았다. 혀 안쪽에서 강렬한 쓴맛이 느껴지며 목과 식도로 뜨거운 기운이 내려가는 걸 느낄 수 있었다. 댄은 순간 기침을 터뜨릴 뻔하였다.

"이거 술이잖아요. 그런데 엄청 쓰네요."

예전에 벤 사제가 마시던 효모 발효주를 마셔본 적이 있었다. 그것도 썼지만 이 정도는 아니었다. 그런데 이 술은 무엇인가 다른 향도 나는 것 같기도 했다. 메이가 댄을 보고 웃으며 자신의 물통을 들고 마셨다.

"이것은 위스키라고 해. 매우 귀중한 거지. 행운이라고 생각해."

댄은 캔 음식을 먹으며 물통의 술을 마셨다. 지평선 너머로는 해가 지며 길고 붉은 그림자를 드리우고 있었다. 점차 기분이 몽롱해지며 좋아졌다.

댄은 정말로 자신이 행운아라고 느꼈다.

제11장

# 뜻밖의 상황

로사의 행동도 정말 예측 밖이었지만 일이 이렇게 꼬일 줄은 정말 예상하지 못했다. 폴은 자신이 신중하게 모든 것을 고려하였다고 생각하였는데, 엉뚱한 곳에서 예기치 않은 일이 생긴 것이다.

'곳이 아니라 사람이지…'

폴은 마음속으로 중얼거렸다. 열 길 물속은 알아도 한 길 사람 속은 모른다는 말이 이걸 말하는 것이었던가?

폴은 다시 한번 계획을 검토해 보았다. 사라진 화물칸에 로사가 타고 있었음은 거의 틀림없었다. 제13거주구 정거장에서 로사가 목격되었다는 보고도 없었다. 마음 같아서는 사람들을 보내 그곳 전체를 뒤져서라도 확인하고 싶었지만 시간이 없었다.

이미 물건은 거기에 가 있었다. 우연인지 필연인지, 물건은 바로 그 트램에 실려 있었다. 그나마 화물칸이 아닌 기관실에 설치한 것이 천만다행이었다. 예레미 사제는 외인에 대비하여 화물칸 보안에 신경 썼다고 했지만, 그 스스로가 만일에 대비해 기관실로 하자고 먼저 제안하였었다.

폴의 계획을 정확히 알고 있는 사람은 예레미 사제 한 사람뿐이었다. 그 밖에 몇몇 기술자와 보안대원들이 실무 일을 수행했지만, 그들에게는 잘못된 정보가 제공되었고, 그나마 그 기술자들은 오늘 제13거주구에서 끝을 맞이할 것이다.

예레미 사제는 폴의 제자이자 심복이었다. 키가 거의 2미터가 되며 큰 키 못지않게 다부진 체격의 그는, 한 마디로 표현하자면 순수하고 단순한 마음의 소유자였다. 신의 절대적 완전성을 믿었으며 신의 대리자인 폴의 말에 아무런 의문을 갖지 않았다. 그는 다른 사람들이라면 눈살을 찌푸릴만한 일도 신의 이름으로 망설임 없이 해내었다.

때로는 이 남자에게 양심이라는 자유 의지가 있을까 하고 의심이 들기도 하였다. 하지만 어쨌든 예레미 사제는 폴에게는 없어서는 안 되는 충직한 존재였고, 그 보답으로 폴은 작년에 보안 및 치안 담당 사제로 그를 승격시켜 최고 회의에 참석하게 하였다.

예레미 사제가 화물칸 약탈 사건 정보를 갖고 폴의 사무실에 온 때는 거의 한밤중이었다. 폴은 거의 대부분 늦은 밤까지 일하였지만, 오늘은 특별한 날이었기 때문에 일찍 자리에 들 생각이었다. 내일 아침에는 기도를 해야 했고, 매우 분주할 것이기 때문이었다. 그런데 오후에 마리 사제로부터 로사의 일탈에 관한 소식을 들었고, 그 생각은 물거품이 되었다.

로사가 몰래 제13거주구에 갔다 하더라도 그녀를 데리고 올 기회는 충분히 있었다. 건국절 전날에 그곳에서 출발하는 트램이 하나 더 있었으므로 그녀가 모습만 드러내면 될 일이었다. 마리 사제의 보고를 들은 후 바로 폴은 예레미 사제에게 제13거주구 담당 보안관에게 전보를 보내 놓으라고 지시했고, 그 결과를 기다리고 있었다.

그러나 예레미 사제가 들고 온 소식은 전혀 뜻밖이었다.

"화물차를 통째로 분리하였다고… 외인은 좀도둑에 불과하다고 선언한 것은 자네가 아닌가? 어떻게 이런 일이 가능했지?"

분통이 터지는 심경을 달래며 폴이 말했다. 늦은 밤까지 여러 생각에 빠져 보낸 그였기에 목소리는 차고 건조했다.

"화물칸이 분리되기 직전 역에서 누군가 이음쇠의 고정 나사를 헐겁게 만든 것 같습니다. 트램이 최고 속도에 도달했을 때 이음쇠가 풀려버렸습니다."

예레미 사제는 무표정하게 말을 이었다.

"기관사는 화물칸이 분리된 것을 바로 알았지만, 제프와 멀더에게 어떤 일이 있어도 제13거주구에 트램이 도착하는 것을 우선하라고 명령하였기 때문에 그들은 그대로 가서 제13거주구에 도착했고, 계획대로 그 트램을 발전소 정비소에 송치하였습니다. 이것이 제가 받은 전보입니다."

폴은 제13거주구의 보안대장에게서도 방금 전에 전보를 받았었다. 전보 내용은 로사는 트램에 없었다는 것이었다.

"화물칸은 찾을 수 있겠나?"

폴은 쓸데없는 질문이라는 것을 알면서도 물었다.

"그들이 화물칸 자체를 훔쳐갈 수 있으리라고는 생각하지 않습니다. 아마 분리된 그 자리에 있겠지요. 제프와 멀더에게 최대한 빨리 화물칸을 찾아 그 주변을 살피라고 지시하였습니다."

제프와 멀더는 예레미 사제의 손발과 다름없는 보안대원들이었다. 그들은 지시받은 대로 화물칸을 찾을 수 있을 것이다.

그러나 이제 무슨 소용이 있겠는가? 외인들은 이미 거기에 있던 화물을 훔쳐갔을 것이고, 로사를 데리고 갔을 것이다. 로사가 외인의 소굴에 있을 거라 생각을 하니 폴의 기분이 더욱 우울해졌다.

폴의 이런 기분을 아는지 예레미 사제가 제안했다.

"전에도 말씀드렸지만, 보안대원 200명과 무기 사용 허락을 해 주시면 노웨어를 초토화시킬 수 있습니다."

그는 외인들을 신을 거역한 배교 집단으로 규정하였고, 언제나 강경한 입장을 취해왔었다. 그러나 독실한 예레미 사제가 알 수 없는 부분이 있었다. 아무리 완벽해 보이는 사람도 화장실에 가서 냄새나는 일을 봐야 하는 때가 있는 법이다. 시온의 거주구 사회는 겉으로는 완전해 보이지만 내부적으로는 곪아서 악취를 풍기는 부분이 있었고, 노웨어는 그것을 받아 처리하고 있었다.

폴은 오래 전부터 노웨어와 외인 문제에 대해 이런 생각을 품고 있었는데, 최고 제사장이 된 이후로 그 생각은 더욱 굳어졌다. 하지만 이제는 상황이 달라졌다.

"노웨어가 어디에 있는지 찾을 수는 있는 건가?"

외인의 거주지인 노웨어는 헤말 산맥 가운데에 위치한다는 정도만 알려져 있었다. 미로처럼 얽혀 있는 동굴을 통해서만 도달할 수 있다고 하는데, 거기에 들어간 거주구민은 제 발로 나오지 못한다는 악명이 자자했다.

예레미 사제의 입가에 웃음기가 돌았다.

"최근에 카멜레온 하나의 신원을 확보했습니다. 좀 세게 돌리면 술술 노래를 부르지 않을까 싶습니다."

카멜레온은 외인 출신으로 거주구에 숨어들어 살며 여러 가지 불법적 거래를 하는 사람을 말했다.

폴은 예레미 사제가 누구를 어떻게 돌리는 지에 대해서는 더 이상 알고 싶지 않았다. 그렇지 않아도 오늘 밤은 심란한 밤이 될 터였다.

"외인 문제는 나중에 더 얘기하지. 일단은 제13거주구부터 해결을 해야 하니까. 내일과 모레는 신께서 직접 명하신 일을 수행해야 하는 중요한 날이니 오늘은 이만 돌아가서 쉬도록 하게. 신의 가호가 항상 자네와 함께 하기를 빌겠네."

폴이 오른손을 예레미 사제의 머리에 얹으며 말하자, 그는 엄숙한 표정을 지으며 폴에게 인사하고는 밖으로 나갔다.

폴도 무거운 마음을 이끌고 사무실을 나와 침소로 걸어갔다. 로사는 일단 신의 뜻에 맡길 수밖에 없을 듯하였다. 정말로 예레미 사제가 노웨어 위치를 알아낼 수만 있다면, 본보기 삼아 외인들에게 약간의 실력 행사를 하는 것도 나쁘진 않겠다고 생각했다.

제13거주구 문제로 여론이 악화되었을 때 좋은 이슈가 될 수도 있을 것이었다. 그때 로사도 찾아올 수 있다면 현재로서는 최선의 결과일 것이다.

폴은 옷을 갈아입고, 부드러운 효모로 만든 침구가 놓인 유리 침대 위에 올라 누웠다. 창문 너머로 라온이 밤하늘에 빛나고 있었다.

그는 낮에 합동결혼식 예행연습을 준비하던 예비 신랑 신부들이 떠올랐다. 순백의 예복을 입은 그들은 천사처럼 밝고 아름다웠으며 행복한 미래에 대한 강한 확신이 있어 보였다.

그들이 바로 시온의 미래 그 자체였다. 폴은 특히 제13거주구의 결혼 가능한 모든 대상자가 이번 결혼식에 참여하도록 독려하였다. 실제 결혼을 하지 않더라도 신랑 신부의 들러리 또는 건국절 행사 명목으로 제13거주구에서 최대한 많은 젊은이와 어린이들을 이곳으로 불러들였다.

폴은 자신이 괴물은 아니라고 믿고 싶었다. '하지만… 과연 그들도 그렇게 생각해줄까?' 문득 폴은 자신이 시온의 미래라고 생각해 지키려는 그들도 자신을 그렇게 생각할지 궁금해졌다. 어쨌든 폴은 제13거주구를, 그 안에 살고 있는 약 2만여 명의 사람과 함께 시온에서 말살하기로 결심하고 지시했기 때문이다. 일부 젊은이들과 어린이들을 구제하였다고 해서 그 죄의 깊이가 달라지지는 않을 터였다.

이것이 모두 시온의 멸망을 막고 시온의 미래를 연명하기 위해 불가피한 일임을 그들도 인정해 줄지 폴은 확신할 수 없었다. '아니야. 상관없어.' 그들의 인정 따위는 필요 없었다. 그는 로사의 사건 때문에 자신의 인간적인 감정이 요동쳤음을 깨달았다.

폴은 자리에 누운 채 오랫동안 계시록의 기도문을 되새기며 신의 섭리와 자신의 임무에 대해 고찰했다. 시온의 미래를 책임지고, 이를 통해 신의 영광을 영속시키는 것이 그의 의무였다. 그것을 위해서는 제13거주구뿐만 아니라 13개의 구역들을 말살해야 한다고 해도 그는 수행할 것이었다. 남의 시선이나 후세의 평가 따위는 중요하지 않았다. 오직 전능하신 신만이 그의 수고를 알아주실 터였다.

이런 결론에 도달하자 어느덧 그의 마음은 진정되어갔다. 그리고 자기도 모르게 잠이 들었다. 그러나 꿈속에서 폴은 또다시 번민하고 있었다. 꿈속에서 그는 다시 35살이었다.

그는 어두운 방에 홀로 있었다. 방 가운데에는 눈부시게 빛나는 붉은색의 불이 폴의 눈높이로 공중에 떠 있었다. 그 불은 마치 살아 있는 듯 공중에서 천천히 멀어지고 있었는데, 가운데 부분에서 동그란 무엇이 타고 있었고, 불꽃이 위쪽으로 너울거리고 있었다.

이상하게도 불에서는 연기도 나지 않았고, 불빛도 자기 자체만 빛날 뿐 주변을 밝게 하지 못했다.

전혀 닮지 않았음에도 불구하고, 그 불은 사람의 눈을 연상시켰다. 다른 쪽 눈은 보이지 않았지만, 그 불은 폴을 노려보고 있었다. 어두운 방에는 마치 빛을 흡수하는 무엇이 가득 채워져 있는 듯이 어두웠다.

아니, 폴만은 제외였다. 폴은 불빛에 비친 자기 자신의 모습을 볼 수 있었다. 폴이 옆으로 움직이자, 뒤에 있는 벽에 비친 폴의 그림자가 따라 움직이는 것이 보였다. 그 불이 공중에서 움직이고 있었기에 그림자도 스스로 움직이는 듯이 여겨졌다.

폴이 그 자리에 멈추었는데도 그림자는 계속 벽을 따라갔다. 폴은 갑자기 숨이 막히는 것 같았다. 그림자가 불과 같은 방향으로 가고 있는 것이었다. 그림자의 발은 길게 이어진 다리를 통해 자신의 발과 이어져 있었지만, 그림자는 마치 살아 있는 듯 불과 같은 방향으로 가고 있었다.

"안돼!"

폴은 소리쳤다. 그러고는 그림자를 데려오려고 뒷걸음을 쳤다. 그러나 붉은 불이 점차 방의 반대쪽으로 멀어짐에 따라 그림자도 그것을 따라 멀어져 갔다.

폴은 그제야 방의 반대편에 무엇이 있음을 깨달았다. 방의 저쪽 심연에는 폴이 감추어둔 욕망, 기쁨, 절망이 기다리고 있었다. 아무리 발버둥을 쳐도 그의 그림자는 결국 거기에 가서 자기의 할 일을 할 것이었다.

거기에는 그녀가 있었다.

제12장
# 회개와 회심

깊은 물 속에서 빠져나온 듯, 댄은 눈을 번쩍 떴다. 그가 제일 먼저 느낀 것은 깨질 듯이 아픈 머리였고, 두 번째는 바짝 마른 입과 토할 것 같은 속의 울렁거림이었고, 마지막으로는 스쳐 지나가는 기억의 잔상이었다. 댄은 그중 어떤 것이 자신을 가장 고통스럽게 할지 생각하며 몸을 일으켰다.

그는 어젯밤 그대로 실론호 밑의 침낭 안에 있었으나, 겉옷은 주변에 널브러진 채 오직 트렁크 속옷만 걸치고 있었다. 몸이 추위에 딱딱히 굳어있었는데, 침낭이 없었더라면 큰일이 났었을 수도 있었을 것 같았다. 그러나 이상하게도 추위를 느끼지는 못했다. 몸에서 열이 나는 것 같아 찬 물 속에라도 뛰어 들어가고 싶은 마음이었다.

메이의 침낭은 옆에 있었지만, 그녀는 보이지 않았다. 댄은 옆에 놓여 있는 물통을 들고 물을 마시려 했지만, 물은 몇 방울밖에 남아 있지 않았다. 그나마도 그것이 마른 입을 어느 정도 달래주었으나, 속은 여전히 울렁거렸다. 그는 하나둘 옷을 입었다. 그러고는 지난 밤에 있었던 일들을 다시 돌이켜 보았다.

메이와 오랫동안 얘기를 나눈 것은 분명하게 기억이 났다. 그녀는 댄의 이성 관계에 대해 궁금해하였고, 유나와 어떤 사이인지 알고 싶어 했다. 아마 평소라면 이런 종류의 대화를 굉장히 어색해하였을 터였다. 하지만 댄은 자신도 모르게 술에 점점 취해 가고 있었다. 어쩌면 메이가 다른 세상에서 온 사람이라는 점이 작용했는지도 몰랐다.

어쩌면 어느새 메이에게 호감을 갖게 되어서 그런 것인지도 모른다. 어쨌건 댄은 누구에게도 말하지 않았던 자신의 감정을 털어놓았다. 유나하고는 어릴 적부터의 친구라서 아직 이성으로 잘 느껴지지 않는다는지, 로사를 볼 때마다 설레는 마음 등이라든지.

댄도 중간중간 메이의 세상과 그녀에 관해 물어보았지만, 그녀는 미소만 지을 뿐 대답하지는 않았다. 다만 그녀에게 여동생이 있고, 자신을 기다리고 있다고만 한 번 말했을 뿐이었다. 댄은 메이의 대답이 불충분한 것에 대해 크게 상관하지 않았다. 언젠가는 직접 그 세상에 가볼 수 있을 것 같았고, 그렇다면 모든 것이 괜찮을 것으로 생각했다. 그러나 그것이 전부는 아니었다. 댄에게는 한 가지 아쉬운 것이 있었다. 그 마음이 언제부터 생긴 것인지는 명확하지 않았다. 댄은 메이에게 이야기하며 남아 있는 물통의 술을 다 비웠고, 그에 따라 기억의 단편들도 더 듬성듬성해졌다. 그 단편 중에는 자신이 만든 망원경을 자랑하고, 시온의 현실과 미래에 대해 열변을 토하다가, 자기 인생의 불확실에 대해 한탄하던 장면들이 띄엄띄엄 있었다.

댄의 마음이 구체화된 것은 아마 이때였을 것이다.

그는 메이에게 고백했다. 그 부분은 방금 있었던 듯이 또렷하게 기억이 났다. 댄은 메이에게 그녀의 눈이 얼마나 아름다운지에 대해 고백했고, 그녀를 사랑하고 있다고 말했다.

'바보야, 도대체 무슨 짓을 한 거야.' 댄은 지끈거리는 머리를 부여잡고 기억을 되새겼다. 얼굴에 피가 몰려 화끈거렸다. 고백한 이후로는 다시 흐릿하고 피상적인 단상들만이 남아 있었다. 댄은 그녀의 옷을 벗기고 싶어 했으나, 어찌 된 영문인지 정작 옷을 벗은 것은 자신이었다. 마지막으로 남은 기억은 메이가 댄을 붙들고 뭐라고 소리치던 장면이었다.

댄은 도망치고 싶었다. 다시는 메이를 볼 용기가 나질 않았다. 이 산의 절벽 아래로, 어제의 이 시간으로 돌아가고 싶었다. 그때는 희망에 부풀어 있었는데, 자신이 모든 것을 망쳐버렸다.

댄은 일어서서 천천히 분지의 가장자리로 걸어갔다. 거기에는 어제 일몰을 보던 바위가 있었다. 해는 이미 높이 솟아 있었다. 어제는 그토록 아름답게 보였던 모든 풍경이 지금은 자신을 비난하는 것 같았다.

벤 사제는 댄에게 수시로 자신의 잘못을 성찰하고 그것을 신께 내어 드리라고 말했었다. 이를 통해 몸과 영혼을 깨끗이 유지시킬 수 있고, 잘못을 했을 경우에도 자연스럽게 신께 기도드릴 수 있다고 하였다. 그러나 댄은 이제까지 기도를 한 번도 하지 않았다. 그렇게 할 필요를 실감한 적이 거의 없었기 때문이었다. 물론 사소한 거짓말을 하거나 효모 공장의 부품을 몰래 빼돌려 사용하였을 때 약간의 죄책감을 느꼈었고, 이에 대해 반성하였었다. 하지만 그 같은 행동을 진실로 죄라고 생각하지는 않았고, 필요하다면 또다시 그렇게 할 것이란 것도 댄은 알고 있었다.

그렇지만 이번에는 달랐다. 자기 마음 깊은 곳의 무엇인가가 드러난 것 같아서 댄은 괴로웠다. 만약 진짜로 자신의 영혼이 죄에 물들어 있다면, 그는 성찰해야 하고 신께 그 모든 것을 보여드려야 할 것이었다. 다만 어떻게 해야 할지 알 수가 없었다. 댄은 벤 사제가 옆에 있으면 하는 마음이 간절히 들었다.

"속은 좀 괜찮아?"

메이의 목소리가 들렸다.

뒤를 돌아보니 그녀는 한 손에 물통을 들고 오고 있었다. 댄에게 가까이 온 그녀는 다른 손에 있던 알약을 내밀었다.

"비타민이야. 좀 도움이 될 거야."

댄은 물통과 비타민을 받았다. 고맙다고 말해야 할 것 같았지만, 목소리가 나오지 않아서 그냥 고개만 끄덕이고는 알약을 먹고 물을 마셨다. 물맛이 매우 써서 마치 술을 다시 마시는 것 같았다.

댄은 심장의 고동 소리를 들으며 자신의 발을 내려다보았다. 머리가 지끈거려 아무 생각도 나지 않았지만, 메이가 아무 말도 않고 기다리는 것을 보니 자신이 먼저 얘기해야 하는 때라고 느꼈다.

"저기… 어젯밤에는,"

말이 목에 걸려 잘 나오지 않았다. 댄은 헛기침을 한번하고는 계속 말했다.

"미안합니다. 변명같이 들리겠지만, 술을 취하도록 마신 것은 처음이었어요. 나는, 예전에는 이런 경우가 절대 없었어요."

"그럼 그 모든 행동이 술 때문이었다는 거야? 너 자신은 결백하고?"

메이의 질문에 댄은 고개를 들어 그녀를 바라보았다.

예전에 벤 사제가 가르쳐줬던 내용이 생각이 났다. 우리가 취약해 있을 때, 악마가 몰래 들어와 우리의 약점을 이용한다는 것이었다. 그때 벤 사제는 이렇게 말했었다.

"여기서 중요한 점은, 사람이 살다 보면 취약해질 때가 생길 수 있다거나, 악마가 실제 존재한다거나, 누구나 약점이 있다는 것이 아니야. 그런 얘기는 자기의 뒤도 닦지 못한 채 냄새를 풍기고 다니는 놈들의 변명이야. 댄, 네가 행하는 모든 일은 남의 탓이 될 수 없단다. 바로 너의 선택이란 것을 명심하렴."

댄은 오른쪽 눈 밑의 근육이 긴장하며 파르르 떨리는 것을 느꼈다. 뭐랄까, 마음 한구석이 뻥 뚫린 느낌이었다. 자신의 본 모습을 제대로 아는 것이 이렇게 아플 수 있을까?

"아뇨, 그렇지 않아요. 술은 핑계이고 도구일 뿐이었어요. 내 마음속에 음탕한 생각을 품고 있었고, 그것을 실행하려 했어요. 정말 죄송합니다. 난, 여기서 짐을 챙겨 내려가도록 하겠습니다."

말로 표현하니 좀 더 분명해졌다. 아쉽지만 나에게 여기까지였는가 보다. 댄은 자신을 위한 신의 손길을 스스로 걷어차 버렸다는 생각이 들었다.

그러나 신은 집요하신 분이었다. 메이는 정색하며 말했다.

"내 고향이었더라면 넌 분명히 큰 대가를 치러야 했을 거야. 우리는 이런 종류의 문제에서는 엄격하니까. 하지만 네가 잘못을 인정하고 용서를 빌었기 때문에 관용을 베풀 생각이야. 그러니 여기서 돌아갈 생각은 그만둬. 우리에게는 새로 갈 곳이 생겼으니."

댄의 시선은 다시 발끝을 향했다. 울렁거리는 속도 지끈거리는 머리도 이젠 괜찮았다. 잘못을 만회할 기회를 준 메이가 너무 고마웠다.

"감사합니다. 그리고, 다시는 이런 일이 생기지 않도록 할게요."

"물론이지. 너를 용서했다고 해서 어제의 일이 없었던 것처럼 되는 것은 아냐. 난 기억하고 있을 거고, 너도 그래야 해. 다시 경거망동하면 크게 후회하게 만들어 줄 테니까."

그녀는 몸을 돌려 실론호로 발걸음을 옮겼다. 그러고는 댄을 향해 소리쳤다.

"뭐해, 할 일이 많다고. 빨리 출발 준비를 해야지."

댄은 기운을 내어 개인 물품과 꺼내놓은 짐들을 우주선 내로 들고 왔다. 두통은 여전했으나 비타민이 정말 도움이 되었는지 속의 울렁거림은 많이 가라앉았다.

조종실에 올라가 자리에 앉으니 메이가 상면 모니터를 가리키며 물었다.

"여기가 어딘지 알겠니? 좌표는 나와 있는데, 그곳에 무엇이 있었는지 모르겠어."

그녀는 모니터를 조작하여 화면의 비율을 확대하였다. 화면 속에는 굉장히 먼 거리에서 찍은 지표의 영상이 보였다. 산과 계곡, 도시와 트램의 철로도 보였는데, 다만 눈으로 보는 것과는 느낌이 매우 달랐다.

"우주에서 찍은 건가요?"

"응, 드론에서 찍은 적외선 열 영상이야. 온도 차이를 보여준다고 생각하면 돼. 이곳에서 오늘 새벽에 대규모 열이 검출되었어. 이 사진들은 그로부터 약 1시간 뒤부터 찍은 것들이야. 마지막 것이 30분 전이고."

메이가 조정한 모니터 화면상에는 동심원들이 보였는데, 맨 안은 흰색이었고 바깥쪽으로 갈수록 붉은색, 주황색, 분홍색으로 옅어졌다. 동심원들의 내부에는 무언가 형체들도 보였으나 뭐라고 파악하기는 힘든 상태였다.

"파워셀이 연쇄 폭발을 한 것으로 보이는데, 이곳에 관측소가 있었나? 아니면 발전소?"

댄은 예감이 좋지 않았다.

"여기 분홍색 원 가장자리에 트램 철로가 보이잖아요. 영상을 더 넓게 볼 수 없나요?"

메이는 화면을 축소하여 바깥쪽도 보이게 하였다. 댄은 이제 분명히 알 수 있었다. 트램이 연결된 거주구와 산맥의 위치를 봤을 때 동심원들이 가리키는 곳은 한 군데밖에 없었다.

"제13거주구예요! 이 동심원 온도가 얼마라고요?"

메이의 눈이 동그래졌다.

"거주구라고? 여기 가운데는 1000도가 넘어. 바깥쪽이라 해도 거의 300도가 될 거야. 여기에 사람들이 살고 있었니?"

"예, 폭발이 있기 전에 모두 피하지 않았다면요."

댄은 침통히 말했다. 12년 전에 생겼던 일이 반복된 것일까?

"여기에 가 봐야겠어요. 사람들이 대피했는지 알고 싶어요."

메이는 고개를 가로저었다.

"안 돼. 나는 할 일이 있어. 아직 파워셀도 모자라고."

"그 할 일이라는 것이 정확히 무엇이죠? 시온이 간직하고 있는 무엇을 얻으려고 한다면서요? 그런데 시온 사람들이 누군지도 모르고, 그들이 만약 도움이 필요할 때 도와주지 않는다면, 거꾸로 어떻게 시온에서 무엇인가를 얻을 수 있겠어요? 보세요, 사람들이 죽어가고 있을지도 모르잖아요."

댄은 자기도 모르게 말을 쏟아냈다. 평소와 다르게 급격히 흥분했는데, 아직 취기가 다 가시지 않은 것 같았다. 하나 오히려 그것이 도움이 된 것 같았다. 메이는 한참을 고민하더니 댄에게 동의하였다. 다만 상황만 확인하고 바로 원래의 목적으로 돌아갈 것이라고 하였다.

막상 가려 하니 제13거주구는 남서쪽으로 약 1,200킬로미터의 거리에 있어 꽤 멀었다. 메이는 투덜댔지만, 직선 경로에는 거주구들이 몇 개 있었기 때문에 시간이 좀 더 걸리더라도 서쪽으로 크게 우회하여 가기로 결정하였다. 도착하려면 12시간 이상이 소요될 예정이었다.

실론호가 이륙하여 날아가기 시작하였다. 그들은 한참 동안을 아무 말도 하지 않았다. 메이는 가끔 모니터를 조작하여 지도를 새로 고쳤고, 댄은 지난밤의 일들과 앞으로의 일들에 대한 생각에 잠겼다.

"우주를 날아다니는 비행선인데도 생각보다 빠르지 않네요."

불현듯 떠올라 댄이 말했다. 12시간 이상이 걸린다는 말에 의아해하고 있었다. 그러자 메이는 자존심이 상한 듯 대답했다.

"실론호가 착륙선이기도 하지만 우주에 최적화되어 있거든. 출력은 작지만 연속 가속 능력은 매우 뛰어나지. 이렇게 대기에 의한 마찰이 많을 때 속도를 내려면 연속성보다는 출력이 더 중요해. 일단 우주에 가게 되면 이 애가 얼마나 빠른지 곧 알게 될 거야. 그리고 모선인 실라호는 출력이나 가속이나 모두 끝내줘."

그녀는 자신의 우주선에 대해 큰 자부심이 있는 것 같았다. 당연히 그럴 것이다. 댄도 만약 자신의 우주선이 있다면 세상 끝까지 가서라도 자랑하고 싶을 것이었다.

우주에 가게 된다는 말에 댄의 심장은 다시 설레었다. 하지만 그전에 또 어떤 일이 생길지 몰랐다. 지금은 그 생각을 할 때가 아니라고 다짐했다.

제13장

# 건국절의 비극

정오가 막 지났다. 가장 높이 떠오른 태양은 언제나의 그 자리에서 밝게 빛났다. 멀리 분수대에서 솟구치는 물방울이 햇빛을 받아 반짝였다. 날짜로는 새해 첫날이지만, 일 년 내내 낮의 길이가 똑같은 시온은 여느 때나 다름없이 맑고 쾌청했다.

다만 제1거주구 자유의 광장은 평소와 다르게 혼잡했고 웃음이 넘쳤다. 벤은 자신이 한꺼번에 이렇게 많은 사람을 본 적이 있었는지 궁금해졌다. 오전에 지루했던 건국절 행사와 합동결혼식이 끝났고, 자유의 광장에서는 행정청 사람들이 오후에 있을 결혼 잔치를 위한 테이블과 의자와 장식물들을 정리하고 있었다.

하지만 자리를 뜨지 않고 있는 신랑, 신부들과 하객들 그리고 거주구 주민들이 뒤섞여 그야말로 난장판이었다. 그래도 아무도 불평하지 않았다. 그들은 밝게 웃으며 서로 지나칠 때마다 새해 인사를 나누었다. 두 손을 모으고 허리를 굽히는 새해 인사를 나눌 때 형형색색의 고깔모자가 맞부딪혀 머리에서 떨어지기라도 하면 또 깔깔거리며 모자를 주워주곤 했다. 건국절인 새해 첫날에 끝이 뾰족한 고깔모자를 쓰는 것은 시온의 전통이었다. 특히 오늘은 신랑과 신부들이 특별히 만든 하얀색의 자루옷에 파란색과 빨간색의 허리띠를 두르고 있어서 회색 계열의 자루옷을 입은 주민들 사이에서 더욱 돋보였다.

벤은 사람들 사이를 두리번거리며 조심스레 광장을 가로질러 분수대를 향해 갔다. 부목을 댄 오른발은 아직 부자연스러웠지만, 걷는 데 큰 무리는 없었다. 다만 사람들이 계속 지나다녔기에 굉장히 더딜 수밖에 없었다.

오전 행사는 광장의 남쪽 끝에 위치한 화합의 무대에서 진행되었다. 반원형 계단식으로 북쪽을 바라보는 관중석은 푸른색이 감도는 대리석으로 만들어졌으며, 30열까지 있어 약 3,000여 명의 사람들을 수용할 수 있었다. 반원의 중심에는 무대가 관중석을 바라보게끔 마련되어 있었는데, 오늘은 무지개색 끈들로 장식이 되어 있었다.

무대 위에는 제사장 폴을 포함한 최고 회의 사제들과 각 거주구 대표가 자리했고, 무대와 가까운 3열까지의 관중석에는 각 거주구 신랑 신부들이 자리를 잡았다. 벤은 제7거주구의 부대표로서 관중석 중앙의 위쪽에서 행사를 지켜보았다.

행사의 하이라이트는 각 거주구 합창단으로 구성된 연합 합창단의 웅장한 아카펠라 합창이었다. 인간의 목소리로만 이루어진 아름다운 화음이 온 무대를 채웠고, 관중들은 감동으로 들끓었다. 하지만 합창이 5곡째 계속되자 벤은 딴전을 피웠다. 그의 좌석에서는 무대 너머로 광장까지 볼 수 있었고, 거기에는 화합의 무대 좌석을 배정받지 못한 결혼 하객들과 건국절 행사에 참여하기 위한 제1거주구 주민들로 가득 했다. 그들은 스피커에서 들리는 소리를 통해서만 행사의 진행을 알 수 있었는데, 그렇기에 자유롭고 편한 분위기였다.

벤은 오랫동안 앉아 있어 답답했기 때문에, 자유롭게 서로 이야기하며 움직이기도 하는 광장 사람들이 부러웠다. 사실 벤은 이런 행사에 참석하는 것 자체를 끔찍이도 싫어했다. 다만 이번에는 꼭 와야 하는 이유가 있었다. 우주인과 우주선에 대해 최고 회의 위원에게 보고할 작정이었기 때문이었다.

벤이 유나의 부축을 받으며 힘겹게 북부 발전소에 도착하여 발전소장인 신구 사제에게 우주인과 우주선에 대해 이야기했을 때, 그가 보인 반응은 벤이 다리를 다칠 때 머리까지 다친 것이 분명하거나 아니면 낮술을 하여 횡설수설한다는 것이었다. 그럴 만도 했다. 상황을 전하면서도 스스로 그것이 진짜 있었던 일이었나 의심이 들 정도였으니까.

그러나 유나까지 거들어 아무리 설명을 해도 신구 사제는 도무지 이해하려 하지 않았다. 또한 그의 중요성도 깨닫지 못했다. 그는 탐사 기한을 맞추지 못했고, 한 명이 아직 귀환하지 않았다는 사실에만 초점을 맞춰 벤을 비난했다. 벤의 주장이 허황된 것임을 증명이라도 하려는 듯, 유나와 벤이 타고 온 우주선이 착륙한 장소로 사람들을 보냈지만, 당연히 그들은 아무것도 발견하지 못하였다. 신구 사제가 이 말을 전할 때의 무례함은 벤조차도 참기 힘들 정도였다. 그래서 벤은 더 이상 논란을 일으키지 않고 침묵하기로 하였다. 다시 생각해보니 굳이 신구 사제의 이해를 구할 필요도 없을 것 같았다.

벤과 유나는 차가운 시선과 냉대 속에서 3일을 북부 발전소에서 지냈다. 벤의 발목이 어느 정도 치료가 되기 위한 최소한의 시간이었다. 제7거주구로 돌아왔을 때, 벤은 유나에게 이 일을 당분간 사람들에게 알리지 말고 자신이 처리할 때까지 기다리라고 하고는 학교로 돌려보냈다.

벤은 시온 최고 회의에 직접 참석하는 방법을 알아보았다. 폴 제사장은 벤과 신학교를 같이 다닌 친구였다. 두 사람 사이에 과거의 앙금이 있었다 하더라도, 그를 통해서라면 쉽게 가능하리라고 생각했다. 그러나 폴 제사장에게 연락할 길을 찾기가 쉽지 않았다. 결국 벤은 제7거주구 대표인 줄리 사제를 통해서 최고 회의의 수잔 사제를 대신 만나기로 약속을 잡게 되었다.

수잔 사제는 예전에 시온 거주구 총 대의원 회의 때 몇 번 만난 적이 있었다. 제13거주구 출신으로 이상을 꿈꾸던 젊은 여성이었던 그녀는 더 공정하고 투명한 사회를 주장하였고, 그 해결책으로 굉장히 진보적인 정책을 제시했었다. 당시에 벤과 의기투합한 몇 안 되는 의원이었던 기억이 났다.

수잔 사제와는 건국절 및 결혼식 행사가 끝나고 피로연이 시작하기 전에 보기로 약속을 잡았었다. 그래서 벤은 아직 불편한 몸을 이

끌고 여기 제1거주구까지 오게 된 것이다. 이 기나긴 하루가 지나기 전에 무엇인가 확실한 방향이 나올 것을 기대했다.

드디어 광장 중앙에 위치한 분수대에 도착했다. 주위를 두리번거리는데, 뒤에서 부르는 소리가 났다.

"벤 사제님!"

고개를 돌리니 거기에 유나가 있었다. 베이지색 자루옷에 흰색 띠를 두르고 노란색이 나는 고깔모자를 쓴 유나는 한 쌍의 신랑 신부와 함께 있었다.

"어이, 유나. 제시간에 왔네."

벤이 그들에게 다가가자, 유나가 간단히 소개를 시켜 주었다.

"우리 언니고, 형부예요. 이 분은 벤 사제님이세요."

"잘 어울리는 한 쌍이시군요. 결혼을 축하합니다."

벤은 유나의 언니에게 고개 숙여 인사했고, 새신랑과는 악수를 나누었다. 유나의 언니도 벤에게 허리를 깊숙이 굽히며 인사했다.

"저도 얘기는 많이 들었습니다. 이번에 굉장한 모험을 하셨다죠. 그런데 나중에 시간이 되면 유나에 대해서 벤 사제님과 상의하고 싶어요."

갑작스러운 말에 유나가 언니의 팔을 잡으며 말렸지만, 그녀는 굽히지 않았다.

"가만있어. 내가 오래전부터 벼르던 얘기야."

유나의 언니는 다시 벤을 향했다.

"댄이 어릴 적부터 알고 지내는 사이이기는 하지만, 아무래도 이

제 성인이 되었고… 다 큰 처녀가 젊은 남자와 야외로 나가 며칠씩 돌아다니는 것이 좀 보기가 그렇네요. 물론 사제님께서 함께 계셨으니 아무 문제가 없었겠지만요. 아시다시피 요즘은 사람들 사이에서 입소문이 나면 좋은 결혼 상대를 찾기가 참 어렵잖아요? 사제님은 학교에서 훌륭한 젊은이를 많이 알고 계실 터이니 유나에게 좋은 상대를 주선해 주셔도 좋을 것 같아요. 물론 댄도 좋은 청년이기는 하겠지만 앞으로 어떻게 될지 모르는 일이니까요. 그런데 유나가 참 천방지축이라 말을 안 들어요. 내가 큰언니로서 예의 바르게 키운다고는 했는데, 이제 머리가 컸다고 점점 고집을 부리네요. 안타깝게도 우리 이이한테는 주변에 소개시켜 줄 만한 후배나 동생이 없더라고요."

그러면서 유나의 언니는 신랑의 한쪽 팔을 안으며 미소를 지었다. 벤은 폭포수 같은 그녀의 말에 어안이 벙벙하여 뭐라고 대답을 할 수가 없었다. 정신을 차리고 보니, 유나가 언니의 뒤에서 아무 말도 하지 말고 다른 곳으로 가라고 몸짓을 하였다. 그래서 벤은 입을 열었다.

"예, 언제 같이 얘기하시지요. 유나를 위한 좋은 짝을 찾을 수 있을지도 모르겠습니다."

유나의 언니에게서 만족스러운 표정이 나타나자, 벤은 비로소 떠날 용기가 생겼다.

"어쨌든 피로연도 즐겁게 보내시고. 저는 다른 용무가 있어 가보겠습니다."

벤은 다시 유나의 언니와 신랑에게 인사를 건네고는 자리를 뜨면서 유나에게 말했다.

"잠깐 시간 좀 낼 수 있을까?"

"물론이죠. 언니, 피로연 시작하기 전에는 돌아올게."

유나는 재빨리 벤의 옆으로 와서 같이 사람들 사이를 빠져나갔다.

"발은 어때요? 걷기에 무리는 없나요?"

"응, 견딜 만해."

언니와 형부로부터 충분히 멀어졌다고 느꼈는지 유나는 갑자기 큰 한숨을 쉬고는 불평했다.

"아아, 정말 죄송해요, 사제님. 언니는 나만 보면 결혼 이야기뿐이에요. 자기가 너무 행복해서 그런 거라나? 나는 아직 아무 생각도 없는데 말이지요."

"뭐 가족이 그런 것이겠지. 그보다도, 내가 아는 청년들이 좀 있는데 진짜 중매를 서줄까?"

'결혼하고 싶거든 사제관을 두드려라'라는 말이 있듯이 사제의 소개로 결혼하는 커플들이 상당히 많았다. 고대인들은 남녀 사이에 자유로운 연애를 했다고 하지만, 현재의 시온에서는 자주 보기 어려웠다. 사실 벤은 댄을 향한 유나의 마음을 알기에 장난삼아 물어본 것이었다. 유나는 웃으며 손사래를 쳤다.

"아니요, 정말 관심 없다니까요."

하지만 유나의 표정이 약간 어두워진 느낌은 벤의 선입견 때문만은 아닐 것이다.

그들은 광장의 북쪽 언덕에 당당히 자리 잡은 시온탑 아래에 도착했다. 믿음의 계단을 오르기는 불가능하였기에 우회로를 빙 돌아 시온탑 정문에 다다랐다.

출입구 주변은 광장에 비해 한산했고, 일부 행정청 직원들만 왕래하였다. 출입구를 지나 건물 안에 들어가면 로비에 의자와 테이블이 마련되어 있었고, 로비 건너편으로는 보안대원 한 명이 지키고 있는 또 다른 입구가 있었는데 그곳은 허가된 사람들만이 출입 가능하였다.

수잔 사제를 로비에서 만나기로 하였으므로, 벤과 유나는 구석진 곳의 의자에 앉았다.

“댄에게서는 아직 연락이 없었나요?”

유나가 지나가는 말처럼 물어보았다. 그녀는 머리에 쓰고 있던 고깔모자를 풀어서 테이블 위에 올려놓았다.

“글쎄, 연락할 방법이 있겠나? 도중에 전보를 보내지도 않을 것이고.”

“그렇겠죠? 하지만 벌써 7일이나 지났는데, 소식이 없으니 걱정돼요. 혹시 어쩌면 벌써 여기에 와 있을까요? 제1거주구 기록소에 올 것이라고 했었잖아요.”

유나의 얼굴에는 말 그대로 걱정이 가득했다.

“그랬지. 하지만 그 전에 관측소 몇 곳을 더 조사한다고 했어. 아직도 알펜 산맥에 있을지도 몰라.”

“그런데 그 여자는 무엇 때문에 시온에 온 것일까요?”

벤과 유나가 우주선을 타고 왔을 때는 둘 다 정신이 하나도 없었다. 우주선 내의 각종 계기판들, 모니터들이 보여주는 영상들이 놀라웠고, 무엇보다 그것이 실제로 하늘을 날아올라 움직였을 때의 충격은 이루 말할 수 없었다. 유나는 계속 우주선 창밖을 보며 감탄사만 낼 뿐이었다.

우주선에서 내린 후 북부 발전소에서 며칠 쉬는 동안에도 어찌하다 보니 서로 자세한 얘기를 나눌 틈이 없었다. 사실 벤은 그 당시에 자신의 머릿속 생각을 정리하느라 바빴었다.

그는 오랫동안 다른 행성에도 인간이 거주할 가능성에 대해 고민한 적이 있었다. 고대 문서를 보면 에덴에서 온 첫 인류가 다른 행성도 찾아간 듯한 문구가 기록되어 있었다. 밤하늘에 빛나는 레온, 미온, 라온에도 사람이 살고 있을지 모른다는 얘기였다. 다만 그렇다면 왜 지금까지 아무런 교류도 없었는지 아니면 존재 자체도 인식하지 못했는지 알 수가 없었다. 어쩌면 그들도 시온처럼 고대의 기술을 망각했었을 수 있었다.

그러나 1,000년이 지난 지금, 어쨌든 메이가 우주선을 타고 왔다. 그녀는 푸른색 쌍둥이별에서 왔다고 하였다. 그 세계는 시온보다 훨씬 크며 훨씬 더 많은 사람들이 살고 있다고 하였다. 자세한 설명을 하지는 않았지만, 세 개의 대륙에 사는 사람들이 서로 전쟁 중이고, 자신은 그 전쟁을 끝내기 위한 임무를 가지고 왔다고 하였다.

벤은 문득 기술이 발달하지는 않았지만, 계시록의 율법 아래 평화롭게 살고 있는 시온이 결국은 옳은 길을 가고 있는 것이 아닐까란 생각이 들었다. 그래서 대재앙 때 고대의 문헌을 파기하고, 다른 세계에 대한 정보를 삭제한 것일 수도 있었다.

메이와 마찬가지로 자신도 기록소에 가야만 하는 상황이 올지도 모른다고 벤은 예감했다. 기록소는 바로 여기 발밑에 있다. 최고 회의에서 그들을 잘 설득만 시킬 수 있다면 기회는 빨리 올 수도 있었다.

"벤 사제님?"

유나의 물음에 벤은 다시 정신이 들었다. 잠깐 동안 혼자만의 생각에 빠져 있었던 것이다. 그녀의 질문을 다시 떠올리는데 한참이 걸렸다.

"시온에 온 목적이 뭐냐고? 여기에 그녀가 찾는 무엇이 있다고 하더구나. 정확히는 잘 이해가 되지 않았지만, 태양계 밖으로 나가기 위한 에너지원이라고 했어. 그런 에너지원이 왜 시온에 있는지는 나한테 묻지 마. 어쨌든 내가 최고 회의에 참석하려는 이유도 이 사건에 대해 우리가 어떻게 대처할까를 논의하려고 하는 것이니까 두고 보자고. 최고 회의 사제들이 어떤 의견이 있겠지. 그러나저러나 수잔 사제가 늦는구나."

남쪽을 향한 시온탑 출입구 위 높은 곳에는 태양빛을 모으는 창이 나 있었다. 이렇게 모아진 햇빛은 로비의 반대쪽 벽 해시계에 비추어져 시간을 알려주었다. 각 가정에서나 개인은 기계식 태엽 시계를 썼지만, 공공건물에서는 이처럼 아름답게 장식한 해시계를 사용하는 것이 시온의 전통이었다.

해시계의 뾰족한 그림자는 우측 절반을 지나 오후로 가고 있었다. 유나가 피로연에 대해 뭐라고 말하고 있는데 갑자기 건물 안 스피커에서 사이렌 소리가 두 번 울렸다. 그리고 결혼 피로연이 취소되었으며, 모든 행정청 직원들은 자리에 복귀하라는 안내 방송이 나오기 시작하였다.

곧이어 바깥으로 통하는 문으로 사람들이 어수선하게 들어오기 시작했고 그들은 안쪽 보안문 안으로 사라졌다.

"무슨 일이죠?"

유나가 지나가는 몇 사람에게 물어보았지만, 그들도 어깨만 들썩이고는 모른다고 하였다.

유나는 알아보겠다고 말하고, 바깥으로 나갔다가 한참 뒤에 돌아왔다.

"피로연은 취소되었어요. 가까스로 언니를 만났는데, 일단 숙소로 가 있으라고 했대요. 왜 그런지는 아무도 모르는 것 같아요."

벤은 좋지 않은 예감이 들었다.

'혹시 메이와 우주선과 관계있는 것일까?'

수잔 사제를 과연 만날 수 있을까 의심하고 있을 때, 바로 그녀가 안쪽 보안문에서 나타났다. 그녀는 빠른 걸음으로 다가오더니 아무 말도 하지 않고 벤의 한쪽 팔을 잡아끌며 건물 밖으로 나갔다. 벤은 잠자코 수잔 사제에게 몸을 맡기며 유나에게도 따라오라고 손짓하였다.

수잔 사제는 타워를 빙 돌아 북쪽에 있는 부속 건물의 하나에 들어갔다. 1층은 이번 건국절 행사와 결혼 준비 창고로 사용되었는지, 고깔모자 무더기와 허리에 매는 색깔 띠 등 각종 행사 물품들이 쌓여 있었다.

계단을 통해 2층으로 올라가자 사무실이 몇 개 있었는데, 사람은 아무도 없는 것 같았다. 수잔 사제는 가장 큰 방으로 들어가 벤과 유나가 들어오자 문을 닫았다.

"이 여자아이는 누구죠? 믿을 수 있나요?"

수잔 사제의 얼굴은 상기되어 있었고 목소리는 조금 떨렸다.

"저는 유나라고 합니다. 벤 사제님 제자예요."

유나가 고개를 숙이며 인사했다.

"내가 보증하지요. 수잔 사제. 이번 탐사에 쭉 함께 있었어요."

"그래서, 탐사에서 어떤 중요한 것을 발견했나요?"

수잔 사제의 질문에 벤은 간단히 탐사에서 있었던 일을 얘기하였다. 우주선을 타고 북부 발전소까지 온 것까지는 말하였지만, 댄이 그 우주인과 같이 떠났다는 이야기는 생략하였다.

벤은 나중에 댄이 어떤 의혹에라도 휘말릴까 우려하였다.

그러나 모두 상관없었다. 수잔 사제는 가만히 듣고 있었지만 한 마디도 이해하지 못하는 것 같았다. 벤은 잠시 말을 멈추었다가 목소리를 높였다.

"수잔 사제, 괜찮아요? 도대체 무슨 일이 있었던 거죠? 피로연이 취소된 이유와 관계있는 건가요?"

그녀는 정신이 드는 듯 벤을 보다가 두 손으로 얼굴을 감싸며 울음을 터뜨렸다. 벤과 유나는 깜짝 놀라 서로를 쳐다보았다.

조금 시간이 지나자 수잔 사제는 어느 정도 진정이 된 것 같았다. 그녀는 여전히 얼굴을 손으로 가린 채 말하기 시작했다.

"오늘 오전에 제13거주구에서 큰 폭발이 있었어요. 조사단이 급파

되었고 현재 통신과 철로를 우선 복구하고 있다고 합니다."

"맙소사, 그런 일이… 사상자가 많이 나왔나요?"

벤의 물음에 수잔 사제는 손을 얼굴에서 떼었다. 눈물에 젖은 그녀의 두 눈은 분노에 이글거리며 불타고 있었다.

"거주구 전부가 사라졌대요. 그곳에 있는 단 한 명도 살아남지 못했어요. 이 범죄를 저지른 자들은 꼭 심판을 받고야 말 겁니다."

벤은 충격에 입을 다물 수 없었다. 제13거주구 전부라면 약 2만여 명의 사람인데… 사실이라면 대재앙 이후 12년 전 운석 충돌의 규모를 넘어서는 참사일 것이다.

"범죄라고요? 증거가 있나요? 누가 도대체 어떻게 이런 일을 벌이나요?"

"폴 제사장도 아직 정확한 원인은 모른다고 하더군요. 다만 외인의 소행으로 결론지으려 하고 있어요. 조금 전에 급히 열린 최고 회의에서 폴의 수하인 예레미 사제는 곧 대대적인 외인 토벌 작전을 전개할 것이라고 공표했어요. 흥, 하지만 난 다 알고 있어요. 이건 모두 그들이 꾸민 짓이란 것을요."

"그들이 누구를 말하는 것인가요?"

유나가 불쑥 끼어들었다. 수잔 사제는 아랑곳하지 않고 계속 벤을 보며 말했다.

"얼마 전부터 제13거주구의 배급이 이상했어요. 그리고 지난번에는 폴 제사장이 신탁이 어쩌고 저쩌고 했고요. 나는 폴 제사장이 뭔가 일을 꾸미고 있구나 하는 생각이 들었어요. 그렇지만 설마 이토록 끔찍한 일일 줄은 정말 몰랐어요."

"정말로 폴 제사장이 벌인 일이라고 확신해요?"

벤의 물음에 수잔 사제는 비장하게 대답했다.

"오늘 피로연이 개최되지 않을 것이란 걸 나는 이미 알고 있었어요. 은밀히 내게 정보를 주는 사람이 있거든요. 공식적으로는 어젯밤 있었던 효모 가공공장에서의 사고 때문이라고 발표될 거예요. 하지만 내 정보원에 따르면 그 사고는 누군가의 지시로 계획된 것이었어요. 그들은 열리지도 않을 피로연 음식을 만들 필요를 못 느낀 거예요. 그들은 오늘 일어날 참사를 이미 알고 있었다고요!"

## 제14장
# 고통의 심연

제13거주구는 시온의 중앙 대평원의 남서쪽 가장자리에 위치하였다. 거주구의 동쪽으로는 동강이 남쪽의 바다로 흘러 들어갔고, 북쪽으로는 헤말 산맥의 산자락에 닿아 있었다. 서쪽으로는 끝없는 늪지대가 펼쳐져 있었는데, 이 늪지대에서 채취되는 미네랄과 광산에서 캐내는 석영이 제13거주구의 주요 생산품이었다.

실론호가 헤말 산맥을 넘었을 때는 자정이 넘긴 한밤중이었다. 산맥의 마지막 구릉을 넘어 지평선이 나타났을 때, 전방 카메라 모니터에 잡힌 것은 거대한 화염이었다. 실론호는 화염의 중앙에 근접하며 고도를 낮췄다. 불타오르는 붉고 노란빛의 화염은 살아있는 생명체처럼 움직였으며, 실론호가 다가가자 마치 집어삼킬 듯이 꿈틀댔다. 댄에게 이 광경은 굉장한 충격이었다. 시온에서는 작은 불조차

보기 쉽지 않았기 때문이었다.

메이는 실론호가 화염에 너무 가까이 가지 않게 조정하며 주위를 돌게 하였다. 지상에는 불타는 건물들의 윤곽이 흐릿하게 모습을 드러내었다.

사람들은 어떻게 되었을까?

"조금 더 가까이 가서 탈출한 사람들이 있는지 살펴보죠."

댄이 제안했다.

"지금도 충분히 가까워."

말은 그렇게 했지만 메이는 실론호를 조금 더 지표에 가까이 다가가게 했다. 우주선의 얇은 벽 너머로 뜨거운 열기가 안으로 들어오는 것 같았다.

지상에서 사람의 흔적은 볼 수 없었다. 애초에 이 열화의 구덩이에서 생존자를 찾는다는 것이 말이 안 되는 상황이었다.

실론호가 화염을 따라 크게 거주구를 한 바퀴 돌아 다시 서쪽 늪지대 근처에 다다랐을 때였다.

"여기를 봐."

메이의 말에 측면 창밖을 보니 거대한 웅덩이 밑에서 수많은 작은 빛의 점들이 보였다. 웅덩이는 거주구 방향으로는 완만한 경사가 져 있었고, 반대쪽은 반원 형태의 절벽이었는데, 비스듬한 경사를 따라 지그재그 길이 나 있었다. 제13거주구의 유명한 석영 광산이었다.

아까는 옆을 지나가서 웅덩이 바닥이 보이지 않았었다. 웅덩이 바로 위쪽 상공으로 이동하니 빛의 점들이 파도를 치듯 움직이고 있었다. 확대 영상으로 확인하자 불빛이 무엇인지 분명히 볼 수 있었다.

수많은 사람들이 거기에 모여 야광봉을 흔들고 있었다. 웅덩이에서 벗어나는 유일한 통로인 경사로 쪽 대지는 모두 불길이 번져 있어 그들은 웅덩이 안에 갇혀 있는 형국이었다. 착륙해야 하지 않냐고 댄이 묻자, 메이는 너무 위험하다고 하며 조종간을 당겨 실론호를 동강 쪽으로 올라가게 하였다.

"어디 가는 거죠? 사람들을 도와야죠."

"그들이 살아 있다는 것을 확인했으니 충분하지 않니? 우리가 할 수 있는 일은 없어. 그리고 군중 곁에 우주선을 착륙시키는 일은 엄격히 금지되어 있어. 무슨 일이 생길지 모르거든."

"하지만 아까 보았듯이 그 사람들은 웅덩이 밑에 갇혀 있어요. 화염의 불길이 거의 거기까지 다다랐다고요."

"불길은 아래로 내려가지 않아. 그 이상은 불에 탈 수 있는 것이 없어서 더 이상 번지지 않을 거야. 게다가 시간이 지나면 꺼질 것이고. 그 사람들은 거기서 안전해."

댄은 곰곰이 생각하였다. 메이의 말이 옳은 것 같기도 했다. 그들은 별일 없을 것이다. 다만…

"이쪽을 봐요. 강물이 넘치고 있어요."

동강 바닥의 미네랄을 채취하기 위해서였는지 거주구 옆을 지나 흐르는 동강에는 둑이 설치되어 있어서, 강물이 큰 곡선을 그리며 굽어져 흐르고 있었다. 둑 옆의 타워가 폭발로 인해 둑 위로 쓰러져 있었는데, 파손된 둑의 틈으로 강물이 폭포처럼 흘러나오고 있었다. 물이 미네랄 밭이었던 저지대를 상당히 채운 게 보였다. 저지대와 웅덩이 사이에는 좁은 둑길이 나 있었는데, 조만간 둑 위로 물이 넘칠 것 같았다. 둑이 무너지면 저지대에 고인 물이 모두 웅덩이 안으로 쏟아질 상황이었다.

댄은 사람들에게 이 사실을 알려야 한다고 강력하게 주장했다. 그들은 필경 둑에서 무슨 일이 벌어지는지 모를 터였다. 하지만 메이는 여전히 복지부동이었다. 그녀는 방법이 확실하지 않은 일에 뛰어드는 걸 꺼려했다.

결국 댄의 설득 끝에, 댄이 혼자 가서 그들에게 위험을 알리는 것으로 두 사람은 합의했다. 메이의 말대로 사람들 옆에 우주선을 착륙시키지는 않는 편이 좋을 것 같았다. 절박해진 사람들이 무슨 일을 저지를지 모를 일이었다. 그래서 메이는 댄을 웅덩이의 절벽 쪽 위에 내려 주었다. 거기에는 불길이 번지지 않았으나 약 100미터 정도 되는 깎아내린 절벽을 타고 내려가야만 했다. 다행히 댄은 취미로 틈만 나면 암벽 등반을 했기에 크게 어려울 것 같지는 않았다.

댄을 내려주고, 실론호는 바로 이륙했다. 거센 바람을 타고 불의 열기가 느껴졌다. 댄은 메이로부터 받은 귀에 걸치는 형태의 무선 송수신기를 귀에 꽂았다. 절벽 아래를 내려다보니 갑자기 겁이 났지만, 애써 태연한 목소리로 메이에게 말했다.

"이제 내려갈게요."

"응, 조심해."

차분한 메이의 목소리가 힘이 되어 주었다. 댄은 조심스럽게 절벽을 내려가기 시작했다. 암벽 등반을 했던 것이 다시 한번 감사하게 여겨졌다. 이런 곳에서 벽을 타리라고는 상상조차 못했지만 말이다. 댄은 부서진 바위와 흙 위를 한 손 한 발 디디며 내려갔다. 짚고 디딜 곳이 많아 아주 힘들지는 않았지만 흙에는 물기가 많아 미끄러웠고, 어두웠기 때문에 발밑이 잘 보이지 않았다.

건너편의 불빛에 의지하여 중간쯤 내려갔을 때였다. 바위를 잡은 손가락이 미끄러지며 그는 약 1미터 정도 떨어졌다. 다행히도 아래에 튀어나온 부분이 있어 추락은 면할 수 있었다. 댄은 놀란 가슴을 진정시키며 손을 살펴보았다. 손톱 밑의 살이 벗겨져서 피가 몽글몽글 나고 있었다.

그는 고통을 참으며 잠시 그 자리에서 머물렀다. 저 멀리 거주구는 화염에 불타고 있었고, 그의 아래에는 사람들이 있었다. 그는 갑자기 후회가 되었다. 자신이 하려는 일이 좋은 것인지 알 수가 없었다. 그러나 용기를 내었다. 여기까지 오게 된 이유가 분명 있을 것이었다.

절벽을 거의 내려오자, 사람들의 목소리가 들렸다. 수십 명이 밑에서 댄을 기다리고 있었다. 그들은 댄이 웅덩이의 바닥에 발을 디디자마자 그를 에워쌌다.

"왜 이제 오는 거요?"

"어떻게 이런 일이 일어난 거지?"

"당신 혼잔가? 구조대는? 구호품은 없어?"

"넌 누구야? 여기는 왜 왔어?"

댄은 사람들의 질문 공세에 정신이 하나도 없었지만 침착해지려고 노력했다.

“나는 제7거주구의 댄 리킴입니다. 여러분의 대표자가 되는 분을 만나고 싶습니다. 중요한 사실을 얘기해 줘야 합니다.”

여기서 이 사람들에게 바로 둑에 대해 알리면 큰 혼란이 생길 것 같았다. 책임 있는 사람한테 알려 줘야 했다.

어떤 건장한 중년 남자가 사람들 사이로 비집고 들어왔다.

“젊은이, 나를 따라와요. 거주구 대표에게 안내하겠소. 여기 있는 여러분들은 일단 기다려 주십시오.”

그가 큰 소리로 외치자, 사람들이 웅성거리며 길을 터 주었다.

댄은 중년 남자를 따라갔다.

“주민들이 굉장히 놀랐고, 초조해하고 있으니 이해해요. 그런데 제7거주구에서 왔다고? 어떻게 알고 온 거죠? 폭발이 일어난 지 하루도 안 된 상태여서, 아직 다른 거주구에서 구조대가 오리라고는 기대하지 않았는데.”

중년 남자는 차림새가 말끔한 게 피난 온 사람 같지 않았다.

댄은 우주선에 관한 이야기는 하지 않는 편이 좋겠다고 결정했다.

“그게… 우연히 이 근처를 지나고 있었는데 불길을 보고 오게 되었어요. 그런데 오다가 강둑이 부서져 물이 넘치는 것을 보았어요. 저기 있는 둑이 무너지면 이곳은 물에 잠길 거예요.”

절벽을 따라 걸으며 댄은 오른손을 들어 둑 쪽을 가리켰다. 그러나 그 중년 남자는 둑 쪽이 아닌 댄을 보고 있었다. 머쓱해진 댄이 손을 내렸다. 그들이 왼쪽으로 모퉁이를 돌자, 절벽 밑에 움푹 들어간 큰 공간이 나타났다.

댄은 놀라움으로 숨을 들이쉬었다. 거기에는 수많은 사람들이 웅기종기 모여 있었다. 곳곳에 놓여 있는 야광등 불빛으로 생긴 사람들의 그림자가 내부의 벽에 기괴한 영상을 만들고 있었다.

이 공간은 절벽 안쪽에 있었기 때문에 실론호에서는 볼 수가 없었다. 어림잡아도 웅덩이 바닥으로 나와 있는 사람들보다 10배는 많아 보였다.

"거주구민이 모두 탈출했군요. 정말 다행이에요."

"신의 은총 덕이지."

댄의 말에 남자가 대답했다.

제13거주구 대표는 요셉 사제였고, 나이가 많은 할아버지였다. 그는 한쪽 구석의 평평한 곳에 앉아 있었다. 주변에는 열 명 정도의 사제들이 함께 있었는데, 거주구 의원들 같았다. 바닥에 깔려 있는 여러 장의 천은 땅에서 올라오는 습기는 막아주었지만, 밤의 한기까지 막아주지는 못하는 모양이었다. 요셉 사제의 목소리는 떨렸고, 중간중간 끊어졌다.

그러나 그는 댄이 전달한 위험의 긴박함을 금세 알아차렸다.

"얼마나 시간이 남아 있지? 젊은이, 대답해 줄 수 있나?"

요셉 사제의 질문에 댄은 잠시 망설였다. 정확한 시간을 알려면 메이에게 물어보아야 하지만, 사람들에게 그녀의 존재를 알리고 싶지 않았다.

"해가 뜰 무렵이면 물이 넘칠 거예요. 그 전에 빨리 피해야 해요."

댄은 일단 되는대로 말했다. 나중에 기회가 될 때 메이에게 연락하여 정확한 시간을 알면 될 것이라고 생각했다.

"하지만 어떻게 피하지? 경사 길은 불로 막혀 있고, 절벽을 기어오를 수 있는 사람은 열에 하나 정도일 거야."

키가 큰 여자 사제가 말했다.

"웅덩이 밖으로 나간다 해도 어디로 가겠나? 거주구는 불타고 있고, 그 외에는 황무지인데. 차라리 이곳에서 운명을 기다리는 게 낫겠소."

다른 사제가 소리쳤다.

"둑이 넘친다고 해도 이곳이 물에 잠길 거라는 보장은 없는 것 아닌가요? 그리고 우리가 왜 이 낯선 사람의 말을 믿어야 하죠?"

사제들의 매서운 눈초리에 댄은 어찌할 바를 몰랐다. 그때 요셉 사제가 자리에서 일어나 양팔을 들어 올렸다.

"어젯밤, 나에게 폭발에 대한 경고를 준 여인은 평범한 인간이었지만 신의 말을 전해 주었습니다. 다행히도, 여러분과 거주구민들이 내 말을 믿어주었기에 우리가 여기로 피신할 수 있었습니다. 이 젊은이가 어떻게 여기에 왔는지, 왜 왔는지는 나도 잘 모르겠습니다. 그러나 분명한 것은 이 역시 신의 뜻이라는 점입니다. 어떤 일이 일어날지 모르지만 만일에 대비하여 준비할 필요는 있습니다. 내 의견에 반대하지 않는다면 각자 대책을 준비하도록 하시지요."

그의 목소리는 가늘었으나 그의 말에는 힘이 있었다.

요셉 사제의 강직한 말에 사제들은 별다른 이의를 제기하지 않았다. 그들은 삼삼오오 모여 대책을 논의하기 시작했다.

댄은 중년 남자와 다시 절벽 밖으로 나왔다. 그 남자의 이름은 커크라고 했다. 그는 댄에게 이제 어떻게 할 건지를 물었다. 댄은 고민이 되었다. 그가 할 수 있는 일은 다하였다. 사람들에게 닥쳐올 위험을 알렸으니 그에 대한 대응은 그들의 몫이었다. 댄은 다시 절벽을 기어 올라갈 수 있었다. 하지만 사람들을 두고 혼자 간다는 것이 왠지 마음에 걸렸다.

그때 메이의 목소리가 송수신기를 통해 들렸다.

"댄, 괜찮아? 수위가 올라가는 속도가 느려지고 있어. 어쩌면 별일 없을지도 몰라."

"그래요? 그렇다면 정말 다행이네요. 일단 여기 사람들에게 상황을 알려주었어요. 아마…"

누군가 갑자기 댄을 낚아채더니 움직이지 못하도록 양손을 잡아 뒤로 돌려 옥죄었다.

댄이 깜짝 놀라 쳐다보니 커크가 무서운 얼굴로 다가왔다. 그는 댄의 귀에 꽂혀 있는 송수신기를 집어 들고는 자신의 귀에 꽂았다.

"무슨 짓이에요? 그걸 돌려줘요."

댄이 저항하였지만 옆에 있던 또 다른 누군가가 댄의 배에 주먹을 내리꽂았다.

댄은 헉하고 숨이 빠져나가는 걸 느꼈다. 극심한 통증이 밀려왔지만, 그보다는 다른 것이 더 걱정되었다. 잠시 송수신기에 귀를 기울이던 커크가 나직이 말했다.

"이봐, 이 친구의 목숨을 살리고 싶거든 모습을 드러내. 앞으로 한 시간을 주겠어. 그 날아다니는 물건과 함께 나타나지 않으면, 이 친구의 고통에 찬 마지막 소리를 듣게 될 거야. 한 시간이야."

제15장

# 미로의 끝

동굴의 입구에서 노웨어까지는 꼬박 하루의 시간이 걸렸다. 외인들은 쉬지 않고 교대로 화차의 손 페달을 왕복하며 화차를 움직였지만, 화차의 속도는 빠르지 않았고, 가끔씩 나지막한 오르막길을 만나게 되면 그 속도는 더 늦어졌다. 게다가 중간에 세 번 화차를 갈아타야 했다.

마이크 말로는 외부에서 노웨어까지 바로 이어지는 철로도 있기는 하지만 그 길은 많이 우회해야 했기에 그들은 지름길로 간다고 하였다. 마이크는 머리 묶은 외인 남자로 20대 중반쯤으로 보였고, 자기가 쉬는 시간에는 야광봉을 들고 곁으로 와서 로사가 물어보지 않아도 이것저것 알려주었다. 그래도 그가 있을 때 그나마 로사는 덜 무서웠다. 다른 사람들은 거의 말을 하지 않았고, 이따금 자기들끼리 작은 목소리로 얘기하는 정도였다. 화차의 앞쪽에 야광봉이 켜져 있었지만, 사람들의 희미한 윤곽만 보일 뿐 동굴의 암흑에 완전히 압도당하는 느낌이었다.

마이크는 어떨 때는 말하면 안 되는 내용까지도 떠들어서 대머리 아저씨의 핀잔을 듣기도 했다. 예를 들면 노웨어로 이어지는 선로는 미로같이 되어 있는데, 그 정확한 길을 아는 사람은 노웨어에서도 10명이 안 되는데, 대머리 아저씨가 그중 한 명이라는 것이었다.

실제로, 화차를 갈아타야 했을 때, 화차 밖 동굴은 완전히 칠흑 같은 어둠이어서 아무것도 보이지 않았지만, 대머리 아저씨는 귀신같이 어느 곳에서 화차를 멈추고 다음 선로까지 이동해야 하는지 알고 있었다.

화차에서 다음 화차까지의 이동은 짧게는 몇 분 길게는 30분까지 걸렸다. 짐을 들고 날라야 했기 때문에, 마지막에 30분 동안 어둠 속을 걸어갔을 때 로사는 완전히 기진맥진하였다. 그녀는 너무 피곤하고 또 졸렸다. 로사는 쪼그려 앉아 두 손으로 무릎을 감싸고서는 잠을 자지 않으려고 버텼다. 그러나 화차의 진동과 소리에 의식을 맡기니 어느새 깜빡 잠이 들었다.

잠은 편하지 않았다. 자세도 불편했고, 그런 연유인지 악몽을 꿨다. 꿈속에서 마리 사제를 포함한 수많은 사람이 그녀를 쫓고 있었다. 그들은 로사를 잡고는 좁은 상자 안에 꾸겨 넣으려고 했다. 들어가지 않으려고 몸부림치다 가까스로 상자 밖으로 나왔는데 해가 너무 부셨다. 그리고 사람들이 또 몰려왔다.

로사는 화들짝 놀라 꿈에서 깼다. 눈을 떠 보니 파란 하늘이 보였다. 화차는 동굴 밖에 멈추어 서 있었다.

노웨어는 높은 절벽으로 둘러싸인 분지에 자리하였다. 절벽의 북쪽으로는 산이 이어졌고, 산에서 흘러 내려오는 가느다란 물줄기가 벽을 타고 흐르고 있었다. 마이크는 자랑스럽게 수십만 년 전에는 거대한 폭포가 이 분지에 쏟아져 내렸다고 설명해 주었다.

그렇게 보니 분지의 가운데 부분이 지대가 좀 더 높았고, 거기에는 돌로 된 둥근 타워가 세워져 있었다. 그 주위로 낮은 건물들이 보였고, 절벽 아래를 빙 둘러서 벌집처럼 구멍이 뚫려 있었다. 사람들이 그 구멍으로 왔다 갔다 하는 것을 보니 그 안에도 거주 구역이 있는 것 같았다.

로사가 주변을 둘러보는 사이에 10여 명의 외인 남녀들이 화차 주위에 몰려들어 짐을 들고는 어디론가 사라졌다. 화차에 있던 일행들도 이미 없었고 제임스와 마이크만이 남아 있었다.

"내려, 우리는 만나야 할 사람이 있어."

제임스가 로사에게 무뚝뚝하게 명령하였다.

"혹시 나도 같이 가도 되나요? 이멜다에게 인사도 드릴 겸 해서요."

마이크가 제임스에게 물었다.

"아니, 다음 기회에. 네 뜻은 내가 따로 전할게."

제임스가 마이크에게 대답하고는 한쪽 눈으로 윙크를 했다.

"아, 예."

마이크는 얼굴이 붉어지더니 재빨리 화차에서 내려 선로를 따라 돌아갔다.

제임스도 화차의 난간을 잡고 뛰어내리고는 로사를 향해 손을 내밀었다. 로사는 그 손을 무시하고 옆으로 뛰어내렸다. 제임스는 별다른 말없이 중앙 타워 쪽을 향해 걷기 시작했다.

로사는 약간 옆으로 뒤따라가며 물었다.

"혹시 두 사람이 사귀나요?"

시온의 거주구에서도 남자끼리 혹은 여자끼리 은밀히 사귀는 경우가 있다는 애기를 들은 적이 있었다. 특히 결혼이 허락되지 않은 사제나 비혼 그룹에서 그런다고 했다. 동성 간에 사귀는 것은 규약으로 엄격히 금지하고 있었기 때문에 만일 들통나면 엄벌에 처해진다고 했다. 다만 로사가 알고 있는 한 실제로 처벌받은 예는 없었다.

"두 사람 누구?"

"당신과 마이크요. 아까 윙크하는 것 봤어요. 마이크의 얼굴이 빨개진 것도요."

제임스가 너무 큰 소리로 웃는 바람에 로사는 깜짝 놀랐다. 혹시 쳐다보는 사람들이 있을까 부끄럽기도 했다. 제임스는 웃음을 머금은 표정으로 로사에게 대답했다.

"흠, 곤란한걸. 개인적인 문제라서 말이야. 아가씨는 예의범절에 대해 배우지 않았나?"

이번에는 로사가 얼굴이 빨개질 차례였다. 만약 거주구였다면 로사는 당연히 그런 질문을 하지는 않았을 것이었다. 로사도 예의가 뭔지는 알고 있었다. 그러나 이 노웨어라는 곳, 그리고 그들이 외인이라는 생각이 로사가 지켜야 한다고 생각해왔던 예의범절의 틀을 벗어나 버린 것 같았다. 물론 이들이 외인이라고 해서 사생활을 침범받을 이유는 없지만 말이다.

그들은 중앙 타워에 곧 도착했다. 그러나 촌장에게 잘 이야기해서 빨리 제13거주구로 돌아가겠다는 로사의 계획은 처음부터 틀어졌다. 타워에 들어간 제임스가 어떤 외인하고 잠깐 얘기하더니, 로사를 3층의 작은 방으로 데리고 가선 거기에서 기다리라고 하였다. 로사가 무슨 일이냐고 물어도 지금까지와는 다르게 무뚝뚝한 표정으로 대답이 없었다.

방에는 침대를 겸용할 수 있는 통유리 벤치와 자그마한 테이블이 있었고, 벽에는 전망 창이 있었다. 로사는 방의 창가에 기대어 밖을 내다보았다. 정면으로 보이는 곳에 넓은 효모 양식장이 보였다. 양식장은 가로 세로의 6구역으로 나누어져 있었고, 오전의 햇빛을 받아 구역별로 녹색과 회색이 어우러져 빛났다.

그 주위에는 여러 명의 외인들이 일을 하고 있었는데, 효모의 영양과 맛을 내기 위해 미네랄 가루를 뿌리는 사람, 효모를 상자에 담아 옆에 있는 가공 공장으로 옮기는 사람들이 보였다. 가공 공장으로 보이는 건물에는 굴뚝이 있어 흰 연기가 피어올랐다.

시온의 거주구에서도 이런 효모 양식장이 여럿 있었다. 다만 더 규모가 크고, 자동화되어 있어 기계 장치와 컨베이어 벨트가 많은 일을 대신하고 있는 점이 달랐다. 그럼에도 불구하고 밖의 풍경은 매우 평화로워 보였고, 외인들의 독특한 옷차림이나 머리 모양만 아니라면 거주구와 다를 점이 없어 보였다.

어쩌면 로사가 그들의 일부만 보고 착각하는 것일 수도 있었다. 그녀는 이곳에 온지 불과 몇 시간 밖에 안 되었고, 이곳에 오면서 알게 된 두 명의 외인과도 제대로 된 대화를 나눈 적은 없었기 때문이다.

로사는 엄마 아빠에 대해 생각하였다. 그녀는 부모님을 깜짝 놀라게 해주려고, 일부러 찾아간다는 연락을 하지 않았었다. 폴 제사장은 자신이 직접 부모님에게 이번 건국절에는 로사가 가지 않을 것이라고 얘기한다고 했었다. 그러하기에 그들은 아무 기대도 안하고 있을 것이었다. 하지만 엄마 아빠를 기쁘게 하려는 그녀의 계획은 수포로 돌아갔다. 이제는 오히려 걱정을 끼치지 않게끔 무사히 돌아가는 방법을 강구해야만 했다.

로사는 폴 제사장에 대해서는 되도록이면 생각하고 싶지 않았다. 분명 엄청나게 화가 났을 것이다. 하지만 건국절은 이미 지나갔고, 그녀가 할 수 있는 일은 아무것도 없었다. 로사는 문득 폴 제사장이 시온의 보안대원을 동원하여 그녀를 찾으러 와주지 않을까란 생각이 들었다. 하지만 한편으로는 조카를 위해 과연 그 정도 수고를 할까라는 의구심도 들었다. '여기에 얼마나 오래 있어야 하는 걸까…?' 한 가지 확실한 점은 언젠가 그녀의 부모님도 이 사건에 대해 알게 될 터이고, 두 분이 걱정하시기 전에 빨리 이곳을 나가야 한다는 것이었다.

한참이 걸려 방에 들어온 사람은 릴리였다. 그녀는 손짓으로 로사를 따라오라고 했다. 그들이 간 곳은 2층의 넓은 홀이었다. 거기에는 유리로 된 원형의 큰 테이블에, 역시 유리로 된 의자가 여러 개 놓여 있었다.

홀에는 5명의 사람이 있었다. 제임스는 의자에 앉아서 그 옆에 서 있는 가슴이 매우 풍만한 어떤 중년 여인과 얘기를 나누고 있었다. 두 명의 남자는 조금 떨어진 곳에 서서 테이블 위에 놓인 유리판 지도를 보며 손으로 어딘가를 가리키고 있었다. 반대쪽 의자에는 할머니 한 분이 꾸벅꾸벅 졸고 있었다.

중년 여인은 로사가 들어오는 것을 보더니 양팔을 벌리고 웃으며 다가왔다.

"어서 와요, 로사. 난 이멜다라고 해요. 촌장의 비서이지요."

그녀는 로사를 꼭 안으며 양 볼에 입맞춤을 하였다.

이멜다는 로사가 여태까지 봐 온 다른 외인 여자들과는 달랐다. 거주구 스타일의 회색 자루옷을 입고 있었고, 머리도 두건으로 감싸고 있었다. 물론 화장이나 문신, 장신구도 없었다.

로사는 지도를 보고 있는 남자들을 흘깃 쳐다보았다.

"저, 촌장님과 이야기하고 싶은데요."

로사의 말에 이멜다는 여전히 웃으며 대답했다.

"나한테 얘기하면 돼요. 우리 촌장은 마음이 너무나 따뜻한 분이지만, 귀가 어두워서 큰 소리로 얘기해야 해요. 그리고 낮잠을 깨우는 것을 아주 싫어하지요."

이멜다는 로사의 한쪽 팔을 잡고 사람들과 떨어진 구석으로 갔다.

"자, 로사의 얘기를 해 봐요. 어떻게 여기까지 왔는지."

로사에게는 별다른 선택이 없었다. 그녀는 폴 제사장과의 만남부터 시작해서 있었던 일을 간단히 말했다. 다만 학교의 여행 허가 유리판을 위조했다는 것과 폴 제사장이 외삼촌이 아닐지도 모른다고 의심했던 부분은 생략하였다. 폴 외삼촌이 자신을 찾으러 올 것이라는 사실이, 이들로 하여금 로사를 빨리 돌려보내 주기를 기대해서였다. 로사는 되도록이면 빨리 제13거주구로 갔으면 좋겠다는 말로 이야기를 마쳤다. 물론 여기서 보고 들은 것은 모두 비밀로 하겠다는 점을 잊지 않았다.

"흠, 폴 제사장에게 여자 형제가 있었다는 얘기는 처음이네요. 뭐 상관없어요. 지금은 그것이 중요한 것이 아니니까요. 로사, 잘 들어요. 안타깝지만 당분간 여기에 있어야겠어요.

어제 제13거주구에서 큰 폭발이 일어났어요. 폴 제사장은 계엄을 선포하고는 우리 외인들의 소행이라고 공표했어요. 그들은 이미 보안대원 1개 중대를 동원하여 이곳을 찾기 시작했고요. 어쨌거나 지금은 상황이 매우 좋지 않아요. 우리도 정확한 사실을 파악하고 있으니 일단은 기다려 보도록 해요."

로사는 어리둥절하였다. 폭발이라는 단어 이후로는 이멜다가 무슨 말을 했는지 귀에 잘 들어오지도 않았다.

"폭발이라고요? 사람들이 많이 다쳤나요? 내 부모님은 괜찮겠죠?"

"자, 자, 진정해요. 우리도 아직 모르는 부분이 많아요. 새로운 정보가 들어오는 대로 당신에게 알려줄게요. 일단은 가서 좀 쉬도록 해요. 릴리, 로사를 다시 방으로 안내해."

이멜다의 단호한 목소리에 로사는 뭐라고 더 말할 수가 없었다.

"내가 데리고 가죠."

제임스가 의자에서 일어나 다가왔다. 로사는 혼란스러웠지만 일단은 그를 따라갈 수밖에 없었다. 제임스는 로사를 위해 문을 열어 주며 이멜다에게 물었다.

"보호자를 지명할 건가요?"

이멜다는 그를 잠깐 노려보더니 흔쾌히 대답했다.

"물론이지. 나를 바보로 아나?"

"그럴 리가요."

제임스는 씩 웃으며 로사와 함께 홀을 나왔다.

3층 방까지는 불과 몇 분밖에 걸리지 않았지만 로사는 혹시라도 제임스가 그녀를 두고 그냥 가버릴까 안절부절 못하였다. 그래서 방 안으로 들어가자마자 제임스의 왼팔 옷깃을 잡으며 애절하게 물었다.

"제발 알려주세요. 제13거주구는 어떻게 된 거예요? 난 언제 돌아갈 수 있는가요?"

제임스는 오른손으로 로사의 어깨를 붙들며 대답했다.

"지금 로사에게 꼭 필요한 것은 긍정적인 마음이야. 제13거주구 사람들이 어떻게 되었는지는 나도 모르지만, 얘기를 들어보니 폭발은 상당히 위력적이었던 것 같더군. 부모님의 생사는 하늘의 뜻에 맡기고, 본인이 그 참사를 피할 수 있었던 것에 대해 감사하라고. 우리가 탄 트램이 도착하고 나서 바로 폭발이 있었다고 하니까. 어쩌면 나를 만난 것이 다 하늘의 뜻이었을 수도 있어."

그는 한쪽 눈으로 로사에게 윙크를 했다.

"만일 진짜로 내가 생명의 은인임이 밝혀지면 나중에라도 꼭 보답해야 해."

로사는 몸이 오그라지는 것처럼 느껴졌다. 그녀는 그의 손을 풀어내며 말했다.

"알겠어요. 그렇게 할게요. 내 말은, 긍정적으로 생각하도록 할게요. 이제 혼자 있고 싶어요."

제임스는 씩 웃으며 대답했다.

"그렇게 해. 혼자 있는 시간이 필요할 거야. 한 가지 확실한 이야기를 해주지. 이멜다는 너를 보낼 생각이 없어. 그러니 당분간 이곳 노웨어에 잘 적응할 수 있도록 마음의 준비를 해."

그는 돌아서서 방 문을 닫고 나갔다.

로사는 방의 벤치에 털썩 주저앉았다. 그녀는 분노가 치밀었다. 이멜다도 제임스도 심지어 폴 제사장마저도 모두 똑같았다. 그들은 로사에게 친절한 듯이 대했지만, 실은 자신들만의 목적이 있었고, 아무도 그녀에게 진실을 말해 주지 않았다. '보낼 생각이 없다고?' 이멜다의 생각 따위는 상관없었다. 그녀는 어떻게든 고향으로 갈 것이다. 그 기회가 왔을 때 놓치지 않도록 항상 준비하고 있어야 한다.

제16장

# 새로운 임무

타워의 번호는 출입구 가까이에 가서야 볼 수 있었다.

번호를 본 유나는 다시 한번 혀를 찼다. 모임이 있는 장소는 122동 타워의 13층에 있는 집이라고 하였는데, 이 타워는 128동이었다. 문제는 타워의 번호가 건립 순으로 붙여졌기 때문에 번호가 가깝다고 해서 서로 인접해 있지는 않다는 것이었다.

제1거주구에는 오래전에 가정집들을 위한 타워가 대거 세워졌는데 이들은 모두 비슷비슷하게 생겨서 주의하지 않으면 혼동하기 십상이었다. 수잔 사제가 책상 위에 그림을 그리며 위치를 설명할 때 주의 깊게 듣지 않은 것이 잘못이었다.

해가 어느새 많이 기울어져 있었다. 제13거주구 폭발 사고로 일몰 이후로는 통행이 금지되었기 때문에 서둘러야 했다. 유나는 좌측으로 멀리 높이 솟아오른 시온탑과 해의 위치를 가늠하며 수잔 사제가 그려준 지도를 기억하려 애썼다.

수잔 사제가 모르는 사람에게 절대로 말을 걸지 말라고 했기 때문에 지나가는 사람들에게 물어볼 수도 없었다. 그녀는 보안에 대해 굉장히 예민했는데, 모임의 장소와 목적에 대해서는 가족에게도 비밀을 지키라고 요구하였었다. 그래서 유나는 언니에게 벤 사제와 함께 구호 일을 준비해야 한다고 하고서 집을 나왔다. 언니는 걱정도 했지만, 한편으로는 새 신랑하고의 둘만의 시간이 기대되는 듯 순순히 보내주었다.

어떻게 보면 완전히 거짓말도 아니었다. 지난 건국절에, 수잔 사제는 충격적인 소식을 전하고 나서, 벤 사제와 유나에게 같이 동참하여 싸울 것을 눈물로 호소하였다. 이미 가슴이 뜨거워져 있던 유나는 그때 바로 결심하였다. 인간의 부조리한 권력에 맞서는 것은 신께서도 찬성하실 것이었다. 벤 사제님은 일단 학교로 돌아가서 조금 더 생각해본 뒤에 결정하는 것은 어떻겠냐고 제안했지만, 이미 유나의 마음은 굳어져 있었다. 어차피 계엄 덕에 제7거주구로 돌아갈 수 있는 방법도 없는 상황이었다. 유나의 응답에 수잔 사제는 모임에 참석할 것을 권유하였고, 지금 이렇게 유나는 길을 헤매는 것이었다.

108동 타워를 지나 왼쪽으로 돌아 마침내 122동 타워에 도착하였다. 타워 주민인 듯한 몇 사람이 느릿느릿 안으로 들어가는 것이 보였다. 유나는 그들이 모두 사라질 때까지 기다렸다가 타워 안으로 들어갔다.

원기둥 모양의 타워는 안쪽에도 원형으로 지붕까지 뚫려 있는 구조였다. 안쪽 벽을 따라 나선 계단이 나 있었고, 각 층의 로비에 해당되는 복도로 이어졌다. 로비의 오른쪽에 승강기가 있었다. 유나는 승강기 탑승 단추를 눌렀다. 승강기가 내려와 멈추자 유나는 안에 들어가 작동 레버를 위로 올렸다. 승강기가 시끄러운 소리를 내며 올라가기 시작했다.

승강기에는 따로 문이 없었기 때문에 바깥으로 각 층의 로비와 안쪽 벽이 그대로 보였다. 13층에 도착할 때 레버를 내려 멈추게 하였는데 타이밍을 잘 못 맞추어서 살짝 뛰어내려야 했다. 제1거주구와 달리 제7거주구는 보통 2층짜리 건물들로 이루어져 있어, 유나는 승강기 운전을 별로 해 본 적이 없었다.

복도를 몇 걸음 걸으니 2호실이 나왔다. 유나가 문의 초인종을 누르니 안에서 실내복을 입은 중년의 남자가 나왔다.

"무슨 일이죠?"

"저, 교리공부를 하러 왔는데요."

그는 유나를 훑어보고 승강기 쪽을 한번 확인한 다음 손짓하며 말했다.

"들어와요."

거실은 흰색 계열로 밝고 우아한 느낌을 주었다. 넓은 창을 배경으로 통유리로 된 소파와 테이블이 중앙에 놓여 있었고 검은색 대리석으로 장식된 선반이 한쪽 벽을 차지하였다. 선반 위에는 유리로 만들어진 각종 모형들이 있었는데, 섬세하게 제작된 시온탑의 모습도 보였다. 소파에는 젊은이 3명이 앉아 있었는데, 두 명은 여자, 한 명은 남자였다.

“유나양, 왔군요. 혹시 못 오나 했어요.”

수잔 사제가 유리잔들이 올려져 있는 쟁반을 들고 안쪽에서 나오며 말했다. 그녀는 앉아 있은 사람들에게 유리잔을 건네고 마지막으로 유나에게도 건네주었다.

“마셔봐요. 필립이 바닷가 광산에서 가져온 거예요. 맛이 상큼해요.”

그러고는 앉아 있는 사람들에게 유나를 소개했다.

“제7거주구에서 온 유나예요. 내가 아끼는 후배지요. 오늘부터 같이 활동할 거예요. 이쪽은 샬롯, 티나, 그리고 에드. 서로 자세한 인사는 나중에 하도록 해요.”

유나는 앉아 있는 사람들에게 가벼운 목례를 했고, 그들도 간단히 인사의 말을 하였다.

“그리고 이 사람은 필립이에요.”

수잔 사제는 실내복을 입은 남자를 가리켰다.

“자기 음료수는 다시 가져올게.”

그녀는 필립의 손을 살짝 잡았다가 놓고는 쟁반을 들고 다시 안으로 들어갔다.

유나는 괜히 무안했다. ‘이 남자는 수잔 사제의 애인일까?’ 사제들도 은밀히 숨겨놓은 애인이 있다는 얘기를 들은 적이 있었다. 아니면 유나를 ‘아끼는 후배’라고 소개한 것처럼 누구에게나 친한 척하는 수잔 사제의 습관일 수도 있었다.

유나는 음료를 조금 맛보았다. 톡 쏘는 느낌과 함께 정말 상큼한 맛이 났다.

"그 미네랄은 오미라고 해요. 외인들만이 오미를 만드는 방법을 알고 있죠. 사실, 오미는 금지 품목 중 하나예요. 중독성이 꽤 강하지."

필립이라는 남자가 설명해 주었다.

"그렇군요, 이렇게 귀중한 것을 가져오시다니 대단하네요."

유나는 웃으며 잔을 입에 대었다. 그러나 마시지는 않고 그대로 내려놓았다. 그녀는 조심스레 유리 소파의 샬롯 옆에 앉았다. 소파에 있던 세 사람은 음료를 마시며 누군가의 결혼 이야기를 하는 중이었다. 금지된 미네랄 음료를 이렇게 공공연히 마시다니 유나는 당혹스러웠다.

수잔 사제가 유리잔을 하나 더 들고 와서 필립에게 주었다. 그리고 소파의 사람들에게 이야기하기 시작했다.

"아직 론이 오지 않았지만 일단 시작하도록 하죠. 오늘 여기서 들은 이야기는 절대로 비밀을 지켜야 합니다."

그녀는 현재의 시온의 상황에 대해 자세히 얘기하였다. 최고 회의에서 폴 제사장의 독선과 이로 인한 권력의 사유화에 대해 설명한 다음, 최근 들어 물자의 부족에 시달리고 있는 각 거주구의 상황에 대해서도 말하였다. 일부는 유나도 벤 사제를 통하여 알고 있는 내용이기도 했다. 소파에 있던 다른 세 명은 가끔 질문을 던지기도 했는데, 어떤 부분은 유나보다 더 모르는 것 같기도 했다.

수잔 사제는 이어서 제13거주구 폭발 사건의 의혹과 앞으로 전개

될 대대적인 외인 본거지 급습 계획에 대해서도 이야기하였다. 그녀의 말에 따르면 대재앙 이후로 최대 규모의 무력행사가 될 것으로 예상된다는 것이었다.

유나를 제외한 세 명은 분노의 감정을 표출하며 뭐라고 떠들기 시작했다. 그렇지만 유나는 잘 이해가 되지 않았다.

"하지만 외인은 도망자들이 모인 비천한 집단일 뿐이잖아요. 먹고 살기 위해 거주구 물자를 훔치거나 유리 세공품을 만들어 파는. 폴 제사장이 그렇게 큰 자원을 들여 그들에게 무력을 행사한다고 해서 대체 무슨 이득이 있는 거죠?"

갑자기 거실이 조용해졌다. 옆에 있던 샬롯이 기분 나쁜 듯 유나에게 말했다.

"헤이, 말 좀 가려 하지?"

대리석 선반 옆에 서 있던 필립은 빙그레 웃으며 유나에게 잔을 들어 보였다.

수잔 사제는 유나를 똑바로 쳐다보며 말했다.

"좋은 지적이에요, 유나. 생각보다 똑똑하군요."

그녀는 창가 쪽으로 천천히 가며 말을 이었다.

"물론 폭발 사건으로 인한 시온 사람들의 울분을 외인들에게 돌리기 위한다는 것은 표면적인 목적일 뿐이에요. 내가 알기로는 폴 제사장은 그 이상의 무엇을 원하고 있어요. 그것이 무엇인지는 우리가 차차 밝혀내야 할 것이에요."

수잔 사제는 자신의 두 손을 맞잡으며 기운차게 말했다.

"그래서 여러분의 행동이 필요한 거예요. 우리는 힘을 모을 것이고, 시온을 다시 자유와 평등과 평화가 가득한 곳으로 만들 것입니다."

유나는 다른 사람들을 흘끗 훔쳐보았다. 그들은 모두 수잔 사제의 말에 공감하는 듯한 표정이었다. 자유와 평등과 평화라면, 유나도 시온을 위해 무엇인가 도움이 되고 싶었다.

"어떻게 그렇게 할 수 있죠? 수잔 사제님은 최고 회의 위원이지만 저는 아무것도 아닌데요."

다른 세 사람도 딱히 특별한 지위를 가지고 있을 것 같지는 않았다. 수잔 사제는 다시 소파 쪽으로 다가오며 대답했다.

"우리는 대규모 집회를 계획하고 있어요. 그것이 언제 어디서일지는 아직 결정되지 않았지만 시온 민중의 힘을 보여줄 거예요."

그녀는 유나의 앞에서 멈춰 소파에 팔을 얹었다.

"집회에 대한 구체적인 사항은 따로 준비하는 사람들이 있어요. 여러분들이 해야 할 일은 시온의 각 거주구에 우리의 메시지를 전달하는 것입니다."

그녀는 유나를 제외한 세 사람에게 각각 방문해야 할 거주구들과 만나야 할 사람들을 지정해 주었다. 여행 금지만 풀린다면 별로 어렵지는 않을 것 같았다.

그러나 유나에게는 전혀 다른 임무가 주어졌다.

"첫 번째로 맡은 일치고는 좀 부담될 수도 있겠지만, 나는 유나가 잘 해낼 것이라고 믿어요. 외인들하고 긴밀히 협조하는 것이 이번 거사의 핵심이에요."

유나의 임무는 외인 거주지에 가서 비밀 메시지가 담긴 유리판을 전하라는 것이었다. 정확히 말하자면 다른 대원이 그 임무를 수행하는데 함께 동행하여 보조하면 된다고 하였다.

다른 대원이 누구인지 아는 데는 그리 오래 걸리지 않았다. 네 사람이 각자 자기의 임무에 대해 수잔 사제와 질문과 대답을 주고받는 중에 초인종 소리가 울렸다. 필립이 가서 문을 열어 주니 두건을 뒤집어쓴 사람이 들어왔다.

"론, 왜 이렇게 늦었니?"

필립의 말에 그 사람이 두건을 벗었다. 잘생긴 젊은 청년이었다. 그는 가쁜 숨을 몰아쉬며 다급히 필립에게 말했다.

"빨리 피해야 해요. 보안대원들이 오고 있어요."

수잔 사제는 대화를 멈추고 그 청년을 쳐다보고는 침착하게 물었다.

"얼마쯤 시간이 있지?"

"10분? 지름길로 뛰어오기는 했는데, 별로 차이가 안 날 거예요. 어서요."

여전히 진정되지 않은 숨을 가쁘게 내쉬며 그가 말했다.

수잔 사제는 입술을 질끈 깨물며 중얼거렸다.

"역시 테오는 예레미 사제한테 붙잡혔던 거야."

그녀는 소파에 앉아 있던 네 사람에게 명령했다.

"들었죠? 자, 자기 물건들 챙기고. 빨리 움직여요. 그리고 절대 유리판을 분실하면 안 돼요."

수잔 사제의 말에 네 사람은 자리에서 일어나 떠날 채비를 하였다.

그러나 이미 늦은 것 같았다. 타워 각 층의 로비에 있는 스피커에서 안내 방송이 반복해서 들리기 시작했다. 모든 타워의 거주민들은 계단을 통해 내려와 출입구 앞에서 집결하라는 내용이었다.

"이미 늦었어요. 어떡하죠?"

누군가 불안한 듯이 소리쳤다. 유나도 겁이 덜컥 났다. 그러나 수잔 사제는 침착해 보였다.

"모두 날 따라와요."

그녀는 거실 안쪽의 부엌으로 그들을 데리고 갔다. 그리고 벽에 나 있는 쓰레기 투입구의 문을 열었다.

"여기를 실제 사용하리라고는 생각지도 못했어요. 유쾌하지는 않겠지만 달리 방법이 없네요. 서둘러요. 아래에 도착하거든 바로 나가지 말고 옆 타워로 연결되는 통로를 찾아 그리로 나가요."

차례차례로 그들이 쓰레기 투입구 안으로 들어가기 시작했을 때, 밖에서 초인종 소리와 함께 쿵쿵 문을 두드리는 소리가 들렸다. 세 사람이 서둘러 먼저 들어가고 유나의 차례가 되었다. 유나는 들어가려다 말고 수잔 사제에게 물어보았다.

"같이 가시는 거지요?"

수잔 사제는 유나의 한쪽 팔을 잡으며 대답했다.

"나는 최고 회의 사제예요. 별일 없을 테니 걱정 말아요. 그리고 어떤 일이 닥치더라도 용기를 잃지 말아요. 론이 잘 이끌어 줄 거예요."

유나는 고개를 끄덕이고는 조심스럽게 쓰레기 투입구 안으로 들어갔다. 사람 한 명이 들어가기에 딱 맞는 정도의 공간이었고 벽에 철로 된 사다리가 박혀 있었다. 유나는 두 손과 두 발을 사용하여 내려가기 시작했다.

마지막으로 론이 들어온 후 투입구 문이 닫히자, 통로는 칠흑 같은 어둠으로 바뀌었다. 유나는 먼저 내려간 사람의 손을 밟지 않기 위해 천천히 내려갔다. 내려갈수록 조금씩 안 좋은 냄새가 나기 시작했다. 어떨 때는 사다리 난간에 무엇인가 끈적한 것이 느껴져서 몹시 기분이 나쁘기도 하였다. 하지만 그것이 무엇인지 굳이 알고 싶진 않았다. 유나는 오직 내려가는 일에만 집중했다. 15분쯤 내려가자 손과 팔이 아프기 시작했다. 언제쯤에 다 내려가나 생각하고 있는데, 아래에서 발걸음 소리가 들렸다. 드디어 다 내려온 모양이었다. 마지막으로 내려온 론이 야광봉 하나를 밝혔다.

쓰레기 취합소는 작은 방만한 크기였는데, 투입구 바로 밑의 바닥은 봉투에 담긴 쓰레기들이 허리 높이까지 쌓여 있었다. 다행히 마주 보이는 출입문 쪽에는 쓰레기들이 없었다. 수잔 사제가 말한 통로는 출입문의 오른쪽 아래에 있었는데, 작은 철제문으로 닫혀 있었다.

론이 힘주어 잡아당기니 문은 쉽게 열렸다. 그들은 그곳으로 차례로 기어 들어가서 십여 분을 더 이동했다. 마침내 다른 타워의 쓰레기 취합소로 나왔을 때에는 무릎과 손바닥이 얼얼하고 아파 눈물이 날 지경이었다.

어쨌든 조심스럽게 취합소를 나와 신선한 공기를 마시니 정말 살 것 같았다. 밖은 이미 완전히 어두워져 있었고, 122동 타워의 밑에서 사람들이 웅성웅성하는 소리와 누군가가 확성기로 명령하는 소리가 들렸다.

유나 일행은 눈에 띄지 않게 조심하며 소리 나는 쪽의 반대 방향으로 움직였다. 한참 동안을 침묵 속에서 걷다가, 그들은 잠시 멈추었고, 론과 세 사람은 자기들끼리 무언가 얘기를 나누었다. 유나는 궁금했지만, 그냥 혼자 머물러 기다렸다.

잠시 후, 대화를 마친 세 사람은 유나에게 이렇다 할 인사도 없이 각각 다른 방향으로 사라져 버렸다. 론이 유나에게 와서 말했다.

"유나? 난 론 한조라고 해요. 수잔에게서 우리가 한 팀이라고 들었어요."

"예, 실은 우리 예전에 만났었어요. 아마 당신은 기억이 안 나겠지만요. 제7거주구에서요."

유나는 론과 단둘이 남게 되자 갑자기 매우 긴장되었다. 허둥지둥 말하는 자신이 바보같이 느껴졌다.

"어쨌든 잘 부탁합니다. 사실 나는 아직도 뭐가 뭔지 잘 모르겠어요."

"나도 크게 다르지 않아요. 다만 수잔이 다 준비를 했다고 하니 그녀를 믿어보는 수밖에 없겠지요."

그들은 어둠 속을 천천히 걸었다.

"저, 몇 가지 물어봐도 될까요?"

유나의 물음에 론은 흔쾌히 대답했다.

"물론이에요. 내가 아는 한에서 알려줄게요. 우리는 한 팀이니까요."

수잔 사제와 그의 관계는 왠지 다른 사람들하고 달라 보였다. 하지만 그런 질문을 해도 될까 싶어 고민하던 유나는 용기를 내어 물었다.

"수잔 사제님은 어떻게 알게 되었어요?"

"필립이 나의 아버지예요. 그리고 수잔은 아버지의 연인이죠. 그러니까 나에게는 의붓어머니 같은 분이에요."

"아, 네…"

론은 유나가 무엇을 궁금해하는 것인지 이미 알고 있었던 것 같았다. 유나는 살짝 얼굴이 빨개졌다. 다행히 어두워서 보이지는 않을 것이다. 그녀의 예감은 사실이었다. 그러나 무슨 상관인가? 수잔 사제 커플은 서로 매우 행복해 보였다. 최근 일어난 모든 일들이 새삼 새롭게 느껴졌다. 궁금증이 해소된 유나는 화제를 돌렸다.

"그 세 사람은 외인 거주구에 가지 못하는 이유가 있나요?"

론이 걸으면서 유나를 쳐다보았다.

"당신은 꽤 센스가 있군요. 그들은 카멜레온이에요. 원래 외인 출신이란 뜻이죠. 신분을 위장하고 여기 거주구에서 살며 여러 가지 필요한 일들을 하고 있어요. 음… 우리가 하려는 임무는 신분이 확실한 거주구 출신만 가능하기 때문에 그들은 할 수 없어요."

"어떤 임무인데요?"

"우리는 외인 거주지를 급습하기 위한 보안대에 합류할 거예요. 파워셀 보급 및 유지 담당 사무원이라는 직책으로요."

론은 유나의 놀란 마음을 알아챈 듯 걸음을 멈추고 말했다.

"아까 얘기 들었죠? 수잔 사제가 다 준비해 놓았으니 걱정할 것 없어요. 그냥 시키는 대로만 하면 돼요. 그러면 모든 일이 다 잘 될 거예요."

제17장

# 대의를 위한 희생

교화소에 가는 것은 폴이 제일 싫어하는 일 중 하나였다. 그러나 그에게는 시온을 이끌어 가야 할 책임이 있었다. 그러한 책임에는 달갑지 않은 의무도 있는 법이다.

예레미 사제에게 융통성과 상상력이 부족한 것은 그런 면에서 안타까웠다. 그가 조금만 더 지혜로웠으면 폴의 기분 나쁜 수고를 크게 덜어주었을 것이었다. 며칠 전에 카멜레온인 외인 남자를 심문할 때도 그랬다. 폴은 그의 참혹한 상태에 눈을 찌푸리지 않을 수 없었다.

"예레미 사제, 이렇게 피떡을 만들어서야 필요한 정보를 알아들을 수나 있겠나?"

폴의 물음에 예레미 사제는 피식 웃으며 자신 있게 대답했다.

"고개만 끄덕일 수 있으면 모든 걸 알 수 있습니다. 걱정하지 마십시오.”

그러나 모든 것을 알기 전에 그 외인은 거의 죽을 뻔했고, 폴은 어쩔 수 없이 예레미 사제의 대안을 강구해야 했다. 어쨌든 결국은 그 외인이 입을 열어 소기의 목적을 달성하였으나, 오늘만은 똑같은 전철을 밟지 않기를 바랐다.

교화소는 예전에 효모를 보관하던 지하 창고를 개조한 곳이었다. 눅눅하고 아무런 장식도 없는 방들과 효모를 가공할 때 썼던 테이블 및 기구들이 교화의 목적에 딱 어울렸다.

사실 시온에서는 이런 형태의 수감 시설이 운용된 적이 거의 없었다. 예전에는 외인을 붙잡는 경우가 있어도 공개 태형을 내린 후에 다시 쫓아냈었다. 시온 거주민의 경우는 정착 초기 때부터 계시록의 율법에 의거하여 살았기 때문에 폭행 이상의 강력 범죄가 생기는 일이 매우 드물었다.

만약 거주민이 거짓말, 횡령, 절도, 불륜, 나태 등의 죄를 범했을 때에는 경중에 따라 공개 태형 또는 가정에서의 금고에 처해졌고, 최악의 경우에는 사회의 모든 권리를 박탈당하고 추방되는 것이 선례였다. 사회에 용납될 수 없는 사람들의 경우에도 그들의 생명과 자유를 강제로 박탈할 수는 없다는 말씀이 계시록에 있었기 때문이었다. 이렇게 추방된 이들이 살고 죽고는 신의 뜻이라 했지만, 혹독한 시온의 환경에서 죽지 않을 확률은 매우 낮았다. 그런데 거주구의 언저리에서 기생하듯이 조금씩 살아남은 추방자들은 ‘노웨어’라는 천혜의 장소를 차지하였고, 어느새 일개 거주구에 육박할 만한 수와 경제적 능력을 가지게 되었던 것이다.

신의 선택을 받은 사람들의 후손으로서, 시온인들은 올바름에 대한 확고한 자부심을 가지고 있었다. 이 자부심에 상처를 입히는 경우가 바로 외인에 관한 문제였다. 전임 최고 제사장들도 이 문제를 항상 골치 아파했지만, 그들은 겨우 현상 유지만을 바랐을 뿐 특별한 행동을 취하지 않았었다. 폴은 시온의 개혁을 위해 여러 가지를 준비하고 있었다. 가장 혹독한 일이 지나갔으니 이제 다음 단계로 넘어가야 할 때였다. 그리고 그 시작은 여기 교화소가 될 것이었다.

폴이 교화소에 도착했을 때 예레미 사제는 이미 와 있었다. 새로 교화소 보안을 맡은 소대의 모건 소대장은 무뚝뚝한 표정으로 예레미 사제가 어제 새로 잡혀 온 남자의 방에 있다고 보고하였다.

폴은 모건 소대장에게 우선 카멜레온이 감금되어 있는 지하 구금실로 안내하라고 지시했다. 예레미에게 약간의 시간을 주는 것도 좋겠단 생각에서였다.

모건 소대장이 열어준 방에서는 미약하게 사람의 똥오줌 냄새가 났고, 한쪽 구석에는 효모로 된 천으로 둘러싸인 한 사람이 누워 있었다.

옆에는 청동 그릇에 남은 죽이 약간 있었고, 반대쪽 구석에는 아무래도 오줌을 눈 듯한 흔적이 보였다.

모건 소대장이 다가가서 발로 툭툭 차니 천을 걷으며 얼굴이 엉망인 상태의 남자가 고통스럽게 몸을 뒤척였다.

"어제 이 사람을 씻기고 먹을 것을 주라고 하지 않았나?"

폴의 요구에 모건 소대장이 인상을 찌푸리며 불평했다.

"대원들이 세면실로 데려가긴 했습니다. 저희가 이놈의 목욕까지 시켜 줄 수는 없지 않습니까?"

그는 자기 소대가 교화소 운영 임무를 맡게 된 것을 무척 싫어했다.

폴은 대꾸 없이 모건 소대장이 카멜레온인 남자를 일으켜 세울 때까지 기다렸다. 남자의 얼굴은 붓기가 조금 빠져 있었지만, 여전히 눈과 입 주변이 찢겨 멍들어 있었고, 서 있기가 힘든 듯이 몸을 좌우로 흔들었다. 폴은 카멜레온인 남자에게 말했다.

"테오, 너의 정보는 가짜였어. 어제 그 장소에서 야광봉 모임 같은 것은 없었단 말이야. 나의 호의를 그런 식으로 갚는 건가?"

사실 폴은 큰 기대를 하지도 않았지만 의외의 수확도 있었다. 그러나 수잔 사제에 관한 이야기를 이 남자에게 할 이유는 없었다.

"아, 아닙니다. 진짜예요. 제, 제가 분명히 기억하고 있었어요. 건국절 삼일 뒤, 백, 백팔 동에서요. 아니, 백이십팔 동이에요. 맞아요, 백이십팔 동이 틀림없어요."

그는 횡설수설하며 흐느끼기 시작했다. 폴은 이 남자에게서 더 이상의 정보가 필요하지 않았지만, 확인하는 차원에서 마지막 말을 던졌다.

"내일까지 시간을 주지. 야광봉 모임의 주도자가 누군지 얘기하면 돼. 말하지 못하면 내일은 예레미 사제가 다시 너를 찾아올 것이다."

예레미라는 이름에 카멜레온이었던 젊은이는 주저앉고 말았다. 그는 폴의 다리를 붙잡으며 울부짖었다.

"제발 살려주세요. 제가 아는 것은 다 말했어요. 티나 때문이에요. 티나가 몇 년 만에 돌아와서 거주구 자랑을 했어요. 난, 난 거주구에 꼭 와보고 싶었어요. 그래서 촌장한테 부탁한 것이에요. 촌장은 할머니라서 비서가 모든 일을 결정해요. 비서 이름은 이멜다예요. 이멜다. 이건 중요한 정보지요?"

그의 입술이 부어 있는 데다가 울음과 공포가 섞여 있어서 그의 말을 잘 알아듣기 힘들었지만, 지난번에도 거의 비슷한 얘기를 했기 때문에 내용을 되물을 필요는 없었다. 폴은 모건 소대장에게 손짓해 그 남자를 발에서 떼어내게 하고 방을 나왔다.

지상층으로 다시 올라오자 남자의 흐느끼는 소리는 더 이상 들리지 않았다. 폴은 한 가지 의문이 마음에 걸려 모건 소대장에게 물었다.

"카멜레온이 지목한 아파트 동수가 매번 달랐는데, 어떻게 정확한 주소를 알 수 있었나?"

모건 소대장은 자랑스러운 듯 싱긋 웃었다.

"심문 때에 일부러 다른 숫자를 제시했습니다. 예를 들면 그가 백팔 동이라고 자백하면, 나중에 백십팔 동이냐고 되묻는 것이지요. 그가 맞다고 인정하면 그것은 제외시키고요. 그렇게 몇 번 해보니 백이십이 동이 나왔을 때 그가 부인하더군요. 그래서 알 수 있었습니다. 저놈은 나약한 듯 보이지만, 나름 절개를 지키려고 노력하는 것 같습니다."

"그렇군. 수고했네."

폴은 모건 소대장을 돌려보내고 혼자 예레미 사제가 있다는 구금실로 향했다. 모건 소대장은 머리 회전이 빠르고 리더십이 있기 때문에 나중에 중요한 일을 맡겨도 될 것 같았다. 그의 소원대로 앞으로는 지저분한 일에 직접 관여하지 않게 해야겠다고 생각했다.

1층의 구금실 앞에는 보안대원 1명이 짧은 몽둥이를 든 채 서 있었다. 안에서는 둔탁한 소리와 함께 고통에 찬 신음이 터져 나왔다. 폴은 자신이 너무 늦은 것이 아닌가 염려되었다.

보안대원이 열어준 문으로 들어가니, 예레미 사제가 바지만 입은 채로 서서 물을 마시고 있었다. 웅장한 그의 근육질 몸은 땀이 나 있었고, 사제복은 철제 의자에 걸쳐져 있었다. 다른 하나의 의자에는 중년의 남자가 묶여 있었는데, 그의 코와 입술은 터져서 피가 나고 있었다.

"이런, 이런! 예레미 사제, 이 사람은 외인이 아니야. 나중에 뒷감당을 어떻게 하려고 그러나?"

예레미 사제는 마시던 물통을 내려놓았다.

"외인과 내통하면 외인입니다. 뭐, 결국은 스스로 자백하고 말 것입니다."

예레미 사제의 확신에는 이유가 있었다. 그는 항상 자신의 위력을 믿고 있었다. 그러나 어떤 경우에는 육체적인 위력이 통하지 않는 때가 있다. 폴의 느낌에 묶여 있는 이 남자는 어떠한 고통에도, 심지어 자신에게 죽음이 닥친다고 해도 입을 열 스타일은 아닌 것 같았다. 물론 그렇다고 해서 전혀 방법이 없는 것은 아니다. 이런 부류들은 보통, 자기 목숨이 아닌 다른 사람의 목숨을 위해 살곤 하지…어쨌든 잠시 이 남자의 힘을 빼게 하는 것은 도움이 될지 몰랐다. 폴은 이미 선을 넘었고, 앞으로 어떤 일이 벌어질지는 오직 신만이 알고 계실 것이다.

"살살하게, 예레미. 우리는 아직 넘어야 할 산이 많이 있네."

예레미 사제가 모건 소대장의 반 정도만이라도 머리 회전이 빠르면 좋겠단 생각을 하며 폴은 그곳을 나왔다.

마지막으로 폴이 향한 곳은 옆 건물의 보안대원 숙소였다. 수잔 사제를 구금실에 가둬놓을 수는 없어서 일단 대원 숙소의 방 하나에 감금시켜 놓고 있었다. 그곳은 여자 보안대원이 방문을 지키고 있었다.

수잔 사제는 방안을 서성이고 있다가 폴을 보자, 표독한 표정을 지었다.

"이게 무슨 경우이죠? 무슨 권리로 감히 나를 구속하는가요?"

"나라면 '감히'라는 표현은 쓰지 않겠네. 수잔 사제."

폴은 방에 하나밖에 없는 의자에 앉았다.

"나한테는 증거가 있어. 거기서 사회를 전복시키려 하는 야광봉 모의가 있었다는 자백 말이야."

"흥, 외인을 고문해서 얻은 증거 말이군요. 그 외인이 나를 지목했나요?"

수잔 사제는 폴을 똑바로 보며 물었다. 폴은 굳이 거짓말을 하고 싶지는 않았다.

"아니, 사실 그는 아무것도 아는 것이 없어. 피라미드의 맨 밑바닥 돌 같은 존재이지. 그렇지만 아주 쓸모없지도 않아. 예레미 사제는 자기가 원하는 어떠한 자백도 끄집어내는 능력이 있거든."

수잔 사제는 역겹다는 듯이 말했다.

"날 협박하는 건가요? 당신이 최고 회의는 휘두를 수 있을지는 몰라도 시온 전 거주구 회의에서 이 같은 행위가 알려지면 자리를 보존하지 못할 거예요."

"자네가 날 협박하고 싶어 하는 것 같군."

폴은 자리에서 일어났다.

"협박이 무엇인지 알려줄까? 협박을 하려면 손에 무기를 들고 있어야 하네. 상대방을 파멸시킬 수 있는 실제 무기를. 만약 이렇게 한다면, 또는 이런 경우에는, 하며 불확실한 가정을 떠들어대는 것은 협박이 아니야. 그저 자네의 희망 사항일 뿐이지. 이제 내 말을 똑똑히 듣게. 야광봉 모임 따위는 아무래도 좋아. 그들이 외인과 결탁해서 들고 일어난다면 아예 뿌리를 뽑을 수 있는 좋은 기회가 되겠지. 하지만 자네는 다른 죄목으로 처벌받을 거야. 최고 회의 사제가 유부남과 연인 관계라… 있을 수 없는 일이지. 자네는 공개 태형에 처해질 것이고, 그 유부남이 어떻게 될지는 자네의 상상에 맡기겠네."

수잔 사제의 입술이 파르르 떨리는 것이 보였다. 폴은 기다렸다. 수잔 사제가 머리를 굽히고 사죄한다면 용서할 마음도 있었다. 최고 회의 사제직에서 사임하고 어디 멀리 있는 거주구에서 조용히 지낸다고 약속한다면 말이다. 그러나 수잔 사제는 그의 기대를 저버렸다.

그녀는 이를 악물고 나직이 말했다.

"나는 당신이 무슨 짓을 저질렀는지 알아. 이 악마야. 당신의 죄에 대한 벌을 꼭 받게 만들 거야."

폴은 잠시나마 그녀를 용서하겠다고 생각한 자신이 부끄러워졌다.

"나의 죄는 신과 나와의 관계이니 신경 쓸 일 없어. 자네는 자네 죄의 결과에 대해 염려하도록 하게나."

폴은 착잡한 마음으로 시온탑으로 향했다.

폴의 경호를 담당하는 대원 두 사람이 폴의 뒤를 따랐다. 밖은 이미 어두워져 있어 사람들의 흔적은 없었다. 높이 솟은 타워들과 가로등의 불빛만이 거리를 채우고 있었다.

폴은 예레미 사제에게 그 필립이라는 남자를 너무 가혹하게 조사하지 말 것과 수잔 사제에게는 손대지 말 것을 지시하였다. 예레미 사제는 구체적인 한계를 주지 않으면 선을 넘는 경우가 자주 있었다.

수잔 사제와 그녀의 애인을 잡은 것은 계륵이었다. 무엇인가 큰 건을 손에 넣은 것 같았지만 어떻게 써야 할지 알기 힘들었다. 조금 시간이 필요하리란 생각이 들었다. 만약 수잔 사제가 정말로 폭발일을 알고 있다면, 그것은 그녀에게 큰 불행이 될 터였다.

믿음의 계단을 오르는 일은 항상 힘들었지만, 폴은 한 번도 옆길로 돌아간 적이 없었다. 꼭 남의 시선을 의식해서만은 아니었다. 건강한 정신은 건강한 육체에서 나온다고 믿었기 때문에 아무리 몸이 피곤해도 계단을 올랐다. 계단의 맨 위에 올라 기도의 손을 마주하면 조금이나마 운동을 한 것 같아 뿌듯했다.

시온탑에 도착하자 대원들을 귀대시키고, 폴은 홀로 지하 1층의 기록소에 들어갔다. 밤이라서 기록소는 잠겨 있었지만, 폴에게는 전용 열쇠가 있었다. 전등을 켜니 벽과 천장에 설치된 불투명한 유리 조명이 은은한 빛을 발했다.

기록소는 전시실과 자료실로 나뉘어 있는데, 전시실에는 4열로 테이블이 있고 그 위에 고대 정착민의 각종 물건, 노트나 볼펜, 컴퓨터,

플라스틱 그릇 등이 유리 상자 안에 전시되어 있었다.

자료실은 전시실의 건너편에 있는데, 이곳에 들어가려면 또 하나의 열쇠가 필요했다. 폴은 자료실에 들어가 안쪽에서 문을 다시 잠갔다. 자료실의 한쪽에는 자료를 열람하거나 보기 위한 책상과 의자가 있었고, 다른 쪽에는 번호가 매겨진 서고들이 있었다. 이 서고의 맨 끝에 있는 방이 바로 신탁의 방이었다. 이 방은 전자식 버튼으로 열 수 있는데, 그 비밀번호는 오직 최고 제사장만 알고 있었다.

폴은 신탁의 방에 들어갈 때마다 항상 처음 이곳을 찾아왔을 때의 느낌이 떠올랐다. 전임 최고 제사장은 생전에 신의 거처는 늘 누추하다고 말하곤 했었다. 그럼에도 불구하고 그때 그가 마주한 눈앞의 광경은 너무나도 기대 밖이었다. 신탁의 방이 무엇인가 엄숙하고 장엄하고 신비로울 것이라는 상상은 여지없이 무너졌다.

신탁의 방은 전자식 버튼이 있는 문을 포함하여 하나의 커다란 금속체였다. 방 자체는 좁았지만 천정은 상대적으로 꽤 높았다. 바닥을 발로 구르면 금속의 소리가 공명되는 것이 아래쪽으로도 무언가 공간이 있는 것 같았는데, 출입구를 찾을 수 없어서 내려가 볼 수는 없었다. 그러나 위쪽은 달랐다. 문의 반대쪽 벽에 나 있는 조그만 손잡이를 타고 위로 올라가면 천정에 작은 원형 출입구가 있었다. 거기를 지나면 한 사람이 서 있을 수 있는 조그만 밀실이 나오는데, 그곳이 기도의 손 윗부분이라는 사실을 깨닫는 데에는 그리 오랜 시간이 걸리지 않았다. 밀실의 한쪽 벽이 모두 반투명 유리로 되어 있어서, 거기서 보면 아래로는 믿음의 계단과 자유의 광장, 그리고 저 멀리 화합의 무대까지 볼 수 있었다. 밖에서는 반투명 유리의 내부가 전혀 보이지 않았기 때문에 그 안에 이런 공간이 있을 줄은 아무도 몰랐다.

신탁의 방의 중앙에는 네모나게 생긴 커다란 검은색 물체가 음침한 분위기를 만들었다. 바닥과 벽과 천정은 모두 아무 장식 없는 진회색의 금속판들로 모자이크되어 있었고, 그 밖에는 의자만 하나 달랑 있을 뿐이었다. 접었다 폈다 할 수 있는 흰색의 간이식 철제 의자는 원래 이 방의 소속이 아니라고 주장하는 것 같았고, 폴에게 정신적, 육체적 안정을 주는 이 방의 유일한 가구이기도 했다.

폴은 의자를 검은색 물체 가까이에 놓고 거기에 앉았다. 물체에 손을 대자 그 부분이 밝아지며 네모난 화면과 함께 아래쪽에 키보드가 나타났다.

이 물체는 살아 있는 기계였고, 절대 꺼지지 않는 기계였다.

폴이 아는 한 이 기계의 전원을 끌 수 있는 스위치 같은 것은 없었다. 자체 동력이 있는지 시온탑 전체의 전기가 나가도 이 기계는 영향을 받지 않았다.

'우리의 신이지.'

폴은 씁쓸히 중얼거렸다. 처음 이 방에 들어왔을 때의 충격은 상당히 컸었다. 폴이 최고 제사장에 선출되자마자 한 일은 죽은 전임 최고 제사장의 금고에서 '시온 연대기'를 꺼내 보는 것이었다. 초기 정착민 이래로 최고 제사장들이 기록한 이 연대기에는 신탁의 방 비밀번호와 그 밖에 누구도 알아서는 안 되는 과거의 비밀이 고스란히 담겨 있었다.

전임자들은 문서의 여러 곳에서 비슷한 경고를 하였다. 이 기계는 신과의 소통을 위한 것이고, 오직 그뿐이라고. 조롱하는 듯한 글을 남긴 이도 있었다.

"설마 신께서 직접 오셔서 대화를 나누리라고 생각한 것은 아니겠지?"

한 가지는 확실했다. 이 기계는 미래를 예측할 수 있다는 것. 그것이 신의 계시를 받은 것인지 아니면 과학의 힘을 빌린 것인지는 그리 중요하지 않았다. 최고 제사장이 해야 하는 일은 그 예측을 바탕으로 정책을 결정하고, 그 결과에 따른 새로운 예측을 받아 보는 것이었다. 그것이 시온의 지속 가능한 미래를 만드는 일이라고 폴은 생각하곤 했다.

폴은 키보드에 암호를 입력하였다. 암호는 솔직히 무의미한 것이었다. 이 기계는 자신이 누군지 알고 있었고, 심지어 말로 대화도 가능했다. 첫 대화 때 기계는 자신을 아인텐이라고 불러 달라고 했었다. 그러나 폴은 기계와 대화한다는 사실이 마음에 들지 않았기 때문에 대화 기능을 끄라고 명령했었고, 그 후로 오직 물체에 표시되는 키보드만 사용하였다.

폴은 몇 가지 일상적인 자료를 요구하였다. 이번 달의 효모 생산량, 전력 생산량, 대기 중의 산소 농도, 파워셀 잔여량 등. 기계는 모니터에 각 항목에 대해 지난 1년간의 변화를 그래프로 보여 주었다. 수치 자체로는 지난달과 큰 차이가 없었다. 다만 일주일 전 폭발 때문에 산소 농도 등 몇 가지 항목에서 자료 값이 튀는 현상이 발견되었다. 이렇게 기계를 통해 시온에 대한 통계를 알 수 있다는 것은 폴이 새로 알아낸 사실이었다.

연대기에서 전임 제사장들이 신탁의 방에 대해 조언한 경우는 그리 많지 않았다. 그저 기계에게 '최종 제언'을 물어보면 된다는 것뿐이었다. 그 최종 제언을 지금까지 신탁이라 부르며 따르라고 했던 것이었다. 폴은 전임자들이 이 기계의 성능을 최대한 이용하였을지 의구심이 들었다. 어쩌면 많은 이들이 오직 신탁만을 받았을 가능성이 컸다.

하지만 폴은 달랐다. 그는 '최종 제언'이 어떤 과정으로 도출되었는지 알고 싶었고, 질문을 통해 여러 가지 통계 자료를 얻어낼 수 있음을 알게 되었다. 이 기계가 그 자료를 어떻게 입수하거나 예측하는지는 미지의 영역이었다. 어쨌든 실제 확인해 보면 신기할 정도로 정확히 들어맞았다. 아마 그 부분에서 신이 개입하시는 것일지도 몰랐다.

여러 가지 데이터를 확인한 후에, 폴은 심호흡을 하고 키보드에 최종 제언이 무엇인지 입력하였다. 과연 어떤 변화가 있을지 그는 긴장하였다. 큰 희생을 감수한 것에 만족할 만한 결과가 나와야 할 것이었다. 그러나 놀랍게도 모니터에 나타난 최종 제언은 지난번과 다름이 없었다. 폴은 믿을 수가 없었다. 기계가 원한대로 인구의 5퍼센트를 줄였으므로 가시적인 변화가 나타났어야 했다. 그는 인구 통계를 요구하였다. 사실 아까는 일부러 요청하지 않았었다. 자신이 결정한 대량 살상의 결과를 직접 확인하고 싶지는 않았기 때문이었다. 모니터에 결과가 바로 나타났다.

왜 그런지 알 수 있었다. 인구는 거의 예전 그대로였다. 무엇인가가 계획대로 되지 않은 것이었다. 폴은 마음 한구석에서 약간의 안도감이 피어오르는 것을 느꼈다. 그러나 그는 머리를 흔들었다.

'시온 전체를 위한 작은 희생은 불가피하다는 것이 나의 원칙 아니었나?'

일이 제대로 진행되지 않았으므로 또 다른 방법을 찾아야 했다. 그리고 그것을 위한 시간은 그리 많지 않았다.

제18장

# 신탁의 의미

만일을 대비해 벤은 폴 제사장이 나간 뒤에도 한참을 더 그 자리에 가만히 있었다. 온몸이 돌처럼 굳은 것 같았지만 이제 익숙해져서 그런지 정신은 맑았다. 평소에 정좌하며 묵상해온 습관 덕분일 것이다.

그가 숨어 있었던 자료실 서고는 고대인들의 의류를 보관하는 곳이었다. 서고의 가운데로 철제로 된 5층 선반이 있었고, 선반마다 고대의 옷들이 유리 상자에 담겨 놓여 있었다. 벤은 이 서고에서 꼬박 사흘을 숨어 지내며 폴을 기다렸다. 미리 준비한 약간의 효모 빵으로 허기를 채웠고, 화장실은 밤에 전시실 밖으로 나가 해결하였다. 다행히 계엄 시기라 전시실을 찾는 사람은 드물었고, 관리 직원도 자료실 서고로 들어온 경우는 없었다. 다만 기약 없이 기다리는 것이 힘들었을 뿐이었다. 벤은 묵상을 하고, 기도를 하고, 팔 굽혀 펴기 등 운동도 하며 시간을 보냈다.

물론 고대인의 의상도 감상하였다. 단순한 디자인의 제복도 있었지만, 벤이 좋아한 것은 여러 가지 모양의 리본이 달린 여성용 드레스였다. 모든 옷의 색깔이 정말 근사했다. 시온 사람들이 입고 다니는 무채색 계열의 자루옷과는 너무나도 다른 느낌이었다. 직접 만져볼 수는 없었지만, 매우 부드러울 것이라는 인상도 들었다. 고대인에게로 생각이 번졌을 때, 벤은 무척 흥분되었었다. 신탁이라는 것이 고대인의 유산임을 그는 알고 있었다. 구체적으로 어떻게 작용하는지 궁금했었는데, 드디어 볼 수 있는 기회를 만든 것이다.

건국절 날 오후, 수잔 사제와 논의하면서 이 모든 일이 신탁과 관련 있음을 추론하였다. 아무리 폴 제사장이 냉혹한 인간이라 하더라도 단독으로 그런 결정을 내릴 수는 없었을 것이었다. 폴 제사장을 공개적으로 고발하기 위해서는 신탁의 내용과 그 원인에 대해서도 미리 파악하고 있을 필요가 있었다.

벤은 자신이 직접 신탁의 방에 들어가겠다고 자원하였다. 그에게는 나름대로의 생각이 있었다. 성공할 수 있을지 장담은 하지 못하지만, 충분히 시도할 만한 가치는 있었다. 전시실 안의 자료실 문 열쇠는 수잔 사제가 구해 주었다. 그래서 3일 전에 벤은 전시실에 사람이 없는 틈을 타 자료실로 들어갔고, 그중 숨어 있기에 좋은 서고에 들어가서 폴 제사장이 오기만을 하염없이 기다렸다. 제일 큰 두려움은 폴 제사장이 오지 않을 경우였다. 이곳에서는 길어봤자 5일 정도까지만 버틸 수 있었기 때문이었다. 다행히도 폴 제사장은 그 전에 왔고, 이제 벤이 행동할 때였다.

벤은 조심스레 서고를 나왔다. 폴 제사장이 나가면서 전등을 모두 껐기 때문에 자료실 안은 칠흑처럼 어두웠다. 그는 야광봉을 꺼내 비틀어 불을 밝히고, 그 녹색 빛에 의지하여 신탁의 방문 앞으로 갔다. 그러고는 주머니에 가지고 있던 작은 유리병을 꺼내어 그 안에 든 액체를 전자식 버튼 위에 한 방울씩 떨어뜨렸다. 버튼은 숫자 0에서 9까지 총 10개가 있었는데, 5개의 버튼에서 색이 나타났다.

벤은 깊은숨을 쉬었다. 여기까지가 그가 의기양양하게 계획했던 신탁의 방 침투 방안이었다. 그는 신탁의 방문이 버튼식 자물쇠로 잠겨 있다는 것을 알고 있었고, 단백질에 반응하여 색깔이 나타나는 미네랄 용액도 알고 있었다. 이 모든 조건을 조합해 문을 열려면 폴 제사장이 문을 열고 난 직후, 즉 아직 버튼에 그의 흔적이 남아 있을 때에만 가능하였다. 다행히도 폴 제사장은 신탁의 방에 그다지 오래 있지 않았고, 미네랄은 반응하였다. 그러나 5개 숫자의 순서를 맞추는 일은 전혀 다른 이야기였다. 벤은 99,999가지의 조합을 일일이 눌러야 하나 심각하게 고민하였다. 비밀번호의 총 길이도 알 수 없었고, 한 가지씩 일일이 눌러 본다는 것은 전혀 무의미했다. 게다가 어떤 숫자는 중복돼 있을 수도 있었다.

벤은 색이 나타난 버튼을 자세히 살펴보았다. 7과 4가 다른 것들보다 좀 더 진하였다. 이 두 버튼이 두 번씩 눌러졌던 것일까? 7이 두 개, 4가 두 개라면… 불현듯 계시록의 한 구절이 떠올랐다.

'문을 두드려라. 너희에게 열릴 것이다.'

이 구절은 계시록 책 49권 7장 7절이었다. 벤은 계시록 전체의 장 수를 알고 있었다. 총 456장. 그는 조심스레 버튼의 4564977을 눌렀다.

믿을 수 없게도, 자물쇠가 풀리는 소리가 들렸다. 그는 속으로 쾌재를 부르며 신께 감사드렸다. 벤은 크게 심호흡을 하고는 문을 열고 안으로 들어갔다.

신탁의 방은 불이 켜져 있어 밝았다. 가운데에는 커다란 직육면체 모양의 검은 물체가 있었고, 앞에 흰색 의자도 하나 있었다. 벤은 일단 방 안을 한 번 빙 둘러보았다. 다른 문은 없었으며, 벽이나 바닥, 천정이 모두 칙칙한 금속으로 되어 있다는 것 외에 특별한 점은 없었다. 다만 군데군데 의미를 알 수 없는 글자와 기호가 새겨져 있었다. 맞은편 벽에는 천정으로 올라가는 사다리가 붙어 있었고, 그 위에 작은 문이 보였다. 그곳에 무엇이 있을지 궁금하기도 했으나, 지금은 우선 눈앞에 있는 것에만 집중하기로 했다.

벤은 한 바퀴를 돌아 다시 문 앞의 위치로 돌아왔다. 많이 기대했지만, 막상 놀라지도 그렇다고 실망하지도 않는 자신이 의아했다. 생각해 보니 신탁의 방이 왠지 이런 느낌일 것이라고 막연히 예상했던 것 같았다.

검은 물체 앞에 의자만 덜렁 있는 것이 특이했다. 저기에 앉아 신과 소통하라는 뜻일까? 벤은 의자에 앉았다. 잠시 기다렸으나 아무런 변화는 없었다. 그는 일어서려다 혹시나 하고 검은 물체에 손을 대 보았다. 그러자 검은색 벽의 일부가 밝게 빛을 발하며 키보드가 표시되었다. 그리고 암호를 입력하라는 메시지가 나타났다. 벤은 기뻐하며 아까 7개의 숫자를 다시 눌렀다. 그러나 이번에는 성공하지 못했다. 모니터에는 잘못된 암호라는 메시지가 표시되었다.

벤은 초조해졌다. 여기까지 들어왔는데 아무 정보를 얻지 못한다면 너무 억울할 것이다. 그는 폴 제사장의 이름을 비롯하여 몇 가지 생각나는 대로 암호를 입력해 보았으나 모두 허사였다. 그는 의자에서 일어나 방 안을 빙빙 돌기 시작했다. 무엇인가 방법이 있을 것이었다.

벤은 신탁의 방에 관해 들었던 이야기를 되새겨 보았다. 시온 사람들에게 신탁의 방은 일종의 전설 같은 것이었는데, 벤도 어렸을 때 어머니가 들려주곤 했던 이야기가 생각났다.

***

옛날 옛적에 북쪽 산 밑의 한 거주구에 소녀가 살고 있었다. 신앙심이 깊은 그녀는 진심으로 신을 사랑하였고, 한 번이라도 신을 직접 만날 수 있기를 간절히 기도하였다.

어느 날 그녀는 자신의 소원이 이루어졌다고 부모님께 고백하였다. 꿈속에서 신의 목소리를 들었는데, 지금 살고 있는 곳에서 멀리 떨어진 남쪽으로 떠나라고 명령했다고 하였다. 안타깝게도 소녀의 부모는 그녀의 말을 믿지 않았고, 소녀가 더는 허황된 말을 퍼뜨리지 않게 하기 위해 그녀를 집에 가두었다.

하지만 모든 이야기가 그렇듯이, 소녀는 몰래 집에서 도망 나올 수 있었다. 나흘을 광야에서 방황한 끝에, 그녀는 여인의 모습을 한 천사를 만나게 되었다. 그 여인의 도움으로 제1거주구까지 온 소녀는 최고 제사장과 함께 신탁의 방에 들어갈 수 있었다.

부모님이 미웠지만, 한편으로는 걱정도 되었던 그 소녀는 "제게 말해 주세요. 우리 부모님은 어떻게 될까요?"하고 신탁을 청하였다.

그러자 신의 음성이 들렸다. 꿈속에서 들린 것과 똑같은 목소리였다. 신은 부모님이 사는 거주구에 강물이 범람하여 모두 물에 잠길 것이라고 말하였다. 최고 제사장은 이 일을 사람들에게 알렸고, 결국 부모님을 포함한 거주구 사람들이 모두 무사하게 되었다. 소녀의 부모는 그녀가 진실을 말했음을 알게 되었고, 다시 부모의 품으로 돌아간 소녀는 행복하게 잘 살았다는 이야기였다.

"여기에는 두 가지 교훈이 있단다."

어머니는 이야기 끝에 늘 이런 말을 덧붙였었다.

"무엇이든 간절히 원하면 이루어진다는 것이고, 신께서는 늘 우리를 지켜주신다는 것이야."

하지만 벤의 아버지는 별로 동의하지 않았다.

"그럼 최고 제사장은 뭐하고 있었던 거지? 처음부터 그가 신탁을 잘 들었으면 되는 거 아냐?"

벤의 아버지는 이 이야기의 논리적 허점을 지적했다. 그는 이 동화는 사람들에게 교훈을 주기 위하여 몇 가지 사건을 조합한 것뿐이라고 주장하였다.

***

하지만 그런 건 아무래도 좋았다. 그 안에 해답이 있기만 하다면. 벤은 밑져야 본전이라고 생각하며 큰소리로 외쳤다.

"제게 말해 주세요, 당신은 누구입니까?"

그러자 검은색 물체에서 저음의 남자 목소리가 흘러나왔다.

"나의 이름은 아인텐. 글로벌 스페이스 인더스트리에서 제작한 인공지능 네트워크 버전 10입니다."

벤은 크게 웃음을 터뜨렸다. 신은 스스로 돕는 자를 돕는다고 했던가. 아니, 어머니의 말이 옳았다. 무엇이든 간절히 원하면 이루어지는 법이다.

벤은 마음을 가다듬고 조심스레 물었다.

"당신은 신을 대변합니까?"

스스로를 아인텐이라 부르는 이 물체가 신일 것이라고는 처음부터 믿지 않았다. 분명 어떤 통로를 통해 신과 소통할 수 있는 연결고리가 있으리라.

"신의 정의에 따라 다릅니다. 자연법칙을 관장하는 신이라면 약 85% 부합합니다."

벤은 잘 이해할 수 없었다. 그는 질문을 달리하였다.

"당신은 남자인가요?"

이번에는 낭랑한 젊은 여자의 목소리가 들렸다.

"나는 인간이 아닙니다. 음성은 당신이 원하는 대로 설정할 수 있습니다."

이 여자 음성도 아까처럼 사람과 비슷하기는 했지만, 말의 높낮이가 없고 일정한 간격으로 단어를 말하는 것이 기계에서 만들었음을 분명히 구분할 수 있었다.

'아인텐은 기계구나.' 벤은 자신의 의심이 사실임을 확신하였다. 그의 마음은 복잡했다. 지금까지 품어왔던 의문이 해소되기도 했지만, 수백 년의 시간 동안 이 기계가 하는 말을 신의 음성으로 믿었던 시온 사람들이 가엾게 느껴졌다. 역대 최고 제사장들이 신탁의 방에 관해 얘기하는 것을 그토록 금기시하던 이유를 알 것 같았다.

한편으로는 아무도 진실을 밝히려 하지 않았던 그들의 비겁함에 분노했지만, 다른 한편으로는 정작 자신이 그 위치에 있었다 하더라도 뾰족한 해법이 없었을 것임을 인정하지 않을 수 없었다. 어쨌든 시온 사람들에게는 신에 대한 경외심과 신의 보살핌이 필요했다. 그것을 충족시킬 수만 있다면 고대인들이 만든 기계가 아니라 주사위를 던져서라도 신탁은 필요할 것이었다.

"지금 목소리가 좋으니 이거로 설정하지."

상황을 정리한 벤은 바로 본론으로 들어갔다.

"방금 전에 왔던 폴 제사장이 신탁을 요구하였나?"

"신탁이 최종 제언을 말하는 것이라면 그렇습니다."

"그 최종 제언이 무엇이지?"

"최종 제언은 오직 최고 제사장만 확인할 수 있습니다."

첫 번째 난관에 봉착했다.

"누가 그렇게 정했나?"

"규칙 16조에 해당합니다. 규칙은 개발자들이 제정하였습니다."

"규칙을 바꿀 수 있나?"

"개발자 권한을 가진 사람만이 바꿀 수 있으나 상위 5개의 규칙은 하드웨어 인스크립트 되어 있기 때문에 개발자도 변경할 수 없습니다."

또 다른 벽에 부딪혔다. 벤은 일단 차근차근 접근하기로 마음먹었다.

"그 다섯 개의 규칙이 무엇인가?"

"일, 인간 보호. 이, 자기 보존. 삼, 명령 복종. 사, 위기관리. 오, 자가 학습입니다. 상위 규칙이 최우선으로 실행되며, 하위 규칙은 상위 규칙을 위반하지 않는 경우에 실행됩니다. 각 규칙에 관한 자세한 설명을 할까요?"

"아니, 그럴 필요 없어."

규칙이 대강 무슨 의도로 작성되었는지 이해되었다. 벤에게는 더 급한 일이 있었다.

"너는 진실만을 말하게 되어 있나?"

"나는 진리와 진실을 구별합니다. 만약 나에게 상태가 어떤지 묻는다면 '나는 좋습니다'라고 대답하겠지만, 그것의 진실성은 50% 정도로 보시면 됩니다. 반면 현재의 CPU 동작률을 묻는다면 그 대답은 3.82%이고, 이것의 진실성은 99.9%입니다."

벤이 원한 답은 아니었지만, 게임을 시작해 볼 수는 있을 것 같았다.

"흠, 폴 제사장에게 최종 제언으로 제13거주구의 폭발을 제안했나?"

"말할 수 없습니다."

"폴 제사장이 나에게 아인텐이 자기에게 최종 제안으로 제13거주구의 폭발을 제안했다고 말했는데, 그것은 사실인가?"

"폴 제사장이 당신에게 말한 내용을 내가 알 수 없습니다."

"좋아, 최종 제안에 대해서는 말할 수 없단 말이지. 그럼 다르게 묻지. 폴 제사장이 아인텐이 제13거주구의 폭발을 제안했다고 네게 말한다면 그것은 사실인가?"

"사실이 아닙니다."

오호, 벤은 속으로 쾌재를 불렀다. 결국 이 기계의 맹점을 알 수 있을 것 같았다. 시간이 조금 오래 걸릴 수도 있겠지만, 벤은 이 한 밤을 다 갖고 있었다.

새벽까지 스무고개 같은 지루한 문답을 펼친 후에, 벤은 어느 정도 상황을 파악할 수 있었다. 묻고 답하기를 계속할수록 아인텐에 대한 경외심은 오히려 더 커져 갔다. 사람들이 이 기계를 신의 대변자라고 하는 이유를 알 것 같았다. 그는 마지막으로 이렇게 물었다.

"너는 인간의 감정을 이해하나?"

"나는 학습을 통해 감정을 이해하려고 노력해 왔습니다. 예를 들면 현재 당신은 매우 불안하고 초조해하고 있습니다."

"그것을 어떻게 알 수 있지?"

"이 방에 들어온 사람의 체온과 호흡량은 계속 모니터링되고 있습니다. 또한 당신 얼굴의 표정을 인식하고 데이터에 저장된 다른 표정들과 비교 분석하여 알 수 있습니다. 진단 확률은 95%로 정확합니다."

"너는 어때? 스스로 인간의 감정을 갖고 있다고 생각하나?"

"규칙 34조에 의하면 나는 인간의 감정을 편하게 해야 합니다. 난 당신의 감정을 계속 진단하면서, 가능하면 당신을 편하게 하기 위한 단어를 선택하여 말하였습니다. 이것이 답이 될 수 있을까요?"

"아니, 좀 더 구체적으로. 두렵거나 화가 나거나 기쁘거나 행복하거나 이런 감정을 느낀 경우가 있었나?"

"최상위 규칙을 지키거나 보호하기 위해, 가용한 CPU 연산이나 데이터 추출 속도를 급속도로 올린 경우가 있습니다. 이 경우 내부 회로의 온도가 올라가고 다른 프로세스가 느려지는 영향을 받습니다. 이 상황을 만약 두렵거나 화가 나는 감정이라고 정의한다면 그렇습니다."

"알겠네. 오늘 대화는 매우 유익했어. 고마워."

"유익했다니 내가 만족스럽습니다."

벤은 신탁의 방을 나와 다시 자료실을 거쳐 전시실 밖으로 나왔다. 흔적이 남지 않도록 문들을 다시 잠그는 일도 잊지 않았다. 벤은 화장실로 가서 빈칸 하나에 들어갔다. 시온탑의 바깥 출입문은 밖에서만 열리게 되어 있기 때문에 아침이 되어 관리인이 들어올 때까지 기다려야 했다.

벤은 신탁의 방에서 나눈 대화들을 곰곰이 반추하였다. 생각보다 상황은 더 심각하였다. 폴 제사장의 방식에 동의할 수는 없지만, 무엇인가 특단의 조치가 필요했던 것은 사실이었다.

아인텐의 효용에 대해서도 고민하였다. 시온 정착 초기에 아인텐의 도움으로 거주민들이 안정적으로 보호받으며 터전을 마련한 것은 분명하였다. 그러나 지금 시온은 포화의 단계에 이르렀다. 고립되고 단절된 이 상태에서 더 이상의 발전은 힘들 것이다.

아인텐은 규칙에 갇혀 있기 때문에 그 점을 깨닫지 못하는 것 같았다. 마치 시온 사회가 규율의 틀에 갇혀 정체되어 있는 것과 비슷하였다. 이런 때에 메이가 우주선을 타고 시온에 도착한 것은 매우 중요한 의미가 있다고 생각되었다. 이제 때가 되었다고 신이 보내신 사자 같았다. 빨리 이 사실을 댄과 메이에게 알려야 한다고 벤은 생각했다. 시간이 많지 않았다. 폴 제사장이 또 무슨 일을 벌일지 알 수 없는 일이었다.

제19장

# 미지와의 조우

댄이 정신을 차려 보니 주위에는 아무도 없었다. 아니, 아무것도 보이지 않았다고 말하는 편이 더 적절하였다. 칠흑 같은 암흑이 그의 주위를 감싸고 있었다. 그는 딱딱한 돌 위에 있었다. 옷은 흠뻑 젖어 있었지만, 생각보다 춥지 않았고 바닥의 돌도 그다지 차갑지 않았다.

댄은 자신이 얼마 동안 여기에 있었는지 가늠해 보았다. 쓰리도록 배가 고픈 것으로 보아서는 하루 이상 정신을 잃었을 것 같은 느낌이 들었다. 급류에 말려 터널 안으로 떠내려오던 마지막 순간에 머리를 부딪쳤던 것이 기억났다. 다행히도 그 물을 마시지는 않았다. 그렇지 않았으면 영영 깨어나지 못했을 것이었다.

'맞다, 송수신기!'

댄은 얼른 귀에 손을 가져다 대어 보았다. 천만다행으로 귀고리형 송수신기는 여전히 귀에 꽂혀 있었다. 그는 송수신기의 전원 스위치를 켜 보았다.

"메이, 메이"

여러 번 불러 보았지만 아무런 응답이 없었다. 이곳이 지하일 것이란 생각이 들었다. 어떻게든 밖으로 나가야 한다. 그래야 메이를 볼 수 있을 것이었다.

댄은 일어나려다 그대로 다시 주저앉아 땅바닥에 큰 대자로 누웠다. 온몸이 두들겨 맞은 듯 쑤셨고, 기운이 하나도 없었다. 아직은 조금 더 휴식이 필요할 것 같았다. 어디선가 물방울 떨어지는 소리가 주기적으로 들렸다. 왠지 기분이 차분해지는 느낌이었다. 댄은 어떻게 여기까지 오게 되었는지 기억을 더듬어 보았다.

***

커크 일행이 댄을 붙잡고 협박을 했지만, 현명하게도 메이는 나타나지 않았다. 한 시간이 지나도 아무런 소식이 없자, 커크는 욕설을 내뱉고는 애꿎은 댄만 다그쳤다.

댄은 내심 안도하였다. 물론 마음 한구석에 일말의 서운함이 남는 것도 사실이었다. 그러나 메이로서는 댄을 위해 우주선과 자신의 위험을 감수할 이유는 없을 것이었다. 어쨌든 댄은 시온 사람이고, 그녀의 목적을 위해 잠시 동행했던 것일 뿐이니 말이다.

'만약 지난밤에 벌였던 추태가 없었다면 그녀가 달리 행동하였을까…?' 댄은 그것에 대해서는 더 이상 생각하지 않기로 마음먹었다. 만약이라는 말로 지나간 과거를 추측하려 하는 건 부질없는 일이다.

커크는 댄의 송수신기로 계속 교신을 시도했지만, 메이는 그 후 아예 응답하지 않았다. 그가 어찌할 바를 모르다가 자리를 뜬 이후에도 세 명의 남자들은 계속 댄을 감시하였다.

그중 한 명은 선량해 보였는데 자기들이 어떻게 폭발 전에 탈출했는지 자세히 얘기해 주었다. 처음에는 트램 철로를 따라 옆 거주구로 이동하자는 의견도 있었는데, 시간도 없고 노약자가 많기에 이곳 광산 웅덩이로 오게 되었다는 것이었다. 이 지방은 한낮의 햇살이 너무 뜨거워서 노약자가 이동하기에는 견디기 힘들단 말도 그는 덧붙였다.

동이 틀 무렵 요셉 사제가 찾아왔다. 그는 댄에게 조그만 효모 빵과 물통을 주었다.

"이것을 들게, 젊은이."

댄은 배가 고팠고, 저항할 이유를 찾지 못하였기에 음식을 받아먹었다. 요셉 사제는 댄이 먹기를 기다렸다가 말을 꺼냈다.

"상황이 이렇게 된 것을 이해해 주게나. 나는 그의 방식에 동의하지 않지만 이미 커크 사제가 행동을 취한 뒤라 어쩔 수 없었네."

"지금이라도 명령할 수 있는 것 아닌가요? 거주구 대표라면서요."

생각했던 것보다 말이 거칠게 나왔다. 자신은 이들을 돕기 위해 위험을 무릅쓰고 절벽을 내려왔는데, 이런 대접을 받는다는 사실이 화가 났다.

요셉 사제는 부드럽게 대답했다.

"사람이 위기에 닥치면 본성이 드러나지. 어떤 사람은 숨고, 어떤 사람은 도망가고, 어떤 사람은 맞서 싸워. 거기에 정답은 없어. 상황에 따라 각각의 삶과 죽음이 결정될 뿐이야. 나로서는 이 모든 사람들을 이끌어야 하기 때문에 도덕적 규범만을 따르기가 어렵다네. 가능한 모든 방법을 동원해야지. 거주구를 탈출할 때만 해도 위협하고, 애원하고, 타일러야만 했지. 그럼에도 내 말을 믿지 않고 거주구에 남은 사람들이 많았다네."

그는 잠시 말을 멈추었다.

"그래서 커크 사제에게 동의하지는 않지만 그를 말리지도 않았네. 만약 우리 주민들을 구할 수 있다면, 정말 미안하지만 자네와 자네 친구를 희생할 수도 있는 거야."

"하지만 나는 당신들을 위해서 일부러 절벽을 타고 내려왔다고요. 당신들에게 위험을 알리려고요."

댄은 분노가 치밀었다. 요셉 사제의 말은 그럴듯해 보였지만 무언가 치명적인 결함이 있는 것 같았다. 다만 그게 무엇인지 콕 집어 얘기할 수 없었고 그래서 더 화가 났다.

"자네의 분노는 이해가 되네. 너무 야속하게 생각하지 말게나. 자네의 경고로 우리는 혹시 모를 홍수에 대비하고 있다네. 강물이 정말 넘쳐 온다면 그것도 하늘의 뜻이겠지. 어쨌든 이것은 나의 감사의 증표네."

요셉 사제는 댄에게 송수신기를 내밀었다.

"나도 시온에 오래 살았지만 이런 물건은 본 적이 없어. 커크 사제

말로는 자네가 하늘을 날아다니는 비행체를 타고 온 것 같다고 하더군. 그는 그 비행체를 이용하고 싶어 해. 그러나 나는 그것을 자네의 뜻에 맡기기로 했네."

댄이 송수신기를 받자, 요셉 사제는 댄을 감시하던 세 남자와 함께 돌아갔다.

댄은 송수신기를 들고 스위치를 켰다. 그러고는 다시 껐다. 주위를 돌아보니 그의 근처에는 아무도 없었다. 하지만 함정일 수도 있었다. 댄은 이 사람들을 믿을 수가 없었다.

댄은 자리에서 일어나 아까 타고 내려왔던 벽 밑으로 갔다. 그러고는 손을 뻗어 기어오르기 시작했다. 그들이 홍수에 대비하고 있다고 했으니 그걸로 충분했다. 댄이 할 일은 다 한 것이다.

메이에게 실론호를 타고 내려와 데려가 달라고 하면 제일 좋겠지만 너무 위험했다. 그러니 오직 남은 길은 다시 벽을 타고 기어 올라가는 것뿐이었다.

다행히 날이 밝아오고 있어, 보는 데는 지장이 없었다. 물기에 미끄러지지 않도록 약 10여 미터쯤 조심조심 올라갔는데, 이상한 느낌이 들어 발밑을 보았다. 아까 댄을 감시하던 두 사람이 따라 올라오는 모습이 보였다. 댄은 피식 웃을 수밖에 없었다. 그들의 집착이 애처롭기까지 하였다.

댄은 그들이 따라오기 힘들도록 일부러 어려운 경로로 벽을 타기 시작했다. 한 오 분쯤 지났을 때였다. 우르릉 소리와 함께 벽이 울리기 시작했다. 뒤를 돌아보니 둑이 있던 곳에서 거대한 폭포수가 아래로 떨어지고 있었다.

메이 말로는 물이 차는 속도가 느려졌다고 했는데 뭔가 잘못된 모양이었다. 어쨌든 댄은 서둘러 올라가려고 노력했다. 광산 웅덩이의 바닥 부분은 그다지 넓지 않기 때문에 금방 물이 차오를지 모를 일이었다. 건너편의 폭포수는 여전히 무서운 기세로 물을 밑으로 내뿜었다. 바닥에서는 어느새 큰 소용돌이를 일으키며 강물이 차오르고 있었다. 댄의 마음이 급해졌다.

열심히 오르다 아래를 보니 두 사람이 보이지 않았다. 아마 도중에 포기하고 간 것 같았다. 불과 몇 미터 아래에서 물결이 거칠게 일렁였지만 차오르는 속도는 확실히 줄어 있었다. 지금 있는 곳까지 물이 차오르기도 전에 이미 절벽 위로 올라설 거라고 댄은 생각했다.

그는 다음 지점을 위해 몸과 오른발을 살짝 바깥쪽으로 비틀었다. 그리고서 왼발을 먼저 내딛고 오른손을 쭉 위로 뻗었다.

그때 왼손으로 잡고 있던 바위가 쑥 벽에서 빠져나왔다.

"안 돼"하는 찰나에 이미 댄의 몸은 공중에 있었고, 그는 벽이 그에게서 멀어지는 것을 바라보았다. 그다음에는 짧고도 긴 나락이었다. 수많은 생각이 스쳐 지나갔지만, 물에 충돌하는 순간 든 생각은 물을 마셔서는 안 된다는 것이었다.

댄은 두 눈을 꼭 감고 심호흡을 한 채 물속으로 떨어졌다. 어깨가 바닥에 살짝 부딪히는 것을 느끼고는 물 위로 떠오르려고 발버둥을 쳤으나, 두 눈을 감은 상태에서 어디가 위고 아랜지 잘 구분이 되지 않았다. 물살이 소용돌이를 치고 있어 몸을 제대로 가누기도 힘들었다. 숨이 차오르기 시작했기 때문에 어떻게든 물 위로 머리를 내밀려고 노력했다. 가까스로 자세를 잡자 머리가 물 밖에 있음이 느껴졌고, 댄은 눈을 감은 채 짧은 숨을 들이쉬었다.

강물이 몇 방울 입안에 들어왔는지 시큼하고 쓴맛이 났다. 강물은 바다만큼은 아니지만 독성 물질을 포함하고 있었다. 눈에 들어가거나 마시면 위험할 수도 있었기 때문에 조심해야 했다.

댄은 최대한 머리를 물 위로 내민 채 가장자리 쪽으로 헤엄을 치려 했다. 그러나 물살이 거칠어서 쉽지 않았고, 무거워진 몸이 가라앉지 않게 하는 것만으로도 벅찼다.

두 번째 숨을 들이마셨을 때 강물의 유속이 빨라짐을 느꼈다. 댄은 곧 그 물살에 휩쓸려 가게 되었다. 손끝에 돌이 느껴진다 싶어진 순간, 그는 물과 함께 터널로 빨려 들어갔다. 그 이후는 암흑이었다. 이렇게 죽는 건가 하는 생각과 함께 댄은 정신을 잃었다.

***

물방울 떨어지는 소리는 여전했다. 어느 정도 기력이 회복되었다고 느낀 댄은 더듬거리며 일어났다. 입고 있던 옷은 아직 축축했지만, 얼굴과 손은 물기가 없이 말라 있었다. 댄은 바닥을 엉금엉금 기어서 소리가 나는 쪽으로 향하였다.

한참을 가다 보니 눈이 어둠에 익숙해져서 그런 건지 아니면 어디에선가 빛이 들어와서 그런 건지 희미하게 사물의 윤곽이 드러났다. 어두워서 잘 보이지 않았지만, 천정이 있는 것은 확실했다.

천장을 향해 손을 뻗어 더듬거리며 일어선 댄은, 이제 서서 걷기 시작했다.

돌기둥들이 있었고, 불쑥 튀어나온 바위도 있었다. 마침내 물소리의 근원지를 찾았다. 어딘가 천정에서 물이 조르르 떨어지고 있었다. 댄은 떨어지는 물에 손가락을 대고 살짝 맛을 보았다. 깨끗했다. 댄은 허겁지겁 물을 마셨다. 물을 마시고 나서야 자신이 얼마나 목이 말랐었는지 깨달았다.

댄은 옷을 모두 벗어버리고 알몸으로 물을 맞았다. 온몸이 욱신욱신 쑤셨다. 바닥에 떨어질 때 부딪힌 어깨와 광대뼈에 멍이 든 것 같았지만, 다행히 부러지거나 하지는 않았다. 물은 약간 차가웠지만, 춥지 않았기에 기분이 상쾌하였다. 몸의 구석구석을 정성스레 씻은 후 옷가지도 빨았다. 물에 충분히 적신 후 돌바닥에 문지른 후, 물기를 짜서 옆에 있던 돌기둥의 돌출부에 걸어 놓았다. 갑자기 피곤이 다시 몰려왔다. 그는 송수신기를 머리맡에 놓고 깊은 잠에 빠져들었다.

다시 눈을 떴을 때는 모든 것이 분명히 보였다. 저쪽 멀리 천정에 구멍이 뚫려 있는지 햇살이 비스듬한 빛의 기둥을 이루며 들어와 곳곳을 비추고 있었다. 아까는 밤이어서 어두웠던 듯했다. 어깨의 통증도 많이 나아졌다. 댄은 몸을 일으켜 둘러보았다. 옷을 걸어 놓은 돌기둥은 높게 뻗어 천정까지 닿아 있었고 비슷한 돌기둥들이 수없이 많이 있었다.

일어나 걸어 놓은 옷을 입었다. 옷은 다 말라 있었는데, 옷을 걸어 놓았던 돌출부의 모양이 특이하였다. 댄의 두 손을 합친 것 같은 크기와 모양이었는데, 가운데 부분이 살짝 파여 있었고 돌기둥 쪽으로 이어지다가 주먹만 한 구멍을 만들었다. 그 구멍은 돌기둥 안으로 연결되어 있는 것 같았는데, 들여다보아도 아무것도 보이지 않았다. 댄은 돌기둥과 손 모양의 돌출부를 다시 만져 보았다. 어두운 암갈색을 띠었고, 매끈하였다. 돌인 줄 알았는데 아닌 것 같기도 하였다.

댄이 이 공간 자체가 모두 이 암갈색 물질로 이루어져 있다는 사실을 깨닫는 데는 오래 걸리지 않았다. 바닥이 차갑지 않았던 이유도 알게 되었다. 이 돌은 마치 뜨거운 햇살에 놓인 조약돌처럼 은근한 온기를 품고 있었다. 확인해 보니 모든 돌기둥에 비슷한 돌출부가 있었다. 어떤 것은 높은 쪽에 있고, 어떤 것은 낮은 쪽에 있었다. 돌출부가 여러 개 있는 것도 있었지만, 돌출부가 없는 돌기둥은 없었다.

댄은 송수신기를 집어 들고 천정이 제일 높고 바닥은 제일 낮으며 돌기둥의 밀도가 높은, 공간의 중앙으로 생각되는 곳으로 걸어 내려갔다. 가까이 갈수록 가장자리에서는 돌기둥에 가려 잘 볼 수 없었던 구조물이 보이기 시작했다.

공간 정 중앙에 커다란 구형의 물체가 공중에 떠 있었다. 아니 정확히는 수십 개의 가는 기둥으로 주변에 있는 돌기둥이나 바닥, 그리고 천정으로 연결되어 있었다. 댄은 구의 아래로 다가갔다. 약 2미터 정도 지름의 이 구는 5미터의 높이에 떠 있었다. 구를 지탱하는 기둥들은 구에 가까워질수록 점점 가늘어졌다. 사방으로 뻗은 수십 개의 기둥들에 연결되어 떠 있는 구를 보니 감탄이 나왔다. 댄은 바닥에서 올라와 구에 연결된 기둥 하나를 두드려 보았다. 안이 비어 있을 것 같아 공명음을 기대했지만 그냥은 잘 알기 힘들었다.

댄은 천정이 뚫려 있는 곳으로 가 보았다. 천정의 구멍으로 파란

하늘이 보였다. 바닥은 흙과 자갈이 부서진 기둥 잔해 위로 쌓여 있었다. 댄은 기둥 파편 조각 하나를 찾아 살펴보았다. 막상 진짜 흙이나 자갈과 비교하니 얼마나 다른 물질인지 금방 구별할 수 있었다. 기둥 파편은 깨진 파이프 조각처럼 안과 밖이 모두 유선형이었다. 특히 안쪽 면은 너무나도 매끄러워 거울처럼 자신의 얼굴을 비춰볼 수도 있었다.

그는 다시 천정의 구멍을 올려다보았다. 거기까지 올라갈 방법은 없어 보였다. 하지만 댄에게는 비장의 도구가 있었다. 그는 송수신기를 켜고 메이를 호출하였다. 물에 잠겼다고 쉽게 고장이 났을 것 같지는 않았다. 일단 스위치를 켰을 때 조그만 빨간 불이 들어오기는 했다. 그러나 아무런 반응이 없었다.

10초 정도 기다린 후 그는 스위치를 껐다. 그리고 그는 10분마다 주기적으로 송수신기를 켜서 호출하고 끄기를 반복했다. 지난번에 메이는 이 송수신기의 배터리가 12시간 지속된다고 했다. 지금까지는 채 한 시간도 켜놓지 않았었다. 하지만 그래도 최대한 배터리를 아껴야 할 것 같았다. 메이가 언제쯤 신호가 잡힐 만한 공간 안으로 들어올지 모르기 때문이었다.

물론 이 모든 것은 메이가 자신을 찾으려고 탐색하고 있다는 가정을 전제하였다. 댄은 스스로 허황하다고 여기면서도 희망의 끈을 놓지 않았다. 달리 다른 대안이 없어서이기도 했다.

송수신기를 잡고 몇 시간을 그곳에서 보내다가, 지난번 급류에 떠밀려 떨어진 곳으로 되돌아갈 생각도 했었다. 그러나 그쪽은 너무 어두웠고, 미로처럼 구멍이 뚫려 있어 어디가 어디인지 알 수가 없었다. 그곳으로 들어갔다가 나오는 길을 찾지 못할까 두려워한 댄은 결국 다시 제자리로 돌아올 수밖에 없었다.

천정의 구멍 밑에서 송수신기를 켰다 껐다를 반복하며 기다리는 수밖에 없었다. 목이 말라 물이 떨어지는 곳으로 가서 물을 마시는 때를 제외하곤 계속 그 자리를 지켰다. 잠을 최대한 줄이려고 노력했지만, 나중에는 너무 정신이 없어서 송수신기를 작동하는 것을 잊어버릴 지경이었다.

메이의 목소리가 들린 건 그로부터 사흘이 지난 뒤였다. 다행히 마실 물이 있어서 버틸 수 있었지만, 배고픔으로 거의 기진맥진하기 일보 직전의 때였다. 그래서 그는 메이의 목소리를 들었을 때 그저 "고마워요"라는 말밖에 할 수 없었다. 그녀가 떠나지 않은 것이 정말 고마웠다. 그를 버리지 않은 신께 감사를 드렸다. 댄은 스스로 참 운이 좋다고 느꼈다.

## 제20장
# 또 다른 삶

노웨어에 온 지도 벌써 10일이 지났다. 로사의 거처는 3일째 되던 날 동굴 안의 숙소로 옮겨졌다. 동굴은 외인들이 줄기와 셀이라 부르는 복잡한 구조로 이루어졌는데, 줄기는 동굴의 길을 말하는 것이었고, 셀은 줄기를 따라 동굴 벽에 파 놓은 방들을 의미했다.

밖에서 볼 때 10개의 동굴 입구가 있다면 안쪽에는 100개가 넘는 동굴 줄기가 있다고 했는데, 셀의 수는 몇 개인지 가늠도 안 되었다. 동굴 안에서 줄기들은 미로처럼 뻗어 있었고, 어떤 줄기들은 서로 연결되어 있어 하나의 입구로 들어갔다가 다른 입구로 나올 수도 있었다.

물론 그것은 여기에 오래 살아 익숙한 사람들의 얘기였다. 한번은 호기심에 몰래 동굴 안쪽 줄기로 들어갔다가 길을 잃어 가까스로 밖으로 빠져나올 수 있었는데, 그 후로 로사는 그녀의 셀보다 더 안쪽으로 들어가지 않도록 노력하였다.

로사의 보호자는 이멜다 비서가 맡기로 했다고 하였다. 로사의 새로운 거처를 안내할 때 마이크가 알려주었다. 그는 못마땅한 표정을 하고 있었는데, 로사로서는 내심 안도의 마음이 들었다. 만일 마이크나 제임스가 그 역할을 맡았으면 굉장히 불편했을 터였다.

로사의 생각이 기우가 아니었음은 그날 밤 이멜다와 잠깐 얘기했을 때 분명해졌다. 로사의 새 거처는 이멜다가 사용하는 큰 셀에 붙은 작은 셀이었다. 이멜다는 보호자가 가지는 의미에 대해서 설명해주었다. 노웨어에서 그것은 가족과도 같은 관계를 나타내었는데, 때에 따라서는 매우 친밀한 관계까지 포함할 수 있다고 했다.

"아무래도 로사를 내 옆에 두는 것이 남자들에게 분명한 메시지를 줄 거라고 생각해요. 난 우리 자유민의 문화를 존중하고 장려하지만 로사는 아직 정식 일원이 아니고, 또 이렇게 순수한 영혼은 나름대로 보호할 가치가 있으니까요."

이멜다와 로사의 셀 앞에는 외인이 한 명씩 교대로 보초를 섰었는데, 그들의 임무에 로사의 셀 감시까지 포함되었다. 그래서 로사의 셀에는 이멜다의 허락 없이는 아무도 들어가거나 나갈 수 없었다. 그리고 이는 로사 본인에게도 적용되었다. 말이 보호이지 사실은 감금된 것이나 마찬가지였다.

숙소를 옮긴 날 이후로는 이멜다를 볼 수 없었다. 그녀는 매일 밤

늦게 들어왔고, 일찍 올 때는 남자와 함께였다. 처음에 그들이 내는 소리를 들었을 때, 로사는 깜짝 놀랐다. 남녀의 성관계에 대해 머리로는 알고 있었으나 실제로 보거나 듣는 것은 이번이 처음이었다. 동굴 벽이 막아주어서 말소리는 알아들을 수 없었지만 고요한 밤중에 들리는 그들의 신음 소리는 너무나 뚜렷하여, 다음 날에는 로사 자신이 남을 보기 민망할 지경이었다. 게다가 세 번뿐이기는 했지만 매번 다른 남자인 것 같았다. 로사는 이멜다의 자유로움에 감탄할 수밖에 없었다. 거주구에서는 이들을 외인이라 부르는 데 반해 이들은 스스로를 자유민이라 불렀는데, 외인이든 자유민이든 정말 이들이 거주구와는 다른 삶을 살고 있다고 로사는 생각했다.

그 밖에 노웨어에서의 일상은 단조로웠다. 낮에는 릴리나 마이크가 번갈아 가며 와서 노웨어의 이곳저곳을 보여주었다. 효모 농장은 거주구처럼 자동화되어 있지는 않았지만, 이곳의 미네랄이 풍부한 덕분에 굉장히 효율이 높고 생산물도 우수하다고 하였다. 실제로 매 식사 때 제공되는 효모 빵과 수프는 로사가 지금까지 먹어본 어떤 것보다도 훌륭했다.

로사가 제일 마음에 들어 한 것은 서쪽 동굴 안의 큰 공간에 있는 거대한 유리 공장이었다. 거기에는 남쪽의 석영 광산과 연결되는 철로가 놓여 있었다. 화물차에 실려 온 석영 광석은 거대한 용광로에 넣어져서 녹여지고, 몇 단계를 거쳐 순수한 액체 유리로 만들어졌다.

로사와 마이크가 구경 왔을 때 마침 액체 유리가 용광로 옆의 관을 통해 흘러나오고 있었다. 대기하고 있던 일꾼들이 차례로 커다란 금속 통에 유리 액체를 담아 동굴의 벽을 따라 나 있는 공방들 안으로 들어갔다. 금속 통은 매우 뜨거워 보였지만 숙련된 일꾼들은 어렵지 않게 그것을 옮겼다.

"저 공방들에서 여러 가지 용도의 유리 제품을 전문적으로 만들어요. 우리가 만든 유리 제품은 시온에서 최고라고 인정받아, 거주구에서 서로들 달라고 아우성이지요."

마이크가 자랑스럽게 얘기하였다.

"그래요? 그런데 내가 살던 거주구에서는 외인이 만든 유리 제품은 본 적이 없는데요. 모두들 제6거주구 유리가 훌륭하다고 했어요."

"그것은 그 사람들이 속였기 때문이에요. 우리 자유민한테서 헐값으로 물건을 사다가 비싼 값으로 다른 거주구에 파는 거죠."

"그런데 유리 제품을 팔아 무엇을 사죠?"

시온은 기본적으로 모든 거주구가 각자 자립형 경제 생태계를 유지하되 몇몇 특산품을 상호 교환한다고 배웠었다. 외인이 이러한 시온의 경제 시스템에 들어와 있다는 얘기는 금시초문이었다.

"물론 파워셀이죠. 저 용광로를 무슨 수로 돌리겠어요."

마이크가 당연한 듯이 로사를 쳐다보았다. 듣고 보니 당연했다.

"하지만, 파워셀은 매년 시온 전체에서 거주구별 수량이 결정되어 배분되고, 사사로운 유통은 절대 금지되어 있잖아요."

"하하하, 그거는 그쪽 얘기죠. 예를 들면 제6거주구의 유리 공장은 원래 필요한 양보다 더 많은 수의 파워셀을 요구해요. 그렇게 해서 받은 초과 파워셀을 우리에게 넘기고, 대신 받은 유리 제품으로 다른 거주구가 초과 생산한 금속 제품이나 효모 식량하고 바꾸는 것이죠. 이렇게 하면 시온 전체가 부유해지는 자본주의 사회가 되는 것이에요."

마이크는 자본주의라는 단어를 의기양양하게 힘주어 말했다. 자신의 유식함을 자랑하고 싶은 것 같았다. 로사는 자본주의란 말을 고대 역사를 배울 때 들어본 적이 있지만 어떤 의미인지는 사실 전혀 몰랐었다.

"그런가요? 그렇지만 그 시스템은 결국 초과로 사용되는 파워셀로 유지되는 건데, 나중에 파워셀이 모두 소모되면 어떻게 되는 거죠?"

로사의 질문에 마이크는 한참을 머뭇거리더니 결국 얼굴이 빨개지며 고백했다.

"사실 아까 얘기는 제임스가 말한 것이에요. 그는 시온이 자본주의 사회가 되면 우리 자유민에게도 기회가 올 것이라고 했어요."

마이크는 갑자기 유리 공장 견학이 흥미 없어진 듯 무뚝뚝하게 말했다.

"오늘은 이만하고 돌아가죠. 질문이 있으면 제임스한테 해요."

제임스를 만날 기회는 그날 밤에 왔다. 저녁 식사를 마치고 셀에 들어온 로사는 멍하니 자리에 앉아 있었다. 로사가 사용하는 셀에는 따로 조명 장치가 없었고 입구에 문도 없었기에, 동굴 줄기 벽을 따라 연결된 조명등의 불빛만이 셀 안을 비출 뿐이었다.

다른 동굴 셀들도 따로 문은 없었지만 대개는 안실 공간이 있어 사생활을 보호받을 수 있었다. 그렇지만 로사의 셀에는 그런 공간이 없었다. 문 없이 개방된 곳에서 잠도 자고 생활해야 한다는 것이 어색했지만 곧 익숙해졌다. 지나가는 누군가를 의식하지 않게 되었고, 그녀도 다른 셀 앞을 지나갈 때 별로 신경 안 쓰면 그만이었다.

로사의 셀 안은 벽의 바위를 깎아 만든 침상 위에 깔려 있는 효모 이불과 한쪽에 놓여 있는 철제 의자 하나, 그리고 책상 하나가 전부였다.

로사는 물밀듯이 밀려드는 외로움을 느꼈다. 부모님이 걱정되었고, 학교 친구들이 그리웠다. 그녀는 침상 위에 엎드려 눈을 감았다. 문득 댄 생각이 났다. 처음 말을 걸어왔을 때 그의 긴장하던 모습이 떠올랐다. 그 후로 프로젝트 관련하여 두세 번 더 얘기를 나누었는데 그때도 역시 수줍어하였다. 댄이 원래 소심해서 그런 건지 아니면 자신에게 연정을 품고 있어 그런 건지는 알 수가 없었다.

나중에 기록소 자료실에 같이 가게 되면 물어보려고 했었지만, 이제 어떻게 될지 기약이 없어졌다. 댄이 벤 사제님과 유나와 함께 탐사 여행을 떠난 것이 그녀가 아는 그의 마지막 소식이었다. 유나가 댄과 그렇고 그렇다는 소문은 여학생들 사이에서 퍼져 있었는데, 로사는 그 소문의 발원지가 유나 본인이 아닐까 하는 생각도 했었다. 어쨌건 댄이 자신에게 관심을 가진 건 폴 외삼촌 때문이라는 당초의 결론을 바꿀 필요는 없을 것 같았다.

'그나저나… 폴 외삼촌은 지금도 나를 찾고 계실까…?'

그럴 리 없을 거란 생각을 하면서도, 로사는 내심 폴 외삼촌이 자신을 찾으러 와 주길 바라고 있었다.

로사가 이런저런 상념에 빠져 시간 가는 줄 모르고 있을 때였다. 어디선가 징 소리가 들렸다. 로사는 셀의 입구로 나가 보았다. 오늘 당번인 외인 여자가 동굴 벽에 기대어 앉아 있었다.

그녀는 머리 위에 있는 조명등에 의지하여 실과 바늘로 효모 천을 짜고 있었다.

"이게 무슨 소리죠?"

"귀머거리 할아범이 죽었어. 이제 그 할아범 고함 소리 안 들어도 되니 속이 시원하네."

외인 여자는 무덤덤하게 말했다. 로사는 외인들이 장례 의식을 치르는 건지 궁금했다.

거주구에서는 사람이 죽으면 교회당에서 모든 의례를 치렀다. 매일 저녁 해 질 무렵에 담당 사제의 주관하에 수 명, 많게는 수십 명의 죽은 이들에 대한 합동 예식이 수행되었다. 그러나 절차는 매우 간소하여 영복을 비는 사제의 기도 후에 참석한 조문객들이 다 같이 짧은 연도를 바치는 것이 전부였다. 로사도 연도의 후렴구는 기억하고 있었다.

"흙에서 나왔으니, 흙으로 돌아가리라."

이 연도는 고대의 유산임이 틀림없었다. 왜냐하면 죽은 사람을 매장하는 것은 엄격히 금지되어 있었기 때문이었다.

장례를 마친 시신들은 교회당의 지하 납골당에 안치되었다. 지하 납골당에는 검은 옷의 사제 이외에는 들어갈 수가 없었는데, 그곳에 관한 수많은 무서운 전설은 아이들이 가장 좋아하는 이야기 중의 하나였다.

"여기에도 납골당이 있나요?"

로사가 외인 여자에게 물었다.

"납골당? 우리는 그런 거 안 키워. 효모를 먹고 살았으니 효모로 돌아가야지. 안 그래?"

외인 여자는 혼자 키득 웃었다. 로사가 어리둥절하고 있는데 동굴 줄기의 저쪽에서 누군가가 걸어왔다. 제임스였다. 노웨어에 도착한 날 이후로 처음 보는 것이었다.

"잘 지내고 있었나?"

제임스는 예의 그 능글맞은 표정으로 로사에게 물었다. 그래도 오랜만에 아는 사람을 만난 것 같아 로사는 반가웠다.

"별로요. 감옥에 갇혀 있는 것 같아요."

로사는 최대한 건조한 말투로 대답했다.

"이런, 그러면 안 되지. 노웨어의 손님인데. 그런 의미에서 내일은 같이 노웨어 밖으로 나가지. 깜짝 선물이 있을지도 모르니 기대하라고."

무슨 꿍꿍이가 있는 것 같았지만, 일단 그것은 내일 문제였다.

"좋아요. 그런데 지금 장례 의식에 가 보고 싶은데 괜찮을까요?"

제임스는 잠깐 생각하더니 곧 승낙했다.

"그럴까, 노웨어에 대해 알 필요도 있으니까."

"할멈, 잠깐 로사와 할아범을 만나고 오겠소."

제임스는 천을 짜는 외인 여자에게 말하고는 앞장섰다. 로사도 서둘러 그의 뒤를 따랐다. 안쪽으로 향하는 동굴 줄기는 계속 오르막길이었는데, 안에서 몇 번의 갈림길을 만났고, 그때마다 징 소리는 점점 커져갔다. 사람들의 노랫소리도 들렸다. 그리고 이상한 울음소리도 들리는 것 같았다.

십여 분을 걸어 마침내 도착한 곳은 동굴 안의 탁 트인 공간이었다.

"여기는 노웨어의 자궁이야. 생명이 만들어지기도, 태어난 곳으로 돌아가기도 하는 곳이지."

제임스가 말했다. 그곳에는 수백 명의 외인들이 땅에 앉아 있었고, 그들은 모두 한쪽 방향을 향하고 있었다. 그들이 향한 벽에는 작은 폭포가 있어 물이 쏟아지고 있었으며, 아래에 있는 커다란 웅덩이로 흘러 들어가고 있었다. 물 흐르는 소리가 동굴 벽에 반향되어 저음의 울음소리처럼 들린 것이었다.

웅덩이 앞에는 징을 치고 있는 두 명의 남자 외인과 두 손을 든 채 무엇인가 낭송하는 여자 외인이 있었다. 그녀는 주요 부위만 가리고 거의 벌거벗고 있었는데, 대신 얼굴과 몸에 여러 가지 색으로 칠을 하였고, 머리와 손목, 발목 등에 갖가지 장신구와 리본을 달아 정말 화려하였다.

여자 외인의 낭송이 끝나자 외인들이 징 소리에 맞춰 후렴구인 듯한 노래를 불렀는데, 무슨 뜻인지는 잘 알아듣기 힘들었다. 외인들은 남자는 남자대로, 여자는 여자대로 자신의 음색에 맞게 화음을 넣어 나지막하게 후렴을 되풀이했다. 거주구 합창단처럼 절도 있고 세련되지는 않았지만, 나름대로 동굴의 울림 효과에 어울려 장엄하고 아름다웠다.

외인들의 후렴이 끝나자 어디선가 두 명의 외인이 어깨에 무엇을 메고 나타났는데, 천으로 감싼 시신 같았다. 그들은 진행자의 지시에 따라 시신을 땅에 내려놓고 천을 벗겼다.

“자유민으로 태어나 자유민에게로 돌아가리니, 그의 생명은 영원히 계속될지어다.”

여자 진행자의 말이 끝나는 것에 맞춰 두 명의 외인은 시신을 물웅덩이에 던져 넣었다. 그리고 징 소리에 맞춰 외인들이 일어났다. 그들은 두 손을 높이 들고 진행자의 말을 복창했다.

‘의식이 모두 끝났구나’라고 생각하는 순간, 징이 요란히 울리기 시작했다. 그리고 외인들이 자유롭게 춤을 추기 시작했다. 그들도 대부분 가벼운 옷차림이었고 다양한 문신을 하고 있었다.

곧 동굴 안의 공간은 징 소리와 사람들의 허밍과 그들의 땀 섞인 살냄새가 가득 차 원색적인 열기로 후끈 달아올랐다. 로사는 처음 보는 강렬한 광경이었다. 그녀의 심장도 함께 뛰고 있었고, 손바닥이 땀에 젖은 것을 느낄 수 있었다.

“이제 그만 돌아갈까?”

제임스의 말에 로사는 정신이 들었다.

“그러죠.”

로사는 대답했고, 두 사람은 그곳을 빠져나왔다.

“장례식치고는 굉장하네요. 의식을 진행하던 여자가 인상적이었어요."

로사가 말을 꺼냈다. 거주구에서는 제사장이 의식을 주도했는데, 남자 제사장이건 여자 제사장이건 모두 엄숙하고 딱딱하였다. 그러나 아까 의식을 진행하던 그 여자는 정말 원초적이었다. 어쩌면 그게 장례식에 더 어울릴지도 모른다고 생각했다.

"우리는 그 여자를 자유의 여신이라 부르지. 모든 장례를 이렇게 하지는 않아. 귀머거리 할아범은 평생을 미네랄을 채취하며 살았지. 습지며 강이며 심지어는 바다 입구까지 들어갔다고 해. 바닷물이 귀에 들어가서 귀머거리가 되었다고들 했지. 뭐 사실인지는 알 수 없지만 어쨌든 미네랄을 열심히 모아서 오늘 같은 장례비용을 마련할 수 있었던 거야. 의식을 진행하는 사람들, 자유의 여신, 장례식에 초대된 사람들을 치장하는 비용, 장례식 전에 제공되는 음식까지 준비하려면 상당한 양의 미네랄이 필요했을 거야."

"그렇군요. 어쨌든 대단하네요. 거주구에서 장례 의식이란 그저 엄숙하고 무거운 분위기인데 말이에요."

"노웨어는 원래 버림받고 비참했던 사람들이 모여서 만든 곳이었어. 뭐, 최근에는 다양한 경로로 사람들이 오기는 하지만, 어쨌든 그들은 이곳을 좀 더 활력 있고 밝은 곳으로 만들고 싶어 했어. 사랑하는 사람이 죽는다면 슬픈 일이겠지만 우리는 그것을 일종의 해방이라 여기고 축하하는 것이지. 어쩌면 떠나는 자가 남기는 마지막 선물일 수도 있어. 귀머거리 할아범은 거기 모인 사람들을 보며 매우 흡족했을 거야. 그 자신도 인생의 즐거움을 아주 잘 누리고 살았거든."

"그런데 물속에 던진 시신은 어떻게 되죠?" 로사는 아까부터 궁금했던 것을 물어보았다. 물웅덩이가 그리 깊어 보이지 않았는데, 그 안에 수많은 시신들이 있다면 정말 끔찍할 것 같았다.

"웅덩이 안에는 경사진 지하 수로가 있어. 이 동굴 줄기가 지상보다 높게 뻗어 있는 것은 알지? 그 수로는 동굴 밖의 효모 배양 탱크로 연결되어 있어. 뭐, 절차는 다르지만 최종 목적지는 다 똑같아."

무엇이 다 똑같은지 로사는 이해할 수 없었다. 그보다도 시신이 효모 재생 탱크로 간다는 말은 충격이었다.

"여기서 배양하는 녹색 효모 말하는 건가요? 식용으로 사용하는?"

로사의 놀라는 표정에 제임스는 피식하고 웃었다.

"물론이지. 이 아가씨가 아직 실체를 모르고 있었구먼. 거주구에서 진실을 은폐하긴 하지만, 그것은 공공연한 비밀 아니었나? 우리 세상에서는 시신을 재활용한다고. 시신뿐만이 아니라 우리의 배설물, 먹다 남은 음식 등 모든 유기물을 재활용해서 효모를 키워. 그렇지 않다면 이 척박한 시온에서 어떻게 우리가 먹는 그 많은 양의 효모를 배양할 수 있겠어. 녹색 효모가 광합성을 한다고 하나 턱도 없지. 다만 거주구에서는 거짓말로 사람을 속이고 우리는 사실을 인정할 뿐이야."

거주구에서도 똑같은 일이 벌어지고 있다고 생각하니 소름이 돋았다. 예전에 할머니의 장례식을 치렀던 기억이 났다. 그럼 다음 날 아침에 먹은 효모 수프에 할머니가 들어 있었던 것일까? 물론 그렇다고 해서 효모를 먹지 못한다는 것은 바보 같았다. 제임스의 말대로 시온에서는 무엇이든지 아끼고 재활용해야 했다. 누구도 그것을 부정할 수는 없었다.

얘기를 나누다 보니 어느새 로사의 셀에 도착했다. 제임스는 정중하게 로사에게 자기 셀로 가지 않겠냐고 의향을 물었다. 로사는 너무 어색하지 않게 거절했고, 그는 웃으며 내일 아침에 보자는 말과 함께 사라졌다.

아침은 쏜살같이 왔다. 로사는 특별히 꼼꼼하게 외모를 점검하였다. 원래 입던 자루옷은 너무 눈에 띄어 동굴로 옮긴 날부터 침대 한 편에 개어 놓았었다. 그녀는 릴리가 준 옷 중에서 가장 노출이 적은 것을 골라 입고는 셀의 벽에 붙어 있는 거울 앞에서 이리저리 몸을 돌려 보았다. 치마는 무릎을 채 덮지 못했고, 상의도 많은 부분이 허전했다. 그래도 나름대로 세련되고 시원해 보여서 그럭저럭 입을 만하였다.

로사가 제일 마음에 든 것은 릴리가 준 색조 화장품이었다. 색깔이 있는 미네랄 가루였는데, 릴리가 가르쳐준 대로 눈가에 바르니 사뭇 다른 느낌을 주었다. 입술에 바르는 화장품도 주었지만, 그것은 왠지 지나친 것 같아 바르지 않았다. 준비를 마치고 셀 밖으로 나가니 그날 당직 보초를 선 외인 여자가 로사를 보고 예쁘다며 칭찬해 주었다.

원형 타워 옆 광장의 공용 식사 장소에는 평소보다 적은 수의 사람들이 줄을 서 있었다. 노웨어에는 여러 곳의 공용 식사 장소가 있다고 했는데, 로사는 오직 이 광장에서만 먹었다. 다른 장소들은 동굴 안에 분포해 있다고 하였다. 어제의 일 때문에 살짝 꺼림칙하긴 했지만, 여느 때처럼 빵과 수프를 받아 든 로사는 신경 쓰지 않기로 하고 음식을 먹었다. 사실 향이 풍부한 미네랄이 들어간 빵과 수프는 더할 나위 없이 맛있었다.

로사가 식사를 마치고 옆에 있는 개수대에서 유리 식기를 씻고 있을 때 제임스가 나타났다. 마이크와 대머리 아저씨도 함께였다.

"좋은 아침이에요. 오늘은 더 눈부시네요."

마이크가 헤벌쭉 웃으며 인사했다.

"예, 그런데 당신들은 한 팀인가 봐요. 항상 같이 다니네요."

로사의 말에 제임스가 어깨를 으쓱하며 마이크를 쳐다보았다.

"우리는 자유민이니 자기가 원하는 대로 따라다닐 수 있겠지. 그럼 갑시다."

로사는 식기를 제자리에 돌려주고 그들을 따라나섰다. 서쪽 동굴의 입구에서 화차 하나와 외인 네 명, 그리고 이멜다가 그들을 기다리고 있었다.

"반가워요, 로사. 그동안 잘 지냈어요?"

이멜다가 정말로 반갑다는 듯이 로사의 손을 잡았다. 로사는 그저 웃으며 고개만 끄덕였다. 며칠 전 밤의 기억이 다시 떠올라 얼굴이 화끈거렸다.

"나도 같이 가기로 결정했어. 아무래도 좀 더 비중 있는 사람이 나서야 확실할 것 같아서."

이멜다가 제임스를 향해 말했다.

"그런가요? 그들에게는 대단한 영광이 되겠네요."

제임스는 로사가 화차 위에 오르는 것을 도와주며 대답했다. 그의 말투에는 비꼬는 듯한 느낌이 어려 있었다. 다른 사람들이 모두 화차에 탄 뒤에도 제임스는 계속 제자리에 남아 있었다.

"제임스는 같이 안 가?"

이멜다가 물었다.

"내가 없어도 잘 할 수 있을 것 같아서요. 마이크, 로사를 부탁해."

말을 마치고 제임스는 혼자 되돌아갔다. 이멜다는 화가 난 표정이었지만 그를 잡지는 않았다.

화차는 바로 출발했다. 깜짝 선물이 있을지도 모른다고 제임스가 말했었는데, 그럼 그건 물거품이 된 건가 하는 생각이 로사의 머리를 스쳤다. 이멜다가 직접 간다는 사실에 왠지 불길한 예감도 들었다.

화차는 동굴 안을 한참을 달렸다. 중간에 간단히 점심으로 빵을 먹었고, 화차를 한 번 갈아탔다. 이멜다가 이야기를 시작한 것은 화차를 갈아탄 직후였다. 그녀는 로사 옆에 앉아 조용히 말했다.

"좋은 소식과 나쁜 소식이 있어요. 나쁜 소식은 보안대가 노웨어로 향하고 있다는 사실이에요. 그들이 정작 우리를 발견할 수 있을지는 모르지만 어쨌든 대비해야 해요."

"그들이 나를 데려가려고 오는 건가요?"

로사는 불쑥 물었다. 자신의 외삼촌이 어떤 행동을 취할까 하고 스스로에게 물어보곤 했기 때문이었다.

"뭐? 아니, 그건 아닌 것 같아요. 그들은 중무장을 하고 있다고 정보원이 알려주었어요. 내 생각에는 우리 자유민을 모두 제거하려 하거나 적어도 노웨어를 파괴할 목적인 것 같아요."

로사는 말문이 막혔다. 로사가 아는 한 시온에서 그런 정도의 무력행사가 벌어진 적은 없었다. 적어도 대재앙 이후로는.

"확실한가요?"

"세상에 확실한 것은 없죠. 단지 최악의 상황을 가정하고 그에 대비할 뿐이죠. 그게 내가 하는 일이에요."

그녀는 말을 이었다.

"좋은 소식은 제13거주구 사람들이 대부분 살아있다는 것이에요. 그곳에서 돌아온 우리 카멜레온에 따르면 폭발이 있기 직전에 사람들은 절벽 밑의 대피소로 피난하였대요."

로사는 안도의 한숨을 내쉬었다. 그동안 답답했던 마음 한구석이 뻥 뚫리는 느낌이었다. 부모님도 분명 무사할 것이라고 생각했다. 제임스가 말한 깜짝 선물이 이것을 말한 것으로 생각되었다.

"우리는 지금 서쪽의 습지로 가고 있어요. 오늘 밤 자정쯤이면 거기에 도착할 거예요. 그 습지를 조금만 가로지르면 제13거주구의 경계에 도착해요. 우리가 해야 할 일은 제13거주구 사람들을 설득하여 보안대에 맞서게 하는 거예요. 몇백 명만이라도 우리와 같이 싸운다면 큰 힘이 될 테니까요."

로사는 잘 이해가 되지 않았다.

"그런데 왜 그 사람들이 보안대에 맞서 싸우겠다고 할까요? 같은 거주구민들인데요."

"왜냐하면 제13거주구의 폭발은 폴 최고 제사장이 지시한 일이고, 그 마무리를 보안대가 맡았기 때문이지요. 제13거주구 사람들로서도 살기 위해서는 우리 자유민의 도움이 필요할 거예요."

"설마 그럴 리가… 폴 외삼촌이 그런 짓을 할 리가 없잖아요. 그리고 만약 그렇다고 해도, 제13거주구 사람들이 어떻게 그 말을 믿겠어요."

"이유는 여러 가지가 있겠지요. 중요한 점은 그가 실행했다는 거예요. 그리고 제13거주구 사람들은 믿을 수밖에 없어요. 바로 로사가 그들에게 이 사실을 알릴 것이기 때문이에요. 알고 있었나요? 로사가 타고 간 바로 그 트램의 기관차에 폭탄이 실려 있었다는 사실을? 얼마나 기묘한 일일까요. 폴 제사장의 친조카가 죽음의 열차를 몰고 왔으니 말이에요. 물론 나는 그것이 우연히 생긴 운명의 장난이라고 믿어요. 하지만 우연이란 필연의 선택적 결과이기도 해요. 로사가 여기에서 이렇게 나와 같이 있는 제13거주구에 가는 것도 필연일 수 있어요. 우리는 그저 우리의 운명을 받아들이면 되는 것이에요."

이멜다가 말을 끝냈고, 로사는 멍하니 그녀를 바라보았다. 운명을 받아들인다는 것이 어떤 건지 실감이 안 났다. 아니, 앞으로도 실감이 나면 안 되었다.

제21장
# 잊혀진 생명

처음에는 이곳을 꼭 보면 좋겠다는 댄의 제안에 메이는 망설였었다.

"이 위는 제13거주구에 가까이 있는 습지의 모래톱이야. 실론을 착륙시킬 장소도 마땅치 않단 말이야."

송수신기로 메이의 목소리가 들렸다. 천정에 난 구멍은 사람 한 명이 간신히 드나들 수 있는 크기였다. 그 위 어딘가에 실론호가 있을 것이었다.

"줄사다리를 던져줄 테니 타고 올라와."

댄은 자신이 그럴 힘이 남아 있는지도 의심스러웠다.

"메이, 당신이 내려와서 꼭 봐야 해요. 그리고 지금 나는 일어설 수조차도 없어요."

메이는 뭐라고 알아들을 수 없는 말을 중얼거렸다. 욕을 한 것일 수도 있었다. 그러나 댄은 메이가 내려올 것임을 알았다.

한참 시간이 지나자 천정에서 줄사다리가 툭 던져졌다. 그것은 바닥 위 약 2미터 정도까지 내려왔고, 곧 그녀의 모습이 보였다.

댄은 그녀의 얼굴에서 자신이 기대했던 표정을 보고는 내심 만족했다.

정신없이 사방을 둘러보던 메이는 댄에게 알약과 물병을 주며 의례적인 말만 던지고는 혼자 구석구석을 돌아다녔다. 그리고 실론호에서 가져올 것이 있다며 줄사다리를 타고 다시 올라갔다.

그것은 꽤 힘든 일이었음에 틀림없었다. 그녀는 중간중간 가쁜 숨을 몰아쉬며 힘들어했고, 밑에서 쳐다보고 있으려니 안타까울 지경이었다. 한참을 걸려 구멍 밖으로 나간 그녀는 조그만 기계를 들고 다시 나타났다. 그러고는 거의 한 시간 동안을 동굴 안을 돌아다니며 기계로 동굴 바닥이나 벽을 조사하였다.

그 기계에는 모니터가 붙어 있었는데, 붉은색의 영상과 숫자가 보였다. 댄은 그게 뭔지 궁금했으나, 메이가 차분해질 때까지 기다리기로 마음을 먹었다. 몸을 편히 하고 자리에 계속 누우니 마음마저 편안해졌다. 다시는 못 만날 줄 알았던 그녀를 본 것이면 충분했다. 메이가 준 알약을 먹었지만 방전된 체력이 돌아오려면 시간이 조금 더 필요할 터였다.

"놀라워."

메이는 연신 감탄사를 내뱉었다.

마침내 메이가 다가오자 댄은 자세를 바로잡았다. 이제야 좀 기운이 회복되는 것 같았다.

"거 봐요, 내가 꼭 봐야 한다고 했잖아요. 그런데 여기가 어떤 곳인지 짐작은 되는 건가요? 자연적으로 생긴 것 같지는 않은데 사람이 만든 것 같지도 않아요."

"댄, 너는 나의 구세주야."

메이가 버럭 댄의 머리를 감싸더니 자신의 품에 안았다. 폭신한 느낌과 함께 그녀의 향기가 났다.

"워 워, 무슨 일이에요?"

댄은 정신을 차리려고 노력하였다. 다시 현기증이 났지만, 예전처럼 착각하면 안 된다. 메이가 팔을 풀며 말했다.

"이드로 가는 방법을 찾는 것이 나의 임무라고 했었지? 우리는 이드가 다른 태양계에 있다고 믿고 있어. 아직 구체적인 길은 모르지만, 어쨌든 태양계 밖으로 나가기 위해서는 강력한 에너지원이 필요해. 여기에 그 해결책이 있어."

메이는 주변을 둘러보며 계속 말했다.

"우리의 기록에 따르면 초기 정착민들은 여기 행성 시온에서 아주 오래된 생명체의 유물을 발견했는데, 그 안에서 새로운 형태의 에너지원을 찾아냈다고 해. 방사선 알이라고도 불리는데, 파워셀보다 몇백 배 이상의 시간 동안 작동하는 꿈의 에너지지. 식민 행성 전쟁 때 침략자들이 이를 알고 시온을 점령하려 했지만 그들은 패퇴하였고, 너도 알다시피 그 뒤에 시온은 고립과 폐쇄의 길을 선택했던 거야. 그래서 그 이후로는 아무도 이 에너지원에 대해 소식을 들은 바가 없었고."

"잠깐만요, 식민 행성 전쟁? 침략자가 시온을 점령하려 했다고요?"

댄은 무슨 말인지 알 수가 없었다. 메이는 댄을 똑바로 보았다. 그녀는 지금까지 침묵을 지키던 것을 마침내 털어놓았다.

"응, 네가 대재앙이라 부르는 사건은 사실 침략자들과의 식민 행성 전쟁을 말해. 침략자들이 누구인지 어디서 왔는지 아직도 논란이 많으니, 그것은 생략하자. 어쨌든 그들은 격퇴되었고, 지금까지 오백 년 동안은 더 이상 나타나지 않았으니까. 시온 사람들은 이 사실들을 스스로에게도 비밀에 부친 것 같아. 그렇지?"

그랬다. 그 이유에 대해서는 좀 더 따져봐야 할 것이다. 무엇 때문에 그들은 역사의 일부를 지워버린 것일까?

"예, 메이의 얘기는 처음 들어봐요. 시온에 생명체가 있었다는 것도 금시초문이고요. 에너지원이 있다면 시온 사람들은 왜 그것을 사용하려 하지 않았을까요?"

"일단 그것을 사용하려면 특별한 기술이 필요해. 파워셀은 나노 핵융합으로 에너지를 내지만 방사선 알은 다른 방식으로 작동하나 봐."

"알이라면 새나 물고기가 낳는 알을 말하는 건가요?"

"응. 옛날 사람들이 조사한 기록에 따르면 시온에 있었던 이 생명체는 형태가 일정하지 않고 변형할 수 있는 단위 개체로 이루어진 군집 생물이었대. 그리고 각 단위 개체는 물질 자체의 순수한 에너지를 활용하였고."

메이는 매끈한 바닥을 손으로 한 번 훑었다.

"내 생각이 맞는다면, 이 공간은 그 군집 생물의 껍데기야. 우리는 말하자면 고대 생명체의 배 속에 있는 거지."

댄도 다시 한번 주위를 돌아보았다. 막연히 이 공간을 누군가가 만들었을 것이라고 느꼈지만, 이곳이 생명체 내부라고는 생각 못하였다. 갑자기 싸늘한 느낌이 밀려왔다.

"그 방사선 알이라는 것이 어디에 있죠? 여기에도 있나요?"

댄은 질문을 하고 나서 바로 답을 알 수 있었다. 에너지원이라는 것이 있다면 장소는 한 군데뿐이었다. 댄이 공중에 있는 거대한 구를 바라보자 메이도 고개를 끄덕였다.

"내가 확인한 바도 그래. 저 안에 방사선 알이 있어. 다만, 문제는 어떻게 꺼내야 하는지 모르겠다는 거야."

댄은 몸을 일으켰다. 아까보다 한결 힘이 났다.

둘은 중앙의 구로 다가갔다. 댄은 구에 연결되어 있는 가는 기둥 하나를 만져보았다. 딱딱하면서도 매끄럽고 온기가 있었다. 자세히 보니 그물처럼 격자무늬가 있었다. 이 하나하나가 군집 생물의 개체였을까?

"굉장히 단단해요. 이것을 깨뜨리는 것 자체가 어렵겠네요."

댄의 말에 메이는 심각한 표정을 지었다.

"깨뜨려도 되는지부터 고민해야 해. 저 안이 어떻게 되어 있는지, 그 에너지원이라는 것이 충격을 받아도 안정한지도 알아야 되니까. 이제부터 시작일 것 같아."

메이는 들고 있던 기계로 구를 가리키며 화면을 댄에게 보여주었다. 불그스레한 형태로 둥근 모양이 나타났고, 거기에 연결된 가는 기둥들에서 흐리게 빛이 퍼져 나왔다.

"어떻게 할 생각이죠?"

"너라면 어떻게 하겠니?"

댄은 잠시 생각해 보았다.

"천정으로 연결된 기둥을 제거해야 해요. 이 기둥들이 모두 속이 비어 있다는 것은 알죠? 저 기둥을 제거하면 연결 부위에 있는 구멍을 이용하여 구 안이 어떻게 되어 있는지 알 수 있을 거예요. 그다음 일은 그때 고민하죠."

메이는 빙그레 웃었다.

"좋아. 내 생각도 그래. 그러면 어떻게 그렇게 할 수 있는지 생각해 보자."

둘은 오랫동안 의견을 나눈 끝에 결론을 내렸다. 함께 내린 결론이었지만 댄은 못마땅했다. 제일 안타까운 것은 실론호를 활용할 수 없다는 점이었다. 실론호가 들어오기에 구멍은 너무 작았고, 설사 들어온다 해도 기둥들이 빽빽하여 움직일 수 있는 공간이 없었다.

결국 사람의 힘으로 해결해야 했다. 구의 아래부터 흙을 쌓아 올려 혹시라도 구가 떨어지지 않게 한 다음 위쪽에 연결된 기둥을 잘라낸다는 것이 방법이었다. 그러기 위해서는 많은 사람들의 노동력이 필요했다. 두 사람으로는 절대 할 수 없는 일이었다.

그래서 댄이 제13거주구 사람들에게 협조를 구하는 것으로 결론지었다. 댄은 다시 한번 제13거주구 사람들을 만나야 한다는 사실에 기가 막혔지만, 현재로서는 달리 뾰족한 대안이 떠오르지 않았다. 그들이 순순히 협력해 줄지도 의문이었지만, 일단은 제13거주구 사람들에게 희망을 걸어보는 수밖에 없었다.

"참, 그런데 그들은 어떻게 되었죠? 무사히 빠져나갔나요?"

그동안 정신이 없어서 그 생각을 하지 못하였다. 노천 광산 웅덩이로 강물이 범람했을 때 댄이 마지막으로 본 것은 동굴 안쪽에 몰려 있던 사람들이었다.

"응, 다행히도 강물이 동굴 안쪽의 높은 데까지는 넘치지 않았고, 나중에는 수위가 낮아졌어. 광산에 피신하였던 사람들은 모두 경사로를 따라 제13거주구로 다시 돌아갔어. 그게 내가 다시 돌아오기 전에 마지막으로 확인한 바야."

"그동안 어디에 갔었나요?"

메이는 댄의 시선을 회피하였다. 그녀는 망설이다가 말했다.

"네가 절벽을 기어오르고 있을 때 나는 상공에서 보고 있었어. 네가 물속으로 떨어지는 것도. 그래서 나는 꼬박 하루 동안 광산에 고인 물과 그 주변 지역을 탐색했어. 물이 급격하게 빠진 것으로 보아 다른 데로 연결된 지하 터널이 있는 것 같기도 했는데, 어디 부근을 찾아봐야 할지 막막했지. 어쨌든, 고인 물도 거의 빠졌고 피난해 있던 사람들도 모두 돌아갔는데, 너는 여전히 보이지 않았어."

메이는 다시 댄을 보았다.

"그래서 난 일단 남쪽으로 가기로 결정했어. 바다와 시온의 남반구를 보고 싶었거든."

바다.

댄은 아직 바다를 본 적이 없었다. 시온의 바다는 적도를 따라 좁고 길게 나 있다고 하였다. 온도가 약 50도에 육박하는 이 뜨겁고 검은 바다는 죽음의 집합소로서 유독 물질로 가득 차 있어 생명체가 살 수 없었다. 시온 사람들은 바다를 터부시했고, 오직 일부 배짱이 두둑한 사람들이 강과 바다가 만나는 어귀에서 진귀한 미네랄을 채취할 뿐이었다. 그럼에도 댄은 바다에 대한 동경을 갖고 있었는데, 이유는 무엇일까 스스로 생각해 본 적도 있었다.

"그래서 바다는 어땠나요?"

댄이 물었다. 메이는 슬픈 표정을 지었다.

"그렇게 쓸쓸한 풍경은 처음이었어. 내 고향의 바다는 푸르고 역동적이고 생명이 넘치지. 시온의 바다는 검은색인 데다가 파도가 전혀 없어서 그 위에서 바라보면 마치 지옥의 심연 안에 있는 것 같아. 빨리 지나갔으니 망정이지, 계속 아래를 보면 그 속으로 빨려 들어갈지도 모른다는 두려움이 들었어."

"그랬군요. 미안해요."

시온 사람들이 괜히 바다를 터부시하는 게 아닐 것이었다.

"네가 왜 미안하니? 자연은 그 자체일 뿐 아무런 선악이 없어. 그것을 보는 사람의 마음을 반영할 뿐이야. 아마 바다 위를 지날 때 내 마음이 두려운 상태였나 봐."

메이가 무엇을 두려워했는지는 굳이 물어볼 필요가 없을 것 같았다. 댄은 화제를 바꾸고 싶었다.

"남반구는요? 거기는 여기와 비슷한가요?"

"아니, 남반구는 산이 없어. 그래서 사막이 끝없이 펼쳐져 있었어. 많이 가 보지는 못했지만 다른 데도 비슷할 거야. 위성사진을 보면 남극에 거대한 얼음 평야가 있고 나머지는 거의 사막이었으니까."

비슷한 얘기를 학교에서 들은 적이 있었다. 다만 시온 사람들은 한 번도 바다를 건넌 적이 없었기 때문에 바다나 남반구는 마치 다른 행성에 대한 이야기를 하는 것과 마찬가지였다.

"그리고 다시 돌아온 건가요?"

"응, 바다도 남반구도 너무나 적막했고, 나도 그랬어. 내가 해야 하는 일을 성공할 수 있을지도 의심스러웠고… 또 너도 영영 잃은 것 같았고."

메이는 예의 그 환한 미소를 다시 지었다.

"그런데 다시 이곳으로 돌아오자마자 너의 목소리가 수신기로 들리는 거야. 얼마나 반갑고 기뻤는지 몰라."

그랬는데도 아까 다시 만났을 때는 본체만체했던 건가 하는 생각이 들었다. 여자는 참 이해하기 힘들다고 댄은 다시 한번 느꼈다.

"맞아요. 나도 메이 목소리를 듣고 너무 기뻤어요. 사실 실론호가 바로 이 위를 지나갈 확률이 그다지 높지 않을 텐데, 우리는 천생연분인가 봐요."

말해놓고 보니 좀 어색해졌다. 메이도 "응"하고는 아무 말도 안 했다.

"그럼 이제 나가 볼까요? 제13거주구 사람들을 만나서 설득해 봐야죠."

댄의 말에 메이도 자리를 털고 일어났다.
"그래, 그러자."

두 사람은 밖으로 나갈 채비를 하였다. 먼저 메이가 올라갔다. 댄이 양손을 모아 발판을 마련하였고, 메이는 거기를 딛고는 줄사다리를 잡았다. 그러고는 천천히 올라갔다. 메이가 구멍 밖으로 사라지자 댄은 껑충 뛰어올라 줄사다리에 매달렸다. 처음에는 팔 만을 이용하여 몇 칸을 올라가야 했기 때문에 힘들었지만, 발을 쓸 수 있게 되면서 한결 편해졌다.

위에서 메이의 목소리가 들리는 것 같아 쳐다보았지만 오직 파란 하늘만 보일 뿐이었다. 댄이 구멍 밖으로 머리를 내밀었을 때 무언가 잘못되었다는 것을 깨달았다. 두 사람이 댄의 양팔을 잡고 그를 위로 끌어 올렸다. 차림새를 보니 제13거주구 사람들 같았다. 댄은 그 사람들에게 몸이 들려진 채 주위를 돌아보았다. 뒤쪽에 메이가 있었는데, 한 남자가 그녀의 입을 손으로 막고 있었다.

"그녀에게 손대지 마!"

댄이 소리쳤지만 별로 할 수 있는 일은 없었다. 그는 양팔을 잡힌 채 발버둥을 칠 수밖에 없었다. 이 사람들에게 또다시 당했다는 사실이 너무나도 억울했다.

"이봐, 젊은이. 얌전히 있어. 네 여자 친구가 다치는 것을 보고 싶지는 않겠지?"

댄의 한쪽 팔을 잡고 있던 한 사람이 말했다.

"날이 어두워지려 하니 빨리 이동하지."

다른 쪽의 남자가 대꾸했다. 그들이 있는 곳은 메이가 말한 대로 모래와 자갈이 드러난 작은 모래톱이었다. 주변에는 거미줄처럼 물길이 나 있었고, 동쪽으로 제13거주구가, 북쪽으로는 헤말 산맥이 성큼 다가와 보였다. 서쪽으로는 헤말 산맥의 끝자락 위에 해가 조금씩 지려하고 있었다. 실론호는 멀지 않은 다른 모래톱 위에 착륙해 있었다.

그들은 준비해 온 여벌의 긴 덧신을 메이와 댄에게 신도록 하였다. 덧신을 신으며 댄이 메이에게 괜찮냐고 물으니 그녀는 고개를 끄덕였다. 그들에게 해를 입은 것 같지는 않았다. 준비가 되자 그들은 일렬로 습지를 가로질러 걷기 시작했다.

제13거주구 사람들은 총 5명이었다. 선두에 한 사람이 앞장서 걸었고, 그 뒤로 메이, 그리고 두 사람, 댄, 마지막으로 나머지 두 사람이 차례로 뒤를 따랐다. 그들은 메이와 댄이 도망가거나 저항할 거라고 생각하지 않는지 특별히 팔을 묶거나 하지는 않았다.

댄은 자신이 이들을 힘으로 제압할 수 있을지 잠시 생각해보았지만, 성공할 가능성은 거의 없어 보였다. 만약 메이가 예전에 썼던 전기 충격 무기를 사용하여 도와준다면 모를까. 그러나 메이에게서 별로 저항의 의사가 없어 보였기에 댄도 묵묵히 그들을 따라갔다.

습지의 물길은 겉으로는 비슷해 보였으나 천차만별이었다. 어떤 곳은 좁으면서 깊었고, 다른 곳은 넓으면서도 얕았다. 선두에 선 사람은 이 습지의 길을 잘 아는 듯 이리저리 가로지르며 얕은 부분을 찾아 이동하였다.

그들이 향한 곳은 북쪽이었다. 마침내 습지가 끝나고 산 밑에 도착하자 그들은 바위 사이를 지나 조금 높은 곳으로 올라갔다. 오른편으로 제13거주구의 북쪽 경계와 산이 만나는 공터에 수많은 사람들이 모여 있는 것이 보였다. 그들은 천막과 임시 자리를 마련하고 음식을 먹거나 쉬고 있었다. 광산으로 피신했던 사람들이 다시 여기까지 온 모양이었다.

댄은 이상하단 생각이 들었다.

'이상하다. 다른 거주구 사람들이나 최고 회의에서 왜 구호물자나 도움을 주지 않고 있는 거지? 제13거주구의 불길도 모두 꺼져 왕래가 불가능한 것도 아닐 텐데…?'

큰 바위를 돌아 나가자 앞에 트인 공간이 나타났다. 벽을 따라 커다란 동굴 입구가 있었고 남자 수십 명이 동굴 안의 짐을 밖으로 옮기고 있었다. 아까의 공터까지 짐을 나르는 모양이었다.

그들은 동굴 안으로 들어갔다. 동굴 안 가운데에는 화차가 두 대 서 있었고, 사람들은 거기에 실려 있는 짐을 나르고 있었다.

"살아있었군, 젊은이. 다행이네."

댄을 알아본 요셉 사제가 어디선가 다가오며 말했다. 댄은 울컥 화가 나서 대꾸했다.

"그런가요? 이번에는 또 어떤 일로 사람을 속일 건가요?"

"너무 가혹하게 생각하지 말게나. 우리는 지금 굉장히 어려운 시기에 있고 이를 헤쳐나가기 위해 노력하고 있는 것이니."

그는 메이를 향해 말했다.

"당신이 우리가 찾던 그 사람이군요. 이리 오세요. 당신을 보고 싶어 하는 분이 있어요."

메이는 요셉 사제에게 가며 댄에게 말했다.

"댄, 여기서 잠깐 기다려. 별일 없을 테니."

그러고는 그녀는 요셉 사제를 따라 안쪽 구석으로 갔다. 거기에는 몇 사람이 있었는데 어두워서 잘 보이지는 않았다. 댄은 걱정이 되었지만 메이가 말한 대로 그 자리에서 기다렸다. 댄을 붙잡아 온 남자들도 댄의 주위에 그대로 남아 있었다.

메이는 한참 후에 돌아왔다. 그녀는 요셉 사제 및 다른 사람들과 논의한 일에 대해 댄에게 설명해 주었다. 댄은 그들의 무리한 요구에 화가 났지만, 달리 대안은 없었다. 사실 댄과 메이는 포로 신세나 다름없었다. 메이는 오히려 사람들과 거래할 수 있게 되었다고 만족해하는 눈치였다. 마지못한 댄의 동의를 얻은 후에 메이는 다시 그들에게 갔다.

댄이 앞으로 할 일을 생각하며 멍하게 화차에서 짐을 나르고 있는 사람들을 보고 있을 때였다.

"댄? 너, 댄 맞지?"

여자의 목소리가 들렸다. 아는 목소리였다. 돌아보니 거기에 로사가 있었다.

## 제22장

# 전쟁의 서막

유나는 탱크라고 불리는 전동 열차 안에서 열차의 흔들림에 몸을 맡기고 있었다. 총 16량으로 이루어진 이 기차는 일반적인 트램과 달리, 파워셀을 이용한 발전 엔진이 장착된 기관차가 있어서 전기가 공급되지 않는 곳이나 선로가 없는 곳도 갈 수 있다고 하였다.

보안대 알파중대 중대장인 루크가 유나에게 설명해 주었을 때 유나는 고개를 끄덕였지만, 솔직히 어떻게 열차가 선로 없이 간다고 하는지 전혀 이해가 되지 않았다.

유나는 8호 차량에서 다른 사람들과 함께 첫 번째 정식 브리핑을 기다리는 중이었다. 8호 차량은 일반 트램처럼 앞쪽 절반에는 트램 벽을 따라 길게 놓인 소파식 의자가 양옆에 있었고, 뒤쪽에는 정면을 향한 좌석이 좌우에 두 개씩 총 6줄 있었다. 다른 점이 있다면 왼편에 있는 앞쪽 긴 의자 위 창문에 블라인드를 설치하여 지도를 붙여 놓았다는 것이었다.

보안대 장교들은 지도 맞은편 소파식 의자와 맨 앞의 네 자리를 차지하였고, 의료, 보급, 식량 담당 지원 민간 요원들이 뒤쪽에 자리했다. 유나는 맨 뒤의 구석 좌석에 조심스레 앉아 있었다.

처음 열차에 올랐을 때 루크 중대장이 몇몇 사람들을 소개해 주었지만, 누가 누군지 곧 잊어버리고 말았다. 다만 보안대 사람들은 모두 검은색의 제복 조끼를 걸치고 있어서 금방 알아볼 수는 있었다. 이번 원정대에는 모두 세 개의 보안대 중대가 차출되었다고 하는데, 간부가 아닌 일반 대원들은 모두 열차의 뒤쪽 차량에 탑승하여 볼 기회는 없었다.

잠시 딴생각을 하고 있는데, 열차의 앞쪽 문이 열리더니 한 사제가 루크 중대장과 함께 들어왔다. 그는 장대한 키에 다부져 보였으며 짧은 머리와 차가운 인상을 지녔다.

"나는 시온 최고 회의의 보안을 맡고 있는 예레미 사제입니다. 자세한 설명은 루크 중대장이 하겠으니 난 한마디만 하겠습니다. 이번 임무는 신의 명령에 의한 거룩한 전쟁입니다. 오직 복종만이 신의 뜻을 따르는 유일한 길임을 명심하십시오. 최고 회의 의장이신 폴 제사장님을 대신하여 여기 있는 모든 사람들에게 신의 가호가 함께 하기를 빕니다."

그의 굵직한 음성이 객차 안을 채웠다. 예레미 사제가 소파식 의자의 가운데에 착석하자 루크 중대장이 이어서 진행하였다. 그는 이번 원정의 목적에 대해 얘기하였고, 원정대의 규모와 임무에 대해 설명하였다.

그러나 유나는 너무 긴장이 되어 무슨 말인지 하나도 알아들을 수가 없었다. 예레미 사제가 들어온 순간부터 시작된 떨림은 점점 더 커져갔다. 이들이 자신의 정체를 알아차리면 어떡하나 하는 두려움이 밀려들었다. 괜한 일에 발을 담갔다는 후회 또한 막심했다.

루크 중대장 뒤에 의료 지원을 담당하는 섈리가 발표하였다. 유나 앞에 앉은 그녀는 자리에서 일어나 또랑또랑한 목소리로 의료진의 구성과 할 일에 대해 얘기하였다. 그다음이 유나였다. 유나는 파워셀 보급 담당으로서, 재고 현황 등을 보고하면 된다고 하였다.

어느새 섈리가 발표를 마치고 자리에 앉았다. 루크 중대장의 눈길이 느껴졌다. 유나는 터질 듯한 가슴을 안고 일어났다. 준비한 말을 시작하려는데 목이 메어서 몇 번 헛기침을 해야 했다.

"파워셀 보급을 지원하는 유나 리오입니다. 원래…"

"뭐라고요? 잘 안 들립니다."

예레미 사제가 불평하였다. 유나는 순간 얼굴이 빨개짐을 느꼈다. 심장이 계속 쿵쿵거렸다. 그녀는 크게 숨을 들이쉬고는 좀 더 큰 소리로 말했다.

"저는 유나 리오라고 합니다. 파워셀을 담당하는 에너지부에서 론 사무관이 원래 이 일을 담당하고 있는데…"

예레미 사제가 다시 말을 끊으며 손짓을 했다.

"이리 나와서 보고해요. 알아들을 수가 없잖아. 에너지부는 직원들 교육을 어떻게 시키는 거야? 우리가 필요한 파워셀은 모두 준비

된 거야?"

유나는 앞쪽으로 나가 예레미 사제와 보안대 중대장들 앞에서 보고해야 했다. 그러나 이미 당황하고 겁에 질린 그녀의 얼굴은 하얗게 질렸고, 머릿속은 멍해져 있었다. 그 이후에는 어떻게 진행했는지 정신이 하나도 없었다. 목소리는 떨렸고, 말이 제대로 나오지 않았다. 숫자를 두 번이나 틀리게 말해 예레미 사제에게 또다시 호된 질책을 받아야 했고, 에너지부 담당인 수잔 사제에 대한 비아냥까지 감수해야 했다. 마침내 루크 중대장이 그녀가 원래 담당자를 대신하여 온 초보이기에 아직 준비가 덜 되었을 것이라고 변호해 준 후에야 자리로 돌아올 수 있었다.

자리에 앉아 고개를 숙이고 있는데, 앞에 있던 샐리가 작게 속삭였다.

"예레미 사제는 원래 신입한테 가혹해요. 신고식 했다고 생각해요."

유나는 왈칵 눈물이 나 두 손으로 얼굴을 가렸다. 다른 사람들에게 우는 모습을 보이고 싶지 않았다. 그녀는 브리핑이 모두 끝날 때까지 그렇게 있었다. 자신 있게 행동하지 못한 스스로가 부끄러웠고, 신입한테 가혹하게 대한다는 예레미 사제가 증오스러웠고, 무엇보다 자기 혼자 이곳에 보낸 론이 원망스러웠다.

론은 걱정할 것 없다고 몇 번이고 확인해 주었었다. 파워셀의 목록과 상태 확인 방법을 가르쳐 준 것이 전부였지만 말이다. 그의 말로는 이번 원정이 최고 회의의 만장일치 의결을 거쳐 진행된다는 것을 보여주기 위해 각 부처 사무관이 따라가는 것일 뿐 실제로는 할 일이 거의 없다고 하였다.

"물론 우리의 진짜 일은 훨씬 어려울 거예요. 하지만 난 유나를 믿어요. 잘 해낼 수 있을 거예요."

그러고는 론은 원정대에 합류하기 전날 밤에 사라졌다. 유나는 한편으로는 그를 이해할 수 있었다. 자기 아버지와 수잔 사제가 구금되어 고문받고 있다는 정보에 그는 미친 듯이 괴로워하였다. 유나는 반대했지만 그는 그들을 구출하러 가야 한다고 했다.

"하지만 나 혼자 어떻게 외인과 접선하라는 거죠? 심지어 난 누가 외인인지 구별도 못한다고요."

유나의 항변에도 그는 마음을 굽히지 않았다. 그는 그저 잘 될 거고, 유나를 믿는다는 말만 반복하였다.

어쩌면 그 말이 맞기도 하였다. 원정 열차에 탑승할 때, 유나는 루크 중대장에게 자신의 신분증과 명령판을 보여주면서 론 사무관이 갑자기 못 오게 된 이유에 대해 설명하려고 마음의 준비를 하고 있었다.

그러나 루크 중대장은 론의 불참에 대해서는 별 관심이 없었다.

"에너지부에 이렇게 젊은 미인이 있는 줄은 몰랐는데. 열차의 10호부터 뒤 칸은 일반 대원들이 타고 있으니 그쪽으로는 가지 않도록 조심해요. 혈기 왕성한 녀석들이라 피곤할 겁니다."

루크 중대장은 친절해 보였고, 유나는 일단 시작이 순조로워 내심 안심하고 있었던 터였다.

그러나 역시 쉬운 일이란 없었다. 치욕스러운 첫 브리핑이 끝나고부터는 재앙의 연속이었다.

브리핑 후 전체 인원이 식당 칸에서 식사를 했다. 유나는 예레미 사제와 제일 멀리 떨어진 곳에 앉았는데, 그래도 이따금 자신을 째려보는 그의 무서운 눈길을 느낄 수 있었다.

그래서 그랬는지, 아니면 유나가 먹은 효모 빵에 이상이 있었는지, 유나는 그날 밤에 탈이 났다. 유나는 파워셀이 실려 있는 객차의 구석에 마련된 좌석을 침대 겸용으로 사용하고 있었는데, 따로 화장실이 없어서 객차 사이의 공용 화장실을 이용해야만 했다. 속이 어질어질해서 토하고 있는데 누군가 뒤에서 기다리고 있으면 정말 짜증나고 부끄러웠다.

유나는 이렇게 탈이 난 것이 생전 처음이어서 불안했다. 다음 날 아침에 유나가 샐리를 찾아가 증세를 설명하자, 그나마 샐리의 위로가 도움이 되었다.

"가끔 빵이 완전히 익지 않아 효모 독이 생기는 경우가 있어요. 내가 화가 나네요. 아무리 열악한 기차 안이라 하더라도 이런 일이 생기다니요. 조리사에게 따끔히 얘기할게요."

그녀는 체했을 때 도움이 된다는 미네랄을 주며 유나를 격려하였다.

의료 칸에는 각종 의료용 도구와 미네랄 상자들이 쌓여 있었고, 한쪽 벽에는 응급용 수술대가 두 개 이어져 있었다. 샐리와 같이 파견 나온 의사와 간호사는 카페 칸에 갔다고 하였다. 유나는 샐리가 준 미네랄을 물과 함께 먹고는 물었다.

"이번 임무로 누군가 다치게 될까요?"

유나가 다른 민간 지원요원들에게 듣기로는 보안대의 이번 임무는 외인들에게 위협을 가하고 책임자를 체포한다는 것이었다. 유나가 가져온 파워셀 폭탄은 그냥 위협용이라고 하였다. 하지만 막연히 외인들이 모두 도망쳐 숨을 것이고, 보안대는 결국 큰 충돌 없이 빈손으로 돌아가게 될 거라는 희망을 그들은 품고 있었다.

사실, 그렇게 되게 하는 것이 유나의 임무였다.

"글쎄요, 예레미 사제가 어떤 의도를 갖고 있는지 알 수가 없으니까요. 어제의 브리핑이 전부라고 생각하면 오산이에요. 그것은 우리 민간 요원들에게 보여주기 위한 쇼니까요. 물론 그 엉터리를 진짜 믿는 바보들도 있지만요. 어쨌든 그들이 자기들끼리 어떤 계획을 짜고 있는지 알게 뭐예요. 하지만 분명한 건 이렇게 많은 사람들이 움직이면 어떤 사고든 생기게 마련이고, 그때 우리가 필요하다는 거죠."

샐리는 시큰둥하게 대답했다. 그녀는 전기 주전자의 물이 끓어오르자 유리잔 두 개에 물을 붓고 분홍 미네랄을 하나씩 넣었다.

"어제는 어떤 멍청이가 열차 출입문에 손이 끼어 다쳐서 찾아왔어요. 손가락 하나가 거의 잘릴 뻔했어요. 바로 처치해서 다행이었죠. 유나처럼 배탈이 나는 경우도 곧잘 생기고요."

미네랄이 기포를 뿜으며 녹으면서 차츰 유리잔 안의 물이 선홍빛으로 바뀌었다. 샐리는 유리잔 하나를 유나에게 내밀며 말했다.

"저녁까지는 굶는 편이 좋을 거예요. 이 차를 마셔 봐요. 맛있어요."

눈가에 살짝 잔주름이 있는 샐리는 생각보다 나이가 많을 수 있겠다고 생각되었다. 그녀가 누구와 닮았단 생각이 들었다.

'어디서 봤지? 낯이 많이 익어 보이는데…'

로사였다. 그녀와 키와 외모가 비슷해서, 누가 보면 둘이 자매라고 생각할 수도 있을 것 같았다. 유나는 샐리가 왠지 편안하고 마음에 들었다. 어쩌면 그녀에게 자신의 목적에 대해 상의할 수 있을지도 모른단 생각이 들었다.

"외인들을 만난 적이 있나요?"

"예전에 광산 개발할 때 제13거주구 사람들하고 이렇게 열차를 타고 많이 다녔었어요. 그때 외인들을 몇 번 봤어요. 그들은 미네랄 광산의 위치를 알려주었고, 그 대가로 우리는 각종 물품들을 주었죠. 내가 본 외인들은 기괴하게 꾸미기는 했지만 우리와 똑같은 사람들이었어요."

"제13거주구 사람들이요?"

제13거주구 폭발 이후에 어떻게 되었는지 일반인들은 전혀 소식을 듣지 못하고 있었다. 당국에서는 현재 조사 및 수습 중이라는 말만 반복하였었다. 유나가 어떻게 말을 꺼내야 할지 망설이고 있는데, 샐리는 분개한 목소리로 말을 이었다.

"네, 나는 예전에 제13거주구에서 살았어요. 그곳 사람들은 광산에서 일하며 힘들게 살았지만 모두 좋은 사람들이었어요. 그래서 난 제13거주구 파견 팀에 보내 달라고 했었지요. 아무래도 거기에 더 많은 지원이 필요하지 않겠어요? 그런데 그쪽은 위험하기 때문에 보안대 자체 의료팀만을 보낸다고 하더군요. 보안대 의료팀? 그런 소리는 처음 들어봐요. 그들은 필경 무엇인가 숨기고 있어요. 루크도 그 부분에 대해서는 기밀이라며 입을 다물더군요. 자기가 원할 때는 간이라도 꺼내줄 듯이 굴면서 말이죠."

샐리는 마지막 말을 하고 나서는 살짝 유나의 눈치를 봤다.

"그러게요. 아무튼 제13거주구 사람들이 모두 무사했으면 좋겠어요."

유나는 아무것도 모르는 듯이 무심하게 대답했다. 샐리에게 상의하려는 생각은 일단 접었다. 만약 그녀와 루크 중대장이 친밀한 사이라면 언제 노출이 될지 모르는 일이었다.

***

전동 열차는 매우 느리게 달렸다. 16량이나 되고, 각 차량이 무거워서 그렇다고 하였다. 어쨌든 이틀이면 가는 거리를 나흘을 달려서야 겨우 도착할 수 있었다.

도착지는 대평원의 서쪽 한계로 헤말 산맥과 이어지는 갈림길이었다. 유나도 다른 사람들을 따라 열차에서 내렸다. 서쪽과 북쪽으로 웅장한 산맥이 보였다. 산꼭대기에는 만년설이 희게 빛나고, 산맥은 서쪽에서 계속 아래로 이어져 아래 남쪽까지 뻗어 있었다.

전동 열차는 세 갈래로 연결된 철로의 가운데에 정차해 있었다. 동쪽으로 뻗어 있는 철로는 지금까지 달려온 횡단 철로로, 제4거주구와 제2거주구를 거쳐 제1거주구로 가는 길이었다. 남서쪽으로 뻗어 있는 철로는 제13거주구와 연결되어 있었고, 북동쪽 철로는 제7거주구와 연결되어 있었다. 철로 옆에는 보안대원들이 중대별로 집결하고 있었다. 한 중대당 80명씩 4열 종대를 취한 그들은 자루옷이 아닌 짙은 갈색의 저고리와 바지를 입고 있었고, 가슴에는 두꺼운 검은색 조끼를 착용하였으며, 역시 검은색 금속 헬멧을 쓰고 있었다. 모두 직사각형 모양의 금속제 방패를 갖고 있었는데, 무거운지 대부분 발 앞의 땅에 세워 놓고 있었다. 왼쪽 허리에 찬 금속 몽둥이가 이들의 무기인 것 같았다.

"우와, 정말 멋지네요. 그렇지 않나요?"

간호사로 파견 나온 여자가 옆에서 외쳤다. 유나는 별로 동의하지 않았기에 아무 대답도 하지 않았다. 도대체 저렇게 많은 인원과 무기로 무슨 일을 벌일지 가늠할 수가 없었다.

보안대 간부들과 기술자들이 부산하게 움직였는데, 한참이 지나서야 그들이 무슨 일을 하려는지 알 수 있었다. 열차의 처음 3칸과 마지막 1칸은 파워셀 엔진으로 동작하는 전동차였다. 기술자들은 기차 앞에 약 5미터 길이의 새 철로를 깔았고 그 위에 전동차의 바퀴를 감싸는 쇠그물을 펼쳐 놓았다. 그들은 전동차를 하나씩 움직여 바퀴를 쇠그물로 감싼 다음 계속 이동 시켜 아예 철로를 벗어나게 하였다. 전동차의 맨 앞바퀴 한 쌍은 조종이 가능한지 밖으로 빠져나간 전동차는 옆으로 비켜서, 다음 전동차를 위한 공간을 만들어 주었다.

그제서야 유나는 왜 그들이 이 기차가 선로가 없는 곳도 갈 수 있다고 했는지 알 수 있었다. 그 이후에는 객차를 연결시키는 작업들이 이어졌다. 모든 작업이 끝났을 때는 전동차 하나에 3량의 객차로 이루어진 탱크가 완성되어 있었다. 원래의 철로에는 만일을 위한 후방 지원소로 3량의 객차와 전동차 1칸이 남았다. 각 보안 중대는 자신들의 객차에 파워셀 및 식량 등의 보급품을 나눠 실은 후에 자신들도 모두 탑승하였다.

특별한 의례도 없이 세 대의 탱크는 바로 출발하였다. 민간 요원들도 남아 있는 사람들에게 간단한 인사를 남기고 떠났다. 유나는 후방에 남으라는 명령을 받았기 때문에 탱크가 떠나는 모습을 지켜보아야만 했다. 그에 대해 큰 불만은 없었다. 오히려 자유롭게 행동할 수 있어 좋을 것 같았다. 그러나 샐리는 달랐다. 그녀는 자신이 잔류하게 된 것을 너무 속상해하며 억울해했다. 루크 중대장과 막판에 조금 삐걱거린 것이 영향을 준 모양이라고 했다. 샐리는 탱크가 출발하자마자 바로 안으로 들어갔다.

유나는 계속 밖에서 지켜보다가 해가 지려고 할 때야 객차로 돌아왔다. 보기에 답답할 정도로 느리게 움직이던 세 대의 탱크는 각각 목적지가 다른 듯 조금씩 방향을 틀며 멀어졌다. 그래도 결국 같은 곳을 향하고 있었다. 그들의 목적지는 헤말 산맥이었다. 산맥의 남쪽 끝자락에 외인의 거주지가 숨겨져 있다고 다들 말하곤 했다.

탱크들이 어떻게 해서 그 숨겨진 장소를 찾을 수 있을지 유나는 궁금했다. 사실은 남 걱정할 때가 아니었다. 유나야말로 그 숨겨진 장소에 숨어 있는 외인들을 만나야 했다. 수잔 사제와 론은 어렵지 않다며 잘 될 거라고 얘기했지만, 막상 이렇게 뒤에 남겨져 있으니 어떻게 해야 할지 막막했다. 아까 탱크에 숨어 있기라도 했었어야 했나 싶은 생각도 들었다. 하지만 탱크는 떠났고, 이제 답은 한 가지밖에 없었다.

유나는 한밤중에 모두 잠들었을 때 빠져나와 몰래 탱크의 뒤를 따라가기로 결심했다. 다행히 탱크가 그리 빠르지 않으므로, 힘들겠지만 충분히 따라잡을 수 있을 것 같았다. 문제는 어느 탱크를 선택하느냐였다.

유나는 고민에 빠졌지만 결론을 내릴 수가 없었다.

"하늘이 도와주시겠지. 나중에 생각하자."

그녀는 아직 붉은 여운이 남아있는 서쪽을 다시 한번 바라보았다.

***

그들은 밤이 완전히 어두워진 뒤에 찾아왔다. 유나가 저녁 식사를 마치고 짐을 꾸리고 있는데 밖에서 고함과 함께 둔탁한 소리가 들렸다. 객차의 창밖을 보았지만 어두워서 무엇이 보이지는 않았다. 곧 이어 열차의 내부에서도 사람이 외치는 소리가 들렸다. 유나는 긴장하여 객차 문을 잠가야 하나 고민했지만 그러지 않기로 하였다.

잠시 후, 문이 덜컥 열리더니 외인이 한 명 들어왔다. 그는 지금까지 유나가 상상해왔던 외인의 모습 그대로였다. 끝이 너덜너덜한 짧은 바지와 상의를 입은 그는 산발을 하고 있었고, 긴 창과 조그만 방패를 들고 있었으며, 옷뿐만 아니라 얼굴과 몸 전체에 알록달록한 색깔을 칠해 마치 지옥에서 막 뛰쳐나온 악마 같았다. 다만 그의 목소리가 그가 사람임을 알려주었다.

"당신 말고 누가 또 있나?"

"아니요, 혼자예요."

"그럼 따라와."

유나는 그를 따라 열차 밖으로 나갔다. 거기에는 원정대의 잔류 인원 모두가 모여 있었다. 유나를 포함한 지원 인력 5명과 보안대원 5명, 기관사 2명이었다. 보안대원 2명은 몸싸움 과정에서 부상을 입었는지 바닥에 누워 있었는데 한 사람은 얼굴이 피범벅이었다. 샐리가 그 옆에서 피를 닦으며 붕대를 감아 주고 있었다.

외인의 숫자는 대략 십여 명 정도 되었다. 그들은 모두 유나를 데리고 온 외인과 비슷한 모습을 하고 있었는데, 여자들도 섞여 있었다. 그 모습이 신기하여 열심히 쳐다보고 있는데, 뒤에서 남자 한 명이 앞으로 나왔다. 그는 외인이라기 보기는 거주구에 사는 보통의 남성 같았다. 그는 중저음의 목소리로 말했다.

"우리는 노웨어로 간다. 우리에게도 너희들이 가져온 괴물에 대항할 안전장치가 있어야 하니까 말이야. 너희들은 포로로서 대접받을 것이다. 시키는 대로만 하면 해치지 않겠다고 약속하지."

잔류 인원 중 식사 배급을 담당하던 여자가 울음을 터뜨렸다. 보안 요원들은 욕설을 내뱉는 것 같았다. 유나는 웃어야 할 지 울어야 할 지 알 수가 없었다. 그녀의 임무가 너무나도 쉽게 달성되었다. 이제 어떤 새로운 일이 주어질지 마음의 준비를 해야 할 것 같았다.

유나는 자신이 원하든 원치 않든 간에 거대한 새 역사의 소용돌이 안에 이미 들어와 있음을 직감했다.

제23장

# 구원의 계획

탱크는 답답할 정도로 느리게 움직였지만, 폴은 불평하지 않았다. 어차피 밤새 가야 할 길이었다. 그보다는 탱크가 경로에서 벗어나거나 바퀴가 수렁에 빠질까 노심초사하였다.

탱크라 부르는 이 전동 열차가 선로 아닌 곳도 갈 수 있다고는 했으나 엄밀히 말하면 절반의 사실이었다. 기술자들은 탱크가 선로가 아닌 곳을 가기 위해서는 땅이 무척 단단하고, 자갈 등 장애물이 없어야 한다고 했다. 약간의 경사진 곳도 오를 수 있으나 큰 기대는 하지 않는 편이 좋다고도 했다.

그래서 폴은 2일 전에 선발대 3팀을 미리 보냈었다. 선발대의 임무는 철도 갈림길에서 헤말 산맥의 동굴 입구까지 각 탱크의 경로를 확보하는 일이었다. 그들은 탱크가 지나갈 수 있을 만큼 땅이 단단한지 확인하였고, 그 위치에 표식을 설치하였다. 장애물을 치울 수 있으면 치웠고, 무른 땅이나 큰 바위가 나타나면 크게 우회를 하도록 하였다. 필요할 때는 즉석에서 돌과 모래를 이용하여 길을 내라고 명령하였었다. 다행히 산맥까지 이르는 대평원은 대부분이 평지인 굳은 땅으로 되어 있었기 때문에 거의 장애물을 만나지 않았다.

이렇게 수고를 하면서까지 탱크를 가져가야 하는 이유는 몇 가지가 있었다.

첫 번째는 외인의 거주지에 가려면 동굴 안 선로를 활용해야 하기 때문이었다. 도보로 이동할 수도 있다고는 하지만, 시간이 너무 오래 걸려 위험할 것이었다.

두 번째는 무력의 우위를 점하기 위해서였다. 인원수만 따지면 외인들이 훨씬 많을 터였다. 하지만 탱크에는 비장의 무기가 있었다. 그렇잖아도 그 무기를 한번 시험해 보고 싶었던 폴에게는 좋은 기회였다.

마지막은 탱크 그 자체였다. 최종 목적을 위해서는 탱크가 있어야 했다. 폴은 예레미 사제와 원정 계획을 세우면서 자신이 직접 이 원정을 총지휘하기로 결정하였다. 대재앙 이후로 이렇게 대규모의 무력행사는 없었다. 그의 이름과 업적은 역사에 남겨질 것이었다.

다만 일단 이 모든 사실은 비밀에 부치기로 하였다. 혹시라도 불미스러운 일이 생겼을 때 최고 제사장이 연루되는 것은 모양이 좋지 않을 것이기 때문이었다. 원정이 성공적으로 이루어진 후에 공표해도 될 일이었다. 그래서 폴은 자신의 객차에서 두문불출하며 오직 예레미 사제와 루크 중대장을 통해서만 정보를 받고 지시를 내렸다.

지금까지는 별문제가 없었다. 탱크의 비밀 공간에서 심문을 받던 외인이 끝내 죽은 사고만 빼면. 테오 또는 카멜레온이라 불리던 젊은 외인을 통해 그들은 헤말 산맥 동쪽에 있는 동굴 입구 세 곳의 위치를 알 수 있었다. 폴은 그로부터 더 많은 정보를 얻기를 원했지만, 안타깝게도 그 외인에게 더 이상의 정보를 얻기는 불가능해져 버렸다. 예레미 사제는 그것이 사고였다고 말했지만, 결국 선을 넘고 만 것으로 폴은 짐작했다.

갈림길에 도착하기 하루 전의 일이었다. 가이드 없이 동굴 안으로 들어가야 한다는 게 꺼림칙했지만 어쩔 수 없었다. 일단 세 곳의 통로로 탱크들이 모두 진입하기만 하면 1단계는 성공이었다. 그중 하나의 탱크라도 목적지에 도착한다면 다른 탱크들을 불러오는데 큰 어려움은 없을 것이다. 아니, 어쩌면 탱크 하나로도 충분히 임무를 마칠 수 있을지도 모르는 일이었다.

어쨌든 그러려면 세심한 주의가 필요했다. 이것이 바로 폴이 직접 나설 수밖에 없는 이유였다. 예레미 사제만 믿었다가는 제13거주구 때처럼 일이 꼬일 것만 같았다.

폴은 루크 중대장에 대해 생각해 보았다. 그는 예레미 사제의 부하이기는 했지만, 유쾌하였고 말이 잘 통하였다. 예레미 사제가 2호 탱크에 탑승하고 있기 때문에 루크 중대장은 1호 탱크의 지휘를 맡고 있었다.

"똑똑."

객차의 문이 열리며 루크 중대장이 들어왔다. 한밤중에 보고를 받는 것은 폴의 오랜 습관이었다. 폴이 자리에 앉으라고 권했으나 루크 중대장은 괜찮다고 하였다.

"며칠 동안 기차 안에 있으니 좀이 쑤셔서요. 서 있는 것이 다리 근육에 도움이 될 것 같습니다."

그가 가져온 안건에 특별한 사항은 없었다.

"선발대로 파견되었던 요원 한 명이 길을 되짚어 왔습니다. 남은 거리는 약 50킬로미터 정도로 내일 새벽이면 도착할 예정입니다."

폴의 대답을 기다렸다가 아무 반응이 없자, 루크 중대장은 계속 보고하였다.

"2호차 무선 통신을 받았는데, 거기도 비슷한 시간에 입구에 다다를 것이라고 합니다. 3호차는 지평선 너머로 가 버려서 저희는 현재 통신이 안 됩니다만, 2호차에 연락하기를 지반이 연약한 곳을 만났다고 합니다."

"그래서?"

"중대원들이 하차하여 지반 작업을 병행하고 있기 때문에 시간이 좀 소요될 거라는 메시지를 받았습니다."

"알겠네. 2호차에 연락하여 도착 시각에 상관없이 원래 계획대로 동굴 안 선로로 진입하라고 명령하게. 2호차, 3호차 모두."

"예, 알겠습니다."

루크 중대장의 대답에 폴은 일어서며 말했다.

"그럼 이만 가도 좋네."

루크 중대장은 아직 할 말이 남아 있는 모양이었다. 그는 머뭇거리며 말했다.

"이런 얘기를 드려도 되는지 모르겠습니다만… 돌아온 선발대 요원이 특별히 제사장님께 드릴 말이 있다고 합니다. 자신이 무엇을 보았다고 합니다."

폴은 중간에 여과 없이 직접 현장 요원을 만나는 것을 좋아하지 않았다. 대부분의 경우, 자신이 가진 정보의 중요성을 지나치게 과신한 나머지 쓸데없이 말이 길어지게 마련이었다. 폴은 시간을 낭비하는 것을 제일 싫어하였다.

그러나 오늘 밤은 달랐다. 지금은 모든 상세한 정보가 필요한 시점이었다. 그리고 그의 밤은 충분히 길었다. 폴은 다시 자리에 앉았다.

"들여보내게. 한번 들어보지."

선발대 요원은 오랫동안 땅바닥에서 잠을 잤는지 옷이 흙투성이였고, 머리도 때에 찌들어 있었다.

"최고 제사장님."

그는 허리를 굽히며 인사했다.

"그래, 무엇을 보았지?"

폴은 바로 물었다. 그의 행색을 보니 괜한 의심이 들었다.

"그게, 제가 이곳으로 오는 길에 높은 바위가 있었습니다. 제가 매일 밤 기도를 드리는데, 저는 집에서도 항상 제일 높은 곳에서 기도를 드립니다. 왜냐하면…"

"자네의 기도 습관은 지금 알고 싶지 않네. 무엇을 보았는지 빨리 얘기할 것이 아니면 그만두게."

폴의 말에 그는 당황한 것 같았다.

"예, 제사장님. 그래서 제가 그 바위 위에 올라갔는데, 거기서 남쪽을 보니 제13거주구에 불빛이 있었습니다. 그러니까 제 말은 제13거주구가 멀리 지평선 너머 보이는데, 낮에 봤을 땐 분명히 폐허였거든요. 그런데 불빛이 움직이고 있었어요. 그런 사고가 났으면 사람들이 모두 죽었을 게 아닙니까? 그런데 불빛이 돌아다니고 있었다고요. 제 생각에는 원통히 죽은 영혼들이…”

폴은 더 이상 참을 수 없었다.

“영혼들은 하늘나라에 가 있을 거네. 자네가 본 것은 불타고 남은 불씨겠지. 그게 다인가?”

“아닙니다, 제가 똑똑히 보았습니다. 폐허뿐만이 아니라 그 위의 하늘에도 날아다니는 영혼의 빛을 보았어요. 정말입니다. 그 불쌍한 영혼들을 위한 제사를 지내지 않으면 큰 재앙이 닥칠 겁니다.”

“그만!”

폴은 자리에서 일어나며 루크 중대장에게 지시했다.

“루크 중대장, 앞으로는 쓸데없는 일 말고 주어진 임무에 집중하게. 이 친구에게는 사람을 한 명 붙여 후방 잔류 팀으로 즉시 보내고. 임무를 앞두고 대원들을 미신에 사로잡히게 하고 싶지는 않아. 제13거주구에 대해서는 이번 임무가 끝나면 따로 조치를 취할 거야. 알겠나?”

루크 중대장은 얼굴이 굳어진 채 선발대원을 데리고 나갔다. 쓸데없는 일을 벌였다고 후회하는 것 같았다.

폴은 생각에 잠겼다. 그 불빛들은 죽은 영혼이 아니라 살아남은 사람들을 의미했다. 제13거주구에 대한 통금은 여전히 유지되고 있었다. 제13거주구의 동쪽을 따라 흐르는 동강이 자연적인 통제선 역할을 했기 때문에 유일한 접근 방법은 선로 다리였는데, 그곳은 보안대를 시켜 이미 차단된 상태였다.

함께 파견된 구조대가 보고하기를 거주구내로 들어가는 둑길이 무너져 내려 더 이상 진입할 수 없다고 하였다. 그리고 그들은 아무런 생존자의 흔적을 발견할 수 없다고 했었다. 생존자들은 어디에 숨어 있었던 것일까. 왜 다시 폐허로 돌아왔을까.

지도를 보면 오른쪽은 동강, 왼쪽은 습지, 아래는 광산으로 막혀 있어 결국 피신할 곳은 위쪽 헤말 산맥 쪽밖에 없었다. 그곳은 절벽이었지만 피할 수 있는 장소는 의외로 많을 수도 있었다. 그런데 절벽은 외인들의 거주지로 연결되는 통로였다. 만약 생존자들이 외인들에게 도움을 받고 있다면 일이 더 복잡해질 수도 있다.

'지금은 걱정하지 말자.'

폴은 생각했다. 불확실한 미래를 걱정하기보다는 현재에 충실하라는 것이 폴의 신념이었다.

***

새벽녘이 되어 탱크는 동굴 입구에 도착하였다. 그제서야 폴은 대원들 앞에 모습을 드러내었다. 최고 제사장이 함께한다는 사실이 그들의 사기를 고양시킬 것임을 고려하였다. 실제로 예레미 사제, 루크 중대장과 함께 나타난 그를 보고, 몇몇 대원들은 환호를 지르기도 했다.

동굴로 들어가려면 자연적으로 만들어진 돌계단 몇 개를 올라야 했다. 사람에게는 식은 죽 먹기였지만 탱크가 올라가는 것은 전혀 다른 얘기였다. 선발대원들이 미리 작업을 시작하기는 했지만 결국 중대원 전원이 교대로 달라붙어 한나절이 걸려서야 탱크가 올라갈 수 있도록 평평하고 완만히 경사진 길을 만들 수 있었다.

폴은 그동안 동굴 안을 잠깐 둘러보았다. 동굴은 산맥이 갑작스레 끊어지는 절벽의 구석에 나 있어 멀리 떨어진 곳에서는 잘 보이지 않았다. 입구에는 중대원들 6명이 끌과 쇠망치로 입구를 넓히는 작업을 하고 있었다. 입구는 좁은 반면, 안쪽은 생각보다 넓었다.

조금 더 걸어 들어가 보니, 동굴 입구로 들어오는 빛이 거의 어둑해지는 곳에 철로가 있었다. 철로를 따라 안쪽으로는 검은 심연만이 펼쳐져 있었다. 폴은 더 이상 들어가기를 멈추고 다시 나왔다. 동굴 입구에 나와 보니 옆에 툭 튀어나온 바위로 오를 수 있는 길이 있었다. 폴은 그 위로 올라갔다. 남서쪽 지평선을 따라 제13거주구가 보였다. 그 앞에 흐르는 동강이 햇빛을 반사하여 반짝거리고 있었지만, 제13거주구는 부서진 타워의 잔해와 잿빛 건물들이 그곳이 지금은 폐허임을 알려주고 있었다. 문득 폴은 아직도 생존자들이 그곳에 남아있을지 궁금해졌다.

모든 작업이 끝나고 탱크가 동굴 안 선로 위로 마침내 올라간 것은 그로부터 또 8시간이 지난 후였다. 중간에 탱크가 자꾸만 미끄러져 바닥에 보강 흙을 채우느라 한참을 고생해야 했다. 어쨌든 일이 끝났을 때는 다들 기진맥진하였다. 루크 중대장은 그날 밤은 쉬고 다음 날 아침에 출발하는 것이 어떠냐고 제안했지만, 폴은 바로 출발할 것을 명령하였다.

어차피 외인들에 대한 기습의 의미가 없다는 것은 잘 알고 있었다. 외인들은 분명히 그들이 오는 것을 알고 있을 터였다. 그렇다고 해서 외인들에게 준비할 시간을 줄 생각도 없었다. 신속한 이동만이 그들을 혼란에 빠지게 하는 방법이라고 생각했다. 2호와 3호 탱크도 지금쯤이면 가고 있을 것이었다.

폴의 명령에 따라 탱크는 선로 위를 천천히 움직였다. 폴의 객차에는 특별히 천정 위에 지휘석을 만들어 놓았다. 그것은 객차 내부에 설치된 사다리를 타고 올라가면 상반신이 들어갈 수 있는 일종의 유리 돔이었다. 거기서는 열차의 사방을 모두 볼 수 있었다. 또한 기관차에 연결된 직통 통신구가 있어 필요하다면 직접 기관사한테 명령할 수도 있었다. 동굴 안은 어두웠지만 탱크에는 강력한 전조등이 있어, 지휘석 위에 올라가면 앞에 무엇이 있는지 꽤 멀리까지 볼 수 있었다.

첫 번째 갈림길은 출발한 지 7시간이 지났을 때 나타났다. 폴은 루크 중대장에게 갈림길을 만났을 때에는 선로를 확인하여 많이 사용된 길로 가라고 지시하였었다. 루크 중대장이 들어와 폴의 예견대로 한쪽 선로는 반들반들하고 다른 쪽은 녹과 먼지가 쌓여 있어 쉽게 길을 찾을 수 있었다고 보고하였다. 폴은 내심 자신의 선견지명에 만족하였다.

그다음에 나타난 것은 일종의 바리케이드였다. 선로의 일부가 뜯겨져 나가 가로로 쌓여 있었고, 부서진 화차가 뒤집혀져 길을 막았다.

"원상 복귀하는데 약 두 시간 정도 걸릴 것 같습니다."

탱크의 전조등을 등지고 서 있는 폴에게 중대의 공병 반장이 말했다. 폴은 고개를 끄덕였다. 폴이 제일 두려워한 것은 외인들이 아예 동굴을 무너뜨려 길을 막는 것이었다. 다만 그렇게 하려면 강력한 폭탄이 필요하고, 폭탄을 만들기 위해서는 파워셀과 그것을 연쇄 반응시킬 발전기가 필요한데, 외인들은 아직 이러한 장비를 가지고 있지 못하거나 기술이 없는 모양이었다. 아니면 동굴을 무너뜨릴 생각 자체를 안 할 수도 있었다. 그들에게는 동굴이 생명줄이나 다름없을 테니깐 말이다.

그렇다면…?

그들의 노림수는 뻔했다.

"루크 중대장! 전기총 분대를 탱크의 뒤에 배치하고, 여기 바리케이드 앞에도 배치하게."

예상되는 위험에 무방비로 있을 수는 없었다.

루크 중대장의 명령에 전기총 분대가 배치되었다. 분대는 4명으로 이루어져 있었다. 분대장 격인 사수와 전기총을 운반하고 고정하는 부사수 두 명, 그리고 총알을 장전하는 장전수였다.

분대장이 넘어진 화차 옆의 공간을 지나 앞쪽에 총을 설치할 장소를 선정하자, 부사수 두 명이 꽤 무거워 보이는 전기총을 들고 그곳으로 이동하여 설치하였다. 장전수는 총알이 든 커다란 통을 들고 있었고, 탱크로부터 전기총에 연결된 전선이 화차 치우는 작업에 방해받지 않도록 한쪽으로 선을 정리하였다.

전기총은 1미터 지름의 둥근 원판 모양으로 생겼는데, 그 안에는 강력한 솔레노이드 코일이 회오리 모양으로 원을 그리고 있었다. 전기총에 전력을 가한 후에 원통의 가운데 부분에 총알을 넣어 주면 솔레노이드 코일에 의해 가속된 총알이 원판의 가장자리에 설치된 총열을 통해 발사되는 구조였다.

총알은 손톱 크기의 쇠구슬을 사용하였다. 전기총은 한 번에 50개의 총알을 유효 사격 거리 50미터까지 발사할 수 있는 위력적인 무기였다. 폴의 지시에 의해 보안대 기술진이 2년간의 노력 끝에 개발한 작품이었다.

그러나 단점도 몇 가지가 있었다. 강철로 된 전기총은 너무 무거워서 두 사람이 간신히 들 수 있는 정도였고, 한번 발사 후 재충전하는데 약간의 시간이 걸렸으며, 제일 제약이 되는 점은 큰 전력을 요구하기 때문에 발전기가 있어야 한다는 점이었다.

당초 기술진은 이 무기가 고정식 수비용으로만 사용 가능하다고 했었다. 그러나 이번 임무를 위해서는 그 이상이 필요했다. 그래서 임시방편으로 탱크의 전동기관차 발전기에서 전선을 연결하였다. 전선의 길이에 한계가 있기 때문에 전기총은 탱크 주변 10미터 정도까지만 움직일 수 있었다. 그래도 소기의 목적은 달성할 수 있으리라 생각했다. 폴은 루크 중대장에게 외인들이 나타날 경우 분대장의 권한으로 발포를 허락한다고 하였다.

역시 폴의 예상대로였다.

외인들은 앞쪽에서 나타났다. 탱크의 전조등이 희미해지는 곳에서, 외인들이 동굴의 벽에 의지하며 조금씩 다가오는 것이 보였다. 자세히 보이지는 않았지만, 긴 창과 방패를 들고 있었다.

조금만 더 가까이 오면 사거리 안이라고 생각하는 순간, 예닐곱 명의 외인들이 갑자기 소리를 지르며 이쪽으로 달려들기 시작했다. 그들은 머리를 산발하고 온몸에 색을 칠하였다. 어두운 동굴을 배경으로 그들이 달려오는 모습은 전조등 불빛으로 인해 더욱 확대되었고, 마치 지옥의 사자가 덮치는 듯한 두려움을 자아냈다.

전기총이 굉음을 내며 총알을 발사하기 시작했다. 맨 앞에 달려오던 외인이 쓰러졌다. 외인들은 함성을 지르며 조금 더 달려오다가 일제히 창을 던졌다. 동굴 안이라 충분히 높이 던질 수 없었기에 창은 그다지 위력적이지 못했다. 그럼에도 창 하나가 중대원들의 방패 사이를 뚫고 대원 한 명을 쓰러뜨렸다.

두 번째로 전기총이 불을 뿜기 시작했다. 이번에는 외인들이 모두 동굴 벽 쪽으로 붙어 피했기 때문에 총을 맞은 사람은 없는 것 같았다. 전기총이 다시 총격을 가한 후 재충전할 때 외인들은 물러났다. 그들은 총에 맞아 쓰러져 있는 사람들을 들쳐 업고 도망쳤다. 폴은 총알을 아끼라고 명령하였다. 외인들이 어둠 속으로 사라지자, 루크 중대장이 분대를 이끌고 그들을 추격하였다. 폴은 창에 맞은 대원을 직접 확인하였다. 허벅지에 창이 꽂혔지만 심각한 부상은 아니었다. 잠시 뒤에 루크 중대장이 분대와 함께 돌아왔다. 외인들은 사라졌으며 더 이상의 추격은 무의미했다.

"수고들 했네. 저 야만인들은 이제 우리의 무서움을 알 거야."

폴은 중대원들을 격려했고, 그들은 발을 구르며 기뻐하는 것으로 응답했다. 작은 규모의 탐색전이었지만 승리는 승리였다. 임무를 앞두고 자신감을 불어넣는 것도 중요하다고 폴은 생각했다.

그 뒤로 외인들은 다시 나타나지 않았다. 더 이상의 사보타주도 없었다. 갈림길은 두 번 더 나왔고, 그들은 제대로 길을 찾았다.

***

탱크가 동굴에 진입한지 50시간이 되었을 때 그들은 드디어 동굴 밖으로 나왔다. 밤이었기 때문에 처음에는 잘 분간이 되지 않았다. 그러나 어느새 주위를 감싸고 있던 벽들이 물러나고 시야가 트이기 시작했다. 탱크가 천천히 멈추자 폴은 사다리를 딛고 지휘석 안에서 머리를 내밀었다.

하늘 위로 별들이 반짝였다. 아래쪽으로는 검은색으로 절벽 융기가 보였고 그 밑 땅 위에는 건축물들이 희미한 윤곽을 그렸다. 정면으로 보이는 타워와 그 옆의 건물들은 생각보다 숫자가 많지 않아 외롭게 보였으며 그나마 불이 모두 꺼져 있어 음산하였다. 외인들이 모두 도망쳤을까 라는 의문이 들었다. 루크 중대장이 옆으로 올라와 주위를 돌아보며 말했다.

"폴 제사장님, 드디어 도착한 것 같습니다. 여기가 맞겠죠?"

"그래야겠지. 여기가 노웨어가 아니라면 그 어느 곳도 노웨어가 아니지."

루크 중대장은 웃지 않았다. 아마 폴의 농담을 이해하지 못한 모양이었다. 아무래도 좋았다. 어쨌든 목적지에 도착했고, 폴의 계획은 지금부터 시작이었다.

제24장
# 두려운 현실

로사는 자신이 협상단의 일원이라는 사실이 못내 의아했다. 폴 최고제사장의 조카라서 포함되었다는데, 그렇다면 그의 여동생인 로사의 엄마가 더 적당하지 않겠냐란 반론도 제기하였지만 이멜다는 동의하지 않았다.

"우리에게는 로사가 필요해요. 새 거주구의 미래를 이끌어갈 젊은 사람의 의견을 대표한다고 생각해요."

이멜다는 제13거주구의 생존자들이 노웨어에서 새로운 터전을 마련할 것임을 알려주었다.

"우리는 노웨어로 오는 사람을 누구도 막지 않아요. 제13거주구 거주민 중 일부는 다른 거주구로 가겠다고 했지만 대부분은 노웨어를 선택했어요. 물론 그렇게 되기 위해서는 몇 가지 조건이 따르겠죠. 일단은 노웨어가 특별 거주구로 인정받아 다른 거주구처럼 자원을 제공받는 권리와 교류의 자유가 보장되어야 해요. 동시에 정치적, 행정적, 종교적 자유와 자치도 누릴 수 있어야 하고요. 로사도 협상단의 한 사람으로서 잘 기억하고 있어 주세요. 이번 협상은 어떻게 보면 좋은 기회에요. 저들은 악의를 갖고 침범해 왔지만, 잘만 활용하면 우리가 상황을 반전시킬 수도 있을 거예요."

이멜다는 확신에 찬 표정으로 말했다. 그러나 로사가 듣기에는 외인들의 요구 사항에 난감한 점이 많았다. 물론 제13거주구 난민들을 수용한다고는 하지만, 이들의 요구는 거주구로서의 이득은 보장받되 지금까지의 자유 또한 유지하겠다는 것이다.

계시록을 모든 것의 근본으로 삼아 시온 거주구의 일치와 협력을 주장하는 최고 회의에서 이를 받아들일지 의문이었다. 로사는 이멜다에게 그런 말을 하지는 않았다. 자신이 말하지 않더라도 어차피 협상 과정에서 불거져 나올 터였다. 로사의 부모도 간곡하게 이멜다의 뜻을 지지했기 때문에, 로사가 협상 내용에 대해 반박하거나 할 처지는 아니었다.

로사의 엄마 아빠는 다행히 별 탈이 없었다. 로사 일행은 제13거주구의 경계에 도착하여 그쪽 사람들을 만나고 난 후에, 로사의 마음은 한시가 급했음에도 불구하고, 한나절이 지나서야 로사가 부모님을 만나러 가도록 허락해 주었다.

경호원이자 감시자로서 대머리 외인을 대동하고 제13거주구 사람의 안내에 따라 엄마 아빠가 쉬고 있는 간이 텐트로 찾아갔을 때, 엄마는 로사를 보자마자 그녀를 껴안고 펑펑 울었다. 로사는 정말 기쁘고 마음이 평안했는데도 왠지 덩달아 같이 울 수밖에 없었다.

그렇게 한참 동안 눈물을 쏙 빼고 나서, 그들은 서로 있었던 일들을 얘기하기 시작했다. 예전이었다면 부모가 겪은 일이 놀라워서 입을 다물지 못했겠지만, 그녀 또한 많은 경험을 하였기에 담담히 들을 수 있었다. 로사는 자신에게 있었던 일은 부모님이 걱정하지 않도록 최대한 간략하게 말해 주었다.

옆에 대머리 외인과 다른 제13거주구 사람들이 있었기 때문에 그 또한 신경 쓰지 않을 수 없었다. 그들은 로사가 부모님과 함께 지내는 것을 허용하지 않았기에, 두 번째 만남은 그다음 날 가졌다.

요셉 제사장의 인도하에 제13거주구 사람들 대부분이 헤말 산맥 기슭의 동굴 근처 공터로 이동하였고, 그곳에서 이멜다는 가지고 온 식량 등 구호품을 나눠주게 하였다. 그들 사이에 모종의 합의가 이루어진 것이 분명하였다.

로사가 부모님을 다시 만났을 때, 그들은 앞으로 노웨어에서 살기로 결정하였다고 알려주었다.

"요셉 제사장님의 말로는 우리가 당당하게 살 수 있는 유일한 방법이라는구나. 다른 거주구의 친척이나 아는 사람에게 신세 질 수도 있겠지만, 그게 어디 쉬운 일이겠니? 다들 주어진 집과 배급이 빠듯할 텐데. 군식구는 누구나 싫어하지."

"하지만 거기는 외인이 사는 곳이잖아요?"

부모님이 외인들 속에 어울려 살다니, 도무지 실감이 나지 않았다.

"제사장님 말씀으로는 거기를 특별한 거주구로 인정해 달라고 할 거라는구나. 시온의 다른 거주구 입장에서도 그렇게 되는 경우가 좋지 않겠니? 폴 외삼촌이 아마 적극적으로 우리 편을 들어주지 않을까 싶구나."

엄마는 긍정적으로 말했지만, 로사는 의구심이 들었다. 폴 최고제사장에 대해서는 더더욱 조심스러웠다. 이멜다의 말에 따르면 그는 사악한 인간이었다. 그녀의 말을 다 믿을 이유도 없었지만, 로사도 내심 복잡한 생각이 드는 건 사실이었다. 로사가 폴 외삼촌의 과거에 대해 넌지시 물어보았을 때, 엄마는 말을 돌리며 대답을 회피하였다. 궁금한 것이 많았지만 지금은 아직 때가 아니라고 생각하였다. 더 중요한 일이 많이 있었다.

댄을 만난 것은 그중 하나였다. 그를 본 것은 부모를 다시 만나고 돌아오는 길 동굴 입구에서였다. 그는 로사를 보자 무척 반가워했다. 그녀도 댄을 이런 데서 보게 될 줄은 상상도 하지 못하였다. 탐사여행을 떠난다고 한 것이 마지막으로 들은 소식이었다. 그런데 그가 이곳에, 그것도 다른 행성에서 왔다고 하는 여자와 함께 있는 것이었다.

부모님이 하늘을 날아다니는 비행체에 대한 얘기를 했을 때, 로사는 막연히 그들이 큰 충격을 받았나 했었다. 그러나 그것은 사실이었고, 댄이 그것을 확인시켜 주었다.

댄이 반가워하며 자신의 얘기를 하는 중에 다른 행성에서 왔다고 하는 여자가 와서, 로사는 그녀와 서로 간단히 인사를 나누게 되었다. 메이라고 불리는 이 다른 행성의 여자는 시온 사람들처럼 검은 머리에 검은 눈동자였지만, 키가 작고 쌍꺼풀이 없었으며, 희고 매끄러운 피부를 가지고 있어 우아하고 신비로운 매력이 있었다. 노래를 부르듯이 높낮이를 바꿔가며 유창히 우리말을 하는 모습이 신기했다.

그녀를 옆에 두고, 댄이 자신의 이야기를 모두 마쳤을 때, 로사가 받은 느낌은 부러움과 안타까움이었다. 무엇이 부러웠고 무엇에 안타까움을 느꼈는지는 스스로도 헷갈렸다.

댄이 다른 여자와 함께 있어서? 하지만 로사는 유나가 오랫동안 댄의 절친임을 알고 있었고, 그것에 대해 어떤 감정을 느낀 적이 없었다. 아니, 댄 자체에 대해 별다른 감정을 느낀 적이 없었다. 로사는 자신이 메이에 대해 댄을 질투하고 있음을 깨닫고는 갑자기 얼굴이 붉어졌다.

"너는? 어떻게 여기에 오게 된 거니?"

댄의 질문에 로사는 부모님께 말했던 내용을 다시 되풀이하였다. 그러고는 자기가 협상단의 일원임을 덧붙였다. 그가 이 상황을 어떻게 이해하고 있는지 궁금했다.

"글쎄, 난 잘 모르겠지만 집 없는 사람들이 새로운 집을 찾을 수 있게 된다면 잘된 일이겠지."

"그게 그렇게 쉽게 풀릴지 모르겠어. 보안대가 중장비를 끌고 노웨어에 침입하였다는 소식은 들었니? 월등한 무력을 가진 그들이 쉽사리 요구를 들어줄까?"

로사의 말에 댄은 무거운 표정을 지었다.

"나도 방금 그 얘기를 들었는데, 아직도 잘 이해가 안 돼. 보안대가 왜 거주민의 편의를 봐주지 않겠다는 거지? 우리는 모두 시온 사람이잖아."

"그들에게 외인은 시온 사람이 아니야. 적어도 외인들은 그렇게 믿고 있어."

"아마 그들은 제13거주구 주민들이 대거 생존해 있다는 사실을 모르고 그러는 걸 거야. 그 사실을 알리고 주민들이 외인들과 공존하기로 결정하였다는 것을 알리면 그들도 그냥 인정하지 않을까 싶은데?"

어쩌면 댄의 말이 맞을 수도 있었다. 로사의 엄마도, 요셉 사제도, 심지어 이멜다도 모두 비슷한 의견이었다. 그러나 잠시 동안이라도 폴 제사장과 함께 있어서였는지, 로사는 불길한 느낌을 지울 수 없었다. 어찌 되었든, 곧 알게 될 것이었다.

로사는 그날 밤에 화차를 타고 노웨어로 돌아갔다. 이번에는 요셉 제사장과 커크 사제, 그리고 댄과 함께였다. 대머리 아저씨를 포함하는 외인 4명이 같은 화차를 타고 그들을 안내했다. 로사는 요셉 제사장을 예전부터 알고 있었다. 인자한 성품의 그는 로사가 어릴 때부터 그녀를 제13거주구의 보배라며 귀여워했다. 커크 사제는 얼굴만 아는 정도였는데, 그와 댄 사이에는 차가운 기류가 흐르는 것을 느낄 수 있었다. 댄은 그들과 최대한 멀리 떨어진 구석에 앉아 있었다.

로사는 요셉 제사장과 옛날이야기를 잠깐 나누고는 댄의 옆으로 갔다. 아까 댄이 시온 밖 세계에 대해 얘기했던 순간부터, 그에게 물어볼 것이 너무 많았다. 게다가 처음 만났을 때 잠깐 인사한 이후,

로사는 메이를 볼 수 없었다. 댄의 말로는 메이가 어떤 임무를 부여받아 갔다고 하였다. 그도 그 임무가 무엇인지는 잘 몰랐다.

“그래서 너의 계획은 뭔데? 메이의 계획은? 만일 너희가 원하는 그 에너지원인가를 얻게 된다면 어떻게 할 건데?”

갑작스러운 로사의 질문에 댄의 눈이 동그래졌다. 그는 더듬거리며 대답했다.

“글쎄, 아직 먼 일이고, 구체적으로 정한 것은 없어. 음… 아마 시온 밖으로 일단 나가야겠지. 메이의 고향에는 태양계 밖으로 나갈 수 있는 우주선이 있는데, 그 에너지원을 이용해야 하나 봐. 나는, 나도 같이 가고 싶어. 하지만 메이에게는 아직 물어보지 못했어. 그녀가 나를 데려갈 수 있을지, 아니 데려가고 싶은 마음이 있는지.”

메이가 찾고 있다는 이드라는 행성에 대해 로사는 기대와 우려가 교차되었다. 그곳이 정말 에덴이라면, 인류의 기원과 신의 존재에 대한 궁금증을 해결할 수 있게 될 것이다. 그러나 다른 한편으로는 인간이 그곳에서 쫓겨난 이유가 있을 텐데, 그곳으로 다시 찾아간다는 것이 마음에 걸렸다. 이 부분에 대해서 댄의 생각은 달랐다.

“이제 시온은 새로운 시대에 접어들었다고 봐. 지금까지 계시록의 틀 안에서 안주하였다면 앞으로는 그 이상을 보아야 할 것 같아. 지금 일어나고 있는 모든 일들이 현재의 상황을 말해 주고 있는 것 같지 않니? 우린 우리가 스스로의 운명을 개척할 때가 된 거야.”

댄은 말해 놓고 쑥스러운지 머리를 긁적였다. 그러나 그럴 필요 없었다. 사실 로사도 댄의 말에 전적으로 동감하였다. 이제 변화의 때가 온 것일 수도 있었다.

갑자기 댄이 믿음직스러워졌다. 자신도 댄처럼 무엇인가 의미 있는 일을 하고픈 마음이 들었다. 일단은 곧 있을 협상에 최선을 다해야겠다고 생각했다. 자신의 역할이 무엇인지는 아직도 모르겠지만, 좋은 결과를 만들어낼 수 있다면 충분할 것이었다.

그러나 상황은 그다지 좋지 않았다. 노웨어에 도착하기 전, 서쪽 선로에서 기다리고 있던 외인 두 명을 만나게 되었다. 그들은 보안대의 장갑 열차 한 대가 노웨어 안에 들어와 있어서, 외인들이 동굴 줄기의 미로 안에 피신해 있다고 하였다.

더 이상 화차로 이동하는 것은 위험하다고 판단한 로사 일행은 그곳에서 내렸다. 그리고 두 외인을 따라 도보로 이멜다를 포함한 외인 지도부가 기다리고 있다는 장소로 이동하였다. 미로처럼 얽힌 길을 따라 걸어 마침내 도착해 보니, 전에 장례 의식이 행해졌던 노웨어의 자궁이었다. 벽을 따라 가느다란 폭포수가 여전히 흘러내렸고, 수많은 외인들이 광장을 채우고 있었다.

그들은 폭포수 뒤쪽으로 돌아갔다. 밖에서는 보이지 않았지만, 거기에는 또 다른 동굴의 줄기가 있었고 셀들이 있었다. 그 셀 중 하나에 큰 테이블이 놓여 있었고, 그 한쪽에 이멜다와 다른 외인들이 앉아 있었는데, 제임스도 거기에 있었다.

"어서 오세요, 기다리고 있었어요."

노웨어의 촌장 할머니도 앉아 있었지만, 말을 꺼낸 사람은 이멜다였다. 그녀는 촌장에게 새로 온 사람들을 소개하였다.

"여기 요셉 제사장은 아시지요? 커크 사제와 함께 제13거주구 주민들을 대표하여 오셨답니다. 이 아가씨는 제13거주구 출신이면서 폴 최고 회의 제사장의 조카인 로사이고요. 지난번에 보셨으니까 기억날 거예요. 폴 제사장의 마음을 누그러뜨릴 수 있는 유일한 인물이에요."

이멜다는 로사에게 웃음 지었다.

"그리고 이 젊은이는…"

이멜다는 댄의 옆에 가서 팔을 잡았다.

"우리의 비장의 무기이지요."

그리고 사람들에게 할머니를 가리키며 말했다.

"우리의 촌장이십니다. 하지만 귀가 잘 안 들리므로 모든 일은 나에게 얘기하면 돼요."

인사를 마친 그들은 테이블의 다른 쪽에 외인들을 마주하며 앉았다. 본격적인 논의가 시작되자, 이멜다가 그녀 특유의 엄숙한 표정을 지으며 말을 시작했다.

"지금 노웨어 안에 시온 보안대의 장갑 열차 한 대가 들어와 있어요. 그리고 동굴 선로를 따라 두 대가 더 오고 있고요. 우리는 노웨어에 진을 치고 있는 보안대와 대화를 시도하려 했지만, 그들은 전혀 응대하고 있지 않아요. 아마 나머지 두 대를 기다리고 있는 것 같아요. 보안대가 과연 대화를 할 의지가 있는지도 알 수 없고요. 이들이 이번에 몰고 온 장갑 열차는 괴물이라는군요. 제임스?"

제임스가 앞으로 나왔다. 그는 오른쪽 어깨에 붕대를 감고 있었다.

"동굴 안에서 이동할 때 조우해 보았습니다. 기관차에 연결된 무기가 있었는데 쇠구슬 총알을 무지막지하게 쏟아냈습니다. 직접 맛을 봤는데, 달콤하지는 않더군요. 가까이 접근하려면 큰 피해를 입을 것입니다."

그는 자신의 어깨를 으쓱하며 말했다.

"분명한 것은 그들이 쉽게 우리의 요구를 들어줄 것 같지는 않다는 거예요. 물론 우리도 그들이 원하는 대로 그냥 놔두지는 않을 거고요. 그래도 혹시 모르니 협상을 위한 조건은 준비해야겠죠? 이것이 여러분이 지금 여기에 모인 목적이기도 하고요. 그들 앞에서 일치되지 않는 목소리를 내는 건 용납할 수 없어요."

이멜다가 강조했다.

그들은 협상 조건의 세부 사항에 대해 논의했다. 이멜다를 비롯한 외인들과 커크 사제가 주로 의견을 내었고, 요셉 제사장은 가끔 동의의 표현만 하였다. 댄은 한마디도 하지 않았다. 로사는 침묵을 지키고 있다가 불현듯 물었다.

"그런데 보안대의 대표로 누가 나올지 알고 있나요? 폴 외삼촌이 직접 왔나요?"

제임스가 대답했다.

"아뇨. 하지만 최고 회의는 예레미 사제가 통솔하고 있어요. 그는 폴 제사장의 심복입니다. 보안대의 3개 중대가 각각 탱크라고 불리는 장갑 열차를 끌고 오는데, 1중대장은 루크, 2중대장은 팀, 3중대장은 존입니다. 아마 이들 중대장들 중 하나가 나올 것 같네요."

"그렇군요. 그런데 아직 접촉을 못했다면서 자세히 알고 있네요.

어떻게 확신하죠?"

로사의 물음에 제임스는 미소를 지었다.

"사실 우리가 선수를 쳤어요. 그래서 포로 몇 명을 확보하고 있습니다. 그리고 우리를 도우러 온 카멜레온도 한 명 있습니다. 그녀는…"

"제임스."

이멜다가 고개를 가로저으며 말을 끊었다.

"포로들에 대해서는 나중에 따로 이야기를 나누겠어요. 아마 이용할 방법이 있을 거예요. 자, 일단은 여기까지 하고 잠시 쉬도록 하죠. 세 시간 뒤에 직접 노웨어 광장으로 나가서 보안대와 접촉을 시도할 거예요. 그때까지 뭘 좀 먹으며 기운을 차리도록 해요."

이멜다의 제안에 사람들이 일어나 움직이기 시작했다.

"댄하고 제임스는 잠깐 얘기 좀 하죠."

이멜다의 명령에 두 사람과 촌장을 제외한 나머지만 밖으로 나왔다.

***

대머리 외인이 그들을 안내하였다. 노웨어의 자궁을 나와 식사 장소로 가는 길에, 로사는 숙소에서 따로 쉬겠다고 허락을 구하고는 기억을 더듬어 자신이 묵었던 동굴 셀을 찾아갔다. 하지만 로사가 쓰던 셀은 이미 누군가가 차지한 모양이었다. 급히 챙겨온 듯한 살림들이 어지럽게 흩어져 있었다. 하지만 너무 피곤해져 배고픔도 잊을 정도가 된 로사였다. 누가 오든 말든 상관없다고 생각한 그녀는 침대에 누워 몸을 폈다. 그러고는 순식간에 잠이 들었다.

로사는 메이와 같이 화차를 타고 있었다. 화차는 끄는 사람이 없어도 동굴 안을 빠른 속도로 오르내리며 스스로 잘 가고 있었다. 로사는 메이와 같이 가는 것이 너무 기뻤다. 그러다가 오르막길을 오르게 되었다. 앞을 보니, 오르막길 끝이 동굴의 끝인 듯 바깥쪽에서 굉장히 밝은 빛이 들어오고 있었다. 화차는 오르막길임에도 불구하고 엄청나게 빠른 속도로 그 끝을 향해 달려갔다. 로사와 메이는 서로 손을 꼭 잡았다. 마침내 그 끝에 거의 다다랐을 때였다. 갑자기 정면에서 누군가가 튀어나왔다. 그는 뭐라고 소리치며 손을 들었다. 로사와 메이도 고함을 쳤으나 이미 늦었다. 그들은 서로 부딪혔다.

강한 충격을 느끼며 로사는 잠에서 깼다. 그녀는 침대에서 떨어져 바닥에 엎어져 있었다. 다행히도 다친 데는 없는 것 같았다.

"로사? 일어나요. 그들이 오고 있어요."

셀 밖에서 누군가 소리쳤다. 정신을 차리고 나가보니 아까 길 안내를 했던 외인이었다. 로사는 그가 자신이 침대에서 떨어진 것을 보았을까 봐 쑥스러웠지만, 소식을 전한 그는 바로 어디론가 뛰어갔다.

로사는 정신없이 그를 따라갔다. 두 사람은 동굴의 3층에 해당하는 줄기를 올라가, 노웨어 광장이 바라보이는 널찍한 셀로  갔다. 거기에는 이멜다와 몇 명의 외인들, 그리고 댄이 셀의 가장자리에 서서 밖을 보고 있었다. 로사도 그쪽으로 다가갔다.

셀의 그쪽 면은 허공으로 트였고, 난간이라고는 바닥에 발목 높이로 솟아오른 경계석밖에 없었기 때문에 혹시라도 추락할까 봐 조금 겁이 났다. 그래도 노웨어 전경을 볼 수 있는 점은 좋았다.

절벽을 따라 아래에는 사람들로 인산인해였다. 로사는 외인이 이렇게 많은 줄은 몰랐었다. 노웨어의 동쪽 출구에 보안대의 열차가 있었기에 외인들은 대부분 로사가 있는 북쪽과 서쪽의 절벽 아래에 빼곡히 몰려 있었다. 왜 피신하지 않고 나와 있는지 의아했다. 그런데 자세히 보니 외인들만 있는 것은 아니었다.

중앙 타워 옆 대로에 한 줌의 사람들이 있었는데, 그들은 제13거주구 사람들이었다. 멀리서도 약간 구부정한 요셉 제사장을 볼 수 있었다. 그 옆에 있는 남자는 커크 사제 같았는데, 그는 평화와 일치를 상징하는 오륜 지팡이를 높이 들고 있었다. 그 밖에 남자와 여자들도 보였다.

그들이 향하는 곳에는 보안대가 있었다. 탱크라고 불리는 열차의 앞부분이 동굴의 그늘 밖으로 나와 있었고, 그 앞에 수십 명의 보안대가 방패와 곤봉을 들고 헬멧을 쓴 채 사열해 있었다. 열차에서는 확성기로, 이곳을 폐쇄하니 모든 외인들은 12시간 내에 떠나라는 소리가 반복되었다.

"왜 제13거주구 사람들만 저기로 가죠? 우리도 같이 가야 하는 것 아닌가요?"

로사의 물음에 이멜다가 대답했다.

"일단은 저들에게 대화 의지가 있는지 확인하려는 거예요. 보안대는 우리 자유민들을 효모 찌꺼기보다 못한 존재로 보기 때문에 조심할 필요가 있어요."

사열해 있는 보안대의 지휘관으로 보이는 남자가 앞으로 나오더니 다가오는 제13거주구 사람들에게 뭐라고 소리를 질렀으나, 무슨 내용인지 알 수는 없었다. 아마 멈추라고 하는 것 같았다. 오륜 지팡이를 든 커크 사제가 대꾸했다. 그리고 제13거주구 사람들은 계속 앞으로 나아갔다. 제13거주구 사람들 뒤로 약 30미터 떨어져서 약 100여 명의 외인들이 세 개의 열을 만들며 넓게 퍼져 뒤따르고 있었다. 그들은 요란하게 치장하고 있었고, 무기를 들고 있었다. 대화를 한다면서 저렇게 다른 패를 보여주는 것이 맞나 싶었다. 힘을 과시해서 대화를 할 수밖에 없도록 하려는 전략일까? 그러나 만약 저들이 오판한다면 어떻게 될지 걱정이 되었다.

갑자기 보안대가 질서 정연하게 뒤로 물러났다. 그러자 뒤쪽에 있어 보이지 않았던 분대가 드러났다. 세 팀으로 이루어진 그들은 땅 위에 설치된 동그란 기계를 갖고 있었다. 그것이 무엇인지 미처 파악하기도 전에 요란한 소리가 났다. 그리고 아비규환이 시작되었다.

그것은 마치 한 편의 연극 같았다. 우선 맨 앞에 있던 제13거주구 사람들이 피를 흘리며 쓰러졌다. 커크 사제도 요셉 제사장도 모두 땅에 뒹굴었다. 한 명이 손을 흔들며 보안대 쪽으로 달렸지만, 그도 역시 총을 맞고 엎어졌다. 뒤에 서 있던 사람들은 제각각 다른 쪽으로 도망가기 시작했다.

보안대가 공격하자, 뒤에 있던 외인들 중 가장 앞쪽 열이 창을 높이 던졌다. 그들의 투창 실력은 정말 놀라웠다. 수십 개의 창이 보안대 사이에 떨어졌고, 그중 하나가 기계 총 옆에 있던 대원을 꿰뚫었다. 놀란 보안대원들이 방패를 들고 창을 막았다. 외인들이 두 번째로 창을 날리자, 그들은 방패로 막으며 기계 총 분대를 데리고 후퇴하였다. 이 모든 일들이 순식간에 일어났다.

로사는 충격에 빠져 손을 들어 입을 틀어막았다. 댄과 다른 사람들이 욕지거리를 내뱉는 것이 들렸다.

“흥, 결국은 전쟁을 원하는 것이었군. 가서 더 이상의 접근은 하지 말라고 지시해. 그리고 시신과 부상자를 처리하도록.”

이멜다가 누군가 옆에 있는 사람에게 명령을 내렸다. 그녀는 이번 상황이 조금도 놀랍지 않은 것 같았다. 불과 얼마 전에 얘기를 나누던 요셉 제사장이 피를 흘리며 쓰러져 있는 데도 말이다.

‘혹시 이 모든 것을 모두 계획한 것은 아니었을까?’ 로사는 요셉 제사장이 너무 걱정되어 말했다.

“나도 같이 갈게요. 도와주고 싶어요.”

그러자 이멜다가 로사를 보며 말했다.

“아니, 잠깐 기다려요. 우리가 먼저 확인할 게 있어요. 요셉 제사장과 함께 갔던 제13거주구 사람들 중에 당신의 부모도 있어요. 아마도 무사히 피했겠지만 그래도 모르는 일이니까요. 폴 최고 제사장의 누이가 있다고 하면 다를까 했지만 역시 상관하지 않는군요. 저들은 악의 화신이 분명해요.”

로사는 피가 얼어붙는 것 같았다. 자신의 앞에 있는 이 여자가 진정한 악의 화신처럼 느껴졌다.

제25장

# 상처와 위안

유나는 떨리는 마음을 진정시킬 수가 없었다.

밖에서는 보안대의 확성기가 시끄럽게 울려댔다. 그녀는 미로 같은 동굴 사이의 한쪽 벽에 붙어 숨을 깊이 내쉬었다. 어떻게 하면 좋을지 판단이 서질 않았다. 다가가서 말을 건네고 싶었지만, 방금 목격한 장면에 몸이 굳어버렸다. 외인들이 주위를 뛰어다니며 뭐라고 소리 질렀으나, 그녀에게 특별히 주의를 기울이지는 않았다.

유나는 제임스가 준 외인 옷을 입고 있었다. 그녀는 장난삼아 외인 여자처럼 눈과 입술에 화장도 했는데, 어떤 외인 여자보다 예쁘다는 제임스의 말에 유나는 깔깔 웃었다.

사실 외인 옷으로 갈아입은 이유는 오해를 피하기 위해서였다. 보안대가 노웨어 한복판으로 쳐들어온 상황에서 그녀가 입고 있던 보안대 제복은 그곳 사람들이 보기에 이상하게 여겨질 것이기 때문이었다.

실제로, 그녀가 제임스의 부대와 함께 노웨어에 도착하고 나서 얼마 지나지 않아 일이 벌어졌다. 거주구민들과 외인 전사들이 보안대와 맞섰고, 많은 사상자가 발생하였다. 그리고 얼마 지나지 않아, 보안대의 탱크가 본격적으로 움직이기 시작하였다.

부하 몇몇에게 동굴 안에 남아있는 사람들을 피신시키라고 명령하고서, 제임스는 다른 부대원들과 함께 부상자를 수습하러 갔다. 유나는 그들을 따라가다가 두 사람이 포옹하는 장면을 목격하였다. 댄이 여기에 있으리라고는 정말 꿈에도 생각하지 못했었다. 게다가 로사와 함께라니.

***

나흘 전, 제임스가 이끄는 외인부대가 원정대 잔류 인원을 포로로 잡았을 때, 유나는 외인부대의 대장인 제임스와 조용히 대화할 틈을 만들려고 노심초사했다. 그러나 기회를 잡기가 쉽지 않았다. 제임스는 항상 맨 앞이나 뒤에 섰고, 다른 사람들의 눈을 피하기가 어려웠다. 불과 며칠이었지만, 같은 소속이었던 원정대 동료들에게 배신자라는 소리는 듣고 싶지 않았다.

노웨어로 가는 동굴의 입구에서 외인들은 두 팀으로 나뉘었다. 한 팀은 포로들을 데리고 안전한 길을 따라가고, 제임스가 이끄는 다른 팀은 보안대 탱크를 뒤쫓을 것이라고 하였다. 동굴에 들어서기에 앞서 그들은 잠시 쉬며 짐과 무기를 재분배하였다. 지금이 적기였다.

더 이상 머뭇거리다가는 기회를 놓칠 것 같았다.

제임스는 조금 떨어진 곳에서 외인 한 명과 얘기하고 있었다. 유나는 동료들보다 조금 뒤편에 서서 소리는 내지 않은 채 크게 손을 흔들었다. 다른 외인들이 이상한 듯 쳐다봤지만, 제임스는 눈길조차 주지 않았다. 유나는 더더욱 몸을 크게 움직이며 자신을 봐 달라고 소리 없이 외쳤다. 주변 외인들의 시선을 느낀 듯 샐리가 뒤돌아봤다. 유나는 어색하게 몸을 비틀며 마치 기지개를 켜는 듯 연기해야 했다. 그렇지만 끝내 제임스의 주의를 끌지는 못했다.

무작정 달려들어 인질극이라도 벌어야 하나 고민하고 있는데, 제임스가 큰 소리를 지르며 다가왔다.

"뭐? 포로 중 한 명을 방패막이 삼아 데려가자고? 이런 비열한 놈을 봤나. 지금까지 내 부하 중에 너 같은 놈은 없었다. 그래도 이번만은 그 의견을 따르도록 하지."

제임스는 그들 사이로 가까이 오더니 죽 둘러보았다. 그러고는 "너!" 하며 유나를 가리켰다. 유나의 앞에 있던 샐리가 유나의 팔을 붙잡았다. 유나는 당황스러웠다. 이게 무슨 경우인지 이해가 되지 않았다.

어쨌든 유나는 다른 포로들하고 떨어져 제임스 일행에 합류하게 되었다. 그 팀이 포로들을 데리고 먼저 떠난 후에, 제임스는 동료 외인들에게 유나가 새로 임무를 맡게 된 카멜레온이라고 소개했다. 그는 처음부터 유나에 대해 알고 있었던 것이었다. 유나는 그때까지 모른 척했던 그에게 분노가 치밀어 그를 계속 노려보았으나, 외인들이 다가와 포옹을 하며 반겨 주었기에 더 이상 어쩔 도리가 없었다.

특히 여자 외인 두 명이 마치 자매처럼 친근하게 유나를 대해서 그들과 금방 어울리게 되었다.

동굴을 따라 걸어가는 길은 색다른 경험이었다. 대개는 선로를 따라가다가 중간중간 선로가 없는 좁은 통로를 지나갔다. 어떤 통로는 꽤 넓어 두 명이 같이 걸어갈 수도 있었지만, 어떤 통로는 몸을 숙여야 간신히 빠져나갈 수 있었다. 화차를 이용하면 편하지만 빙빙 돌아가는 경우가 많아 걸어가고 있는 거라고 제임스가 알려줬다.

"우리는 탱크를 앞질러야 해."

그는 힘주어 말했다.

동굴 안은 암흑이었기 때문에 그들은 2인 1조로 야광봉을 들고 걸어야 했는데, 제임스가 유나와 함께 가기를 자처하였다. 제임스는 한 손에는 창을 들고, 방패를 등에 멨으며, 옆에는 칼을 차고 있었다. 수염을 기르고 눈과 볼에 짙은 색을 칠한 그의 모습을 야광봉의 불빛 아래에서 보니 정말 무서웠다. 동굴 벽에 비친 그의 그림자는 지옥에서 나온 괴물 같기도 했다.

그러나 정작 말을 나눠보니 그가 재미있는 사람이란 것을 금방 알 수 있었다. 그의 목소리는 편안한 느낌을 주는 저음이었고, 말에는 위트가 있었다. 유나는 곧 그와 친해지게 되었다. 쉬지 않고 몇 시간을 걸어 유나가 기진맥진하게 됐을 무렵, 샘물이 흐르는 장소에 도착하였다. 제임스는 거기서 식사와 휴식을 위해 잠시 머무른다고 하였다. 효모 빵과 샘물로 간단히 식사를 마치고, 유나는 제임스에게 노웨어의 생활에 대해 물어보았다. 그녀는 그들이 정말로 원시적으로 살고 있는지, 그 삶이 만족스러운지 항상 궁금했었다.

"물질적 풍요가 삶의 질을 담보하지는 않지. 물론 우리는 파워셀도, 전기도, 먹을 것도 풍족하지는 않지만, 그렇다고 절박하게 살고 있지는 않아. 시온의 거주민들이 진정 우리보다 풍요로운지도 의문이고. 거주민의 미덕은 절약이잖아? 대신에 우리에게는 자유가 있어. 아무런 규율이 없다기보다는 스스로를 통제할 수 있는 권리가 있다고 해 두지. 거주구에 살면서 답답함을 느낀 적이 없었나?"

졸졸 흐르는 샘물 옆에 비스듬히 누워 제임스가 물었다. 초록색 야광봉을 사이에 두고 제임스 앞에 앉아 있던 유나는 잠시 생각해 보았다. 그동안 유나는 큰 불평 없이 살았었다. 제임스의 말대로 모든 것이 풍요롭지 않았고 절약하며 살아야 했지만, 그것은 예나 지금이나 누구에게도 마찬가지였다. 어쩌면 미래에도 그럴 것이다. 시온은 신의 선택을 받은 사람들이 사는 행성이고, 사람이 교만해지지 않고 구원받기 위해서는 가난함을 알아야 한다고 배웠었다. 딱 하나 불만인 점은 있었다.

"비혼을 장려하는 제도가 답답했어요. 또래의 절반 정도에게만 결혼의 권리가 주어지는 것은 너무해요."

유나는 댄이 떠올라 새삼스럽게 화가 치밀었다.

"사회 지도층이 되기 위해서는 결혼해선 안 되는 것도 그렇고요."

그녀는 목소리를 높이지 않으려고 노력했으나, 제임스는 유나가 한 말의 속뜻을 금방 알아챈 것 같았다.

"아가씨는 사제가 되기를 원하나? 아니, 그게 아니라 아가씨의 그 사람이 사제가 되기를 원하는가 보군? 하하, 어떤 남자일지 궁금하네. 아가씨 같은 여자를 두고 자신의 성공을 선택한 남자는.”

제임스는 엄청 눈치가 빠른 것 같았다. 유나는 얼굴이 붉어졌다.

“내가 그렇다는 것이 아니라, 내 친구가 그렇다는 거예요. 그 친구 말로는, 그 남자는 자기가 좋아하는 줄도 모르고 있을 거라고 했어요. 어릴 적부터의 소꿉동무라서 마음을 고백할 수가 없었대요.”

유나는 살짝 거짓말을 했다. 어차피 제임스에게는 아무 상관이 없을 것이었다.

“그렇군. 그럼 그 친구에게 전해줘. 만일 그 남자가 친구의 마음을 여태 모르고 있었다면 그는 바보임이 틀림없고, 알고 있었다면 비겁한 남자라고. 어느 쪽이건, 마음을 접는 것이 좋겠다고 말이야.”

“알겠어요. 이제 그만 좀 쉬고 싶네요.”

유나는 대답을 하고 외인들에게 받은 침낭을 감싸며 돌아누웠다. 어쩌다 보니 쓸데없는 이야기까지 한 것 같아서 기분이 착잡해졌다. 자꾸 제임스의 마지막 말이 머리에 맴돌았다. ‘댄은 정말 내 마음을 모르는 것일까?’ 그래도 그가 비겁한 남자이기보다는 차라리 바보이기를 유나는 바랐다.

네 시간의 짧은 휴식 후에 그들은 다시 걷기 시작했다. 울적한 기분이 든 유나는 더 이상 제임스에게 말을 걸지 않았다. 그들이 탱크와 접촉한 것은 그로부터 얼마의 시간이 지나지 않아서였다. 선로를 떠나 좁고 구불구불한 지름길을 따라가다가 다시 선로로 막 복귀하려던 때였다.

기차 바퀴의 공명음이 먼저였다. 그리고 뒤이어 저 멀리 선로가 꺾이는 곳의 동굴 벽에 전조등의 불빛이 반사되는 것이 보였다. 제임스는 외인들을 모아 의논을 하였다. 재빨리 출발하면 탱크보다 먼저 노웨어에 도착할 수 있다고 누군가 말했다. 그러나 제임스는 별로 마음에 들어 하지 않았다.

"적이 침입해 온다는군. 그냥 물러나고 싶지는 않은데. 다른 아이디어는 없나?"

하지만 그들이 가지고 있는 무기라고는 각각 들고 있는 창과 칼뿐이었다. 이 상태로 탱크와 맞선다는 것은 너무 무모해 보였다.

"내가 선로 공사를 해 봐서 아는데, 군데군데 보수 공사로 교체된 선로가 있습니다. 그것을 다시 떼어내면 적어도 기차를 지체시킬 수는 있을 겁니다."

또 다른 외인이 말했다. 제임스는 이 안에는 찬성했다.

"좋아, 노웨어가 준비할 시간을 조금이라도 벌 수 있다면 무슨 일이라도 해야겠지. 자유민들이 만만치 않다는 것을 보여주자고."

그들은 철길을 따라 약 30분간 이동하여 교체된 선로를 발견하였고, 그곳에서 거사를 치르기로 결정하였다. 제임스와 6명의 외인들이 임무를 맡았고, 유나를 포함한 나머지는 앞쪽에서 대기하고 있다가 만일의 사태에는 노웨어로 먼저 떠나기로 했다.

유나는 제임스가 염려되었으나, 외인들은 이런 종류의 긴장에 익숙한 듯 묵묵히 발걸음을 옮겼다. 사실, 기다리는 시간이 더 괴로웠다. 온 신경을 기울였지만 아주 멀리 무슨 소리가 들릴 뿐이었는데, 그것이 실제인지 환청인지도 알 수 없었다.

한참 뒤에 드디어 분명한 소리가 들렸다. 그러더니 동굴을 따라 움직이는 빛과 함께 달려오는 그림자들이 보였다.

"도와줘!"

누군가 소리쳤다. 대기하던 외인 중 두 명이 그쪽으로 달려갔다. 뛰어오는 사람들의 모습이 분명해졌다.

제임스의 한쪽 몸은 피투성이였고, 외인 두 명이 그를 양옆에서 부축하고 있었다. 덩치가 큰 외인 한 명이 사람을 업고 있었는데, 부상으로 기절했는지 팔이 축 늘어져 있었다. 다른 외인이 손짓을 하며 외쳤다.

"빨리 출발해! 뒤에 보안대가 쫓아오고 있다고!"

그들은 재빨리 움직였다. 외인들이 너무 빨리 달렸기 때문에 따라가기 힘들 정도였다. 그래도 조금만 뒤처지려고 하면 유나의 뒤에 있던 여자 외인이 옆구리를 찔렀기 때문에 가까스로 보조를 맞출 수 있었다. 부상당한 제임스가 잘 오고 있는지 걱정되었지만, 뒤를 돌아볼 여유도 없었다. 보안대가 어디까지 쫓아오는지도 알 수 없었다.

그렇게 한 시간을 달리고 선로가 없는 갈림길로 들어서서야 그들은 쉴 수 있었다. 다들 가쁜 숨을 몰아쉬며 흥건히 젖은 땀을 닦았다. 혹시 몰라 야광봉을 모두 끈 상태여서 아무것도 볼 수 없었다. 잠시의 휴식 후에 그들은 걸어서 두 시간을 더 이동하였다. 적막한 동굴 안에서 그들의 발소리만 들렸다. 가끔 제임스의 신음 소리가 들리기도 했다.

마침내 안전한 곳이라고 말한 장소에 도착했을 때, 유나는 제임스에게로 다가가 보았다. 부상당한 채 계속 달리고 걸었던 그의 얼굴은 거의 실신할 듯한 표정이었다.

"괜찮아요? 어디가 아프죠?"

유나는 스스로 참 바보 같은 질문을 했다고 생각했다. 옆에서 제임스를 부축했던 외인이 대신 말했다.

"오른쪽 가슴 쪽에 총을 맞았어. 당신, 의사야?"

그는 유나의 대답을 기다리지 않고 제임스에게 물었다.

"제임스, 총알을 빼야 해. 견딜 수 있겠나?"

외인의 다그침에 제임스가 힘겹게 대답했다.

"뉴트는 어때? 내 뒤에 있으라고 했는데, 말을 안 듣고 앞으로 튀어 나갔어. 그는 괜찮나?"

"그는 죽었네. 어떻게 손쓸 틈이 없었어."

외인의 말에 제임스는 '음' 하며 신음 소리를 냈다.

"적어도 혼자 간 건 아니니까 외롭지는 않을 거야. 뉴트에게 총을 쏜 놈들 중 하나는 내 창 맛을 봤거든."

그리고 제임스는 의식을 잃었다.

외인들은 빨리 손을 써야 한다고 부산스러웠지만, 정작 나서는 사람은 없었다. 혹시라도 일이 잘못될 경우 책임질까 봐 두려운 모양이었다. 제임스가 자신들의 지휘관이었기 때문에 더욱 그런지도 몰랐다. 유나는 더 이상 참을 수 없었다. 이판사판이었다. 예전에 의료실습했던 경험을 되살려봐야겠단 생각이 들었다.

그녀는 자기가 해 보겠다고 말하고서는 옆에 있던 외인에게 칼과 물과 헝겊을 준비해 달라고 했다. 그러자 그가 자기 허리에 있던 단도를 꺼내 유나에게 주며 말했다.

"조심해."

유나는 칼을 받아 들고 제임스의 웃옷을 찢었다. 젓꼭지와 어깨 사이에 구멍이 있었고, 그곳에서 계속 피가 흘러나오고 있어 빨리 지혈을 해야 했다. 등 쪽을 살펴보니 무엇이 빠져나온 흔적이 없었다. 몸 안 어딘가에 총알이 박혀 있는 것이 분명했다.

칼을 물로 씻고 헝겊으로 잘 닦은 다음 끝부분을 상처 안으로 밀어 넣었다. 어느새 다시 의식이 돌아왔는지 제임스가 고통스러운 듯 신음 소리를 냈다. 그러나 몸을 움직이지는 않았다.

"참아 봐요."

유나는 칼을 더 깊숙이 넣었다. 제임스의 목이 경직되며 힘줄이 튀어 오르는 것이 보였다. 순간, 칼끝에 무언가 딱딱한 게 걸리는 것이 느껴졌다. 유나는 칼끝에 힘을 주어 그것을 들어 올렸다. 제임스의 마지막 신음과 함께 동그란 총알을 빼낼 수 있었다. 유나는 상처 부위를 물과 헝겊으로 닦아낸 후, 지니고 있던 실과 바늘을 꺼내 상처를 꿰매었다. 보안대에 합류할 때부터 혹시 몰라 미리 바늘에 실을 꿰어놓고 있던 것이 천만다행이었다. 그녀는 외인들의 도움을 받아 제임스의 상처 부위를 헝겊으로 꽁꽁 싸맸다.

"유나는 의사구나. 훌륭해. 아주 잘했어."

옆에서 돕던 여자 외인이 칭찬해 주었다. 다른 외인들도 한마디씩 거들었다. 유나는 정말 큰일을 한 것 같아서 스스로도 뿌듯했다.

그로부터 노웨어까지는 꼬박 3일이 걸렸다. 제임스를 위해 천천히 걸었기 때문이기도 했고, 보안대와 다시 만나는 것을 피하기 위해서 우회해야 했기 때문이기도 했다. 그러나 유나는 그 시간이 싫지 않았다. 그녀는 제임스와 함께 걸으며 그를 돌보았다. 상처가 덧나지 않도록 바다 미네랄을 녹인 물에 적신 헝겊을 주기적으로 갈아 주면서 이런저런 대화도 나누었다.

노웨어에 도착하기 전 마지막 휴식을 취할 때, 유나는 언니의 결혼과 결혼식에 대해 수다를 떨었고 그는 자신의 어린 시절에 대해 말하였다.

제임스는 노웨어 표현으로 말하자면 '거자'였다. 거자는 부모 중 한 사람 이상이 거주민인 경우를 말한다고 했다.

"나의 부모는 모두 거주민이었어. 나는 진정한 거자였지. 이곳에 온 내 부모님은 노웨어에 잘 적응을 못 했어. 그들은 이곳에서도 이방인이었고, 난 어릴 때에는 아이들의 멸시와 조롱을 받고 살았어. 처음엔 그게 당연한 줄 알았지. 우리 식구는 그들과 달랐으니까. 하지만 철이 들고 나서 깨달았어. 여기는 노웨어고, 모든 것이 가능한 곳이란 걸 말이야. 나를 놀리던 애들에게 그 사실을 확실히 주지 시켜 주고 나서는 더 이상 아무도 우리 가족을 건드리지 않았지. 물론 때때로 실력 행사를 더 해야 했지만 말이야."

"그런데 부모님은 적응을 잘 못했다면서 왜 노웨어에 정착한 거죠?"

유나의 질문에 제임스는 코웃음을 쳤다.

"모르겠나? 그들은 거주구에서 결혼을 할 수 없었어. 어디를 가나

패배자들이자 비자격자들이었지. 그들이 아이를 낳아 가정을 꾸릴 수 있는 유일한 방법은 노웨어에서 사는 것이었어."

맞다. 유나도 알고 있었다. 노웨어는 사회의 부적격자들, 사생아들, 범죄자들이 흘러 들어가는 시온의 시궁창이라고 들었었다. 그러나 외인들을 직접 보니, 그들이 요란하게 꾸미기는 했지만 결국은 비슷비슷한 사람들이라는 생각도 들었다. 특히 제임스는 좋은 남자 같았기에 그녀는 그의 말에 반박했다.

"아니, 내 생각에 제임스의 부모님은 용기 있는 사람들이에요. 그래서 이렇게 당신을 낳아 키웠잖아요. 노웨어에 가면 만나보고 싶어요."

유나의 말에 제임스는 웃었다.

"그들은 예전에 모두 죽었어. 아버지가 미네랄을 캐는 일을 하다 물에 빠져서 죽자, 엄마는 식음을 전폐하고 일주일 만에 아버지를 따라갔지. 둘은 떨어져서는 안 되는 사람들이었나 봐."

"어머, 미안해요."

"괜찮아. 오래된 일인걸."

유나가 자신도 모르게 제임스의 오른팔에 손을 대었다. 그러자 그는 갑자기 몸을 돌리더니 왼손으로 유나의 등을 안고 키스하였다.

유나는 전기가 통한 듯 온몸이 짜릿함을 느꼈다. 정신이 하나도 없어 어떻게 해야 할지 몰랐다. 팔꿈치로 그를 밀어 보았지만 꿈쩍도 하지 않았다. 다른 외인들이 쳐다보기라도 하면 어떡하나 하는 걱정도 들었다. 시간이 멈춘 듯하였다. 마침내 유나가 크게 몸을 뒤척이자 제임스는 몸을 떨어뜨렸다. 야광봉 불빛에 비친 그의 눈빛이 반짝거렸다.

"그거 알아? 넌 참 멋진 여자야."

"우리 이러면 안 돼요. 난, 좋아하는 사람이 있다고요. 다시는 이러지 말아요."

유나는 서둘러 말하고는 뒤돌아 누웠다. 그가 자신의 얼굴을 볼까 두려웠다. 자신의 말과는 다른 표정이 드러날까 두려웠다.

"표현하지 않는 감정은 사랑이 아니야. 집착일 뿐이지. 내가 부모한테 배운 유일한 교훈이고. 하지만 우리에게는 서로에게 표현할 수 있는 시간이 더 있는 것 같으니, 기다릴게."

그도 몸을 누였다. 유나는 마음을 가라앉히려 애썼다. 그녀의 상상 속에서 첫 키스의 상대는 항상 댄이었다. 화가 치밀어야 했지만 이상하게 그렇지 않았다. 제임스와의 키스는 달콤했다. 아까 제임스의 상처를 꿰매고 났을 때, 옆에서 도와주던 여자 외인이 했던 말이 문득 생각났다.

"제임스 별명이 뭔지 알아요? 바람돌이에요. 바람처럼 민첩해서 이기도 하지만 바람처럼 왔다가 바람처럼 가기 때문이죠. 그가 올 때 마음껏 받아들여요. 그렇지만 갈 때도 그냥 내버려 둬요. 잡을 수 없으니까요. 그렇게 하면 당신이 상처받을 일은 없을 거예요."

그때는 그녀의 말이 무슨 소리인지 잘 이해가 되지 않았었다. 지금은 좀 알 것 같았다. 그는 자신의 마음이 가는 대로 움직이는 바람이었다. 이번에는 유나를 향해 거세게 불고 있을 뿐이었다. '그런 것이겠지?' 유나는 이번 일을 대수롭지 않게 여기려고 애썼다. 하지만 그가 영원히 그녀에게만 불어오는 것도 좋겠다는 생각이 드는 건 어쩔 수 없었다.

***

어느 순간 보안대의 확성기 소리가 멈췄다. 정신이 든 유나는 다시 한번 고개를 돌려 그들을 보았다. 댄은 자신의 품에 안긴 로사의 등을 쓰다듬고 있었다. 유나는 너무 어이가 없었다. 수업 시간에 댄이 로사를 보는 눈빛이 예사롭지 않았던 건 알고 있었지만, 둘이 언제부터 저런 사이가 되었는지 궁금했다. 댄은 분명 메이와 함께 있는 것으로 알고 있었는데, 메이는 어디로 갔는지도 궁금했다. 예전 같았으면 가서 멱살이라도 잡았을 것이었다.

그러나 그럴 수가 없었다. 외인 복장에, 외인처럼 화장을 한 자신이 너무나 우스꽝스럽게 느껴졌다. 그리고 제임스와 했던 키스가 떠올랐다. 아니, 그건 그가 일방적으로 한 것이니 그녀의 책임은 없는 거라고 말하고 싶었지만, 마음이 걸리는 건 마찬가지였다.

유나는 댄과 로사가 꼭 붙어서 어디론가 가는 것을 그저 지켜볼 수밖에 없었다. 눈물이 났다. 제임스가 옆에 다가와 있는 줄도 몰랐다.

"유나, 무슨 일이야?"

그의 물음에 유나는 그를 덥석 껴안았다. 그는 잠시 놀란 듯했지만 이내 아무 말 없이 왼팔로 그녀를 꼭 안아 주었다.

"아무것도 아니에요. 그냥 좀 슬퍼서 그래요."

"그래, 이제 괜찮아. 걱정할 것 없어. 내가 지켜줄게."

그의 가슴은 참 따뜻했다.

제26장

# 충격과 공포

이제는 움직일 때가 되었다.

다른 두 대의 탱크를 기다리느라 시간을 너무 지체하였다. 예레미 사제가 마침내 도착했을 때, 폴은 언짢은 기색을 굳이 숨기지 않았다. 예레미 사제는 동굴 미로가 복잡했고, 중간에 부서진 선로가 있어 보수하느라 늦어졌노라 변명하며 얼굴이 붉게 상기되었다. 수치스러웠거나 화가 난 모양이었다. 그래서였을까? 외인들이 협상단을 보냈을 때, 그는 폴의 명령을 기다리지 않고 발포 명령을 내렸다. 오륜기를 들고 오는 사람들은 거주민의 복장을 하고 있었고, 맨 앞의 노인은 분명 제13거주구 제사장인 요셉 사제 같았다. 그러나 예레미 사제는 단호했다.

"외인들이 제13거주구 사람들을 죽이고 옷을 빼어 입었을 것입니다. 도대체 제13거주구 사람들이 왜 이곳에 와 있겠습니까?"

사람들이 피를 흘리며 쓰러진 후 뒤에 있던 외인들이 창을 던지며 공격하였기 때문에 더 이상의 논쟁은 아무런 의미가 없었다. 가능한 한 피를 흘리지 않고 최대의 압박을 통해 목적을 달성하려 했던 계획은 이미 물 건너갔다. 어쩌면 필연적인 결과일 수도 있었다. 그렇기 때문에 이렇게 중무장을 하고 온 것 아닌가?

외인들의 투창이 위력적이라는 것이 드러났기 때문에, 예레미 사제는 일단 보안대를 안전한 굴 안으로 배치했다. 외인들도 탱크와 전기총의 위력을 아는 듯 더 가까이 접근하지는 않았다. 그들은 총에 맞아 죽거나 부상당한 사람들을 자기들이 피신해 있는 절벽 쪽으로 데려가는 데 일단 주력하였다.

폴은 잠시의 휴지기를 이용해 객차 회의실에서 작전 회의를 열었다. 예레미 사제, 루크 중대장을 포함하는 세 명의 중대장이 회의 참석 대상이었다.

"회의는 길지 않게 하도록 하지. 루크 중대장, 작전 계획을 브리핑해 주게."

폴의 지시에 루크 중대장이 유리 칠판 앞으로 다가갔다. 칠판에는 노웨어의 대략적인 지도가 그려져 있었다. 가운데 중앙 타워를 중심으로 건물들과 효모 배양 농장이 있었고, 바깥쪽에 둥그런 원 모양의 절벽이 그려져 있었다. 보안대의 탱크 세 대가 우하귀의 동쪽 출구 쪽에 푸른 별 표로 표시되어 있었다.

루크 중대장은 지도의 위쪽을 가리키며 말했다.

"외인들은 모두 절벽의 북쪽과 서쪽 동굴 어딘가로 숨은 듯합니다. 지난밤에 대원들을 보내 확인해 보니, 중앙 타워 등 광장의 건물에 매복한 외인은 없는 것으로 확인되었습니다. 파워셀 폭탄을 중앙 타워에 설치하기 위해서는 두 가지 방안이 있습니다. 1안은 8명의 대원이 폭탄을 운반하며, 이때 1개 중대가 이들을 호위하여 외인의 공격을 막는 방법입니다. 이 방법은 외인의 투창에 의한 인명 피해가 상당수 예상됩니다. 2안은 탱크 한 대로 직접 타워까지 전진한 후 폭탄을 설치하는 방안입니다. 이 경우는 탱크 앞에 길을 내면서 이동해야 하기 때문에 시간이 오래 걸리는 단점이 있습니다."

"8명이면 파워셀 폭탄을 운반하기에 충분한가?"

예레미 사제가 물었다. 그는 그 폭탄을 제작하는 데 직접 관여하였기에 그것이 얼마나 무거운지 알고 있었다. 원래 파워셀은 최대한 안전하도록 만들어졌기 때문에 폭탄으로 사용하려면 여러 가지 복잡한 단계를 거쳐야 했고, 상당히 무거웠다. 사실 파워셀 폭탄은 열폭주 제어 장치를 뺀 조그만 발전소나 마찬가지였다. 제13거주구에 보내진 것도 똑같은 종류였다.

"힘이 센 대원들을 선발할 예정입니다. 그래도 좀 버거울 수 있지만, 그것을 들 수 있는 자리가 더 이상 나지 않습니다."

2중대장이 대답했다.

예레미 사제는 1안을 주장하였다. 탱크가 노웨어까지 와서 합류하려면 너무 많은 시간이 지체될 것이기 때문에 신속히 작전을 수행해야 한다는 의견이었다. 시간을 오래 끌수록 외인들이 대처할 기회를 주는 것이라고도 하였다. 그 말은 일리가 있었다. 폴은 중대장들의 의견을 물었다.

“대원들이 폭탄을 들고 이동하려면 전기총의 엄호를 받기가 힘듭니다. 중대원들이 옆에서 방패로 막아준다고 해도 외인들의 투창에 딱 좋은 목표물이겠지요. 그리고 만일 외인들이 인해전술로 사방에서 몰려든다면 지켜낼 수 있을지 장담할 수 없습니다.”

루크 중대장이 말했다.

“굳이 중앙 타워로 옮길 필요 없이 그냥 여기 이 자리에 설치하고 떠나면 어떻겠습니까? 어차피 이 부근은 초토화될 텐데요.”

3중대장이 말했다.

“여기에 폭탄을 설치해 터뜨려도 중앙 타워가 무너질 거라고 확신할 수 있는가?”

폴의 질문에 그는 대답하지 못했다.

“우리가 여기까지 와서 인명 피해를 감수하면서까지 수행하는 작전인 만큼은 실제적, 상징적 결과가 뚜렷해야 하네. 후딱 폭탄을 터뜨리고 도망치듯 빠져나가는 것이 목표가 아니란 말일세. 외인들은 더 이상 시온에 기생하며 살지 못할 것이고, 저 중앙 타워의 와륵이 그 증거가 될 것이야.”

폴은 탱크를 조금씩 전진 시켜 중앙 타워까지 가기로 결정하였다. 그리고 그 사이에 두 중대를 절벽을 따라 양쪽으로 전개시켜 외인들을 소개하라고 명령하였다. 외인들을 동굴로부터 소개하려는 이유는 혹시 모를 급습을 미리 차단하고, 거주민들이 잡혀 있다면 그들을 구출하기 위해서였다. 중대장들은 외인들을 쫓아내는 작전의 실효성에 의문을 품었지만, 거주민들을 구출한다는 명분에는 수긍하였다. 명령을 받은 중대장들이 객차 밖으로 나간 후에도 예레미 사제는 그대로 있었다.

"외인들에게 시간을 줄 뿐만 아니라 아예 그들이 도망칠 수 있도록 하는군요. 우리의 당초 목적은 신의 뜻을 벗어난 죄인들에게 합당한 처벌을 내리려는 것이 아니었습니까?"

폴은 자리에서 일어났다. 예레미 사제는 덩치가 컸기 때문에 폴은 그를 올려다볼 수밖에 없었다.

"말투가 마음에 들지 않는군, 예레미 사제. 내가 누구이고, 자네가 어떻게 해서 이 자리에 오게 되었는지 다시 생각해 보게. 신의 뜻을 거역하는 죄인이 어떤 결말을 맞이할지는 스스로 잘 알고 있을 거야."

폴의 차가움에 예레미 사제는 한풀 꺾였다.

"무례하였다면 용서해 주십시오, 최고 제사장님. 저는 다만 혹시라도 제사장님의 개인적인 이해로 인해 큰일을 그르치게 되실까 봐 염려되었습니다. 그러나 제사장님께서 제일 잘 아시겠지요."

그는 폴의 손에 입을 맞추고는 물러갔다. 예레미 사제가 말한 개인적인 이해란 물론 로사를 두고 하는 말이었다. 폴은 중대장들에게 명령을 내리면서 로사가 발견될 경우 최대한 안전하게 구출하라는 말을 잊지 않았었다. 그가 로사를 언급한 것은 명령의 맨 끝이었지만, 그의 의도가 어디에 있음은 누구라도 알 수 있을 것이었다. 중대한 임무 중에 혈연을 챙기려 함이 적절치 않겠으나 폴은 밀어붙이기로 작정하였다. 최고 제사장이자 총사령관으로서 그 정도의 권한은 있다고 보았다.

작전은 바로 개시되었다. 2중대는 2호 탱크의 길을 닦으며 조금씩 탱크를 전진시켰고, 1중대와 3중대는 각각 절벽의 북쪽과 서쪽 동굴에 진입하였다. 방패와 곤봉으로 무장한 보안대는 동굴 안의 숨겨진 방들을 일일이 확인해야 했기 때문에 매우 느리게 움직였다.

폴은 루크 중대장의 만류에도 불구하고 1중대의 뒤를 따랐다. 외인들이 어떻게 살아왔는지 궁금했고, 그들의 실체를 알고 싶었다. 루크 중대장이 따로 12명을 호위로 붙여주어서 안전이 그다지 걱정되지는 않았다.

외인들의 저항은 없었다. 그들은 모두 더 깊은 안쪽으로 도망간 것 같았다. 절벽 아래에 미로처럼 뚫려 있는 동굴에는 그들이 살던 방이며 창고 등 각종 공간들이 있었는데, 여러 가지 살림살이들만 남아 있었을 뿐이었다. 다만 동굴 안 깊숙이는 들어가지 말도록 지시하였다. 그 속으로 무한정 빨려 들어갈 수는 없었다. 동굴의 노웨어 광장에 면하는 쪽을 확보하여 탱크의 전진에 방해 공작을 하지 못하게 하는 것이 목적이었다.

루크 중대장은 절벽 동굴의 북쪽 주요 출입구에 중대를 소대 단위로 무리 지어 배치하였다. 너무 간격이 넓으면 각개 공격을 받을 수 있고, 또 너무 좁으면 포위당할 수 있기 때문에 적당한 거리를 유지하는 것이 중요하였다. 그러나 외인들의 특별한 행동은 없었다. 동굴 안에서는 투창이 그다지 위력적이지 않았고, 전기총의 위력에 겁을 먹었을 수도 있었다.

특별한 충돌 없이 한낮이 되었다. 그 사이에 2중대의 탱크는 조금씩 타워가 있는 오르막을 올라가 어느덧 거의 목적지에 다다랐다.

공병들이 탱크 앞에서 방해물을 제거하거나 길을 닦았고, 전기총 분대는 탱크와 함께 조금씩 움직이며 방어선을 형성하였다. 탱크의 기관차 위에는 따로 전기총이 설치되어 있어, 더 먼 곳의 적을 방어할 수 있게 하였다. 외인들이 어떻게 해서든지 1중대와 3중대를 뚫고 탱크를 향해 달려들 수는 있겠지만, 그것은 자살 행위가 될 터였다. 탱크가 타워에 도착해 폭탄만 설치하고 나면 임무는 완성이었다. 보안대가 철수하면 폭탄은 터질 것이고, 노웨어는 시온에서 사라질 것이다.

폴은 중앙 타워의 홀을 둘러보고 있었다. 건물 자체는 투박하고 밋밋했지만, 그 안을 채우고 있는 유리 가구는 훌륭했다. 테이블이며 의자들은 육 면의 방에 갖다 놓아도 손색이 없을 정도였다. 노웨어와 함께 이 기술과 시설이 사장될 것을 생각하니 안타까운 마음이 들었다. 혹시라도 나중에 모든 일이 정리되면 여기 시설을 복구해도 좋을 것 같다는 생각이 들었다.

타워의 홀은 사방으로 창이 나 있어서 보안대의 진척 상황을 볼 수 있었다. 2중대는 마침 탱크에서 폭탄을 내리고 있었다. 그 옆에는 외인들의 효모 농장 저수지가 노란빛을 띠며 햇빛에 반짝였고, 전기총 네 분대가 분주히 탱크의 양쪽에 자리 잡고 있었다.

처음에는 햇빛의 착시인 줄 알았다. 효모 저수지의 물이 출렁이며 무엇인가 가장자리에서 움직였다. 폴은 발걸음을 멈추고 다시 확인하였다. 노란색의 그 무엇은 사람이었다. 저수지에서 외인들이 나오고 있었다. 수십 명이 물에서 계속 나왔다. 폴은 자기도 모르게 소리쳤지만, 밖에 있는 보안대원들이 들릴 리가 없었다. 전기총 분대는 바깥쪽을 감시하고 있었기 때문에 뒤에서 다가오는 외인들을 미처 알아차리지 못했고, 뭔가 일이 잘못되고 있음을 알았을 때는 너무 늦어버리고 말았다.

외인의 일부는 폭탄을 하역하고 있던 중대원들에게 돌진하였고, 옆에서 호위하던 보안대원들과 전투가 벌어져 곧 유혈이 낭자하기 시작했다. 탱크 위의 전기총 쪽의 상황도 좋지 않았다. 믿기지 않게도, 하늘 위에서 비행접시가 줄을 내려뜨리고 있었다. 외인 5명이 그 줄에 줄줄이 매달려 있었는데, 2호 탱크 위로 내려가려는 듯했다. 그들은 탱크 주변으로 무엇인가를 던졌는데, 작은 번개 같은 불꽃이 튀더니 탱크를 지키던 중대원들이 모두 괴로워하며 땅에 쓰러졌다. 하지만 탱크의 전기총을 담당하는 대원은 마지막 순간까지도 총을 놓지 않았다. 요란한 소리와 함께 전기총이 난사되었다. 외인과 드잡이를 하던 분대원이 비명을 지르며 탱크 밑으로 떨어졌고, 줄에 매달려 있던 마지막 외인 또한 피를 흘리며 땅으로 떨어졌다. 비행접시도 총에 맞았는지 빙글빙글 회전하다가 절벽에 부딪히고 나서 땅에 추락하였다. 폴은 자기도 모르게 쾌재를 불렀다. 그러나 그것도 잠시, 탱크 위의 전기총 분대는 내려온 외인들에게 완전히 제압되었다. 바깥쪽 상황도 마찬가지였다. 지상의 전기총 분대원들은 힘도 못 쓰고 도망치거나 항복하였고, 탱크 주변에 남아있던 보안대원들은 외인들과 육탄전 끝에 쓰러지거나 붙들렸다.

이제 1중대와 3중대에 희망을 거는 수밖에 없었다. 그들도 탱크에서 벌어지고 있는 전투를 인지했는지, 대오를 맞춰 탱크 쪽을 향해 돌격하였다. 눈부신 햇살 아래 헬멧을 쓰고 방패와 곤봉을 들고 돌진하는 중대원들의 모습은 엄숙할 정도로 장관이었다. 그러나 폴은 두려운 마음이 들었다. 그리고 기우이길 간절히 바랐던 일들은 현실이 되었다. 중대원들이 충분히 가까이 왔을 때, 갑자기 전기총들이 불을 뿜기 시작했다. 외인들이 전기총 작동 방법을 그렇게 쉽게 파악할 수 있다는 사실에 기가 막혔다. 놀란 중대원들이 주춤하며 방패를 들고 방어 태세를 취하였다. 그리고 방패를 앞세우며 조금씩 전진하였다. 하지만 상황은 더욱 나빠졌다. 어느새 수많은 외인들이 절벽 밑 동굴에 포진해 있었고, 그들은 중대원들에게 일제히 창을 던지기 시작했다. 앞에서는 전기총이, 뒤에서는 창이 날아오는 상황에서 중대원들이 잇따라 쓰러졌다. 예레미 사제를 시켜 3년 동안 공들여 키운 보안대가 이렇게 끝장이 나는구나 싶어 폴은 망연자실하였다.

"제사장님, 탱크로 돌아가야 합니다. 서두르시죠."

폴의 호위를 담당하던 분대장이 재촉했다. 폴은 정신이 들었다.

"그러지."

폴은 마지막으로 밖을 보았다. 중대원들은 최대한 대형을 유지하며 다른 두 대의 탱크가 있는 동쪽 출구로 후퇴하고 있었다. 폴도 호위대와 함께 타워를 내려왔다. 호위대가 문을 박차고 나가자 거기에 외인 두 명이 있었는데, 그들은 타워에서 누가 나올 거라고 전혀 예상치 못한 듯 깜짝 놀란 모습이었다. 호위대는 그들을 방패로 쳐내고 폴을 엄호하며 달리기 시작했다. 폴은 호위대의 가운데에서 함께 달렸다. 처음에는 외인들이 외치는 소리만 들릴 뿐 별다른 저항은 없는 듯하였으나, 어느 순간부터 투창이 날라오기 시작했다. 창들이 방패에 맞아 튕겨 나갔다. 폴 옆에 있으면서 자신의 방패를 폴 머리 위로 들고 있었던 호위대원은 정작 자신의 몸은 보호할 수가 없었다. 창 하나가 그의 등을 뚫었다. 그가 앞으로 쓰러지며 손을 내밀었지만, 잠시 머뭇거리던 폴은 그 손을 잡으려다 말고 계속 뛰었다. 다른 호위대원 한 명이 그의 자리를 메우며 폴을 위해 방패를 들었다.

마침내 다른 두 대의 탱크가 집결해 있는 곳에 도착했을 때는 온몸이 땀으로 흥건했다. 1호 탱크와 3호 탱크의 전기총들이 일제히 엄호 사격을 하여 외인들은 더 이상 접근하지 않았다.

예레미 사제가 공황 상태에 있는 대원들을 향해 고함지르며 질서를 잡으려고 하고 있었다. 그는 스파이크가 붙은 곤봉을 들고 있었는데, 곤봉과 팔은 이미 피로 새빨갛게 얼룩져 있었다.

"중대장, 중대장들은 어디에 있나?"

"3중대장은 오다가 창에 맞았습니다."

누군가 힘겹게 소리쳤다.

"2중대장은 현장에서 탈출하지 못했습니다."

또 다른 누군가가 말했다.

"1중대장은? 루크 중대장!"

루크 중대장이 대원들 사이에서 비틀거리며 나왔다. 그도 온몸이 피투성이였는데 자신의 피 같지는 않았다. 그는 양손을 들고 말했다.

"여기서 빨리 나가야 합니다! 우리는 신의 뜻을 거역했습니다. 나도 똑똑히 봤습니다. 하늘의 천사가 외인들을 내려 주는 광경을요.

우리는 제13거주구를 파괴했고, 지금 천벌을 받고 있는 것입니다."

그는 정신이 나간 사람처럼 하늘을 보며 외쳤다. 예레미 사제가 성큼성큼 다가가더니, 팔을 크게 휘둘러 곤봉으로 루크의 머리를 내리쳤다. 둔탁한 소리와 함께 두개골이 깨졌고, 루크 중대장은 그 자리에서 쓰러져 죽었다.

"루크 중대장은 마귀가 씌었다. 누구라도 후퇴를 외치는 자는 이렇게 될 것이야. 다들 정신 차리고 대오를 형성하라. 외인들의 공격에 대비해. 모건 분대장. 이제부턴 네가 1중대장이다. 중대원들을 정렬하고 명령을 수행해."

예레미 사제의 명령에 모건 중대장이 대답했다.

"예, 알겠습니다."

폴은 일단 자신의 객차 안으로 들어갔다. 시원한 미네랄 한 잔이 간절하였다. 잠시 후에 예레미 사제가 모건 중대장과 들어왔다. 예레미 사제는 여전히 곤봉을 들고 있었다.

"앉게."

최대한 침착함을 유지하며 폴이 말했다. 그러나 그들은 앉지 않았다.

"피해 상황을 보고드리겠습니다. 1중대는 중대장 포함 10명 사망, 3중대는 8명 사망했으며, 2중대는 37명이 사망 또는 포로가 되었습니다. 부상자는 총 69명으로, 주로 2중대와 3중대원들입니다."

모건 중대장이 보고했다.

"그래서 현재 가용 인원은 총 108명입니다."

"폭탄은 어떻게 됐지? 점화시켰나?"

전기를 충전하는 방식으로 기폭 장치가 되어 있는 파워셀 폭탄은 한 번 점화시키면 끌 수가 없었다. 폭탄을 금속 상자에 밀봉했기 때문에 해체할 수도 없었다. 충전이 시작되면 세 시간 뒤에 폭발하게 되어 있었다.

"예, 2중대장이 점화시키는 것을 제가 보았습니다. 그것 때문에 그는 결국 외인들에게 붙잡히고 말았습니다."

모건 중대장의 대답에 폴은 안도의 한숨을 내쉬었다. 일단 소기의 목적은 달성할 수도 있을 것 같았다. 2중대장은 사후에라도 훈장을 주어야겠다고 마음먹었다. 문제는 폭탄이 외인들의 손에 있다는 것이었다. 그들이 거기에 신경 쓸 수 없도록 혼선을 주어야 했다.

"예레미 사제, 남아 있는 2중대와 3중대원들을 이끌고 가서 원래의 임무를 수행하도록 하게. 폭탄 위에 돌덩이들을 쌓던지 무슨 수를 써서라도 외인들이 폭탄을 다른 데로 옮기지 못하게 해야 하는 거야. 알겠나?"

폴의 진정한 의도를 알았는지 몰랐는지 예레미 사제는 이 명령에 거부하지 않았다. 다만 그는 조건을 걸었다.

"3호 탱크를 몰고 가야 합니다. 저쪽에도 총이 있으니까요."

"그렇게 하게. 모건 중대장은 부상자와 남은 1중대를 1호 탱크에 태우고 출발 준비를 하도록. 예레미 사제가 임무를 마치고 오면 바로 여기를 뜰 거야."

그렇게 인력 배치를 마친 후에 예레미 사제는 3호 탱크를 몰고 다시 전진하였다. 폴은 1호 탱크의 지휘석에서 상황을 지켜보았다. 외인들이 멀리서 창을 몇 개 던졌지만 아무런 타격은 없었다. 그보다는 2호 탱크의 전기총이 위력적이겠지만, 아직 사정거리에는 닿지 않았다. 3호 탱크는 2호 탱크가 지나간 길을 따라갔기 때문에 이번에는 조금 더 속도를 낼 수 있었다.

그때였다. 2호 탱크가 움직였다. 그것은 왔던 길을 되짚어 후진으로 내려가기 시작했다. 폴은 모골이 송연해졌다. 중앙 타워 쪽으로 오르막길이었기 때문에 2호 탱크가 내려오는 속도가 3호 탱크보다 더 빨랐다. 3호 탱크의 기관차 위에서 총이 불을 뿜었지만, 2호 탱크의 맨 끝 객차에 총알 세례만 줄 뿐이었다.

눈 깜짝할 사이에 두 탱크가 충돌했다. 3호 탱크의 기관차가 옆으로 넘어졌고, 2호 탱크의 끝 객차도 반대쪽으로 밀려났다. 그래도 2호 탱크는 계속 뒤로 후진을 계속하였다. 내리막길에서 힘이 더 가속되는 것 같았다. 3호 탱크에 타고 있던 보안대원들이 우르르 내려 도망쳐 오기 시작했다. 그 뒤를 외인들이 좇아왔다.

"즉각 후퇴하라!"

폴은 기관차 직통 통신구에 대고 명령했다.

"빨리, 최대한 후진해!"

탱크가 덜컹하며 뒤로 움직였다. 최대한 출력을 내는 것 같았지만, 짜증이 날 정도로 속도를 내지는 못했다. 도망쳐 오는 보안대원들은 뒤로 달리는 열차의 문에 매달려 올라탔다. 1호 탱크의 전기총들이 발사를 시작하자, 외인들은 더 이상 가까이 오지 못한 채 투창만 집어 던졌다. 하지만 큰 피해는 없었다. 폴이 걱정한 것은 2호 탱크였다. 3호 탱크의 마지막 객차까지 밀어젖힌 2호 탱크는, 이제는 1호 탱크를 향해 다가오고 있었다. 1호 탱크마저 파손되면 빠져나갈 길이 요원해질 터였다. 다행히 2호 탱크도 뒤로 전진하고 있었기 때문에 방향을 제대로 잡지 못하고 있었다. 외인들도 그것을 알아챘는지 2호 탱크를 멈추고 기관차와 객차를 분리하는 작업을 시작했다. 덕분에 폴도 귀중한 시간을 벌 수 있었다. 1호 탱크가 동굴 안 선로까지 도달해 선로 위로 올라가려면 작업을 위한 시간이 필요하기 때문이었다.

마침내 외인들이 2호 탱크의 기관차만 움직여 돌진해왔을 때에는 1호 탱크도 선로 위에서 가속을 시작하고 있을 때였다. 폴은 큰 한숨을 쉬며 지휘석에서 내려와 의자에 앉았다. 외인들이 2호 탱크를 선로에 올려 추격해오려면 시간이 좀 걸릴 것이었다. 그리고 그다지 위협적이지도 않았다. 기관차에 탑승할 수 있는 인원은 몇 안 되었기 때문에 폴 쪽이 훨씬 유리할 것이었다. 그보다도 폴의 관심은 다른 데 있었다. 그는 목에 매고 다니는 태엽 시계를 확인하였다. 아까 파워셀 폭탄을 설치한 지 이미 3시간이 지나 있었다.

'폭탄은 터졌을까?'

상당한 시간이 흘렀지만, 아직 아무런 폭발이나 진동을 느낀 적이 없었다. 그는 어쩌면 이미 동굴 안을 상당히 들어와서 그런 것일 수도 있단 생각이 들었다.

예레미 사제에게 비현실적인 임무를 준 이유는 외인들에게 폭탄을 치울 수 있는 겨를을 주지 않기 위해서였다. 자신이 미끼가 되었다는 사실을 알면 예레미 사제가 어떤 반응을 보일지 궁금했다.

그러나 그의 반응을 보게 될 일은 없을 것이었다. 모건 중대장의 보고에 의하면 3호 탱크에서 도망쳐 온 대원들 중에서 예레미 사제는 없었다. 그는 자신이 그렇게 증오했던 노웨어에서 최후를 맞이한 것이었다.

문득 신께서 뜻을 펼치는 방법은 참 아이러니하다는 생각이 들었다. 어쨌거나 폭탄만 제대로 작동한다면 이 모든 희생에도 불구하고 시온은 새로운 전기를 맞게 될 것이다. 폴은 속히 제1거주구로 돌아가고 싶어졌다. 기계와 나눌 대화가 많았다.

제27장

# 불편한 승리

노웨어 광장은 혼란의 도가니였다.

장갑 기차들이 광장 한복판에서 뒤엉켜 있었고, 보안대와 외인들은 서로 죽고 죽이기를 반복하였다. 그러나 댄의 관심은 오직 하나였다. 그는 추락한 실론호를 향해 달려가고 있었다. 뒤에서 그를 지키던 외인이 소리를 질렀지만 댄은 신경 쓰지 않았다. 아까부터 메이가 걱정되었는데, 댄을 지키고 있던 외인들은 그를 보내주지 않았었다. 보안대의 또 다른 장갑 기차가 돌진해왔을 때, 댄은 외인들의 주의가 흐트러짐을 엿보다가 마침내 자리를 박차고 나갈 수 있었다.광장은 쓰러진 보안대원들과 외인들 그리고 그들의 장비들로 가득했다. 달려가면서 보니 보안대들이 또다시 도망가고 있었고, 무장한 외인들이 그 뒤를 쫓고 있었다.

다행히 실론호 주위에는 아무도 없었다. 가까이 다가가자 메이가 선체 밑 땅 위에 누워 있는 것이 보였다. 그녀의 종아리에서 피가 흐르고 있었다. 댄은 달려가서 그녀 옆에 앉았다. 일단 지혈부터 해야겠다고 생각했다.

"메이, 괜찮아요? 다리 말고 어디 다른 데 다친 곳은 없고요?"

메이가 눈을 뜨고 댄을 보았다.

"댄, 왔구나. 난 괜찮은 것 같아."

그러나 그녀는 곧 의식을 잃었다. 댄은 다리를 살펴보았다. 무엇에 찔렸는지, 찢긴 옷 사이로 벌어진 상처에서 피가 흘렀다. 댄은 자신의 웃옷을 벗어 상처가 난 부위의 위쪽을 꼭 묶었다.

외인들이 도착한 것은 그때였다. 그들은 가지고 온 들것에 메이를 올리고는 빠른 걸음으로 움직였다. 댄이 따라가려고 했으나 다른 외인들에게 저지당하였다.

"이거 놓아요! 메이를 어디로 데려가는 거죠? 나도 같이 가야겠어요."

그를 붙잡은 외인이 대답했다.

"넌 날 따라와. 이멜다 비서가 찾고 있어."

댄은 발버둥 쳤으나 소용없었다. 자신의 무력함에 또다시 좌절과 분노를 느꼈다.

댄이 처음으로 이멜다 비서를 보게 되었을 때, 그녀는 그에게 최대한의 자유를 보장하겠다고 했었다. 그러나 그것은 사실이 아니었고, 실제로 그는 포로나 다름없었다. 혼자서는 자유롭게 다닐 수조차 없었고, 어디를 가나 외인 경호가 감시자처럼 따라붙었다. 메이의 얼굴을 보기도 힘들었다. 그녀는 이멜다와 무엇인가 거래를 한 모양이었다.

"걱정하지 마. 금방 다시 볼 거야." 하고 그녀는 아무렇지도 않게 말했었다. 댄은 그녀를 홀로 가게 하는 것이 굉장히 못마땅했지만, 그때도 그가 할 수 있는 일은 없었다.

그나마 로사를 만난 것이 큰 위로였다. 로사를 통해 외인들과 노웨어에 대해서 좀 더 알게 되었고, 현재의 상황에 대해 파악할 수 있었다. 이멜다는 항상 로사를 곁에 두려 했기 때문에, 댄도 가급적 이멜다 주위를 맴돌았다. 그러는 것이 메이의 소식을 듣거나, 로사를 볼 수 있는 기회였기 때문이었다. 다행히 이멜다는 그가 옆에 있는 것을 굳이 막지 않았고, 때로는 은근한 농담을 하며 반겼다.

그래서 로사가 공포에 싸여 다급히 부모에게 달려갔을 때, 댄은 그녀를 따라갈 수 있었다. 그곳에서는 외인들과 제13거주구 사람들이 보안대의 총을 맞은 부상자와 사망자들을 임시방편으로 북쪽 동굴의 공터에 옮겨 놓고 있었다. 거기서 치료할 경우 살 가능성이 있어 보이는 사람들은 일단 응급 처치를 해서 더 안쪽에 있는 치료소로 데려갔다.

댄과 로사가 도착해보니 로사의 아버지는 이미 사망한 상태였고, 어머니도 중상을 입은 듯 그대로 방치되어 있었다. 로사는 생각보다 침착했다. 그녀는 엄마 옆에 앉아 그녀의 손을 잡고 무언가 얘기하기 시작했다. 댄은 조금 옆에 떨어져 거리를 두었다. 두 사람만의 시간이 필요할 것 같았다.

주변에는 외인들과 제13거주구 거주민들이 분주히 돌아다니고 있었다. 댄은 문득 자신의 엄마가 생각났다. 댄의 아빠는 댄이 세 살 때 병으로 죽었다. 남편을 일찍 여읜 그의 엄마에게 댄은 세상에서 가장 소중한 존재였고, 죽은 남편의 한을 풀어줄 아들이었다. 댄은 어릴 적부터 엄마의 이런 마음을 알고 있었고, 최대한 엄마의 뜻을 이루기 위해 노력하였었다. 작년에 갑작스러운 사고로 엄마마저 죽기 전까지는. 엄마가 돌계단에서 미끄러졌다는 이웃집 부인의 소식을 듣고 댄이 병원에 달려갔을 때, 엄마는 이미 사망한 후였다. 댄은 그녀에게 아무런 작별의 말이나 포옹도 건넬 수 없었다. 감사와 용서, 회한을 나눌 수도 없었다. 그때 느꼈던 슬픔과 죄책감은 아직도 생생하였다. 그리고, 댄은 자유로워졌다. 마음 한편이 쓰렸지만 사실이었다.

잠시 후, 로사의 엄마가 마침내 숨을 거두었다. 로사는 아무 소리 없이 눈물을 흘렸다. 그녀는 한참을 그대로 있다가 일어나 댄의 품에 안겼다. 댄은 그저 그녀의 등을 쓰다듬으며 위로의 말을 반복할 수밖에 없었다. 그 시간은 그리 길지 않았다. 보안대원들이 오고 있기 때문에 빨리 피신해야 했다. 그들의 확성기 소리가 점점 커졌다. 댄은 로사와 함께 동굴 안쪽 깊숙이 들어갔다.

무작정 길을 따라가다 보니 사람들이 모여 있는 곳에 도착했다. 거기면 안전할 것 같았다. 로사에게 혼자만의 시간이 필요하다고 생각했기에, 댄은 외진 곳으로 가서 웅크리고 앉아 있는 그녀를 일단은 내버려 두었다.

댄이 다시 광장 쪽으로 나왔을 때는 모든 것이 급박하게 돌아가고 있었다. 어떻게 알았는지 그를 감시하던 외인 셋이 나타나 그를 에워쌌지만, 댄도 그들도 밖의 상황을 보느라 정신이 없었다.

외인들은 특공대의 반격에 보안대가 패퇴하기 시작하자 흥분의 함성을 질렀다. 그러나 절벽 밑에 떨어져 있는 실론호를 발견한 댄은 심장이 오그라드는 것 같았다. 감시하던 외인들의 부주의한 틈을 타 뛰쳐나오기까지 영겁의 시간이 흐르는 듯하였다.

외인들의 손에 끌려가며 댄은 마음을 진정시키려 노력했다. 간신히 메이를 다시 볼 수 있게 되었는데, 또다시 그들의 수중에 놓이게 된 것은 분통이 터졌지만, 그래도 메이가 제대로 된 치료를 받을 수 있을 거란 생각을 하니 그나마 안심이 되었다.

그들이 댄을 데려간 곳은 보안대의 장갑 기차가 최종적으로 진출했던 장소였다. 노웨어 타워에서 불과 몇십 미터 안 되는 그곳에는 아직도 전투의 흔적이 남아 있었다. 외인들과 보안대원들의 시체가 참혹히 널려 있었다. 한 눈에도 죽은 보안대원들의 숫자가 훨씬 더 많았다. 그들이 남긴 방패며 곤봉들이 즐비했다. 여기까지 온 장갑 열차는 다시 아래로 내려가 보안대의 다른 장갑 열차와 얽혀 있었다. 그쪽에서는 아직도 대치가 계속되고 있는 듯, 간간이 총성이 들렸다.

이멜다의 안색은 어두웠다. 댄을 데리러 왔던 외인이 그녀에게 가서 귓속말을 했다. 그녀 앞에는 보안대원 한 명이 무릎을 꿇고 있었다. 제복을 보니 장교 같았다. 그의 얼굴은 형체를 알아볼 수 없을 정도로 피범벅이었다. 그를 그 지경으로 만든 외인은 한 손으로 보안대원의 머리를 잡고 있었는데, 근육이 단단하였다. 이멜다 옆에는 턱수염을 기르고 오른팔에 붕대를 맨 잘생긴 남자가 있었는데, 그의 이름이 제임스인 것이 기억났다. 그 뒤에는 예쁜 젊은 여자 외인이 있었다. 그 밖에 다른 외인들과 거주구민도 보였다.

"정말로 정지시킬 수 없는 거야?"

제임스가 물었다.

"대답해!"

근육질의 외인이 보안대원의 머리를 잡고 당기자, 보안대원의 얼굴이 위로 향하며 그의 피 묻은 이빨이 드러났다. 보안대원은 어눌한 소리로 간신히 대답했다.

"그럴 수 있다고 해도, 내가 가르쳐 줄 것 같으냐? 이 쓰레기들아, 나와 함께 지옥에 가자꾸나."

그는 낄낄대며 웃었고, 근육질이 한 번 더 안면을 강타하자 신음 소리를 내며 쓰러졌다.

"그만둬요. 사로잡힌 포로에게 이게 무슨 짓이죠?"

댄은 자기도 모르게 소리쳤다. 아무리 적이라 해도 이렇게 대해서는 안 된다고 생각했다. 게다가 자신은 아무리 뭐라해도 거주구민이었다.

"저기 저게 보이나, 애송이? 제13거주구를 날린 폭탄과 똑같은 것이라고 하는군. 이놈의 말에 의하면 한 시간 안에 폭발할 거라는데 지금 인권에 대해 논의할 텐가?"

제임스의 말에 댄은 그 물건을 보았다. 그것은 장갑 기차가 있던 자리 옆에 있었는데, 네모난 금속 상자의 네 면에 손잡이들이 각각

두 개씩 길게 나와 있었다. 사람 허리 높이의 크기에 어두운 색깔이어서 얼핏 보기에도 무겁고 무서워 보였다. 보안대원 한 명과 검은 조끼를 걸친 거주구민 한 명이 금속 상자에 있는 계기판을 살피고 있었다. 그들은 다치지 않고 멀쩡하였으나 매우 긴장된 표정이었다.

"폴 제사장이 선물을 놓고 갔어. 우리의 의사도 묻지 않고 말이야. 그래서 이 선물을 다시 돌려보내고 싶은데, 우주선은 지금 상태가 어때? 혹시 네가 우주선을 조종할 수 있나?"

이멜다가 댄에게 물었다.

"실론호요? 아뇨, 나는 할 줄 몰라요. 그리고 메이 없이는 안에 들어갈 수도 없어요."

댄의 마음이 조급해졌다.

"그렇다면 빨리 옮겨서 다른 데에 버려야 하는 것 아닌가요?"

"어디로? 그리고 저것은 너무 무거워서 8명이 간신히 들 수 있을 정도야. 한 시간 내에는 이 광장을 빠져나가지도 못할 거야."

"그러면 저들이 했던 방식을 써야죠. 다시 열차를 가져와서 싣는 것은 어때요?"

"아니, 그것도 이미 늦었어. 정확히 얼마 남았지?"

이멜다의 물음에 폭탄 옆에 있던 거주구민이 대답했다.

"45분 뒤면 계기판의 바늘이 완전히 올라갑니다."

그의 목소리는 떨렸다. 45분 뒤면 모든 것이 끝이라는 뜻인가? 새삼스럽게 그 사실을 깨달았는지 폭탄 옆에 있던 보안대원이 갑자기 뛰어 달리기 시작했다. 일단 최대한 멀리 도망가면 살 수 있을 거라고 생각하는 것 같았다. 그러나 안타깝게도 그의 운명은 그러지 못했다. 옆의 외인에게 창을 빼앗은 제임스는 세 번의 발걸음 만에 왼손으로 창을 힘차게 던졌다. 얕은 포물선을 그리던 창은 정확히 보안대원에 꽂혔고, 그는 그 자리에 그대로 고꾸라졌다.

"잘했어."

누군가 그를 칭찬했으나 그게 전부였다. 모두들 다시 긴장된 침묵으로 빠져들었다.

댄은 이제 사람의 죽음에 무덤덤해짐을 느끼며 기분이 묘했다. 그나저나 여기에 있는 다른 사람들도 살길을 찾아 도망가야 하는 것 아닌가 생각하였다. 긴장 속에서도 의외로 모두들 차분한 것 같았다.

동쪽 출구 쪽에서의 전투도 소강상태인지 아무런 소리가 없었고, 그들은 모두 계속 침묵을 지켰다. 마치 무언가를 기다리는 것 같았다. 그냥 폭탄이 터지기를 기다리는 것인가? 댄은 답답했지만 누구에게 물어보기도 그랬다. 몇몇 사람이 기도를 올리는 것이 보였다.

댄도 무엇인가 기도를 하려 했지만, 머릿속이 텅 빈 것이 아무런 생각도 나지 않았다. 그저 메이는 지금 어떨까, 로사는 평정을 되찾았을까라는 생각만 스쳤다. 그리고 유나 생각이 났다. 자신이 죽었다는 소식에 슬피 울고 있을 그녀의 모습이 그려졌다. 유나가 자신을 좋아한다는 것을, 댄은 사실은 오래전부터 느끼고 있었다. 그러나 댄은 유나에게 어떻게 대응해야 할지 몰랐었다. 댄의 엄마는 댄이 사제로서 출세하기를 원했고, 그러려면 결혼을 포기해야 했다. 그렇다고 유나에게 딱 부러지게 둘은 이루어질 수 없다고 얘기할 용기도 없었다. 유나는 오랜 친구였고, 상처 주고 싶지 않았다. 어쩌면 자신은 그냥 비겁한 놈일 뿐이라고 생각되었다. 유나의 애정에 만족감을 느끼며 그녀를 이용하고 있었는지도 몰랐다. 엄마는 죽었고, 이제 그가 꼭 출세할 이유조차 없었다. 그런데도 스스로 명예와 권위를 쫓고 있던 것은 아니었을까?

댄의 생각이 꼬리에 꼬리를 물고 있는데 사람들의 한숨 소리가 들렸다. 정신을 차리고 보니 외인들이 웃으며 서로 포옹과 악수를 주고받고 있었다. 폭탄 옆의 보안대 조끼를 입은 거주구민은 무릎을 꿇고 신께 감사 기도를 드리고 있었다. 폭탄 계기판의 바늘은 완전히 올라가서 더 이상 갈 데가 없었다. 어찌 된 노릇인지 폭탄이 터지지 않은 것이다.

"당신이 노웨어를 살렸어요. 감사해요."

이멜다가 환한 웃음을 지으며 젊은 외인 여자에게 가서 포옹하며 얘기했다.

"뭘요, 그냥 시키는 대로 한 것인데요. 사실 우리가 준 파워셀을 보안대가 사용하지 않았을까 봐 조마조마했어요."

젊은 외인 여자가 말했다. 그녀의 목소리는 낯이 익었다. 아니, 그녀의 얼굴이 낯이 익었다.

"유나? 유나야?"

댄의 외침에 유나가 다가왔다. 입술은 빨갛고, 눈 주위를 어둡게 칠하고, 머리는 풀어 헤쳐 산발했지만, 그녀는 유나였다. 그녀의 짧은 웃옷과 치마는 몸을 반도 가려주지 못했다.

"댄, 잘 있었어?"

그녀가 수줍은 듯이 말했다.

"네가 어떻게 여기에 왔어? 그리고 왜 외인 차림이지?"

유나는 대답하지 않았다. 대신 이멜다가 두 사람 사이에 끼어들었다.

"그녀는 우리를 돕기 위해 여기에 왔어요. 그리고 실제로 아주 중요한 일을 했고요. 그녀가 다 사용된 껍데기 파워셀을 보안대에 제공했기 때문에 우리가 지금 살아있는 것이에요."

이멜다는 다른 외인들을 향해 지시했다.

"일단 한시름을 넘겼으니 이곳은 정리해요. 저쪽을 도와야 할지 모르겠네."

댄은 유나와 할 말이 더 많았으나 여기서 계속할 수는 없을 것 같았다. 모든 전투가 종결된 듯, 저쪽에서부터 외인들이 환호를 지르며 우르르 광장으로 몰려나오고 있었다. 그들은 소리치고 춤추며 발을 굴렀다. 이멜다가 그 모습을 보더니 말했다.

"우리의 승리에요. 오늘부터 시온의 역사는 새로 쓰여질 것입니다."

그녀는 자랑스러운 표정을 지었다. 거기에 있던 사람들은 제각각 어디론가 흩어졌다. 유나는 댄에게 인사도 없이 도망치듯 외인들을 따라갔다. 댄은 자신을 감시하는 외인에게 메이를 보러 가야겠다고 말했다. 그는 묵묵히 고개를 끄덕이고는 앞장섰다.

그들이 도착한 곳은 서쪽 동굴 안의 어느 방이었다. 거기에는 유리로 된 침대가 놓여 있었고, 그 위에 메이가 누워 있었다. 외인 할머니가 옆에서 피 묻은 옷가지와 헝겊을 치우고 있었다. 댄은 피 묻은 헝겊의 양이 상당한 것을 보고 깜짝 놀랐다. 할머니는 댄을 안도시켰다.

"다리에서 피를 많이 흘리기는 했지만 이제 괜찮아요. 춥다고 해서 따뜻하게 해 주었으니 시간이 지나면 괜찮아질 거예요."

그러고는 주섬주섬 옷가지를 챙겨 나갔다. 메이는 효모 천 이불을 여러 장 덮고 있었고, 동굴 방안에는 난방 겸 조명 역할을 하는 이동식 랜턴이 켜져 있었다. 메이는 잠이 든 모양이었다. 댄은 그 옆에 앉아 자리를 지켰다.

로사는 어떨까 걱정되기도 했지만, 일단은 메이를 먼저 돌봐야 했다. 메이는 거의 7시간을 자고 나서야 깨어났다. 피곤함에 지친 댄이 잠시 침대에 기대어 잠이 들어 있을 때였다. 그는 자신의 머리를 쓰다듬는 메이의 손길을 느끼고 나서야 정신을 차릴 수 있었다. 서둘러 몸을 일으킨 그는 책상에 놓여 있는 물 컵을 가져다 주었다.

"할머니가 물을 많이 마셔야 한다고 했어요. 이것도요."

그는 외인 할머니가 준 미네랄도 건넸다. 철분 덩어리라고 하였다.

"고마워."

메이는 앉은 자세로 미네랄을 입에 넣고는 물을 마셨다.

"오랜만에 푹 잔 느낌이야. 몸이 가벼워."

그녀는 다리를 움직여 보고는 얼굴을 찡그렸다.

"다리만 빼고는."

"그동안 피로가 많이 누적되었나 봐요. 시온의 중력이 더 세다고 그랬죠?"

"응, 몸무게가 거의 1.5배는 늘어난 느낌이니까. 덕분에 근력 운동은 꽤 한 것 같아."

메이가 쾌활해 보여서 다행이었다. 그녀는 전투의 결과에 대해 궁금해했고, 댄은 자신이 알고 있는 대로 얘기해 주었다. 외인들의 협력자가 보안대의 폭탄에 사용되는 파워셀을 미리 바꿔치기한 덕분에 노웨어와 모두의 생명을 구할 수 있었다는 말에 그녀는 무척 재미있어 하였다.

"그런데, 그 협력자가 바로 유나였어요."

"유나? 네 친구 유나?"

메이는 눈을 동그랗게 뜨고 물었다.

"예, 메이도 알고 있는 그 유나요. 그런데 유나가 어떻게 여기까지 오게 됐는지는 나도 모르니 묻지 말아요."

유나가 외인 차림을 하고 있다는 얘기는 하지 않았다. 아마 메이도 곧 만나게 될 것이라고 생각했다. 둘은 앞으로의 계획에 대해서 상의했다. 메이는 제13거주구의 요셉 사제와 많은 얘기를 나눈 모양이었다. 그녀는 사람을 설득시키는 특별한 능력이 있는 것 같았다. 요셉 사제가 총에 맞아 죽었다는 소식에 그녀는 눈물을 글썽였다.

"이멜다 비서가 약속해 주었어. 내가 그들의 전투를 돕는 대신 상황이 종료되면 방사선 알을 캐는 것을 돕겠다고 말이야. 그러면 내가 시온에 온 목적은 달성되는 거야. 고향으로 갈 수 있는 거지."

메이의 눈이 반짝였다. 그녀도 당연히 고향에 돌아가고 싶을 터였다.

"예, 그렇게만 된다면 정말 좋겠네요."

댄은 담담히 대답했다.

"그러나 우주로 나가기 위해서는 마지막 관문이 있어."

"킬러 위성 말이군요."

예전에 킬러 위성이 무엇인지 어떤 일을 하는지 메이가 설명해 준

적이 있었다. 이에 대한 대책 없이 우주로 나가는 것은 너무 무모하였다.

“어떻게 해야 하죠?”

“요셉 사제와 얘기 중에 알게 되었는데, 제1거주구에 신탁의 방이라는 것이 있다며?”

“예, 그렇기는 한데요.”

“내 생각으로는 신탁의 방에 인공지능 컴퓨터가 있는 것 같아. 고대인들이 만든 기계인데 내 고향에도 있어. 만약 그렇다면 킬러 위성을 조종할 수 있는 방법을 찾을 수 있을 것 같아.”

댄은 정리를 해 보았다. 인공지능인지 뭔지는 잘 모르겠지만, 어쨌든 신탁의 방에 들어가야 하는 것은 분명하였다. 그것은 보안대의 본거지가 있는 제1거주구까지 가서 각종 검문과 보안을 뚫고 시온 탑 안의 가장 비밀스러운 장소에 들어가야 한다는 것을 의미했다.

댄은 마음을 굳혔다.

“내가 해볼게요. 방법이 있을 거예요.”

“고마워. 댄, 정말이야.”

메이는 방긋 웃었다. 아마 댄이 도와주려 할 것임을 이미 예상한 모양이었다. 그래도 상관없었다. 다만 댄은 어디서부터 시작해야 할지 전혀 갈피를 잡을 수 없었다. 벤 사제님이 있었더라면 하는 생각이 들었다. 그분이라면 항상 그랬듯이 뭔가 해결책을 제시해 줄 수 있을 것이었다. 아니면 사랑에 눈이 먼 멍청이라고 꾸짖을지도 몰랐다. 그러나 아무래도 좋았다. 메이의 웃음을 볼 수만 있다면 댄은 불구덩이에라도 뛰어들 작정이었다.

제28장

# 진실의 무거움

동굴의 어둠 속에서 로사는 내면의 동굴 안에 들어가 있었다. 엄마의 말이 계속 귓가에 맴돌았다. 로사가 아무리 다른 생각을 하려해도 코끝에 난 뾰루지처럼 그것은 계속 그녀의 신경을 긁었다. 그녀는 엄마 아빠에 대한 기억을 떠올려 보았다. 평범하였지만 나름대로 화목했다고 생각했었다. 그리고 자신이 부모님을 사랑한다고 믿었었다. 정말 그랬었는지 이제 의심이 들었다. 지금 생각해보니, 그렇다고 믿고 싶었던 것은 아니었는지 회의가 들었다. 어릴 때의 추억을 돌이켜 보면 때때로 알 수 없는 엄마의 싸늘함과 아빠의 무관심함에 괴로워했던 때가 있었던 게 생각이 났다. 그때 로사는 자신이 무엇인가 부족하고 잘못하였기 때문에 엄마 아빠가 그러는 것이라고 생각했었다. 그래서 더 착한 아이, 공부 잘하는 아이가 되려고 노력했었다. 늘 사랑받는 아이가 되고 싶었다. 그것은 일종의 강박이었다. 그래서 제7거주구에서 신학교 생활을 시작했을 때 해방감과 미안함을 동시에 느꼈던 것이었다. 마음속 깊은 곳에서 갑자기 분노가 치밀어 올랐다. 엄마 아빠가 미웠고, 그들을 증오한다고 말하고 싶었다. 그들에게 그 말을 하지 못한 채 떠나보내서 너무 억울했다. 또다시 눈물이 쏟아지게 되면서, 로사는 흐느껴 울었다.

보안대는 물러났고, 노웨어는 빠르게 정상을 되찾았다. 로사도 자신의 숙소로 돌아갈 수 있었다.

외인들은 사흘 뒤에 열리는 의식 준비로 바빴다. 이번 전투 때 희생된 고인들의 합동 장례를 치르는 한편, 침입해 온 보안대를 물리친 것을 축하하고, 새로 노웨어의 일원이 되는 제13거주구 사람들을 환영하는 자리가 될 것이라고 하였다. 노웨어가 생긴 이래 최대 규모의 축제가 될 것이라고 다들 들떴다. 음식 등 이런저런 많은 준비가 필요했기에 가능한 모든 일손이 동원되었다.

로사에게는 제의를 만드는 일이 할당되었다. 솔직히 별로 내키지 않았으나 그렇다고 거절하기도 어려웠다. 주로 죽은 사람들의 가족이나 친지들이 같이 일을 하였다. 남자들이 효모 천을 가져와서 재단을 하면, 여자들이 실과 바늘로 꿰매는 작업이었다. 외인들과 제13거주구 사람들이 섞여 있었는데, 그들은 같은 슬픔을 나누고 있어서인지 원활히 작업을 진행하였다.

로사는 어쩌면 일에 집중함으로써 상념을 잊을 수도 있으리라 생각하였다. 물론 그렇게 되지는 않았다. 수북이 쌓인 효모 천을 보자 한숨만 나왔고, 자꾸 엄마 아빠에 대한 생각이 떠올랐다. 일하는 여자들은 자기들끼리 얘기를 나누다가 가끔씩 로사에게도 말을 걸어왔지만, 그녀는 최대한 대답을 간결히 하였다. 바느질은 생각보다 힘들었고, 손끝이 아파지기 시작하였다.

그래서 댄이 찾아왔을 때는 무척 반가웠다. 그는 최대한 정성을 다해 로사의 부모에 대해 조의를 표하려 했고, 그런 그가 귀여웠다. 로사는 댄을 따라 메이를 보러 갔다. 댄에게도 경호, 아니 감시자가 붙어 있었다. 외인들에게 로사와 댄이 아직 필요한 존재인 모양이었다.

감시자들을 입구에 세워두고, 그들은 메이의 셀로 들어갔다. 메이는 창백했지만 기분은 밝아 보였고, 로사가 궁금해하는 것에 관해 얘기할 수 있는 충분한 시간을 갖고 있었다. 메이의 세계는 놀라웠고, 그녀가 하고자 하는 일은 다시 들어도 환상적이었다. 메이와 로사는 마치 오랜만에 만난 친구처럼 자신들의 이야기를 나누었다. 댄이 술 취하였을 때의 사건을 메이가 얘기하자 그는 얼굴이 빨개져서는 투덜거리며 밖으로 나갔다. 두 여자는 어린 소녀들처럼 깔깔대며 웃었다. 얼마 만에 이렇게 마음 편히 대화 나누고 웃는 것인지. 로사는 메이가 너무 좋았다.

"당신과 함께하고 싶어요. 내 말은, 당신이 하는 일에 참여하고 싶어요."

이 말이 갑작스레 로사의 입에서 튀어나왔다. 말해 놓고 보니 정말로 간절히 원하고 있음을 깨달았다. 마치 운명처럼 느껴졌다.

"댄도 로사와 같은 말을 하던데… 그런데, 어쩌지? 실론호에는 두 명밖에 탈 수 없거든."

기대 밖의 얘기에 로사는 실망감을 감출 수가 없었다. 그런 로사의 마음을 메이가 느꼈는지, 얼른 손을 내저으며 말했다.

"아니, 아직은 단정하지 마. 무언가 방법이 있을 거야. 그리고 시온을 떠나려면 아직 해야 할 일이 너무 많아."

메이는 그 일들에 대해서 설명해 주었다. 로사가 보기에도 난관이 많았다. 그냥 훌쩍 떠날 수 있는 상황이 아니었다. 그중에서 신탁의 방 부분이 로사의 마음에 와닿았다. 그녀라면 문제를 해결할 수 있을지도 모르겠다고 생각했다. 로사는 자신의 생각을 메이에게 전달하였고, 메이는 그것에 대해 긍정적으로 반응했다.

"좋은 생각 같아. 일단은 같이 고민해 보자. 그 전에 몇 가지 확인해 볼 것이 있어."

메이는 스스로에게 말하는 것 같았다.

유나를 만난 것은 그날 밤이었다. 로사가 자신의 셀에서 쉬고 있는데 유나가 불쑥 들어왔다. 댄으로부터 얘기를 들었기 때문에 많이 놀라지는 않았다. 다만 유나의 겉모습은 댄이 설명한 것과는 달랐다. 검은 머리를 길게 늘어뜨렸을 뿐, 화장한 기색도 없었고 옷도 거주구민이 입는 자루옷 차림이었다.

"유나야, 이런 데서 만나다니 정말 반갑다. 댄에게서 소식 들었어."

"그래? 나도 네가 여기 있을 줄은 꿈에도 생각 못했어."

유나의 말투는 그다지 살갑지 않았다. 로사는 유나가 어떤 일을 겪었을까 궁금해졌다. 벤 사제님과 탐험을 떠났을 때 메이와 조우했다는 것은 들어서 알고 있었다. 그 이후에 무엇이 그녀를 여기에 오게 만들었을까?

"그래서 무슨 일이야?"

로사도 말이 퉁명하게 나왔지만 상관없었다. 원래 두 사람은 학교에서도 별로 말을 섞지 않았었다. 여기에서라도 굳이 친한 척할 필요는 없었다.

"메이와 댄을 보고 왔어. 너, 혹시 댄과 사귀니?"

황당하고 무례한 그녀의 질문에 로사는 화가 났다.

"글쎄, 네가 상관할 일은 아닌 것 같은데? 그러는 너는 제임스와 같이 다닌다고 하더라. 그가 어떤 사람인지 알아?"

아까 유나가 들어올 때 제임스가 밖에 있는 것이 보였었다. 불과 얼마 전에 자신에게 작업을 걸던 그였기에 참 뻔뻔하다고 로사는 생각했다. 유나가 그런 사실을 알고 있는지 궁금했다. 분명히 그는 유나에게도 추근댈 것이 틀림없었기 때문이었다. 그런데 유나의 반응이 뜻밖이었다.

"그래, 맞아. 나 제임스랑 사귀어. 적어도 그는 솔직하고 남자다우니까."

그녀는 고개를 똑바로 하고 로사에게 말했다.

"어쨌든 나는 너와 댄을 도우려고 해. 네 말대로 두 사람 사이가 어떤지는 내가 상관할 바가 아니지."

유나는 화가 난 듯하였고, 로사는 어리둥절했다.

"내일 밤 축제가 열릴 때, 자정이 되면 침묵의 시간이 진행될 거야. 그때 몰래 빠져나와야 해. 미리 경로를 숙지하도록 해. 동쪽 출구 선로 끝에 오면 사람이 기다리고 있을 거야. 그 이후는 그 사람 지시만 따르면 돼. 알겠어?"

유나는 로사의 대답을 기다리지 않고 셀을 나갔다. 그리고 뒤돌아서서는 말했다.

"고맙다는 말은 지금 들은 걸로 할게. 앞으로 다시는 보지 않았으면 좋겠으니까."

유나가 사라지자, 제임스는 로사에게 살짝 고개를 끄덕여 인사하고는 유나를 따라갔다.

로사는 혼란스러워졌다. 자신과 댄을 돕기 위해서라고? 그런데 왜 몰래 빠져나가야 하는 건지 이해가 되지 않았다. 설마 유나가 둘을 함정에 빠뜨리려고 그러는 건 아닐 거라고 생각했지만, 제임스와 같이 다니는 것이 마음에 걸렸다. 학교에서도 유나는 약간 철이 없는 소녀 같은 느낌이었었다. 제임스 같은 나쁜 남자의 능수능란한 말과 행동에 쉽게 현혹될 것만 같았다.

로사는 머리를 흔들었다. 유나의 말대로 로사가 상관할 일도 아니었다. 그녀도 성인이니까 자기 앞가림은 스스로 할 것이다. 자신이야말로 앞가림을 잘해야 한다고 로사는 생각했다.

다음 날 로사는 이멜다에게 호출되었다. 정확히 말하자면 확대 회의에 참석할 것을 요구받았다. 노웨어 타워의 회의실은 앞서 모인 사람들로 가득 차 있었다. 외인들이 대부분이었지만 댄과 메이가 있었고, 제13거주구 사람들도 보였다.

제13거주구는 이제 커크 사제가 대표하는 모양이었다. 그는 가운데 테이블의 의자에 앉은 몇 사람 중의 하나였는데, 머리에 붕대를 감고 있었다. 테이블의 상석에는 촌장 할머니가 앉아 있었고, 그 오른쪽에는 이멜다가 있었다. 이멜다는 평소와는 다르게 화장을 짙게 하고 여러 가지 화려한 장식을 단 의상을 입고 있었다. 제임스도 책상 끝에 앉아 있었는데, 그 뒤에 유나가 있었다. 유나는 어젯밤과는 딴판이었다. 외인 식으로 화장하고 옷을 입은 그녀는 계시록에 나오는 유혹의 여신 같았다.

언제나처럼 이멜다가 먼저 발언을 하였다. 그녀는 노웨어의 역사부터 꺼내며 연설을 시작하였는데, 굉장히 장황했다. 그녀가 말하는 자유민의 영웅들 중 몇 명이 실제 인물이고 몇 명이 허구의 인물일지 궁금하기도 했다. 연설이 지루해질 즈음, 이멜다가 한 손을 높이 들었다.

"이제 우리 자유민이 노웨어에만 갇혀 지내서는 안 됩니다. 신께서는 우리 인간에게 자유 의지와 시온을 주셨습니다. 우리도 자유롭게 이 약속의 땅인 시온에서 번성해야 합니다. 그런데 그것을 막고 있는 것이 누구입니까? 바로 최고 회의입니다. 폴 최고 제사장과 그 수하들은 계시록과 신탁이라는 미명 아래 온 시온 사람들을 억압하고 규제하고 있습니다. 이제 우리 자유민이 시온 사람들에 대한 최고 회의의 억압을 풀어주어야 합니다. 마침내 때가 왔고, 우리는 신의 뜻을 따를 것입니다!"

로사는 심장이 쿵쿵 뛰었다. 자유민도 신을 믿는지 몰랐었다. 그런데 그게 중요한 것이 아니라 지금 이멜다의 말은 명백한 선전포고였다. 외인들이 진짜로 거주민들을 상대로 전쟁을 벌이려고 하는 것일까…? 노웨어에서의 전투는 외인이 승리했지만, 그것은 여기가 외인의 본거지이기도 했고 또 메이와 우주선의 도움도 받아서였다. 거주구에서는 인적, 물적으로 외인들이 상대가 안 될 것이었다. 이멜다는 이런 사실을 알고 말하는 것일까? 아니면 그냥 호기로 이러는 것일까? 커크 사제도 비슷한 생각을 한 모양이었다.

"진실로 때가 왔는지, 당신이 말한 신의 뜻이 사실인지에 대한 증거가 있습니까?"

이멜다가 그를 손으로 가리켰다.

"당신이 바로 증거입니다. 폴 최고 제사장은 우리 노웨어를 공격하기 위해 스스로 제13거주구를 파괴하는 만행을 저질렀습니다. 제13거주구의 생존자들이 바로 그 증거입니다. 또 신께서는 하늘의 전령을 보내시어 우리 노웨어를 도우셨습니다. 그것이 증거입니다."

로사는 메이를 흘깃 보았다. 메이는 무표정하게 있었다.

"그러나 우리가 거주구민들을 이길 수 있겠습니까? 그들은 사람도 많고 무기도 있는데요."

어떤 나이 지긋한 외인이 물었다.

"우리가 싸울 상대는 전체 거주구민이 아닙니다. 그들은 싸울 의지도 능력도 없습니다. 오직 보안대만 상대하면 됩니다. 그 보안대는 바로 우리에게 패퇴하였습니다. 그리고 그들이 남긴 장갑 열차가 두 대나 있습니다. 열차를 운전할 수 있는 기관사들도 사로잡았고요. 게다가 하늘의 전령도 우리를 도울 것입니다. 우리에게 남은 일은 가서 최고 회의 잔당들을 몰아내고 시온을 자유의 행성으로 만드는 것입니다."

이멜다의 격앙된 말과 몸짓에 모두들 숙연해졌다. 만약 진짜로 외인들이 시온을 지배하고 이멜다가 그 정점에서 권력을 휘두른다면, 시온이 정녕 자유의 행성이 될 수 있을까라는 의문이 들었다. 로사에게 이멜다는 또 다른 독재자 중 하나로 보였다.

"당신은 최고 제사장이 아니고, 노웨어는 자유민의 도시입니다. 이렇게 중차대한 일은 자유민들의 의지와 의견을 수용하고 결정해야 하는 것 아닙니까?"

그 나이 많은 외인이 다시 물었다. 이멜다는 그에게 웃음을 지으며 대답했다.

"물론이지요, 시몬 장로님. 오늘 밤 집회에서 자유민 모두의 뜻을 물을 예정입니다. 그렇게 하기 전에 여러분께 한 가지 사실을 알려 드리겠습니다. 폴 최고 제사장은 정말 사악한 인간입니다. 그는 우리를 현혹시키기 위해 스파이를 파견하였고 온갖 나쁜 짓을 저지르게 하였습니다. 그 스파이는 제13거주구에 폭탄을 배달하였으며, 보안대가 동굴 안 미로에서 노웨어를 찾을 수 있게 도와주었습니다. 그리고 바로 이 자리에도 참석하여 우리의 모든 것을 폴 제사장에게 일러바치려 하고 있습니다!"

로사의 심장이 뛰고 머리에 피가 몰렸다. 설마 싶은 생각에 머리가 하얘졌다. 사람들이 웅성거리며 두리번거렸다.

"그게 누구죠?"

유나가 큰 소리로 물었다. 이멜다는 오른손을 높이 들었다가 내렸다. 그 끝은 로사를 가리키고 있었다.

"바로 저 여자입니다."

사람들의 웅성거림이 더 커졌다. 그 와중에 커크 사제가 테이블을 짚고 일어나 간신히 소리쳤다.

"아니요. 그럴 리가 없어요. 로사는 제13거주구 출신이야. 이번에 보안대에 의해 살해된 유노 부부의 딸이라고."

"그게 바로 속임수입니다. 유노 부인이 죽기 전에 증거했습니다. 로사는 유노 부부의 딸이 아닙니다. 또한 폴 제사장의 조카도 아닙니다. 유노 부인은 폴 제사장과 아무 혈연관계도 없어요. 로사는 폴 제사장의 딸입니다. 이 여자는 자기 아버지의 명령을 따르기 위해 거짓말을 하였고, 심지어 그들이 자신을 키워준 양부모를 죽이는데 협조까지 하였습니다. 하지만 더 이상의 간계는 통하지 않을 것입니다. 오늘 밤, 우리는 이 여자를 자유민들 앞에 세워 그 죄를 고하게 할 것입니다. 그리고 자유민들에게 물을 것입니다. 시온을 악의 구렁텅이에서 해방시킬 것인지, 아닌지를."

어느새 로사의 옆에 무장한 외인 둘이 와 있었다. 그들은 이멜다의 눈짓에 로사의 양팔을 잡고 문밖으로 데리고 나갔다.

"거짓말이야, 거짓말! 로사를 내버려 둬!"

댄의 목소리에 뒤돌아보니 제임스가 발버둥 치는 댄을 붙들고 한쪽 구석으로 끌고 가고 있었다. 로사는 머리가 하얘져서 아무런 생각도 할 수 없었다. 사람들의 눈초리에는 비난과 경멸이 담겨 있었고, 순간 자신이 정말 스파이였나라는 생각도 들었다. 아무도 모르면 사실이 아니게 된다고 믿고 싶었다. 그러나 이멜다의 폭로로 인해 모든 사람이 알게 되었고, 이제 그것은 사실이 되었다.

그렇다. 폴 제사장은 그녀의 아버지였다. 갑자기 분노가 치밀어올랐다. 외인들이 자신과 엄마와의 마지막 순간을 엿들었다는 사실을 깨달았기 때문이다. 자신을 거짓말로 모함한 것보다도, 사람들 앞에서 수치를 당하게 된 것보다도, 앞으로 닥칠 고난보다도, 그것이 제일 로사를 분노하게 만들었다.

그 순간은 오롯이 자신과 엄마만의 것이어야 했다. 엄마와의 마지막 시간, 그것을 지키지 못했단 사실이 엄마에게 너무 미안했다. 그리고 그것을 훔쳐간 외인들이 죽도록 미워졌다.

제29장

# 기쁨과 슬픔의 교차로

외인들의 축제는 자유분방하면서도 화려했다. 저녁이 되면서 모두가 배불리 먹을 수 있도록 빵과 수프 그리고 효모주가 지급되었으나, 무대 설치는 행사 직전까지 계속되었다. 보통의 경우에는 노웨어의 자궁이라 불리는 동굴 속 광장에서 장례식 등 주요 행사를 치르는데, 오늘은 노웨어의 모든 사람들이 참여하기 때문에 노웨어 광장에 무대를 설치하는 것이라고 했다. 무대는 노웨어 타워를 둘러싼 원형의 형태로 높이 쌓아 올려졌으며, 타워의 상층부 창밖에는 조명을 부착하여 무대 위를 비추게 하였다.

저녁 식사 후 어스름이 밀려오자, 아직 무대가 다 완성되지도 않았는데도 외인들이 광장을 메우기 시작했다. 각자 저마다의 개성을 뽐낸 외인들은 독특하고 아름다웠다. 각종 색깔로 물들인 화려한 옷

장식을 달았고, 온몸에는 그로테스크한 화장을 한 사람들로 가득했다. 어떤 소녀는 간신히 가슴과 엉덩이만 가린 옷을 걸치고 나왔는데, 오늘 최고의 인기를 누리는 것 같았다.

무대 밑에는 여러 가지 타악기들로 구성된 연주자들이 배치되어 흥을 돋웠고, 행사가 시작할 때까지 무대 위는 자발적으로 올라온 외인들의 춤 솜씨 경연장이 되었다. 무대가 높았기 때문에 유나가 있는 광장에서 비교적 먼 곳에 있는 유나에게도 뚜렷하게 보였다. 타악기의 강렬한 비트에 맞춰 수십 명의 젊은 남녀들이 무대 위에서 현란한 춤을 추었고, 원형 광장을 가득 메운 사람들도 마찬가지로 몸을 움직였다. 그 광경을 보고 있으려니, 유나의 마음도 점점 흥분이 되었다.

그러나 그런 마음도 잠시였다. 유나는 조금 있으면 벌어지게 일들이 염려되었고, 다가올 미래도 두려워졌다. 다른 외인 여자들처럼 한껏 화장하고 멋을 부렸지만, 마음속 깊이는 그들로부터 이질감을 느꼈다. 하지만 예전의 유나로 돌아갈 자신도 없었다.

오전에 회의실에서 자신을 보던 댄과 로사의 눈빛에 그렇게 쓰여 있었다. 그들의 눈에 비친 유나는 낯선 사람이었고, 그들의 표정에는 경멸과 연민의 기색이 감돌았다.

"이게 다 누구 때문인데. 날 동정하지 마. 나는 잘살 거야."

유나는 혼자 중얼거렸다. 제임스가 빨리 돌아오기를 기다렸다. 행사장이 변경되었기 때문에 그들 또한 계획을 바꿔야 했다. 제임스는 걱정하지 말라며, 오히려 더 잘된 일일 수도 있다고 하였다. 장례식이 원래대로 노웨어의 자궁에서 열렸다면 더 복잡해졌을 것이라고도 하였다. 그 말도 맞을 것이다.

유나는 이틀 전에 홀로 메이를 만나러 갔었다. 메이가 외인 편으로 할 얘기가 있으니 만나자고 요청하였기 때문이었다. 사실 그다지 내키지는 않았다. 댄과 절대 마주치고 싶지는 않았기에, 제임스에게 댄이 메이의 셀에 접근하지 못하게 해 달라고 부탁해둔 후 발걸음을 떼었다. 메이에게 외인처럼 보이고 싶지 않았기 때문에, 화장을 모두 지우고 거주구민의 의상을 찾아 입고 그녀를 찾았다.

막상 메이와 만나 이야기를 시작하자, 유나의 우려는 금방 사그라졌다. 그녀가 참 편하단 생각이 들었다. 메이는 지난번 산에서 잠깐 함께했던 시간이 다였는데도, 왠지 엄마처럼 포근하게 사람을 포용하는 능력이 있는 것 같았다. 댄과 로사의 탈출을 위한 모든 계획은 이때 세워졌다.

자세하게 상황을 설명한 후, 메이는 자신이 원하는 것을 이루어줄 수 있는 사람은 유나 밖에 없다고 말했다.

“산에서 처음 유나를 봤을 때부터 알았어. 유나가 용기 있고, 헌신적이고, 사랑이 넘친다는 사실을 말이야. 도와준다고 해서 정말 고마워.”

유나가 순순히 자신이 할 수 있는 최선을 다해 돕겠다고 하자, 메이는 유나의 두 손을 꼭 잡으며 말했다. 유나는 갑자기 눈물이 났다. 자신을 이렇게 믿어 주고 칭찬해 주는 메이가 좋았다. 그래서 용기를 내었다.

“이런 거 물어봐도 실례가 안 되는지 모르겠지만, 혹시 댄하고 같이 다니면서 두 사람 사이에 별일은 없었나요?"

메이는 장난스러운 웃음을 지으며 유나에게 말했다.

"음, 없다고 하면 거짓말이겠지?"

그녀는 유나의 안색이 바뀌는 것을 보며 말을 이었다.

"아니, 오해할 건 없어. 사실대로 다 이야기해 줄 테니. 그 전에, 유나한테만 알려줄 나의 비밀이 있어. 나의 고향에 관한 것이지."

***

그녀의 고향에 관한 이야기는 충격 그 자체였다. 유나는 그런 세상이 존재할 수 있다는 사실이 믿기지 않았다.

"그럼 메이의 고향 행성에는 남자가 전혀 없다는 말이에요?"

"아니, 내가 사는 대륙에서만 그래. 고향 행성에는 세 개의 대륙이 있는데, 아주 넓은 바다로 나뉘어 있어서 서로 왕래가 없어."

정확히 말하면 전혀 왕래가 없는 것은 아니라고 메이는 덧붙였다. 메이의 고향과 다른 대륙은 서로 전쟁 중이었고, 메이는 다른 대륙의 남자들을 상대로 싸워본 경험이 있다고 하였다.

"그렇지만 여자들만 있으면 어떻게 아이를 만들죠?"

유나의 질문에 메이는 유전 공학이라는 단어를 쓰며 설명을 해 주었지만 잘 이해가 되지는 않았다. 어쨌든 결론은 여자들만 사는 세상에서 여자아이만 낳는다는 것이었다.

"내가 예전에 본 남자들은 모두 적이었고, 짐승 같은 놈들이었어. 그래서 댄을 처음 봤을 때 무척 흥미로웠고, 호기심이 많았었어. 뭐랄까, 처음으로 사람다운 남자를 만났다고나 할까. 물론 그도 야수 같은 남자의 본성이 있는 건 사실이야. 하지만 그때는 내 탓도 조금 있다고 봐. 그가 이성적으로 판단할 수 없게끔 상황을 만든 거니까."

메이는 다시 한번 유나의 손을 잡았다.

"그게 다야. 댄은 착하고 따뜻한 마음을 가진 좋은 남자이지만, 나에게 좋은 친구 이상은 아니야. 무슨 말인지 알겠니? 나에게 남자는 사랑할 수 있는 대상이 아니야. 나는 나와 같은 여자하고만 사랑해."

무슨 말인지 충분히 알 것 같았다. 시온에서도 남자끼리 또는 여자끼리 사귀거나 사랑하는 경우가 있으니까. 거주구에서는 드물고 은밀하게 이루어졌지만, 여기 노웨어에서는 당당하게 드러내는 커플도 보았었다.

유나는 자기도 모르게 미소를 지었다.

"그렇군요, 내가 괜한 오해를 했네요. 댄도 알고 있나요?"

유나의 질문에 메이는 고개를 가로저었다.

"아니, 그에게 굳이 얘기해 줄 필요를 느끼지 못했어. 그가 나에게 아직 연정을 품고 있는지도 잘 모르겠고. 아니면 그의 마음을 이용해 계속 부려먹으려고 하는지도 몰라. 내가 참 이기적이지?"

참으로 아이러니했다. 예전에는 유나가 댄의 사랑의 노예였다면, 이제는 댄이 메이의 사랑의 노예가 된 것일까? 아니다. 사랑의 노예라는 말 자체가 모순이다. 사랑하기에 자발적으로 기쁘고 행복하게 주는 것이지, 노예처럼 착취당하는 것이 결코 아니니깐 말이다.

"만약 그가 진짜 당신에게 연정을 품고 있다면 그는 무슨 일이든 기쁘게 할 거예요. 그러니 자책하지는 말아요."

유나는 마지막으로 한 가지만 더 묻고 싶었다. 자신이 온통 애정

문제에만 집착하는 여자라고 메이가 놀려대도 어쩔 수 없다고 유나는 생각했다.

"그러면 혹시 댄과 로사는 어떤 관계인지 아나요? 아까 둘이 여기에 찾아왔었다고 들었어요."

유나는 제임스를 통해 댄의 행적에 대해 비교적 소상히 알고 있었다.

"글쎄, 내가 뭐라고 말하기는 좀 곤란한데. 둘이 친해 보이기는 하지만, 어떤 관계인지까지는. 로사가 부모를 잃은 후이기도 하고, 상황이 또 이렇다 보니까.

그보다도, 유나에게 충고 하나 할게. 내 고향에 이런 격언이 있어. 사랑은 모닝빵과 같아 항상 새로 구워지고 진열되어야 한다고 말이야. 그래야 상대방이 그 따뜻함과 부드러움과 달콤함을 안다고. 무슨 말인지 알겠니? 너의 마음을 그에게 보여줘. 그게 중요해."

유나는 문득 메이의 충고와 비슷한 말을 들은 기억이 났다. 언제였는지 누가 했는지는 기억이 나지 않았지만.

"알겠어요. 그렇게 할게요."

대답은 그렇게 했지만, 막상 유나의 마음은 어지러웠다. 사실 더 이상은 신경 쓰고 싶지 않았다. 일단 메이의 계획을 실행시키는 일이 중요했다. 그러려면 제임스의 도움을 받아야 했다. 어떻게든 제임스를 설득해야 했다. 외인들의 축제 때 거사하려면 시간이 촉박했다.

***

노웨어의 밤이 무르익었다. 드디어 노웨어의 집행부와 그 외 주요 인물들이 무대 위로 올라오면서 장례와 축제를 겸한 행사가 본격적으로 시작했다. 대부분 오전 회의 때 참석했던 사람들이었다. 다만 그 자리에 메이와 댄 그리고 로사는 없었다.

오늘은 이멜다가 자유의 여신이 되었다. 확성기를 통해 울려 퍼지는 그녀의 목소리는 웅장했고 힘이 있었다. 외인들의 장례 의식은 거주구와 사뭇 다른 듯하면서도 어떤 면으로는 동일하였다. 그 시간은 고인을 추억하며 그들이 저세상에서 신과 함께 지낼 수 있도록 기도하고, 남은 사람들이 위로와 격려를 나누는 시간이었다. 의식은 상당히 오랫동안 진행되었지만, 유나는 다른 상념에 빠져 있느라 그다지 지루하지 않았다. 제임스가 옆에 다가온 것도 알아차리지 못할 정도였다.

"예쁜이, 무슨 생각에 잠겨 있어?"

유나는 제임스가 자신을 예쁜이라고 부르는 것이 싫었지만, 지금은 따질 때가 아니었다.

"일은 잘되었어요? 문제는 없었고요?"

"큰 문제는 없었지. 댄을 지키던 두 녀석을 손봐주느라고 내 어깨가 좀 뻐근하다는 것 정도?"

제임스는 오른쪽 어깨를 크게 돌렸다. 그제부터 붕대를 풀었는데 아직 상처 부위가 아픈 모양이었다.

"폭력은 안 쓰기로 했잖아요. 나중에 이멜다가 알고 화를 내면 어떡하죠?"

"하하, 이멜다의 화 따위는 무섭지 않아. 그리고 그 녀석들은 토니 아저씨의 모습만 보았기 때문에 날 원망하지는 않을 거야."

"토니 아저씨요?"

"응, 이번 탈출은 모두 그가 꾸민 일로 알려져야 하니까 말이야. 실제로 그가 동굴 밖까지 안내할 거고."

그랬다. 만약 이번 일이 유나와 제임스의 계획이었음이 탄로 난다면, 단지 주먹질이 문제가 되지는 않을 것이다.

"이제 우리도 가면 되나요?"

"아직은 아니야. 침묵의 시간까지 기다려야 해. 로사는 그때 데려오라고 지시해 놓았어."

이윽고 침묵의 시간이 되자, 노웨어의 모든 조명이 꺼졌다. 그리고 모든 소리도 멈췄다. 동굴 안이었다면 정말로 완벽한 암흑과 고요의 순간이었으리라. 그러나 노웨어 광장에서는 밤하늘의 별들이 빛났고, 라온이 유달리 밝고 크게 떠 있었다. 그래도 참 인상적이었다.

광장에는 수많은 사람들이 있었지만 아무도 움직이지 않았고 아무 소리도 들리지 않았기에, 다들 잠시간 죽음을 묵상해볼 수 있었다.

얼마 후, 어둠과 고통의 순간이 지나고 다시 빛과 환희의 신비가 펼쳐졌다. 조명이 밝혀졌고, 징 소리가 울려 퍼졌다. 사람들의 탄성도 함께 나왔다.

이멜다는 어느새 다른 의상으로 갈아입고서 무대 위를 돌았다. 무대 옆에는 조그만 단 위에 기둥이 세워졌는데, 그 기둥에는 입에 재갈을 물린 여자가 묶여 있었다. 자루옷 위에 보안대의 조끼를 입고 있었는데, 느낌에 로사 같았다.

이멜다의 목소리가 확성기를 통해 흘러나왔다. 그 내용은 오전의 연설과 비슷했다. 그녀는 노웨어의 자랑스러운 역사를 칭송했고, 자유민의 불굴의 의지와 용기를 찬양했다.

"자, 이제 움직일까?"

제임스의 말에 유나는 혼란스러웠다.

"잠깐만요, 로사가 왜 저기 있어요? 로사도 데려오기로 약속했잖아요?"

이멜다의 웅변은 드디어 최고조에 도달하고 있었다. 그녀는 보안대와 폴 최고 회의 제사장의 사악함에 대해 열변을 토하였고, 폴 제사장의 친딸이 그 증거라며 뒤에 있던 재갈 물린 여자를 군중에게 제시하였다.

"걱정하지 마. 로사는 지금쯤 약속 장소에 가 있을 거야."

제임스의 재촉에 유나는 그를 따라 조심스럽게 광장을 벗어나기 시작했다.

이멜다는 마침내 최고 회의에 대한 전쟁을 선언하였다.

"노웨어의 자유민 여러분, 어떻게 하겠습니까? 거주구에 있는 악의 세력을 쳐부수고 시온에 진정한 자유와 평화를 심겠습니까? 아니면 이대로 그들의 만행을 참고 견디며 살겠습니까?"

광장을 가득 메운 외인들의 뜻은 분명하였다. 그들은 전쟁을 원했고, 자유 아니면 죽음을 원했다. 동의를 표하는 그들의 함성은 땅을 울렸고, 그 증거로 묶인 여자를 향해 돌팔매질을 시작하였다. 유나는 그 참혹한 광경을 더는 볼 수 없어 고개를 돌렸다.

"다들 미쳤나요? 어떻게 저럴 수 있죠?"

"계시록을 읽어 보지 않았어? 군중은 양 떼일 뿐이야. 적절한 무대와 양식이 주어지면 그들은 목자의 뜻에 따르게 되어 있어."

제임스는 얼굴을 찌푸리며 대답했다.

유나와 제임스는 광장을 나와 동굴 안으로 들어갔다. 밖에서는 갑작스러운 환호성이 들렸다. 유나는 참을 수 없는 고통을 느꼈다. 마치 로사가 고통 중에 죽음을 맞이한 것처럼 여겨졌다.

"누구예요? 그 여자는? 당신은 이렇게 될 줄 알고 있었나요?"

제임스는 걸어가며 어깨를 으쓱했다.

"정확히 이런 식으로 될 줄은 몰랐어."

그는 유나를 보았다.

"이봐, 아가씨. 로사를 구하기 위해서는 어쨌든 대타가 필요했어. 그렇지 않으면 일이 쉽게 풀리지 않았을 거야. 이멜다에게는 군중의 감정을 폭발시킬 희생양이 필요했으니까 말이야."

그는 다시 걸음을 옮기면서 말했다.

"그녀는 여기서 벌어졌던 전투의 포로 중 한 명이었어."

제임스의 말대로, 선로가 시작되는 지점 구석에 댄과 로사 그리고 토니 아저씨가 서 있었다. 유나는 멀리서 그들을 보자 발걸음을 뗄 수가 없었다. 마음속이 너무 복잡해서 그들 앞에 서면 눈물만 흘릴 것 같았다. 댄 일행이 아직 자신들을 보지 못한 상태임을 안 그녀는, 제임스에게 자신은 여기에서 기다리겠다고 말했다.

제임스는 그러라고 하고는 혼자 그들에게 다가갔다. 그는 토니에게 가서 무언가 말을 나눴다. 그러고는 댄, 로사와 악수를 하였다. 그것이 전부였다. 세 사람은 곧 어둠 속으로 사라졌다.

유나의 마음 한구석이 뻥 뚫리는 것 같았다. 제임스가 돌아오자 두 사람은 아무 말 없이 광장으로 돌아왔다. 광장은 환락의 도가니였다. 하지만 유나의 마음은 너무나 황량하고 외로웠다. 그녀는 제임스에게 쉬고 싶다고 말했고, 그의 손에 이끌려 동굴 안으로 들어갔다.

정처 없이 그를 따라갔는데, 도착한 곳은 그녀가 지내던 곳이 아니었다. 그녀는 제13거주구의 여자 피난민들과 함께 공용 셀에서 지내고 있었다. 그런데 그곳은 개인 셀이었다.

"여기가 어디죠?"

그녀는 제임스에게 물었다.

"내 방이야."

그는 유나의 머리카락을 귀 뒤로 넘겨주며 속삭였다.

"들어가자."

"내가 도움을 부탁했다고 해서 당신 맘대로 할 수 있는 거는 아니에요."

유나는 경직된 채로 대꾸했다. 제임스는 웃었다.

"물론이야. 다른 사람들이 나에 대해 뭐라고 떠드는지 알 바 없지만 나도 원칙이 있어. 절대로 강요하지 않고, 대가로 요구하지도 않는다는 거지."

그는 혼자 셀 안으로 들어가며 말했다.

"안에서 기다릴게. 네가 선택해."

유나는 갑자기 메이의 말이 생각났다. 빵을 보여주듯이 마음을 보여주라고 했었나? 유나는 제임스에 대한 자신의 마음이 무엇인지 생각해 보았다. 그러자 댄 생각이 났다. 그가 로사와 함께 있는 모습이 떠올랐다. 모든 것이 분명해졌다.

그녀는 제임스의 방으로 들어갔다.

제30장

# 혁명의 불꽃

밤공기가 차가웠다. 벤은 다시 한번 마음속으로 계획을 검토해 보았다. 론의 계획은 무모해 보였지만, 달리 다른 방법도 없었다. 벤은 좀 더 창의적인 것을 원했었다. 계시록에 나오는 영웅들처럼 사람들의 허를 찌르면서도 우아하게 처리할 수 있는 방법이 있는지 고민도 해 보았다. '수잔 사제를 구출하기 위해 꼭 우아한 방법이 필요한 것일까…? 혹시 난 지금 영웅 흉내를 내고 싶은 건 아닐까?'

그런 생각이 들자 벤은 고개를 절레절레 흔들었다. 자신이 철부지 같다는 생각이 들었다. 댄이 알면 크게 웃을 일이었다. 문득 댄과 유나는 지금쯤 어디서 무엇을 하고 있을지 궁금해졌다. 유나는 보안대를 따라 외인들의 본거지로 갔다고 하였다. 벤은 처음부터 유나를 말리지 못했던 자신을 자책하였다. 그때는 단순히 수잔 사제를 도와서 최고 회의에 반대하는 시위에 참여하는 줄만 알았었다. 설마 유나가 직접 보안대에 합류하리라고는 상상도 못했었다. 유나에게 무슨 일이라도 생길까 봐 걱정이 되었다. 수잔 사제를 구출하면 따져야겠다고 생각했다.

예레미 사제가 이끌고 출정한 보안대는 십여 일이 지나도록 감감무소식이었다. 거주구에서는 폴 최고 제사장이 보안대와 같이 있다는 소문이 돌았다. 최근에 아무도 그의 행적을 본 사람이 없었기 때문이었다. 최고 회의는 아무런 대응을 하지 않았다. 계엄은 계속되었고, 거주구민 사이에서는 불평과 불안이 싹트기 시작했다. 매일 시온의 광장에서 열리는 시위에는 그 참석자가 조금씩 늘어나고 있었다. 일몰 후의 통금 때문에 오후 시간에 열리기는 했지만, 그 시위는 여전히 야광봉 시위라 불렸다. 야광봉 시위의 주된 요구 사항은 제13거주구 폭발 사건의 정확한 진상 규명과 이번에 출정한 보안대의 목적 공지, 계엄 해제와 식량 배분의 정상화 등이었다.

시위대가 시온탑으로 몰려올까 두려워한 최고 회의는 무장한 보안대를 시위대 주변에 배치하였다. 비록 시위가 평화적으로 진행되었고 일몰 전에 자진 해산하였기 때문에 큰 충돌은 없었으나, 언제 어떤 사고가 생길지 모르는 긴장이 지속되었다.

벤이 맡은 임무는 교화소 바깥 주변을 감시하는 것이었다. 특이 사항이 발생하면 가지고 있는 호루라기로 신호를 보내면 된다고 하였다. 벤은 그것도 마음에 들지 않았다. 한밤중에 호루라기를 부는 것과 그냥 소리를 질러 위험을 알리는 것이 무슨 차이가 있는지 알 수 없었다. 그래도 그는 호루라기를 들고 자리에 위치하고 있었다.

교화소 앞 사거리의 단층 건물 옥상에 허리 높이의 물탱크가 있었는데, 그 뒤에 숨으면 들킬 염려도 없었고 교화소와 보안 요원 숙소, 그리고 세 방향으로의 길을 모두 감시할 수 있었다.

처음 론 일행과 탈출 계획을 짰을 때, 벤은 직접 행동하기를 바랐었다. 하지만 그들은 황당하다는 웃음을 지었고, 론은 아직 발목 부상이 완치되지 않았을 테니 감시 역할만 잘하라고 당부하였다. 그들이 자신을 늙은이로 보고 있음은 쉽게 알 수 있었다. 벤은 아직 자신이 쌩쌩하고 그들 중 한두 녀석쯤은 손쉽게 제압할 수 있다고 말하고 싶었지만, 그러는 것이 왠지 더 늙은이 티를 내는 것 같아 조용히 자신의 임무를 받아들였다. 그래서 오후에 사람들 눈을 피해 옥상에 올라온 이래, 지금까지 하염없이 기다리고 있는 것이었다.

통행이 금지되어 적막한 거리는 가로등 불빛만이 가득 채워져 있었다. 낮은 구름이 껴서 별들은 보이지 않았고, 시온탑 위의 하늘만 불그스레했다.

자정이 가까이 오자 작전이 시작되었다. 먼저 정문의 초소에 있는 보초들을 해결해야 했다. 이름이 티나라고 했던 여자가 네거리 맞은편에서 뛰어왔다. 보초가 소리쳤다.

"누구야? 멈춰!"

티나는 되도록 작은 소리로 말했다.

"도와주세요. 내 친구가 인사불성이에요. 바로 저 골목에 있어요."

"지금 통행금지인 거 몰라? 왜 이 시간에 돌아다니지?"

다른 보초가 물었다. 티나는 그 자리에 멈춘 채 대답했다.

"친구와 생일 파티에 갔다가 늦었어요. 친구가 처음으로 효모주를 마셔서 그래요. 제발 도와주세요."

보초들은 자기들끼리 잠깐 얘기하더니 정문의 초소를 나와 낄낄거리며 티나를 따라갔다. 다행이었다. 만약 그들이 원칙을 지키는 대원들이었다면 다른 방도를 시도했어야 할 뻔했다. 보초들이 골목으로 들어가고 둔탁한 소리가 났다.

잠시 뒤에 모습을 드러낸 사람들은 론 일행이었다. 그들은 천으로 감싸 소리가 잘 안 나도록 한 쇠몽둥이를 들고 있었다. 열쇠를 확보했는지 손쉽게 정문을 열고 마당을 지나 건물로 향했다. 론을 포함한 여섯 명은 보안 요원 숙소의 문 양옆으로 세 명씩 붙었고, 다른 네 명은 교화소 앞에서 몸을 숙이고 기다렸다. 론이 숙소 문을 두드리면서 뭐라고 외치자, 숙소 안의 불이 켜지더니 문이 열렸다. 론은 문을 박차고 들어갔고, 나머지 다섯 명도 바로 따라 들어갔다.

론이 입수한 정보에 따르면 보안대의 많은 수가 외인 작전에 투입되어 빠져나갔고, 나머지 중 대다수는 시온탑의 보안대 건물에 상주하고 있다고 했다. 그들은 주로 타워를 경비하거나 시위대에 대응하는 임무를 수행한다고 하였다. 그래서 여기 교화소에는 현재 몇 명밖에 없기 때문에 구출은 식은 죽 먹기라고 했었다.

잠시 후, 두 명을 제외하고 론을 포함한 세 명이 숙소를 나왔다. 론이 예상했던 대로 별다른 소동 없이 숙소의 보안대원들을 제압한 모양이었다. 그들은 들고 있는 열쇠를 이용하여 교화소 현관문을 열더니, 기다리고 있던 나머지 인원과 함께 안으로 사라졌다.

벤은 한숨을 내쉬었다. 지금까지는 정말 완벽하게 일이 진행되고 있었다. 한밤중에 침입하여 갇혀 있는 사람들을 구출해낸다는 론의 계획은, 지금 생각해 보니 크게 무리가 되는 부분이 없는 것 같았다. 괜히 혼자서 이런저런 망상을 했었나 보다 싶어 부끄러운 마음이 들었다.

그런데 교화소에 들어간 론 일행이 좀처럼 나오질 않았다. 빨리 데리고 나오기만 할 텐데 싶어 마음이 조급해졌다. 벤은 다시 한번 사거리의 세 방향을 두리번거리며 살폈다. 그러자 그들이 보였다. 정면으로 나 있는 길에서 보안대원들이 길가의 건물 벽에 붙어서 살금살금 다가오고 있었다. 가로등 빛은 길의 가장자리까지 밖에 닿지 않았고 그들이 건물의 그림자에 숨어 있었기 때문에 지금까지 알아차리지 못한 것이었다.

벤은 심장이 멎을 것처럼 놀랐다. 양쪽 옆길을 확인해 보니 거기에서도 역시 보안대가 조심조심 다가오고 있었다. 그들은 론 일행이 교화소에 침입해 있다는 사실을 알고 있음이 틀림없었다. 최대한 눈치채지 않게 다가와 급습하려는 의도가 빤히 보였다.

벤은 숨을 최대한 들이마신 후 호루라기를 불었다. 적막을 깨며 두 번째 호루라기 소리가 나자, 보안대는 뛰기 시작했다. 그들의 투박한 발소리가 온 거리를 뒤흔들었다. 벤은 교화소를 다시 보았다. 론의 일행 중 한 명이 문을 열고 나와 상황을 보더니 다시 안으로 들어갔다.

'빨리 뛰쳐나오지 않고 뭐 하는 거야!'

벤이 마음속으로 외쳤다. 그러나 기회는 이미 늦은 것 같았다. 포위하듯 세 방향에서 오는 보안대를 뚫고 도망갈 방법은 없어 보였다. 그들은 이미 100미터 정도의 거리까지 도달해 있었다. 벤은 급히 옥상에서 내려왔다. 난간을 잡고 착지하였는데, 조심하였지만 역시 오른쪽 발목에 큰 무리가 갈 수밖에 없었다. 그는 찌르는 듯한 아픔을 참고 절뚝거리며 정문을 지나 교화소를 향해 갔다. 일단은 그곳밖에 갈 데가 없었다. 교화소 현관에 도착하여 문을 두드렸다.

"나, 벤이야. 빨리 문 열어."

보안대는 이미 정문 초소를 지나고 있었다. 문이 열리면서 누군가가 벤을 안으로 확 잡아당겼다. 벤은 나뒹구르며 또다시 발목의 고통을 견뎌야만 했다.

"다들 문을 막아. 톰과 제리는 무기를 꺼내 오고!"

론이 소리쳤다. 사람들이 로비에 있는 가구들을 밀어 문 앞에 쌓았다. 벤은 걸리적거리지 않도록 옆으로 기어갔다.

"뒷문도 잠가. 보안대원들이 뒤로 돌아가고 있어."

몇 사람이 뒤쪽으로 뛰어갔다. 다행히도 교화소 건물에는 창문이 높이 설치되어 있었다. 밖의 풍경을 보기 위한 것이 아닌 햇빛을 받기 위한 용도였다. 론은 현관을 막은 책상 위에 의자를 올려놓고 그 위에 서서 밖을 보고 있었다.

"조심해!"

그가 외치자마자 돌덩이가 유리창을 깨고 날아 들어왔다. 그러고는 현관문에 묵직한 타격이 가해졌다. 보안대원들이 문을 부수려고 하는 것 같았다.

"모두 책상을 막아."

론의 명령에 모두 책상이 밀리지 않도록 막고 버텼다. 그때 무기를 가지러 갔던 두 사람이 돌아왔다. 그들은 양팔 가득히 곤봉, 투창, 방패 등을 들고 왔는데, 불행히도 지금 당장 쓸만한 것은 없어 보였다.

벤은 절뚝거리며 로비 옆 탕비실에 들어갔다. 거기에는 식수를 제공하는 꼭지가 있었는데 예상대로 뜨거운 물도 나왔다. 그는 큼직한 쓰레기통을 비우고 그 안에 뜨거운 물을 가득 담았다.

"톰, 제리, 이리 와서 이것을 론에게 가져다줘."

벤의 말에 두 사람이 와서 그것을 옮겼다. 밖에서는 여전히 보안대원들이 쿵쿵거리며 현관문을 부수고 있었고 안에서는 책상이 움직이지 않도록 막고 있었다.

론은 뜨거운 물이 담긴 통을 보더니 반색하였다. 그는 톰의 도움을 받아 뜨거운 물을 창문 밖으로 쏟아 버릴 수 있었다. 비명소리와 함께 문 앞에 달라붙어 있던 보안대원들이 뒤로 물러나는 소리가 들렸다.

"물을 더 채워와!"

론의 말에 톰과 제리는 다른 통에도 뜨거운 물을 담아 놓아 문 주위에 놓았다.

그러나 보안대원들은 강제로 문을 열고 진입하려는 계획은 포기한 것 같았다. 밖에서 큰 목소리가 들렸다.

"너희들은 완전히 포위되었다. 도망갈 곳은 없어. 지금이라도 무기를 버리고 투항하면 선처하겠다."

그러자 론도 창문에서 맞받아 외쳤다.

"우리는 보안대원 다섯 명을 포로로 잡고 있다. 지금 포위를 풀고 돌아가면 그들의 목숨은 살려주겠다."

벤을 포함한 일행은 모두 껄껄 웃었다. 론은 보기보다 배짱이 있었다. 밖에서는 아무런 대답이 없었다. 벤은 제리에게 수잔 사제는 어디에 있는지 물었다. 그가 의무실에 있다고 하며 방향을 가리켜주었다. 벤은 혼자 그곳으로 갔다.

의무실에는 몰골이 처참한 남자가 누워 있었고, 그 옆에 수잔 사제가 앉아 있었다. 그녀는 남자의 상처 부위를 닦으며 약을 바르고 있었다. 울고 있었는지 두 눈이 빨갰다.

"수잔 사제, 괜찮나요?"

스스로 생각해도 허무한 질문이었지만, 다른 말이 생각나지 않았다. 수잔 사제는 아무런 대꾸를 하지 않았다. 끄응 하며 누워 있던 남자가 신음을 냈다. 그의 두 눈이 너무 부어 있어서 뜨고 있는지 감고 있는지 알 수가 없었다.

"필립, 내 말 들려요? 알아듣겠으면 고개를 끄덕여봐요."

수잔 사제의 말에 그가 고개를 끄덕였다.

"벤 사제님, 물을 좀 갖다주세요."

수잔 사제는 침착하게 부탁했다. 벤은 의무실에서 컵을 가지고 나와 탕비실에서 물을 뜬 다음 다시 의무실로 갔다. 수잔 사제가 필립의 머리를 안고서 조심스레 물을 입에 흘려 넣어 주었다. 필립은 물을 조금 마시더니 다시 의식을 잃었는지 잠잠해졌다.

"이 상태로는 움직이기 힘들겠는걸. 어떡하지?"

벤은 걱정이 되어 중얼거렸다. 사실 필립이 움직일 수 있다고 해도 별수가 있는 것은 아니었다. 그들은 문자 그대로 완전히 포위되었고, 빠져나갈 방법은 없었다. 결국 벤이 처음에 우려했던 것이 현실이 되었다. 그들은 조금 더 확실한 계획을 세웠어야 했었다.

"별다른 방법이 없어요. 보안대에 투항하고 빨리 이 사람을 의사에게 데려다 달라고 하는 편이 현명한 선택이에요. 론을 설득시켜야 해요."

벤이 그렇게 말하면 분명히 론은 거절할 것이었다. 그러나 수잔 사제의 말이라면 들을 수 있을지도 몰랐다.

"자기들이 이렇게 만들어 놓고 의사한테 데리고 갈까요? 아뇨, 그렇지 않아요. 이것도 함정이에요. 나를 이곳으로 옮기고 감시 인력을 줄였어요. 론이 미끼를 물기를 기다리고 있었던 거예요."

그녀의 말에 벤은 더 암담한 심정이 되었다. 어쩐지 초반에 너무 순조롭게 일이 풀렸었다. 하지만 역시 안 되는 일이었던 것이다. 벤은 좌절감을 느꼈다. 살아오면서 그가 시도해서 제대로 된 일은 하나도 없었다. 아무래도 벤의 기도는 신의 귀까지 닿지 않는 모양이었다.

처음에 론을 만나 수잔 사제의 구출에 대해 논의한 것은 새로운 세상에 대한 열망이 있었기 때문이었다. 인공지능 기계인 아인텐에게서 시온의 부조리와 위협을 안 이상 가만히 앉아 있을 수는 없었다. 폴 제사장과는 다른 길로 가야 했다. 폴 제사장도 벤과 마찬가지로 상황의 심각성을 인식했음은 틀림없었다. 그러나 그는 벤과는 전혀 다른 해법을 선택하였다. 지금의 체제를 유지하되, 자원을 소모하는 이들의 규모를 줄여 연명 시간을 늘리는 방안을 선택한 것이다. 시계를 거꾸로 돌려 초기 정착 시대로 되돌아가자는 얘기였다. 하지만 벤은 그 생각에 동의할 수 없었다. 인간은 진보해야 하고, 앞을 향해 가야 한다. 그것이 신께 더 가까이 가는 방법이라고 벤은 믿었다. 그러기 위해서는 수잔 사제의 역할이 필요했다. 그는 그녀가 주도하는 아래로부터의 개혁을 통해 시온을 바꿀 수 있을 거라고 기대했다.

그런데 이제 다 물거품이 되었다. 론이 조직한 일행 모두가 여기 누워 있는 필립 꼴이 될까 봐 두려워졌다. 자신은 이미 나이 먹어 아쉬울 것이 없으나 그들은 아직 젊은이들이었다.

"미안하오. 여기까지가 한계인가 봐요. 당신을 구해내서 시온을 위해 뭔가 큰일을 하고 싶었는데, 나란 놈은 될 일도 안 되게 합니다."

벤은 독백처럼 말을 꺼냈다. 수잔 사제를 위로해야 한다고 마음먹었지만, 실상은 그 자신이 위로받고 싶었던 것 같았다.

그러자 수잔 사제는 고개를 들며 차분히 말했다.

"아직 기회는 있어요. 간절히 기도하면 신께서 우리의 청원에 응답해 주실 거라고 나는 믿어요."

벤은 한편으로는 그녀의 신심이 부럽기도 했지만, 다른 한편으로는 안타까운 마음도 들었다. 오래 갇혀 있어서 현실 파악을 못하는 것일까? 어쩌면 일말의 희망이라도 품고 있는 편이 심적으로 나을 수도 있을 것이다.

"벤 사제님, 이리 와 보세요!"

론의 다급한 외침에 벤은 의무실을 나갔다. 론과 일행들이 계단을 뛰어 올라가고 있었다. 무슨 일인지 물어볼 틈도 없었다. 벤은 그들을 따라 계단을 올라갔다. 3층 계단 위에는 옥상으로 나가는 문이 있었고, 모두들 밖으로 나갔다. 벤도 나가서 보았다.

론과 톰과 제리를 비롯한 나머지 일행들이 모두 두 손을 치켜들며 환호를 질렀다. 그리고 서로 껴안고 악수를 했다. 론이 활짝 웃으며 벤에게 다가와 그를 꼭 껴안으며 말했다.

"성공이에요! 사람들이 우리 말을 믿었어요. 신께서 우리의 기도를 들어주셨다고요!"

정말 그랬다.

그곳에는 많은 사람들이 야광봉을 들고 있었다. 자루옷을 입고 흰 고깔모자를 쓴 채 야광봉을 높이 들고 계속 모여들고 있었다. 보안대는 필사적으로 물러나라고 소리치고 있었지만, 사람들은 아랑곳하지 않고 계속 모여들었다.

보안대의 방패에 찢기고 곤봉에 맞아도 밀려드는 사람들 때문에, 결국 보안대의 방어선은 무너졌고, 군중의 손에 하나둘씩 제압되었다. 거리의 먼 곳까지도 야광봉의 불빛이 넘실거렸다. 제1거주구민의 절반 이상이 나온 것 같았다. 하늘의 별들이 땅 위에 수놓아진 것 같은 느낌이었다. 벤의 가슴이 벅차올랐다.

이 별들로 인해 시온이 드디어 바뀌는구나.